소로의 일기

영원한 여름편

소로의 일기 영원한 여름편

일상을 관찰하며 단단한 삶을 꾸려가는 법

1판 1쇄 인쇄 2024년 6월 10일

1판 1쇄 발행 2024년 6월 21일

지은이 헨리 데이비드 소로 | 옮긴이 윤규상

기획 임병삼 | 책임편집 유온누리 | 편집부 박지행 | 편집도움 송연승

표지 디자인 박대성

펴낸이 임병삼 | 펴낸곳 갈라파고스

등록 2002년 10월 29일 제13-2003-147호

주소 03938 서울시 마포구 월드컵로196 대명비첸시티오피스텔 801호

전화 02-3142-3797 | 전송 02-3142-2408

전자우편 books.galapagos@gmail.com

ISBN 979-11-87038-60-3 (03840)

갈라파고스 자연과 인간, 인간과 인간의 공존을 희망하며, 함께 읽으면 좋은 책들을 만듭니다.

The Writings of Henry David Thoreau

영원한 여름편

소로의 일기

일상을 관찰하며 단단한 삶을 꾸려가는 법

헨리 데이비드 소로 지음

윤규상 옮김

갈라파고스

차례

※ 일러두기

- 이 책은 1906년에 Houghton Mifflin 출판사에서 펴낸 소로 전집 『The Writings of Henry David Thoreau』에 수록된, 브레드퍼드 토레이가 편집한 14권의 일기 중 제7권, 제8권, 제9권, 제10권에서 옮긴이가 가려 뽑은 것입니다.
- 본문의 [ ], ( ) 속 문장은 소로의 글입니다.
- 본문 하단의 각주는 옮긴이 주입니다.
- 내용 이해를 돕기 위해 일부 고유명사에 외국어를 병기했습니다.
- 일부 고유명사는 국립국어원의 외국어 표기법을 따르지 않고 국내에 더 잘 알려진 표기를 따랐습니다.
- 일부 동식물명은 작품 맥락과 분위기에 맞추어 옮겼습니다.
- 시대 상황에 따른 일부 차별적인 표현이 있습니다만, 당시 사회상을 나타내기 위해 그대로 실었습니다. | 예: 인디언

1855년, 38세

일기에 날씨를 적는 건 중요한 일

"그날 날씨의 특징이 우리 기분에
적지 않은 영향을 미치기 때문이다."

1월 23일, 영국인 친구 토머스 철먼들리에게서 군에 입대하게 되었다는 편지를 받다.

3월 12일, 미국인구조사 일람표를 보내준 찰스 섬너 상원의원에게 감사 편지를 보내다.

3월 28일, 에머슨의 소개로 훗날 소로의 전기를 쓰게 되는 프랭클린 B. 샌번을 만나다.

4월 30일, 티크노어앤필즈 출판사에『소로우의 강』재출간을 권하는 편지를 쓰나 뜻을 이루지 못하다.

5월부터 넉 달 가까이 까닭 모를 병과 무기력증에 시달리다.

7월 4일, 채닝과 더불어 세 번째 케이프코드 여행을 떠나 7월 18일에 콩코드로 돌아오다.

6월, 7월, 8월에 걸쳐 케이프코드 여행기 일부가 《푸트남스 먼슬리》에 실리다.

10월 3일, 철먼들리가 크림전쟁에 출전하면서 동양 고전 44권을 보내다.

11월 30일, 철먼들리가 보낸 서적이 도착하다. 강의 유목을 써서 서적들을 넣어둘 상자를 만들다. 그 동양 고전 서적들은 영어, 프랑스어, 라틴어, 그리스어로 번역되거나 산스크리트어로 된 것들이었다.

1월 7일 일　　지의류의 날

구름 많은 안개 낀 날이다. 집 안의 공기는 쌀쌀하나 문밖으로 나서니 따스한 남서풍이 느껴진다. 거리가 뜻밖에도 축축이 젖어 있고, 길가 거름 더미에 켜켜이 쌓인 얼음이 녹아내려 도랑으로 흘러든다. 사실상 1월의 해동이다. 강을 바라보니 물길이 활짝 열린 곳이 적지 않다. 물길과 빙판이 이어지는 곳에서 물 흘러가는 기분 좋은 소리가 들린다.

봄을 알리는 향기롭고 부드러운 공기가 내 핏줄을 생명으로 채우기에 나는 다시 삶을 믿게 된다. 내 안에 잠자던 생명이 깨어나 자연을 사랑하게 된다. 여기가 바로 나의 이탈리아이자 뉴잉글랜드이자 천국이다. 비탈진 땅의 눈이 녹아 젓가락나물, 냉이, 클로버 따위의 뿌리잎이 드러났다. 꼴밭에서는 푸른빛이 도는 앉은부채의 새순과 바위취의 붉은 잎이 눈에 띈다. 눈이 녹으면서 겨우내 시든 초목이 드러나 다시 봄을 일깨운다. 여전히 새는 드물다. 오리나무 사이에서 몇 마리 곤줄매기가 쉴 새 없이 깡충거리더니 혀짤배기소리로 맑고 날카롭게 지저귀며 나를 따라온다. 강둑은 밝은 살구색과 분홍색으로 엷게 물들었다. 오늘은 소나무 밑마다 엽상지의류 따위가 땅을 가득 덮은 지의류의 날이다.

1월 9일 화 식물의 겨울 생장

눈이 쏟아질 듯 잔뜩 구름 낀 날이다. 신발 밑창이 축축이 젖어 든다. 고추나물 뿌리에서 돋아난 푸른 싹이 어느새 살짝 붉은빛을 띤 모습이 퍽 어여쁘다. 이런 뿌리 싹은 가을 이후에 자라난 것이리라. 둑길 양옆으로 30센티 이상 자라난 양치류의 살진 잎들은 또 얼마나 멋지던지. 단정한 담갈색 줄기 꼭지에 포자 가득한 짙은 암갈색 포자낭이 달렸다. 이 포자낭들은 메말라 뻣뻣한데도 퍽 싱싱한 모습이다. 올겨울에는 마을에서 숲이 울창한 곳이면 거의 어김없이 도끼로 나무 찍는 소리가 들려온다.

1월 12일 금 까마귀 울음소리

오전에 한차례 눈이 내리고 푸른 하늘이 군데군데 드러나더니 드디어 해가 난다. 오늘은 눈이 녹아 땅이 3분의 2쯤 드러난 조용하고 아늑한 날이다.

이런 겨울날이면 여름날에 대한 아득한 기억으로 가슴이 뭉클해진다. 물 흐르는 따스한 시냇가를 뛰어다니는 즐거움은 얼마나 크며, 시냇물 속은 또 얼마나 아름다운가. 자연에서 누리는 삶과 사귐은 얼마나 놀라운 것인가. 추위란 얄팍한 겉모습에 불과하고, 우리 저 안쪽 알맹이는 여전히 여름이다. 까마귀가 울고 수탉이 홰치는 소리, 등허리에 내리쬐는 따스한 햇발이 바로 그 여름이다. 저 멀리 어느 숲가에서 까마귀 울음소리가 희미하게 메아리친다. 햇살을 받고 올라온 아지랑이 탓에 봄날처럼 둔탁한 소리로 울린다. 이 소리가 마을에서 들리는 웅얼거리는 소리, 아이들이 뛰노는 소리와 뒤섞인다. 실개천이 또 다른 실개천으로 졸졸 흘러드는 소리 같다. 야생의 소리와 길의 소리가 하나로 합쳐진다. 이 얼마나 즐거운 소리인가. 까마귀가 제 까마귀 벗을 부르는 소리일 뿐 아니라 내게 말을 거는 소리기도 하다. 나 또한 까마귀와 더불어 훌륭한 피조물의 한 부분이 된다. 까마귀가 말을 하는 입이라면 나는 그 말을 알아듣는 귀다. 까마귀가 소리칠 때 나는 들을 수 있다. 봄철마다 까마귀는 내게 까악까악 울어댈 테지만, 나는 까마귀에게 총을 쏘거나 돌을 던진 적이 없다. 생각건대, 저 멀리 숲에 둘러싸인 지평선에서 축복받은 기나긴 방학을 즐기는 까마귀 떼의 울음소리는 지금 에이, 비, 에이, 비를 되뇌는 학교 아이들의 소리이기도 하고, 학교 파한 아이들이 긴 휴식 시간을 즐기는 소리이기도 하다. 지금이 봄인 양 수증기가 향처럼 들판 위로 올라간다. 아, 내 영혼아, 하느님을 송축하여라. 까마귀가 사냥꾼 총에 죽는 일 없이 언제까지나 야생에 머물도록, 하느님, 그를 축복하소서! 또 뜰에서 꼬꼬댁 우는 암탉들에게도 축복을 내려주소서!

1월 19일 금　　눈 덮인 숲

어제 온종일 세차게 비가 내려 길가 도랑이 실개천처럼 불어났고, 빙판에 쌓였던 눈이 말끔히 쓸려나갔으며, 길 한복판을 걷는데도 신발 위로 빗물이 넘쳤다.

밤사이에 비가 눈으로 바뀌더니 오전 7시인 지금까지도 내리퍼부으면서 젖은 땅을 10센티 높이로 뒤덮는다. 비 섞인 축축한 눈, 즉 진눈깨비로 거센 북서풍에 휘날리며 나무와 담벼락에 들러붙는다. 이렇게 축축하고 어두운 아침에 세찬 바람을 맞으며 철로를 따라 걸어 내려간다. 눈보라가 휘몰아쳐 하늘은 보이지 않는다. 그러나 이런 어두운 폭풍설 한가운데에서도 여느 때보다 밝은 푸른빛이 어른거리며 우리 안에 아직 천상의 빛깔이 남아 있음을 알려준다.

정오경 여전히 눈보라가 몰아치고, 홍방울새 무리가 뜰에서 개비름 따위의 씨앗을 쪼아 먹는다. 대개 검붉은 빛깔을 띠고 있으나 몇 마리는 앞가슴 색이 아주 밝은 빨강이어서 무척 화려한 모습이다. 날개덮깃 테두리의 하얀빛이 특히 눈에 띈다.

오후에 여전히 북서풍이 진눈깨비를 몰고 벌판에서 휘몰아치는 동안 채닝*과 더불어 클리프스**와 월든 호수를 향해 걷는다. 시

* 윌리엄 엘러리 채닝 2세(William Ellery Channing II, 1817~1901). 매사추세츠주 보스턴 출신의 초월주의 시인. 콩코드에 살며 소로와 자주 산책했다. 소로의 첫 전기를 쓰기도 했다. 소로는 채닝이 편지에 쓴 조언을 계기로 월든 호숫가에 스스로 집을 짓고 거주했으리라 추측된다.

** 페어헤이븐 언덕 남쪽 기슭의 낭떠러지가 많은 곳을 일컫는다. 소로의 글에 나오는 땅 이름 중에는 소로가 소유주의 이름, 식생 등의 여러 특성을 고려하여 직접 명명한 것이 적지 않다.

골길에는 아무 발자국도 남아 있지 않고 길, 집, 나무 모두 하나같이 춥고 쓸쓸한 모습이다. 눈이 퍽 많이 내렸으나 거의 모조리 담벼락 밑으로 날려 쌓였다. 우리는 스프링숲을 거쳐 클리프스 기슭 숲길을 통해 월든 호수까지 갔다가 다시 브리스터의 언덕으로 돌아와 큰길로 집에 이르렀다. 바람이 세찼으나 진눈깨비가 나무에 잔뜩 내려앉은 모습을 보니 먼 길을 온 보람이 있었다. 리기다소나무 가지가 진눈깨비 더미에 눌려 땅에 닿아 있었다. 자작나무, 백참나무도 마찬가지였다. 8미터 가까운 한 백참나무는 줄기가 부러진 채 땅에 축 늘어져 되살아나기 어려울 성싶었다. 높이 8미터가 훌쩍 넘는 상록수, 아직 잎을 단 참나무, 잎을 떨어뜨린 자작나무 할 것 없이 모조리 가지가 땅 쪽으로 굽었다. 이 놀랍고 아름다운 곡선이 숲 경치에 새로이 나타난 볼거리였다. 꽤 많은 어린 스트로브잣나무가 하얀 면사포를 쓴 소녀처럼 청정의 상징인 하얀 가운을 뒤집어쓴 채 우듬지가 살짝 휘고 몸통 전체가 한쪽으로 기울어 있었다. 이 모양새가 하얀 망토로 머리를 감싸고 폭풍에 맞서는 여행자 같았다. 숲이 바람을 받는 쪽과 나무 우듬지는 거의 다 헐벗었지만 숲 안쪽에 자리한 나무들은 아래쪽 3분의 2가량이 날아온 눈 더미로 덮여 있었다. 진눈깨비가 참나무 잎, 상록수 잎뿐만 아니라 온갖 큰 가지와 잔가지에 쌓여 10~15센티 높이로 곧추선 벽이나 주름 칼라 모양을 이루었다. 이런 나무들이 작은 만리장성처럼 언덕과 골짝을 지그재그로 내달리기에, 큰 가지든 잔가지든 무수한 가지가 벌여놓인 모습이 어느 때보다 돋보였다. 통째로 진눈깨비에 덮인 나무에는 은은한 빛이 가득 퍼져 있기에 숲이 여느 때처럼 어둡지 않고, 눈 더미나 눈으로 지은 집에 들어온 듯했다. 이 느낌은 바람 불어오는 쪽에 서 있더라도 마찬가지였다. 이 미궁, 다시 말해 흰 가지들의 미로에서는 사방 어디를 보더라도 20~25미터 앞밖에는 내다보이질 않았다(이런 광경이 내내 이어질 터였다). 어디나 이런 높이로 진눈깨비가 두껍게 쌓여 밖을 내다볼 수 있는 어떤 틈새도 남아 있지 않았다. 숲길이 거의 땅까지 굽은 가지에 가로막혔기에 우리는 지그재그로 돌아가거나 아니면 진눈깨비 더미가 쏟아져 내려 턱까지 파묻히는 일이 없도록 조심하면서 나무 밑을 기어야 했다. 게다가 나무 우듬지만큼 높이 솟은 미궁에 맞닥뜨린 양, 앞길이 전혀 보이지 않은 적도 드물지 않았다. 애초부터 길이 없는 곳이라는 느낌마저 들었다. 우리는 나무를 발로 차거나 손으로 흔들어 눈 더미를 얼마쯤 덜어낸 다음, 가지를 약간 들어 밑으로 지나갈 만한 통로를 만들곤 했다. 리기다소나무 사이에 괴상하게 생긴 문과 꼬불꼬불한 통로가 나 있을 경우, 몸을 구부려 그 무너지기 쉬운 벽을 스치며 나아갔다. 숲 한가운데 길이 탁 트인 곳에서는 눈이 20여 센티 넘게 쌓였다. 이곳 북쪽 기슭에 자리한 나무줄기에는 눈이 그야말로 가지런히 쌓였는데, 겨울이면 이런 일이 자주 일어나 때로 몇 주 동안 이어진다. 이것이 눈 녹은 물을 좋아하는 이끼류가 이곳에서 가장 잘 자라는 주된 까닭이 아닐까 싶다. 약간 떨어진 곳에서 숲을 바라보니 리기다소나무, 스트로브잣나무가 거대한 냅킨이나 흰 테이블보, 또는 하얀 이불에 푹 싸였다. 스트로브잣나무가 눈에 덮여 전나무처럼 변했고, 어떤 커다란 스트로브잣나무의 큰 가지들과 잔가지들은 진눈깨비

더미에 휘어지면서 서로 엉켰다. 그래서 나무 옆구리에서 자라난 단단한 버섯 무리나, 내가 언젠가 그림에서 본 아프리카의 콩새가 모여 사는 둥지처럼 보였다. 어떤 스트로브잣나무 가지들은 새의 꽁지깃이나 물갈퀴처럼 늘어졌고, 어떤 리기다소나무에는 눈이 코코넛 열매처럼 사람 머리만 한 크기로 뭉쳐 있었다. 이렇게 쌓인 눈들이 보여주지 않았다면 이 숲에 잔가지와 큰 가지가 이리도 많다는 게 믿기지 않았을 터이다. 눈이 빈틈없이 내리쌓여 새가 앉을 만한 가지는 어디에도 보이지 않았다.

1월 20일 토 눈 속 산책

오후에 윌리엄 태펀*과 더불어 코난텀에 가다.

호되게 춥지는 않은 맑은 날이다. 어젯밤 바람이 거세게 몰아치더니 나무에 쌓인 눈이 거의 남김없이 떨어졌다. 우리는 어처구니없게도 허버드 집 뒤편 들판을 가로지르다가 눈 덮인 도랑에 허리께까지 빠져 허우적거렸다. 온 누리가 새롭다. 어제는 슬러시로 변해 출렁이던 물웅덩이가 어느 사이엔가 부드럽고 하얀 설빙으로 바뀌었다. 사방 풍경이 눈으로 새하얘져서 천지창조의 날 같다. 새로운 눈이 온 누리를 덮은 곳에서는 어디를 둘러보더라도 케케묵은 모습은 보이지 않는다. 천지가 새로울 뿐 아니라 태초처럼 고요

* 윌리엄 애스핀월 태펀(William Aspinwall Tappan, 1819~1905). 노예제 폐지론자로 유명한 사업가 루이스 태펀과 수재나 애스핀월의 아들로, 1847년에 초월주의 예술가 캐럴라인 스터지스와 결혼했다. 소로는 1843년에 뉴욕 스태튼섬에서 랠프 왈도 에머슨의 젊은 친구였던 태펀을 만나 사귀게 되었다.

하다. 나뭇잎, 풀잎 모두 잠잠하고 새, 벌레의 울음소리도 들리지 않고 멀리서 썰매 방울 소리만 희미하게 울려올 뿐이다. 머리 위에는 폭신해 보이는 조개구름이 떠 있고, 구름 사이로 부드러운 빛이 어린다. 조개구름이 하늘 가득 덮고 있다가 어느덧 사라지자 하늘이 다시 푸르러진다.

내가 어제 본 숲의 경치를 생생하게 전달할 수 있다고 믿지 않는다. 누구나 그 숲으로 가서 눈 더미 쌓인 큰 가지들과 잔가지들을 둘러보는 수밖에 없을 것이다. 실로 어느 것도 이 세상의 것이 아닌 모습이었다. 눈금처럼 서로 엇갈리며 지그재그로 내달리는 무수한 하얀 가지들이 가벼운 눈보라마냥 시야를 가로막아 사방 어디서나 20미터 안짝밖에는 보이지 않았다. 상상할 수 있는 가장 겨울다운 경치였다. 마을 어느 곳보다도 거기 숲길로 날아든 눈이 훨씬 가볍고 덜 젖어 있었다.

1월 24일 수　　뉴잉글랜드의 미래

요즘 윌리엄 우드*의 『뉴잉글랜드의 미래New England's Prospect』를 읽고 있다. 윌리엄 우드는 1633년 8월 15일에 뉴잉글랜드를 떠났고, 내가 읽고 있는 이 1764년 미국 판본은 1636년 런던에서 나온

---

* 윌리엄 우드(William Wood, 1580~1639). 미국 매사추세츠에서 4년가량 지낸 잉글랜드 작가로, 1634년 런던에서 『뉴잉글랜드의 미래』를 펴냈다. 뉴잉글랜드는 미국 동북부의 여섯 주(메인, 뉴햄프셔, 버몬트, 매사추세츠, 로드아일랜드, 코네티컷)로 구성된 지역으로, 1620년에 잉글랜드 이민자들이 이곳으로 건너와 매사추세츠의 플리머스에 식민지를 건설했다. 이 책은 뉴잉글랜드의 지형·기후·식생과 아울러 원주민을 다뤄 인기를 끌었다.

판본을 따랐다.

우드는 풀이 "어른 허리만큼, 어떤 풀은 어깨에 이를 만큼 풍성하고 길게" 자라났다고 적었으므로 그 시절에는 야생 초원에 풀이 더 빼곡히 자라났을 것이다. "어떤 딸기는 지름 5센티에 이르고, 한 사람이 오전에 반 부셸을 따 모을 만큼" 딸기 또한 큼지막하고 푸짐했으나, 주민들이 가꾸면서부터 작아지고 적어졌다. 수많은 옛 작가가 이야기하듯 구스베리, 라즈베리, 까치밥나무 열매와 같은 물과일 또한 훨씬 더 많았음에 틀림없다. 하나 현대 작가들이 이런 열매를 야생에서 찾아낸 경우는 극히 드물다. 이런 원시의 숲이 어떠했는지는 아직 메인에 남은 숲을 보며 상상해볼 수 있을 터이다. 우드는 이렇게 말했다. "숲의 나무들이 곧게 자라나 어떤 나무는 가지를 뻗기도 전에 6미터 내지 9미터에 이를 정도로 높이 치솟았는데, 몇 아름이 넘는 굵은 나무는 대체로 드문 편이더라도 지름 1미터가 훌쩍 넘어 풍차 기둥으로 쓸 만한 나무들은 흔했다."

우드는 숲 거의 어디에서나 말을 타고 사냥할 수 있다고 적었으므로, 우리는 그 시절 숲이 지금 남아 있는 원시림보다는 수목 밀도가 낮았음을 확인할 수 있다. 이는 인디언들이 가끔씩 숲에 불을 놓기 때문이었다. 인디언이 불로 태우지 못하는 "습지를 빼고 나면 덤불숲을 전혀 보지 못했다. 여기 강가[찰스강이리라]를 따라 16킬로에 걸쳐 나무들이[우드는 특히 소나무를 강조한다] 당당하게 높이 치솟았다. 따라서 여기에 제재소를 세우면 더없이 좋을 것이다." 우드는 한때 전나무가 지금 메인과 메인 서쪽 땅 못지않게 매사추세츠에서도 많이 자라났다면서 전나무 이야기부터 꺼내놓는다. 또 참나무에 대해서는 "한 해 걸러 돼지를 먹일 많은 도토리를 무수히 내놓는다"고 했다. 이는 지금보다 참나무가 훨씬 많이 자라났음을 넌지시 일러주는 것이리라. 우드는 "혼바운드 나무는 목질이 무척 질겨서 잘 쪼개지지 않는 나무이지만, 좀체 깨지거나 새지 않기에 사발이나 접시를 만들기에 더할 나위 없이 좋다"면서, 산문에 운문을 곁들여 덩굴식물이 이 나무를 빼곡히 휘감았다고 적었다. 이 나무가 다름 아닌 서어나무라면 그 시절에는 훨씬 컸을 테지만, 나는 이 나무가 니사나무가 아닐까 생각한다. 우드가 사발로 쓰기에 좋다고 했고 그 뒤로도 니사나무가 널리 쓰였으므로, 그 시절에는 니사나무가 지금보다 훨씬 크고 많지 않았을까 싶다.

우드는 이제 콩코드에서는 사라진 네발짐승으로 사자["어떤 이들이 직접 보았다고 주장하는" 케이프앤라이언Cape Ann Lion이다. 우드가 예전에는 플리머스 주민들이 이 짐승 가죽을 얻으려고 거래를 했다고 덧붙였으므로, 이 짐승은 퓨마가 아닐까 싶다], 곰, 무스, 사슴, 호저, "험상궂은 낯빛의 살쾡이와 게걸스럽게 울부짖는 늑대", 비버를 들었다. 그리고 담비도.

"이곳에서 검은 곰 종류가 흔히 보이는데, 딸기가 익어가는 철이면 무척 사나워진다. 새끼를 갖는 계절인 탓으로, 이때에는 사람처럼 꼿꼿이 서서 나무를 오르고 섬으로 헤엄쳐 다니기도 한다." 늑대가 떼 지어 몰려다니며 검은 곰을 사냥해서 "사나운 개가 아이를 물어뜯듯이 찢어놓는다." "이 늑대 무리는 영국 집짐승을 먹잇감으로 삼지는 않으며" 총으로 쏘지 않는 한 "사람에게 달려들지 않는다." 이런 야생동물들의 고기가 "사슴고기보다 낫다고 여겨진다.” 우드는 늑대가 곰, 무스, 사슴을 닥치는 대로 잡아먹어서 이들이 널리 퍼지지 못하게 막고 있다고 못마땅해했다.

동부회색청설모 또한 분명 그 시절보다는 수가 훨씬 많이 줄어들었을 것이다.

우드가 말하는 살쾡이 또는 야생 고양이는 캐나다스라소니나 오소리가 아닐까 싶다. 우드는 이 짐승을 야생 고양이라 일컬으면서 그 모습을 상세히 설명하지는 않았다. “고기가 아주 좋다. 가죽이 두툼해서 모피로 쓰기에 좋고, 배에 검고 하얀 얼룩이 졌다.”

우드는 비버가 잔꾀가 많고 약삭빠른 탓에 오랜 시간 몰이사냥을 해야 하지만 “영국인들은 경험이 적고 끈기가 모자라서 거의, 또는 전혀 비버를 잡지 못하고 있다”고 썼다.

독수리도 전에 비해 많이 사라졌다. 멧닭은 모조리 사라졌고(수컷 멧닭 가격이 ‘4페니’였다), 비둘기는 물론 칠면조(좋은 수컷이 ‘4실링’이었다), 올빼미, 가마우지도 수가 많이 줄어들었을 것이고, 바닷새(우드는 운 좋게 “총알 두 방으로 열두 마리를 잡았다”고 기록했다)와 백조도 그랬을 것이다. 비둘기에 대해서는 이렇게 적었다. “영국인들의 농장 지대 북동쪽 50킬로에 걸쳐 많은 비둘기가 소나무 사이에 둥지를 짓는다. 이런 둥지가 많은 곳에서는 둥지와 둥지, 나무와 나무가 이어지며 하늘을 가려 땅에 햇빛이 전혀 들지 않는다. 이런 곳에서 인디언들이 비둘기를 무더기로 잡아 집으로 가져온다.” 그 시절에는 칠면조를 겨울에 뒤쫓아 잡거나, 밤에 나뭇가지에 앉아 있을 때 총을 쏘아 잡았다. 두루미에 대해서는 “남자 어른 키만큼이나 컸다”면서(아마 블루헤론이거나 아메리카흰두루미 아니면 캐나다두루미였을 것이다), "나는 이런 새를 많이 보았지만, 기름기가 번지르르하게 흐르는데도 뚱뚱한 놈은 보지 못했다"라고 적었다. 나 또한 뚱뚱한 두루미는 보지 못했다. "마찬가지로 많은 백조가 신선한 호수와 강을 곧잘 찾아왔으나 오리, 거위 따위와는 잘 어울리려 하지 않았다. 이들 고기도 맛이 아주 좋아 한 마리당 6실링에 팔렸다."

칠갑상어는 특히 케이프코드와 메리맥강에서 많이 잡히고, "일부는 3~5미터가량 길이로 소금에 절여져 영국으로 실려 나간다." 연어, 샤드shad, 배스도 풍부했다.

바다에서 해안으로 물결을 오르내리는
옛 넵튠의 당당한 파발꾼

배스는 이 고장의 으뜸가는 물고기 중 하나로, 한번에 2천 내지 3천 마리씩 건져 올려지고 어떤 놈들은 크기가 1미터가 넘는데, "저인망으로 훑고 나서 미처 거두지 못한 채 모래사장에 남겨졌다가 거름으로 쓰이기도 했다." 아메리카청어는 4월이 끝나갈 무렵, 믿기지 않을 만큼 많은 수가 알을 낳기 위해 떼 지어 신선한 강으로 거슬러와 거의 헤엄치기 어려운 얕은 물까지 밀려 올라온다. "민물 웅덩이를 찾아가려는 바람이 어찌나 강한지 아무리 장대 따위로 물을 휘젓고 두들겨도 알을 낳기 전에는 절대 바다로 돌아가려 하지 않는다."

"소조 때마다 드러나는 몇몇 둑에서는 길이가 30센티나 되는 구두 주걱처럼 생긴 커다란 굴이 많이 잡힌다. 어찌나 큰지 껍질에서 떼어낸 뒤에도 반으로 잘라내지 않으면 한입에 삼키기 어려울 정도이다." "바닷가재는 너무 흔해서 먹는 사람이 드물고 거의 값어치를 쳐주지 않는다." 우드는 찰스강 어귀 바로 앞쪽 만에 생겨난 "굴 껍질로 이루어진 거대한 둑"과 미스틱강의 또 다른 둑이 이 두 강의 흐름을 가로막고 있다고 적었다.

오후에 각시석남못에 갔다.

칼미아가 가득 들어찬 풀밭 귀퉁이가 붉게 변해 햇빛에 반짝인다. 이 각시석남못은 퍽 흥미로운 곳이다. 못 바닥에 작은 각시석남이 이끼처럼 빼곡히 돋아나 칙칙한 붉은 덩어리처럼 보인다. 바닥 물이끼에서 60센티 정도, 아니면 그보다 좀 더 높게 자라났다. 해를 마주하고 있으면 반투명한 붉은빛이고, 해를 등지고 있으면 우중충한 회색빛이 돈다. 그러나 각시석남만 못에 가득한 것은 아니다. 폭이 5미터쯤 되는, 못을 둘러싼 탁 트이고 축축한 곳에서 쥐꼬리망초, 미나리아재비, 거친 잡풀 따위가 돋아났다. 각시석남이 자라난 자그마한 둔덕과 연한 물이끼는 하나로 묶인 싱싱한 꽃다발처럼 무척 아름다운 광경을 이루고 있다. 여기가 바로 자연의 응접실로, 자연의 일상어lingua vernacular*를 알고 있다면 그녀와 이야기를 나눌 수 있는 곳이다. 이곳이 그녀의 아담한 거실이자 휴게실이자 보관실이다.

---

* 문학, 과학 등에 쓰이는 표준 언어와 대비되는, 넓은 지역에서 두루 쓰이는 사투리.

1월 26일 금 1월의 날씨

아침에 이렇다 할 바람은 불지 않는데 마른 눈이 내려 마을을 하얗게 덮었다. 요즈음에는 날씨가 어찌나 변덕이 심한지 모르겠다. 날씨가 얼마나 자주 바뀌었는지 기억을 더듬어보자. 12월 5일부터 12월 막바지까지, 그리고 1월로 접어들고 나서도 눈이 15센티 넘게 내리쌓여서 원할 때마다 거의 언제나 썰매를 탈 수 있었다. 날이 약간 풀렸다가 꽁꽁 얼어붙곤 했으나 12월 말경 추적추적 비가 내리고 가끔씩 눈발이 휘날렸다.

1월 6일, 며칠 동안 쾌적한 날이 이어지다가 차가운 북풍이 몰아치고 눈이 제법 내렸다.

1월 7일, 오후에 문밖을 나서자 놀랍게도 따스한 남풍이 불어와 쌓인 눈이 부드럽게 녹아내렸다. 비 없이 시작된 1월의 해동으로, 길거리의 얼음이 쓸려나갔다. 겨울의 등뼈가 부러진 듯해 봄을 꿈꾸게 되는 날이었다.

1월 8일, 마찬가지로 얼음이 녹아 길이 휑했고 시내가 얼음 녹은 물로 가득했으나 날씨는 여전히 맑고 따스했다.

1월 9일, 발밑이 질척거리는, 눈 내릴 듯 구름 많은 날이어서 강을 따라 걷기가 쉽지 않았다. 양쪽 강가에서는 수십 미터 폭의 누런 강물이 빙판 위로 흘러갔다.

1월 10일, 갑자기 추워지면서 바람이 사나워졌다. 귀를 꽁꽁 싸매고 습지 여기저기를 다녔다.

1월 11일, 오후 늦게 눈이 펑펑 쏟아지더니 이내 빙판에 1.5센티쯤 쌓였다. 이 눈은 밤에 그쳤다.

1월 12일, 오전에 또 한동안 눈이 펑펑 쏟아지더니 하늘이 개면서 퍽 쾌적하고 따스해졌다. 시냇가를 걸으며 물고기를 찾고 멀리서 까마귀 떼가 까악까악 우는 소리를 들으며 봄을 생각했다.

1월 13일, 여전히 따스했고 길은 눈이 녹아 진창이었으나 아직 얼음이 남은 곳은 무척 미끄러웠다. 비 올 듯이 안개가 자욱했다.

1월 14일, 맑고 추웠다. 온 누리가 다시 꽁꽁 얼어붙었다. 스케이트를 지치기에 아주 그만인 날이어서 강 따라 스케이트를 타고 베이커 농장까지 갔다 왔다.

1월 15일, 오전에 한동안 눈이 빙판에 얇게 내리쌓이다가 오후에 그쳤다.

1월 16일, 다시 눈이 내리쌓여 스케이트를 지치기 어려웠다.

1월 17일, 날씨가 어땠는지 기억나지 않는다.

1월 18일, 온종일 세차게 퍼붓는 비가 얼마쯤 남은 눈을 쓸어가 빙판이 드러났다. 도랑물이 개울물처럼 콸콸 흘러내렸다. 밖으로 나온 주민은 드물었고, 나 또한 거의 하루 종일 집에 머물렀다.

1월 19일, 간밤에 내리던 비가 물기 많은 눈으로 바뀌면서 처음에는 슬러시가 만들어지다가 얼마쯤 지나자 물이 거의 다 얼어붙었다. 진눈깨비가 담벼락과 나무에 들러붙어 제법 그럴듯한 겨울 풍경이 생겨났다. 세찬 북서풍에 몰려온 진눈깨비가 하루 종일 숲속 나무 위에 내리쌓였다. 숲 한가운데로 들어서자 굽은 소나무, 백참나무, 부러진 가지 등이 보였다.

1월 20일, 나무에 쌓인 눈이 간밤 세찬 바람에 날려가 아침에는 거의 모든 나뭇가지가 휑했다. 그다지 춥지는 않아 쌓인 눈을 살피며 돌아다닌 맑고 즐거운 날이었다.

1월 21일, 정오경에 하늘이 어두워지더니 가랑눈이 내리다가 진눈깨비로 바뀌었고, 다시 비로 바뀌면서 온 누리가 빗물로 반짝였다.

1월 22일, 지난밤 내내 비가 내려 올해 어느 날보다 걷기 어려웠다. 도랑은 무릎까지 물이 찼고, 거리 여기저기에 깊은 물웅덩이가 생겨났다. 홍수라도 난 것처럼 강물이 불어나 30센티 두께의 빙판을 녹이며 한 줄기 급류로 흘러내렸다. 수백 마리 사향쥐가 굴에서 쫓겨나 사냥꾼 총에 맞아 죽었고, 얼마 전까지 눈 덮인 빙판이었던 강에서는 성난 검은 파도가 일었다. 눈이 씻겨나가 땅이 휑해졌고, 여기저기서 뿌리잎이 돋아나 언덕을 갈색으로 물들였다.

1월 23일, 날이 맑게 갰으나 개울물이 여전히 길까지 넘쳐났다.

1월 24일, 월든 호수에 갔다. 황혼 녘에 눈이 2센티가량 내리쌓였다.

1월 25일, 맑고 온화한 날이었으나 강물이 전날보다 수위가 높아져 방죽 위로 넘쳤다.

1월 26일, 오늘은 하얀 눈이 내린다. 이 오늘의 일기를 다시 이어가보자.

오후에 월든 호수에 갔다. 동풍이 거세지면서 19일처럼 습한 눈이 휘몰아친다. 자고새가 이 굵은 눈을 맞으며 뒤뚱뒤뚱 걸어간 자국이 있다. 이 자국이 끝나는 곳에서 자고새 한 마리가 관목 위를 스치듯 날아간다. 벌판에 눈이 휘몰아치면서 전방이 자욱해진다. 어느 쪽을 바라보더라도 백 미터 앞이 채 내다보이지 않고, 여기저기 우거졌던 어린 나무들이 눈에 파묻혀 보이지 않는다. 땅의 모습이 얼마나 많이 바뀌었는가. 어제는 황갈색 언덕, 우중충한 빙판, 누런 물웅덩이가 두드러지던 벌판이 오늘은 온통 하얗다. 눈이 벌판, 숲, 지붕에 쉴 새 없이 내리쌓인다. 겨울에 폭우나 폭설이 내리고 나면 공기는 평형을 잃고, 곧이어 눈을 흔들어 떨치고 물기를 말리는 세찬 바람이 불어온다.

1월 27일 토　　　여우 발자국

살을 엘 듯한 차가운 남서풍이 불어온다. 강물 수위가 여전히 높은 탓에 아직 사향쥐들은 임시로 지은 굴집을 들락거린다. 산토끼 한 마리가 추위를 피하기 위해서라기보다는 몸을 감추기 위해서인 듯 약간 파인 곳에 웅크리고 앉았다가 놀라 달아난다. 이들은 겨울철이면 언제나 가난에 찌든 듯 궁상맞아 보인다.

클리프스 북쪽 끝에 여우 발자국이 나 있다. 어젯밤 진눈깨비가 그친 뒤, 그리고 아마 비마저 멎은 뒤, 땅이 얼어붙기 전 한밤중이나 그 조금 뒤에 생겨난 발자국이리라. 4~5센티 폭 발자국이 25~30센티 거리를 두고 생겼다. 가끔씩 두 발은 좀 더 모아지고 거리는 좀 더 벌어진 자국이 있는데, 이로 미루어 느릿느릿 뛰어간 모양이다. 어느 곳에서는 발자국이 5~10미터가량 되돌아와 클리프스 북쪽 끝 경사가 급하지 않은 비탈로 올라가다가 방향을 바꿔 남쪽 가장자리를 따라가고 있다. 어떤 곳에서는 녀석이 개처럼 오줌을 싸서 여우 특유의 고약한 냄새가 난다. 튀어나온 바위를 만나면 빙 둘러가기보다 정찰하려는 듯 바위 위로 뛰어올랐다. 대체로 클리프스의 약간 아래쪽을 따라 걷다가 가끔씩 클리프스로 뛰어오른 모양이다. 이렇게 발자국이 8백여 미터 이어지다가 내가 눈여겨보아온 노간주나무 건너편에서 60미터쯤 내려가더니 갑자기 뚝 끊겼다. 자세히 살펴보니 발자국이 끊긴 곳으로부터 50센티쯤 떨어진 큰 암반 턱에서 바위가 달랑 튀어나와 있고 그 밑에 여우굴이 있다. 녀석은 몸을 웅크리고 이 달랑 튀어나온 바위 밑을 기어 굴속으로 들어갔을 것이다. 굴까지 이르는 발자국은 전혀 찾아내지 못했다.

여우 발자국은 사람들이 흔히 짐작하는 것보다 크다. 아마 큰 개 발자국만 할 것이다. 이들은 잠자는 자고새나 산토끼를 물어 올 작정으로 캄캄한 밤에 밖으로 나가 먼 곳까지 헤매다가 동트기 전에 다시 굴로 돌아온다. 이들이 사회를 이루고 있다면 굴집에 모여 이 한밤중의 모험을 얼마나 재미나게 이야기하며 지낼 것인가. 나는 여러 번 저 바위 위에 앉아 있었는데도, 바위 밑에 여우굴이 있으리라고는 꿈에도 생각하지 못했다. 지금은 이들이 이곳의 유일한 무법자이자 로빈 후드이다. 집시와 같은 온갖 무법자의 대표이다. 인디언이 야생의 인간이듯, 이들은 야생의 개이다.

숲을 나와 철길 쪽으로 걷고 있자니 해가 진다. 해 지는 서쪽 푸른 지평선을 따라 보랏빛이 감도는 조각구름이 무리 지어 떠 있다.

2월 3일 토 겨울 벌판에서 불 지피기

오후, 눈보라가 치는데도 태펀과 더불어 스케이트를 지치며 강을 거슬러 올라간다. 북서풍이 거세고 온 누리가 눈으로 덮인 이런 날에 스케이트를 지치기는 처음이다. 내리쌓인 눈은 그다지 큰 방해가 되지 않았으나 몇십 미터 앞이 잘 내다보이지 않을 만큼 세차게 눈보라가 휘몰아쳐 앞으로 나아가기가 버거울 때가 많았다.

리의 절벽에서 참나무 잎과 잔가지로 불을 지핀 다음 스트로브잣나무 솔방울로 모닥불을 피우자, 이 불기운 덕에 눈보라가 몰아치는 추운 겨울날 들판에 나와 있다는 게 거의 실감 나지 않는다.

마른 잎은 불이 붙으면 금세 빠지직 타들어가 잔가지에 모락모락 연기만 남기므로 단단한 나무에 불이 옮겨 붙기 전까지는 부지런히 마른 잎을 대주어야 한다. 불이 붙고 나서도 집어삼키기 좋은 알맞은 땔감을 대주지 못할 경우, 불이란 놈은 얼마나 맥 빠지고 미덥지 못한가. 하지만 단단한 나무를 맛있게 집어삼키면서 스스로의 바람으로 활활 타오를 경우에는 얼마나 억누르기 어렵고 활기찬가. 따라서 불을 지피는 법 못지않게 불을 끄는 법 또한 공들여 생각해봐야 한다. 높이 솟은 바위 밑을 막고 그곳 유황색 지의류를 그슬려보자. 그런 다음 노간주나무나 솔송나무 가지를 던져 넣고 빠지직 타들어가는 소리를 들어보라. 그 안에 성경 말씀이 들어 있다.

우리 마을에는 스케이트를 기가 막히게 잘 타는 열한두 살짜리 아이가 서넛 있다. 이 아이들은 윗몸을 이쪽저쪽 기울이면서 떠다니는 듯한 우아한 동작으로 스케이트를 지치는데, 마치 그 모습이 수풀을 뒤지면서 스쳐 지나가는 잿빛개구리매를 빼닮았다.

2월 5일 월　　　일기 쓰기

일기를 쓸 때는 간단하게라도 그날의 날씨를 적어놓는 것이 꼭 필요한 일이 아닐까 싶다. 그날 날씨의 특징이 우리 기분에 적지 않은 영향을 미치기 때문이다. 그때 그렇게 중요했던 일이 내 기억에 하잘것없는 일로 남게 될 리는 만무하다.

월든 호숫가 내 오두막터 뒤편 숲에서 테리엥이 커다란 밤나무 두 그루를 베어냈다. 줄기 밑동 지름이 60센티쯤 되는 밤나무로, 나이테를 세어보니 수령이 75년이 넘었다. 곧이어 테리엥이 이 밤나무를 기둥으로 쓰려고 찍어내다가 옹이를 내리쳐 도끼날이 1센티가량 떨어져나갔다. 테리엥은 이런 일이 드물지 않게 일어난다고 말했다. 오늘만 해도 벌써 두어 명의 나무꾼이 도끼날을 부러뜨렸다며.

2월 6일 화　　　추운 밤

올겨울 들어 가장 추운 날이다. 오전 9시, 온도계 수은주가 영하 14도를 가리킨다. 전해 들은 바로는 오전 6시에 영하 18도였고, 뉴햄프셔의 고램에서는 영하 30도까지 내려갔다고 한다. 이런 추위에 빈둥거리며 길거리를 나다닐 주민은 없을 터이다. 짐마차 바퀴가 삐걱거리는 소리가 사실상 비명 같다. 내 방 난롯가 창문에 낀

성에가 하루 종일 녹지 않는다. 오후 4시에 수은주가 영하 10도를, 오후 6시에는 영하 14도를 가리켰다.

오후 5시에 밖으로 나오자 살을 엘 것 같은 추위로 금세 얼굴이 얼얼해진다. 이웃집 굴뚝을 보니 연기가 공중으로 퍼져나가지 못하고 금세 사라진다. 차고 메마른 공기가 맑고 옅은 연기를 덥석 채가는 것이다. 서쪽 창으로 해가 지기가 무섭게 아름다운 수정막이 창 전체를 뒤덮는다. 밤 9시경이 되자 영하 16도로 내려간다.

2월 7일 수　　　강추위

간밤에는 오랜만에 강추위가 몰아쳐 얼굴을 덮었던 이불이 뻣뻣하게 얼어붙었다. 어제 저녁, 우리 집 고양이가 문을 열어 달라고 칭얼대더니 막상 문을 열어주자 밖으로 나가길 망설이는 눈치였다. 밤 9시경, 집으로 들어온 녀석에게서 향긋한 건초 냄새가 났다. 가족 모두 녀석을 안아 올려 그 냄새를 맡았다. 어느 헛간에선가 뒹굴다가 온 모양이다. 요즘에는 마을 사람들이 잠자러 가길 꺼린다. 밤에는 화약 공장이라도 터진 것마냥 땅이 갈라지고 가옥의 재목이 쩍쩍 쪼개진다. 아침이면 들통의 물이 꽁꽁 얼어붙고 추위에 손가락이 곱아서 단추 채우기가 쉽지 않다. 쇳덩이를 손에 쥐면 불같이 화끈거린다. 오전 7시 30분경, 온도계 수은주가 수은단지로 숨어버렸으므로 적어도 영하 19도가 넘는 추위이다. 시계도 꽁꽁 얼어붙었는지 바늘이 움직이지 않는다. 길거리에 나온 사내들의 수염이 하나같이 희끗희끗하다. 빵, 고기, 우유, 치즈가 모조리 얼음처럼 딱딱해졌다. 광에 든 물건마저 서리에 덮여 골콘다*의 다이아몬드처럼 반짝거린다. 땔감이 넉넉지 못한 가난한 집 아이들이 가엾다. 나무꾼조차 숲에 들어가기를 꺼린다. 하지만 S. 웨더비는 아침 땔감을 마련하려고 1킬로가 넘는 길을 걸어와 나무를 베어낸다. 이웃 스미스 씨네 온도계는 오늘 아침 영하 26도까지 내려갔다고 한다. 하지만 오늘 낮은 어제 낮에 비하면 온화한 편이다.

어제는 '혹한의 화요일'로 길이 기억될 만한 날이다. 지금도 마을 노인들은 여러 해 전 벽난로 앞에 모여 굵직굵직한 장작을 때면서 두툼한 담요를 둘러쓰고 앉아 있던 어느 날을 '혹한의 금요일'이라 일컫곤 한다. 그들 말에 따르면 어제도 그날 못지않게 추웠다 한다.

2월 9일 금　　　눈 내리는 날의 발자국

간밤에 눈보라가 거세게 휘몰아쳤다. 오늘도 하루 종일 눈이 내린다.

나무참새가 이따금 두어 마리씩 무리 지어 우리 집 뜰을 찾아온다. 솜털딱따구리 한 마리가 길 너머에서 높이 날아올라 느릅나무에 앉더니 머리를 해머처럼 흔들며 부지런히 나무를 쪼아댄다. 멀리서부터 말이 달려오면 메마른 가벼운 눈이 물보라처럼 흩날린다. 이렇게 앞쪽에서 말 한 쌍이 눈보라를 일으키며 달려오면 꽤

* 다이아몬드 가공으로 부를 누렸던 인도 남부의 고대 도시.

나 멋진 장관이 펼쳐진다. 눈보라가 말의 다리 주위로 비눗방울처럼 날아 떨어지는 것이다. 이렇게 눈이나 비가 내리는 날이면 새들은 왜 두어 마리씩 무리 지어 쓸쓸히 우리의 뜰로 날아올까? 들과 숲에 먹을 만한 게 없기에 마을을 찾아오는 것이 아닐까? 새들은 이런 날이 오면 어디에 있더라도 지내기가 힘들어지는 게 아닐까? 눈이 창을 뒤덮어 광 안이 무척 어둡다.

강과 들판이 30센티가량 눈으로 뒤덮여 강을 걷고 있는지 들판을 걷고 있는지 분간이 가지 않는다. 이런 날 나그네가 들판을 가로지르는 것은 꽤나 위험한 노릇이리라. 허리께까지 쌓인 눈을 뚫고 나아가더라도 눈이 메말라 달라붙지 않고 금세 떨어져나가기에 옷이 젖지 않는다. 마른 눈이어서 나무에 아주 적은 양만 쌓였다. 오늘은 거의 어떤 발자국도 찾아보기 어렵다. 이런 가벼운 눈이 내리쌓이면 작은 야생동물들은 지내기 쉽지 않을 것이다. 스컹크를 예로 들자면, 다리뿐만 아니라 몸 전체가 눈 속으로 가라앉으므로 몸 전체가 지나간 자국이 남게 된다. 이들은 몸을 질질 끌며 눈 속을 기어가야 했을 것이다.

2월 10일 토　　　파란 그림자와 리나리아

구름 없는 맑은 날이다. 티 없이 깨끗한 눈이 햇빛에 반짝거려 해를 마주 보고 걸으면 눈이 아리다. 월든 호수를 가로질렀다. 내 그림자가 파랗다. 이렇게 희디흰 눈밭에 햇빛이 밝게 비치면 특히 그림자가 파래진다. 내 안에 거룩한 하늘의 것이 남아 있음을 넌지시 말해주는 것 같다.

가끔씩 뜰에서 나무참새가 가냘프게 짹짹 우는 소리와 리나리아가 찍찍 우는 소리가 들린다. 뜰에 돋아난 개비름을 그대로 남겨두는 일은 분명 가치 있는 일이리라. 이런 겨울의 방문객을 맞아들일 수 있으니까 말이다. 이런 풀을 가을마다 잡풀이라고 모조리 태워버리다니 안타까운 일이 아닐 수 없다. 겨울이 오면 나무참새는 대체로 서너 마리씩밖에 보이지 않으나 리나리아는 크게 무리를 지어 날아다닌다. 눈보라가 일 때나 그 직후에 흔히 볼 수 있다. 눈이 내리쌓이면서 겨울 풍경이 무척 쓸쓸해진다. 강과 길이 흔적 없이 사라지고 눈보라가 파도처럼 밀려와 벌판과 도로를 끊임없이 쓸고 간다.

2월 12일 월　　　다람쥐와 리나리아

무척 쾌적하고 따스한 오후다. 공기와 눈밭에 부드러운 기운이 어린다. 집 남쪽에 난 처마 끝에서 눈 녹은 물이 똑똑 떨어진다. 멀리서 까마귀 떼가 까악까악 우는 소리와 수탉이 날개를 퍼덕이며 꼬꼬댁 우는 소리가 부드럽고 달콤하게 울려온다. 맑은 공기를 흔들며 퍼져나가기에 음악 소리처럼 또렷이 들린다.

숲속에 다람쥐 한 마리가 나무 밑동을 갉으며 지나간 자국이 나 있다. 이 자취는 한 소나무 밑에서 끝이 났다. 녀석은 불과 몇 시간 전에 이 소나무 위로 올라가 지금은 빼곡한 솔잎 사이에 몸을 숨기고 있을 것이다. 소나무와 솔송나무와 단풍나무 사이로 햇볕이 따스하게 비쳐드는 숲에 서니 무척 즐겁다.

자작나무 아래 눈밭에 씨앗과 아린芽鱗이 흩어진 곳을 살펴보니 새 떼가 머문 자국이 남아 있다. 분명 리나리아 무리의 흔적이다. 눈 위에 난 어떤 자국은 두꺼비 알주머니나 사슬처럼 보인다. 새들이 떼 지어 모이를 쪼아 먹은 눈밭에는 늘 발로 눈을 긁은 자국이 남는다.

2월 15일 목　　　봄의 선구자

하루 종일 추적추적 비가 내려 집 안에 갇혀 지내면서 지붕을 두드리는 듣기 좋은 빗소리에 자주 귀를 기울였다. 오늘은 학생이나 독서가가 깨어 있더라도 오후에 산책을 나가기 어려운 드문 날이다. 이런 날이면 고양이처럼 께느른한 졸음에 빠져들기 십상이다. 이렇게 지붕널에 후두두둑 줄기차게 떨어지는 촉촉한 빗소리가 음악 소리처럼 들리는 게 얼마만의 일인가. 불을 더 지피지 않더라도 넉넉히 견딜 만하다. 봄의 선구자 같은 날이다. 빗소리가 이렇게 내 마음을 촉촉이 적시는 까닭은 내가 자연의 한 원소와 굳게 맺어졌기 때문이다. 물이 땅속으로 스며들듯 빗소리가 내 정신을 적시면서 눈과 얼음이 없는 계절이 머지않았음을 일깨운다. 그 시절이 오면 비가 떨어지기 무섭게 땅이 빗물을 빨아들일 것이다.

2월 16일 금　　겨울날의 안개

비가 그치고 안개가 자욱하다. 멀리서 들리는 까마귀, 수탉의 울음소리와 일꾼들이 철로를 두드리는 소리가 음악처럼 달콤하다. 공기가 부드러워지고, 안개가 드리운 숲속 소나무 밑에서 내 목소리와 휘파람 소리가 기이할 정도로 맑게 메아리친다. 이 골짝이 방이라면 안개가 천장을 이룬 셈이어서 소리가 머리 위 하늘 공간으로 흩어지지 않는다. 안개가 목소리를 가둬 내가 말한 소리가 똑똑히 들린다. 탁 트인 벌판과 상록 숲에서는 땅이 반나마 휑하니 드러났다. 숲 바닥에서 노루발풀, 잎큰노루발풀, 하양노루발풀, 애기사철란, 석송과 같이 눈 속에서도 빛깔을 잃지 않는 늘 푸른 식물을 보니 반갑고 즐겁다. 오늘처럼 습기가 기분 좋은 날에는 소나무 사이에서 자라는 참나무의 축 처진 어린 잎사귀가 붉은 기를 띠고, 나는 자연의 심장으로 좀 더 가까이 다가간 기분을 느낀다.

2월 18일 일　　한 해가 동트는 날

올해 처음으로 공기와 햇빛에 누구도 부인하기 어려운 봄을 알리는 기운이 어렸다. 이제 해가 한결 높이 뜬다. 따스하다고 말하기는 어려운 햇볕이, 눈이 거의 다 녹은 황갈색 벌판과 모래사장과 소나무 숲을 별안간 노랗게 물들인다. 오늘이 한 해 첫 동틀 녘이다. 우리는 이제 겨울을 잊고 서슴없이 앞을 내다보면서 다가올 봄과 여름을 맞을 궁리를 하게 된다. 지난 봄날에 그랬듯 하얀 눈밭이 띄엄띄엄 보이는 얼룩덜룩한 황갈색 벌판을 넘겨다보게 된다.

서리는 거의 말끔히 가셨고, 갈아엎은 들판이 축축한 진흙탕으로 바뀌어서 한 해 중 가장 걷기에 안 좋다. 밀물이 빠져나간 뒤에 먹잇감을 찾는 물가 새라도 된 듯한 기분이다. 그러나 바닥에 아른거리는 초록빛에 금세 기운을 되찾는다. 빛의 군단이 벌판으로 몰려오므로 겨울 어둠이 다시 이 잃어버린 땅을 되찾기는 어려울 성싶다. 새의 울음소리에서 봄의 소리, 특히 방울 소리 같은 가락을 듣고자 귀를 쫑긋 세워본다.

해동기가 오면 눈에 난 발자국이 오목새김에서 돋을새김으로 바뀐다. 발에 눌려 꽉 다져진 눈은 아마 햇볕과 비 때문에 마지막으로 녹는 바람에 결국 가장 높게 돌출되어 오래 남는다. 발에 밟혀 굳어진 부분들은 높이가 거의 같아진다. 발자국들이 얼음 활자처럼 되는 것이다. 이는 꽤 오랫동안 남는다. 자연은 이 활자들에 얼마나 큰 애착을 보이는가. 스컹크 같은 작은 동물들의 발자국도 어지간한 해동기는 견뎌낸다.

2월 19일 월　　강연

많은 이가 내 강연*이 막연하다고 못마땅해할지 모른다. "도무지 무슨 말을 하는지 모르겠어", "인간이 미개했던 시절로 다시 돌아가야 한다는 건가?"라고 말하면서. 듣는 이의 편에서 생각해보

* 소로는 1854년 12월 6일에 "사람이 온 세상을 얻더라도 제 목숨을 잃으면 무슨 이득이 있겠는가?"라는 성경 구절에 착안해 '무슨 이득이 있겠는가?'라는 제목의 강연을 했다. 이 강연이 후에 「원칙 없는 삶(Life without Principle)」이라는 에세이의 바탕이 되었다.

면 넉넉히 이해할 만한 일이다. 그러나 사실을 말하자면, 진솔한 강연자일수록 자기와 생각이 비슷한 사람에게만 터놓고 말할 수 있다. 강연자가 듣는 이의 반응에 맞춰 말을 한다면 그것은 곧 그들에게 알랑거리는 것 아니겠는가. 당신이 내 생각을 알고 싶다면 내 편에서 생각해보려 애써야 한다. 내가 당신인 것처럼 말해주길 바란다면, 그것은 또 다른 문제가 아닐 수 없다.

2월 20일 화　　　콩코드의 네발짐승들

세찬 바람이 젖은 땅의 물기를 말리면서 철로 방죽의 모래사장이 마르기 시작한다. 북풍이 내 온몸을 밀어낸다. 절개지에 이르자 바람이 숲에서 으르렁거리며 3월, 3월이라고 한껏 나를 일깨운다.

절개지 양옆의 눈이 말끔히 가셨고, 모래잎사귀sand foliage* 또한 바싹 말랐다. 단연코 3월의 날씨다. 창문으로 내다보니 초원과 빙판 사이에서 짙푸른 물결이 반짝인다.

며칠 전 야생 생쥐 한 마리를 잡아 단단히 가둬두고 살펴보았다. 수놈이었다. 몸 전체 길이는 16.5센티, 코에서 귀까지 이르는 머리 길이는 2.5센티, 꼬리는 8센티, 가장 긴 수염 길이는 4센티 정도였다. 퍽 귀엽고 단정한 작은 동물로, 온통 적갈색인 옆구리가 하얗디하얀 배로 이어지고, 미심쩍은 작은 소리에도 쫑긋거리는 암청색 커다란 귀는 겁 많고 소심함을 나타내주었다. 발은 희고 아

* 겨우내 얼었던 모래가 녹아내리며 잎사귀 모양을 띠게 된 모습. 『월든』의 마지막 장 「봄」을 참고하라.

담하며, 꼬리가 길고, 수염이 많이 났다. 이 생쥐는 관목참나무 숲 속 봉긋 솟은 마른 땅에서 붙잡혔으니 관목참나무 아래 눈밭 어느 굴에서 나온 게 틀림없다. 약간 이상한 말 같지만, 동물의 왕 사자나 사슴의 황갈색 또는 적갈색이 이 작은 동물한테로 이어진 것이 아닐까 싶다.

여기 콩코드에 사는 네발짐승은 다음과 같다. 식육목으로는 애기박쥐과에 속하는 박쥐, 땃쥐과의 땃쥐, 두더지과의 별코두더지, 곰과의 북미너구리, 개과의 동부붉은여우, 족제비과의 소나무담비, 밍크, 붉은족제비, 북방족제비, 수달, 스컹크가 있고, 쥐목으로는 비버과의 사향쥐*, 토끼과의 아메리카토끼, 버지니아토끼, 쥐과의 들쥐, 생쥐, 곰쥐, 시궁쥐 또는 갈색쥐, 우드척, 회색다람쥐, 허드슨만다람쥐, 줄무늬다람쥐, 날다람쥐 따위가 산다(날새앙쥐도 살고 있지 않을까 싶다). 따라서 우리 콩코드에는 식육목의 5~6개 과의 동물과 쥐목 3개 과의 동물에 속하는, 적어도 21종 내지 26종의 네발짐승이 산다(되새김질을 하는 야생동물은 살지 않는다). 이 중 거의 절반이 쥐과이고, 4분의 1이 족제비과다. 야생 생쥐나 두더지 같은 일부 종은 수가 많기는 하나 보기 어렵고 수달, 너구리 등은 수가 아주 적은 편이다. 숲을 산책할 때 자주 눈에 띄는 가장 작은 네발짐승이 줄무늬다람쥐이다. 수많은 야생 생쥐가 숲의 복도를 누비고, 들쥐와 두더지 또한 떼 지어 들판 여기저기를 다니지만 우리 눈에는 거의 띄지 않는다.

---

* 현재 사향쥐는 쥐목 비단털쥐과로 분류된다.

2월 21일 수　　　2월 봄바람

어제와 마찬가지로 3월의 바람 같은 북서풍이 불어오는 맑은 날이다. 병상에 누운 이나 큰길을 가는 여행자나 오늘은 그야말로 3월 날씨라고 한 목소리로 말하게 되는 까닭이 바로 이런 공기 탓이다. 이 바람 때문에 땅이 빠르게 마르고, 봉긋 솟은 모래사장이 벌써 희끄무레해졌다. 하늘과 땅에 빛이 얼마나 많은지 모르겠다. 눈과 비에 씻겨 깨끗해진 철로 울타리에서, 바위 돌비늘에서, 벌레의 은빛 은신처에서 빛이 반짝이며 넘쳐흐른다. 마을의 하얀 집들도 이렇게 밝게 빛난 적이 없을 정도이다.

딥컷Deep Cut 동쪽, 숲 우거진 골짝으로 들어서자 오랫동안 젖어 잠잠하던 잎들과 잔가지들이 어느 틈엔가 메마르고 가벼워져 발밑에서 다시 바삭거리는 소리를 낸다.

두릅이 자라는 골짝에서는 시든 잔풀 사이로 생쥐가 새로이 만들어놓은 굴과 지하통로가 보인다. 응달진 곳에는 아직 눈이 많이 남아 있다. 소나무 우듬지 너머로 한결 부드러워진 푸른 봄 하늘이 보인다. 바람을 피해 소나무 밑에 서니, 한층 따스해진 계절의 햇볕이 도랑가의 시든 풀과 잔가지에서 반짝이는 것이 느껴진다.

여기저기 해가 드는, 바람 자고 아늑한 마른 땅에 서자 특히 따스함이 느껴진다. 폐병 환자들은 이제 여름이 지나갈 때까지 바깥 공기를 쐴 수 있으리라는 희망에 다시 활기를 되찾는다. 자연은 이런 병자들에게 특히 친절을 베푼다. 숲 바닥의 마른 잎들이 햇볕과 바람에 바스락거리면 이 소식이 곧바로 밑에 사는 수많은 애벌레에게 전해진다. 나 또한 바싹 마른 잎을 밟을 때마다 새로운 감각을 얻는다. 아니, 전에는 알지 못했던 엄청난 일들을 깨닫는다. 새로운 생명이 깨어나므로 자연이 집 안을 쓸고 닦으면서 새 주민을 맞을 채비를 서두른다는 것이 생생히 느껴진다. 숲의 복도 어디에서나 새봄이 다가온다는 속삭임이 들린다. 숲속의 쥐가 굴 입구에서 이 소식을 듣고, 박새가 소식을 전하러 급히 날아간다.

2월 22일 목 솔방울

오늘 저녁 붉고 둥근 해가 구름 아래로 지면서 놀랍게도 내 서책과 담장에 떨어지는 석양빛이 자리공 줄기나 적포도주 같은 아름다운 자줏빛을 띠었다. 눈이 사라진 곳에서는 물가에서 자라는 소리쟁이 같은 초목의 초록 뿌리잎이 겨울 내내 자라온 듯 꼿꼿하고 싱싱하다.

리기다소나무 솔방울은 알맞은 시기에 따지 않으면 방 안에서 열려 활짝 '피어나지' 않는다. 다람쥐가 꼭지를 쏠아낸 온전한 솔방울 하나를 집으로 가져왔으나 열리지 않았다. 그나저나 솔방울은 어째서 방 같은 곳에서도 잘 열리는 걸까? 따스하고 메마른 탓에 각 비늘의 아랫부분은 오그라들지만 윗부분은 부풀기 때문이 아닐까? 윗부분은 거의 밝은 황갈색이나 아랫부분은 어두운 붉은색이다.

2월 24일 토　　서드베리강

하늘은 맑으나 몹시 추운 날이다. 차디찬 북풍이 불어와 연기가 남쪽으로 날아간다. 땅은 여전히 꽁꽁 얼어붙었다. 그러나 지금부터 밤에 얼었던 땅이 녹기 시작해 한낮이 되면 거의 풀릴 것이다.

콩코드강(일명 무스케타퀴드강)으로 흘러드는 주요 지류인 서드베리강(즉, 사우스강) 근처 지명을 북쪽 지류인 애서벳강(즉, 노스강)과 만나는 곳에서부터 죽 늘어놓으면 다음과 같다. 어귀에 있는 큰바위the Rock, 메릭의 목초지, 리의 언덕(또는 나쇼턱 언덕)과 다리, 허버드 강가, 클렘셸 언덕과 낚시터, 밤들내Nut Meadow Brook, 홀로웰 저택과 다리, 페어헤이븐 언덕과 클리프스, 건너편의 코난텀, 페어헤이븐 호수와 리의 절벽과 베이커 농장, 폴 시내, 리의 농장과 다리, 파라 습지 또는 수달 습지, 바운드록, 라이스 언덕과 섬, 웨어 언덕, 셔먼 다리와 라운드 언덕, 서드베리 대초원과 톨섬Tall's Isle, 방죽 다리, 라네드 시내, 체스트넛하우스, 펠햄 호수와 여울목.

봄이 돌아와 버드나무와 고리버들이 반짝이면서 잠자던 수액이 깨어났음을 일깨운다. 몇 그루 고리버들이 이른 봄마다 초록과 붉은빛을 띠면서 자연 풍경이 빛을 내기 시작했음을 말해준다.

2월 28일 수　　북극의 한 장면

강물이 깊어진 만과 풀밭 가장자리에 두께 30센티, 폭 10미터가 넘는 커다란 얼음덩이들이 두셋씩 겹쳐져 약간 기울어진 채로 멀리까지 뻗어 있어 꽤 보기 드문 풍경이 펼쳐진다. 모서리에 저녁

별이 비치면서 얼음덩이들이 아름답게 빛난다. 우리의 초지는 거친 북극 야생의 한 장면을 보여주고 있다. 이제 사우스강 물 높이가 1.5미터가량 내려가면서 사방 멀리까지 강물 마른 땅 여기저기에 이런 커다란 얼음덩이들이 흩어져 있다.

오후에 철로를 건너 미니스트리얼 습지에 갔다. 노스강은 일부가 열렸을 뿐이다. 강물에 살짝 잠긴 강가 얼음덩이들이 날카로운 빛을 내뿜는 불꽃처럼 밝게 반짝인다. 엘펀 묘지 너머에 가 서자, 저 멀리 제재소 주인 헤이우드의 집 윤곽이 소나무와 참나무에 에워싸여 아련하게 보인다. 숲의 빛깔과 아름다운 조화를 이룬다. 적참나무 잎과 어두운 솔잎이 뒤섞인 숲속의 붉은 집이다. 그늘을 드리운 느릅나무 회색 줄기와 이끼 덮인 지붕이 보기 좋게 어우러져 있다.

3월 1일 목 강가 얼음덩이들

하늘이 활짝 갠 쾌적하고 따스한 날이나 대기에는 꽤 차가운 기운이 감돈다. 아직 여전히 겨울이다. 공기가 티 없이 맑다. 이런 맑은 공기를 통해 멀리 숲속에 자리한 농가의 수수한 지붕들을 찾아보곤 한다. 파랑새 노랫소리가 듣고 싶어 귀를 기울여보지만 까마귀와 박새 소리밖에 들리지 않는다. 탁 트인 황갈색 벌판에 감촉 좋은 공기가 떠돈다. 철로 옆에 쌓인 채 지저분해진 눈 더미 사이사이의 깨끗한 틈이 기이할 정도로 눈부신 하얀 빛을 반사하며 울퉁불퉁하고 선명한 물결 모양 표면으로 녹아든다. 이렇게 눈부신 하얀 빛이 비치는 까닭은 해가 한결 높이 뜨기 때문이다.

A. 호즈머의 땅을 거쳐 둑 아래로 내려서자 커다란 얼음덩이와 얼음 벌판이 나타난다. 이런 얼음들이 없다면 강물이 여기까지 가득 들어차 있었음을 알기 어려웠으리라. 일부 얼음에는 폰테데리아의 시든 줄기와 잎이 많이 들어 있으므로 해가 나면 빠르게 녹아내릴 것이다. 한 곳에서는 지름 20여 센티쯤인 은단풍 세 그루가 뗏장이 들러붙은 채 뿌리째 뽑혀 있었는데 멀리서 떠내려온 것 같았다. 또한 두께가 45센티가 넘는 토탄 섞인 검은 흙덩이가 4백 미터 이상 떠내려왔으나, 애초 이 흙덩이를 띄웠을 얼음의 흔적은 보이지 않았다. 두께 60센티, 길이 5미터가 넘는 토탄 섞인 한 검은 흙덩이는 내가 모르는 어느 곳에서 떠내려온 것이다. 강 양옆 초지 대부분이 빙판에 덮였으나 그 밑에는 물이 없으므로 나는 무난히 빙판을 디디며 나아간다. 얼음 덮인 비탈진 강가에 봄볕이 비치자 눈부신 하얀 빛이 무수히 반짝인다. 강 양옆 기슭이 곧게 뻗어나간 곳에서는 더 밝고 길게 반짝인다.

3월 3일 토　　초봄의 서리

오늘 오후, 2월 18일 이후 처음으로 하늘에 구름이 잔뜩 꼈다. 그제는 스케이트를 지치기에 좋은, 따스하고 아름다운 날이었다. 어제부터 얼음이 눈에 띄게 흐물흐물해졌다. 오늘은 스케이트를 지치기에는 얼음이 너무 무르다.

어제는 따스했어도 강을 따라 스케이트를 타는 데 큰 어려움을 겪지 않았다. 사우스강의 수위가 2미터쯤 낮아졌고, 우유 끓이는 냄비 가장자리처럼 강가 높은 곳까지 두께 30센티, 폭 30미터가 넘는 빙판이 얼어붙어 있었다. 그리고 땅에서 1미터쯤 높이까지 오리나무와 단풍나무에 들러붙은 얼음이 놀라울 정도로 굳고 투명했다. 안에 거품이 전혀 없었고, 흐물흐물해질 낌새도 보이지 않았다. 맑디맑은 수정 같았다. 햇볕이 내리쬐더라도 그대로 얼음을 통과하고, 땅에는 볕을 되쏘아 얼음을 녹일 만한 것이 없기 때문이리라.

어제 아침 올 처음으로 휑한 황갈색 풀잎에 서리가 하얗게 내려앉았다. 이 또한 초봄의 현상이 아닐 수 없다. 뜻밖에도 겨우내 초록이던 세인트존스워트의 뿌리잎이 서리를 맞아 검어졌다. 올겨울 언덕 중턱에서 자라난 애기사철란 또한 숲이 베어지는 통에 고초를 겪는다.

다시 둑에서 강 빙판이 깨져나가는 모습을 내려다본다. 물이 배어들어 흐물흐물해진 얇은 빙판에 갖가지 구멍이 뚫렸고, 강이 긴 원 모양으로 열린 곳이 드물지 않다. 대체로 상류 쪽, 즉 남쪽이 길게 늘어난 원 모양이다. 이는 주로 남쪽으로 물결을 휘게 만드는 겨울바람 때문일 성싶다. 일주일 전쯤 추위가 몰아치고 나서 몇 군데에서, 특히 갈아엎은 밭에서 땅이 커다란 덩어리로 깨져나간 자국이 보이는데, 이 또한 얼음이 깨져나가는 현상과 마찬가지로 같은 법칙에 따라 이루어진 일이 아닐까 한다.

3월 4일 일　　줄무늬다람쥐의 봄

클리프스를 넘는다. 바람이 차고 거세지만 볕을 쬐면 꽤 따스해서 양지바른 곳에서는 바위를 바람막이 삼아 무난히 앉아 있을 만하다. 따스함이 기분 좋은 날이다. 땅 위, 바위 갈라진 틈, 바위 밑 깊은 고랑에 모여 바스락거리는 마른 잎들이 금방이라도 햇볕에 타오를 기세이다. 바위에 날벌레 한 마리가 앉았다. 초지를 내려다보니 햇볕에 빙판이 누그러지고 흐물흐물해져 눈처럼 하얗다. 언덕 북쪽 기슭의 숲에는 아직 눈이 많이 남았다. 언덕 비탈에서 줄무늬다람쥐 한 마리가 내 발소리에 놀라 잽싸게 누추한 자기 집으로 뛰어든다. 처음 뚜렷이 봄 같던 날로부터 파랑새의 첫 지저귐이 들리는 날까지 하나의 시절로 묶어 줄무늬다람쥐의 봄이라 불러야 좋지 않을까. 봄바람이 봄소식을 전한 뒤로 벌써 열나흘이나 지났건만 파랑새의 지저귐이 듣고 싶어 귀를 기울여도 노랫소리는 들리지 않는다.

3월 6일 화　　벌목과 해동

올겨울 나무들이 얼마나 빠르게 잘려나갔는지 마을 숲이 많이 줄어든 느낌이다. 적어도 나 같은 산책자에게는 그렇게 느껴진다. 쓸 만한 나무들은 거의 다 잘린 것 같은데, 숲에서는 여전히 벌목꾼들의 도끼질 소리가 들려온다. 이 벌목꾼들이 페어헤이븐 호수 남쪽 기슭, 화이트 호수 기슭을 망치고, 클리프스, 콜번 농장, 벡스토의 숲을 비롯하여 높은 곳에 자리한 여러 숲을 밀어버렸다.

시내에서 물무당이 맴을 돈다. 이끼장미 잔가지에 산토끼 털이 수북하게 걸렸다. 여우가 산토끼를 물고 도랑을 건너뛴 모양이다. 땅거죽이 마르고 나서 며칠 동안 연이어 따스한 햇볕이 내리쬐면서 담벼락 같은 곳에 남아 있던 빙판과 얼음이 녹고, 두툼하게 내린 서리까지 녹아 요사이 어느 때보다도 걷기에 나쁘다. 초원도 일견 마른 듯 보이나 눈이 녹아 철벅철벅하다.

지난번 큰물이 진 뒤 사향쥐들이 여기저기 빙판 아래 굴을 파서 강에서 5~10미터 떨어진 보금자리까지 이어지는 통로를 만들어놓았다.

3월 7일 수　　　올챙이

이제는 월든 호수를 드나드는 일이 쉽지 않다. 브리스터샘 가장자리에 촘촘히 돋아난 부드러운 녹색 이끼 무리가 제법 아름답다. 이제 막 수면으로 올라왔으리라. 허버드 풀밭 깊고 따스한 도랑에 제법 자라난 올챙이들이 우글거린다. 이 올챙이들은 도랑이 열리자마자 나타났으리라. 올챙이는 개구리보다 훨씬 이른 계절에 나타난다. 새끼노루발풀이 그야말로 싱싱하게 푸르다. 자디잔 톱니가 달린 달갈꼴 얇은 잎이 이제는 눈이 사라졌음을 일깨운다.

3월 4일에 벌목꾼들이 나무 베기를 막 끝낸 페어헤이븐 호수 남쪽의 햇볕 따스한 언덕 비탈을 걷고 있을 때 마른 잎 사이에서 부스럭거리는 소리가 들리더니, 휑한 땅에서 우리를 눈여겨보는 줄무늬다람쥐 한 마리가 보였다. 녀석은 우리가 꽤 가까이 다가갈 때까지 꼼짝 않고 앉아 있다가 발밑에 난 굴로 훌쩍 뛰어들었다. 요즈음 화창한 봄날 또한 이렇게 줄무늬다람쥐처럼 나왔다가 훌쩍 들어가곤 한다.

3월 8일 목　　해동과 울새

오늘도 동풍이 부는 맑은 날이다. 오늘 아침 보트를 광에서 꺼내 뒤집어놓고 널 틈을 벌려 뱃밥으로 메워놓았다. 강가 구석진 곳 작은 빙판만 남기고 깡그리 열린 푸른 강이 서두르라고 재촉하기 때문이다.

지난번 큰물이 진 뒤 어린 단풍나무와 덤불이 수없이 부러지고 쓰러졌다. 울타리를 따라 늘어선 산딸나무 같은 관목들도 쌓인 눈더미와 얼음에 많이 상했다. 강물이 은단풍 아래쪽 가지까지 차올랐다가 얼어붙은 곳에서는 강물이 빠지고 얼음이 가라앉으면서 가지가 꺾이고 껍질이 벗겨졌다. 강물 흐름과 동떨어진 초지나 웬 호숫가 빙판에서도 빙하의 움직임과 비슷한 것이 생겨나 빙판에 꼿꼿이 서 있던 나무까지 쓰러뜨린다. 어떤 이들은 햇볕이 내리쬐면서 나무가 부풀어 오르기 때문이라고 말한다.

쌀쌀한 바람을 맞으며 진 땅을 건너 숲속 언덕 양지바른 아늑한 곳에 서자, 자작나무 숲에서 울새가 겁먹은 듯 성마르게 길게 끌면서 우는 소리가 들린다. 체, 체, 체, 체 하고 들린다. 울새는 자작나무 사이로 서둘러 날아간 듯하다. 이렇게 이들은 한 해와 더불어 나타난다. 이 울새는 남쪽 롱아일랜드 바닷가에서 날아와 우리 마을 거리가 아닌 여기 이 자작나무 숲에 내려앉았다. 울음소리를 들으니 지난해 비가 오고 안개가 자욱했던 봄날이 생각난다.

요즘에는 시내를 따라 걸으며 거북, 송어와 같은 녀석들을 찾게 된다. 시냇물은 철광산에서 흘러나온 양 녹빛을 띤 채 콸콸 흘러 내려간다. 늪지 빙판이 녹으면서 뿔 같은 싹을 틔운 앉은부채가 햇볕을 맞을 채비를 갖추고서, 말하자면 봄을 느낄 갖가지 준비를 마치고서 상한 데 없이 솟아났다. 요사이 검거나 짙은 갈색 솜털에 싸인 풀쐐기가 자주 눈에 띈다.

3월 9일 금　　　스트로브잣나무의 죽음

산토끼 한 마리가 못가 둔덕 비탈에서 부드러운 붉나무를 물어뜯다가 화들짝 놀라 달아난다. 여기저기서 산토끼들이 꽃단풍, 스위트펀, 사시나무, 채진목, 갯버들, 백참나무 같은 참나무—어지간한 참나무 잔가지는 이들이 네다섯 번 물어뜯으면 어김없이 떨어져나간다—를 갉아놓았다. 하지만 산토끼는 어떤 나무보다도 부드러운 붉나무를 좋아하는 것 같다. 이런 싸구려 먹잇감이나마 널렸기에 굶어죽을 염려는 없을 터이다. 산토끼가 잔가지를 갉아낸 줄기에서 흘러내리는 달콤한 꽃단풍즙 몇 방울을 찍어 맛본다. 실로 산토끼는 살아갈 것이나 이 붉나무는 죽을지 모를 일이다.

지난 3월 4일, 나는 숲이 잘려나간 페어헤이븐 호수 남쪽 기슭 언덕을 올라, 겹겹이 쓰러진 스트로브잣나무 굵은 줄기들을 타넘으며 길을 가고 있었다. 그때 톱에 잘려나간 나무 밑동에 맺힌 맑은 송진 방울이 햇빛을 받아 보석처럼 반짝였다. 마치 산과 나무의 요정들과 스트로브잣나무 숲의 님프들이 나무가 쓰러져 슬퍼하는 듯 보였다. 하늘에 맺혀 떨어진 이슬방울처럼 맑게 세상을 비추는 테레빈 방울의 저 그지없는 청순함을 보며, 이 스트로브잣나무들이 얼마나 굳건히 서 있었는지 생각해보라. 스트로브잣나무의 죽음에 두려워 떠는 저 송진 방울들은 얼마나 가련한 모습인가. 이것이 만지면 반드시 손을 더럽히고야 만다는 송진이란 말인가.

3월 10일 토　　　첫봄의 벌레와 새

간밤에 잠깐 내린 눈에 온 땅이 하얗다. 아침에도 구름이 잔뜩 꼈고, 꽤 쌀쌀한 바람이 불어온다. 2월 9일 이후 처음으로 지면을 하얗게 덮은 깨끗한 눈이다.

버드나무 꽃차례가 살짝 드러난 모습을 빼면, 아직까지 어떤 초목에서도 성장의 낌새는 보이지 않는다. 꽃차례가 아린 아래 살며시 빠져나왔다. 자세히 들여다보니 잔가지를 따라 붉은빛이 어른거린다. 우리는 첫 봄의 벌레나 새를 보면 늘 깜짝 놀라는데 어쩐지 때가 이른 듯 보이기 때문이다. 그러나 이만한 봄의 증거는 없으므로 이 벌레들과 새들이야말로 한 해의 전령이다. 내가 울새나 파랑새의 첫 노랫소리를 듣고 시냇가를 따라 걸으며 수생곤충들이 물 위를 맴도는 모습을 볼 때도 그렇다. 그러니 이렇게 생각할 밖에. 이들이 찾아온 이상 자연은 뒤로 물러날 수 없다고.

3월 13일 화　　　생쥐 굴

오후에 허버드 사유지에 갔다. 한 주가량 고여 흐르지 않던 개천과 도랑에 녹색 사상조류가 가득 퍼져나가 바닥이 보이지 않는다. 바닥에서 거품이 올라온다. 놀랍게도 도랑의 얇은 빙판 밑으로 올챙이가 많이 보일 뿐 아니라 얼지 않고 고인 따스한 웅덩이에서는 참개구리를 닮은 작은 개구리들이 보인다. 이 물웅덩이에서 녹색 풀잎들이 일어나 곧추섰다.

브리드하우스 앞 호밀밭 그루터기를 헤치며 30미터쯤 걷는 동안 생쥐 굴을 네 개나 보았다. 그루터기 사이에 납작 엎드린 이 은신처들은 가로 지름이 12~13센티가량이고 세로 지름은 그보다 훨씬 작아 납작 눌린 공 모양으로, 올이 고운 풀이나 그루터기 파편으로 만들어졌다. 이 풀이나 그루터기 파편을 들어내더라도 눈으로 굴 입구를 알아내려면 꽤 오랜 시간이 걸릴 터이다. 그러니 차라리 손으로 더듬어 연한 풀로 안감을 댄 굴 가장자리를 찾아내는 편이 낫다. 이 굴은 땅이 눈으로 하얗게 덮였을 때 생쥐가 호밀밭에서 이삭을 거두면서 겨울 거주지로 만들어놓은 곳이 틀림없다. 생쥐는 눈이 녹아 사라지자마자 숲으로 달아났으리라. 여기저기서 우드척의 굴을 살펴보았으나 들머리가 풀잎과 나뭇잎 더미로 메워져 있었고, 이들이 밖으로 나다닌 흔적은 찾기 어려웠다.

저녁이 되자 구름 많은 쌀쌀한 날이 결국 눈과 우박을 퍼붓는다.

3월 19일 월   봄날 파랑새의 첫 노랫소리

바람이 자고 강물이 고요한, 퍽이나 따스하고 쾌적한 날이다. 장갑을 끼지 않은 채 노를 젓는다. 3월 14일에 내린 눈이 거의 녹아 경치가 다시 누런 갈색을 띤다. 강 양옆 초지의 두툼하던 빙판이 호물호물 녹으면서 눈처럼 하얘지고 부드러워진다. 노와 장대를 저어 강을 거슬러 오른다. 강바닥은 생기 없는 검은 진창으로, 어떤 풀빛도 보이지 않는다. 말라죽은 폰테데리아의 추레해진 잎자루가 잡동사니와 엉켜 들쭉날쭉한 나선형으로 강바닥을 덮었다. 마디풀의 검은 줄기가 여전히 수면 여기저기서 솟아 있다. 자세히 살펴보니 개연꽃의 불그스름한 부엽 잔해, 냉이, 라넌큘러스의 잔해 따위가 군데군데 강바닥에 널렸다.

오후 5시, 바람이 동풍으로 바뀌고 추워지면서 갑자기 철 이르게 푸른빛을 띤 아지랑이가 일어난다. 드디어 찌르레기가 척, 척, 척 하고 운다. 올려다보니 강 위에 높이 떠 남서쪽 어딘가로 쏜살같이 날아간다. 나루터에 이르자마자 드디어 강가 어딘가에서 첫 파랑새의 노랫소리가 들려온다. 오리는 한 마리도 보지 못했다. 날이 밝고 고요한 탓이다.

3월 20일 화   눈발 날리는 봄날

오전 7시경, 눈발이 휘날려서 나루터로 내려가 보트를 뒤집어 놓는다. 노래참새 네댓 마리가 강가 버드나무 사이를 날아간다. 어제쯤 파랑새와 더불어 찾아왔으리라.

2월 말부터 시작한 쾌적하고 따스한 날이 어떤 단계를 거쳐 여름 더위에 이르는지 생각해보자. 처음에는 밝고 온화하고 고요한 겨울날이 봄을 알린다(또는 봄을 생각나게 한다). 하지만 이런 쾌적한 첫 봄날에도 우리는 두툼한 장갑을 끼고 외투 깃을 여미고서 산책을 나간다.

일전에 나는 기러기 울음을 흉내 내보려고 팔꿈치를 옆구리에 붙이고 날개를 퍼덕이듯 흔들어대면서 고개를 꼬고 콧소리로 "모우액" 비슷한 음절을 내뱉었다. 듣는 사람들이 너무나 그럴싸하다고 했으므로, 어쩌면 기러기 떼를 내게로 불러 모을 수도 있지 않을까, 하고 생각해보았다.

오후에 애서벳강을 거슬러 올랐다. 하늘이 갠 맑은 날씨이나 바람이 거세다. 강 양옆의 낮은 숲이나 늪지를 살피니 검정버드나무, 늪지백참나무, 느릅나무처럼 껍질이 거친 나무들이 1~1.2미터 높이까지 하얗게 벗겨진 모습이 보였다. 단풍나무, 자작나무 같은 나무들 또한 이끼가 벗겨져 강이 얼어붙었을 때 강물이 어느 정도 높이였는지 말해준다. 늪지백참나무의 아래쪽 잔가지들은 강의 빙판에 긁히는 통에 결국 깎여나갔다. 나루터에서 회색머리오리 몇 마리가 나무참새와 더불어 독특한 소리로 체제, 체제 하고 운다. 나무참새 대여섯 마리가 찬바람을 피해 측백나무 울타리 뒤에 모여 부풀어 오른 깃털을 가다듬는다.

3월 21일 수　　버드나무와 노래참새

일찍 나온 버드나무와 사시나무 꽃차례가 어느덧 또렷이 눈에 띈다. 어떤 곳에서는 버드나무 은빛 솜털이 아린 아래 1센티가량 기어 나왔다. 3월 1일, 어쩌면 그 이전부터 이 은빛이 서서히 뚜렷하게 늘어났으리라. 겨울철 날이 따스할 때부터 아주 천천히 드러나므로, 2주에 한 번 정도 관찰해보는 편이 좋을 터이다. 올해 이 은빛이 처음으로 뚜렷이 드러난 것은 한 달쯤 전이었다.

노래참새가 기묘하게 꼬리를 까닥이며 울타리 뒤로 휙 날아갔다가 길가 낮은 곳에 자리한 오리나무 같은 관목들을 끼고 훨훨 날아간다. 찬바람이 쌩쌩 부는데도 간간이 그 즐거운 노랫가락이 울려 퍼진다. 지금은 어떤 새보다 노래참새가 산울타리에 많이 깃들고, 하루 종일 간간이 그 가락이 들려온다. 따라서 아직까지는 노래참새가 가장 어기차고 꾸준한 자연의 가수이다. 나루터 근처만 빼고 플린트 호수가 꽁꽁 얼었다. 나무참새가 노래참새처럼 오리나무 사이를 날며 칩 하고 쇠붙이 부딪히는 듯한 날카로운 소리를 낸다.

3월 22일 목　　사로잡힌 날다람쥐

날씨가 흐리고 추운데도 강가에서 새들의 음악회가 열렸다. 노래참새가 떼 지어 밝고 활기차게 지저귀고, 벌써 찌르레기들이 버드나무, 느릅나무, 단풍나무에서 삐 하는 날카로운 소리를 내다가 이따금 오-거글-이이-이 하고 노래한다. 많은 울새가 허둥대는 가락의 울음소리를 내며 이리저리 날아다니나 오직 한 마리만은 짧고 고른 곡조로 노래한다. 파랑새는 복화술을 쓰는지 울음소리가 멀리 떨어진 곳에서 나는 지저귐처럼 아련하게 들리는데, 아직 공기가 차기 때문이다. 어치가 소리치고, 솜털딱따구리가 빠르게 나무를 쪼아댄다. 박새가 처음으로 피-비 하고 또렷이 봄의 가락을 노래한다. 강 양옆을 따라 5미터 폭의 살얼음이 꼈다. 알락해오라기 한 마리가 천천히 날개를 퍼덕이며 북동쪽으로 날아간다.

오후 4시쯤 페어헤이븐 호수 남쪽 가파른 언덕 중턱에서, 벌목꾼들이 아직 다 베어내지 못해 얼마쯤 남은 숲을 따라 올라가다가— 올겨울 벌써 이 근처 숲에서 수십 에이커가 사라졌다— 썩어서 속이 빈 솔송나무 그루터기를 보았다. 구멍 지름은 15센티, 깊이는 60센티가량이었다. 나는 본능적으로 오른손으로 구멍을 막을 준비를 했다. 왼손으로는 아래쪽의 작은 구멍을 막으려 할 때 그 속에서 날다람쥐 한 마리를 보았다. 날다람쥐는 곧장 내 오른손 손아귀로 뛰쳐들어왔다. 날다람쥐는 버둥거리며 손을 물어댔지만 두툼한 면장갑을 낀 덕에 그저 두어 번 가볍게 이빨의 감촉을 느꼈다. 날다람쥐는 처음에는 크르락, 크르르-악, 크르르-악 하는 비명 같은 메마른 소리를 서너 차례 질러댔다. 나는 손수건으로 녀석을 둘둘 말아 손수건 양끝을 단단히 거머쥐고 5킬로쯤 걸어 집으로 데려왔다. 집까지 오는 동안 녀석이 쉴 새 없이 버둥거렸다. 낙엽 쌓인 곳을 걷거나 덤불을 헤치느라 발밑에서 시끄러운 소리가 날 때면 특히 더 버둥거렸다. 나는 손수건 틈새로 보이는 녀석의 발톱 개수를 세어보았다. 한번은 녀석이 손수건 구멍으로 머리를 내밀었고, 심지어 손수건 속에서 내 손을 물기도 했다.

방 안에 가둔 날다람쥐는 생쥐 못지않게 작고 약삭빠른 모양새이다. 크고 검은 눈이 툭 튀어나와 묘하게 순진하다는 인상을 준다. 녀석이 가만히 앉아 있으면 '비막飛膜'*이 눈에 잘 띄지 않는다. 녀석은 비막을 펼치고 탁자에서 1미터 넘게 공중으로 뛰어오르다가 마루로 떨어지곤 했고, 위로 뛰어올랐다가 담벼락에 부딪히면 담벼락을 붙잡으려 애쓰기도 했다. 녀석은 창틀을 타고 유리창을 기어오르기도 했으나 수십 번 떨어지고 난 뒤엔 결국 가구와 담벼락과 마루가 너무 단단하고 매끄럽다는 걸 알아챘는지 조용해졌다. 조심스럽기는 했으나 몇 차례 잠깐 녀석을 만져볼 수 있었다.

해가 지고 나서 참나무통에 녀석을 집어넣고 뚜껑을 닫아두었다. 저녁 내내 녀석은 통에 달라붙어 통을 갉아대고, 통 위쪽 모서리를 쏠아대다가 이따금 쉬기 위해 내려앉는 등 몹시 부산스러웠다. 다음 날 아침에 일어나보니 통이 꽤 많이 뜯겨나갔다. 녀석이 쏠아댄 곳에 덧대어둔 쇳조각이 아니었다면 통 밖으로 빠져나왔을지도 모를 일이다. 통 안에 빵, 사과, 히커리 열매, 치즈를 약간 넣어두었는데, 녀석은 사과 하나와 히커리 열매 하나를 조금 베어 먹었을 따름이다. 히커리 열매 하나는 정확히 절반으로 갈라놓았다. 아침에는 조용해져서 나무 부스러기 속에서 꼬리를 이리저리 흔들며 약간 움츠린 채 앉아 있었다. 꼬리를 몸 밑으로 빼서 끝을 머리 위로 둥글게 말아올리곤 했는데, 빛을 가리고 체온을 지키기

---

* 박쥐, 날다람쥐, 날도마뱀 따위 동물의 앞다리·옆구리·뒷다리에 난 막으로, 익막(翼膜)이라고도 한다.

위해서인 듯싶었다. 낮에는 내가 뚜껑을 열고 들여다보면 늘 그 자세로 앉아 있었다.

3월 23일 금　　　숲으로 돌아간 날다람쥐

날다람쥐를 손수건으로 감싸 다시 숲으로 데려갔다. 오후 3시 30분경에 어제 발견한 그루터기에 내려놓자 녀석은 즉시 낙엽을 밟으며 5미터쯤 쪼르르 달아나더니 3미터 높이의 가느다란 어린 단풍나무를 타고 올라간다. 그리고 잠시 멈추더니 펄쩍 뛰어 3미터 정도 떨어진 커다란 단풍나무 줄기로 날아가 땅바닥에서 1미터경 높이에 내려앉는다. 곧바로 줄기 뒤편으로 돌아가 10미터가량 타고 올라간 다음 줄기에 찰싹 달라붙은 채 고개를 숙여 나를 바라본다. 나는 이삼 분 멈춰 서서 녀석이 고개를 들고 먼 곳을 바라보며 또다시 뛰어오를 채비를 하는 모습을 지켜보았다. 녀석은 네발짐승이라기보다 새라고 해야 옳을 정도로 탄복할 만큼 말쑥하게 날아 사라진다. 내가 여러 박물학자의 보고서를 읽으며 그려보았던 모습보다 훨씬 뛰어난 장관이다. 나는 녀석이 날아오른 곳과 내려앉은 곳에 표시를 해두고 그 높이와 거리를 꼼꼼히 재본다. 녀석은 단풍나무 8.6미터 높이에서 훌쩍 뛰어 직선거리로 15.4미터 떨어진 나무 밑동 근처 땅바닥에 내려앉았다.

그저 구멍이 난 껍데기에 지나지 않는 예의 솔송나무 그루터기를 발로 차 넘어뜨리자 놀랍게도 바닥에서 작은 둥지를 발견했다. 새 둥지와 마찬가지로 나뭇잎, 나무껍질 쪼가리, 마른 솔잎 따위가 깔린, 천장이 뻥 뚫린 단순한 잠자리였다.

3월 24일 토 강과 뱀장어

큰 바위가 강으로 굴러 떨어지곤 하는 비탈진 솔송나무 숲을 끼고 애서벳강을 거슬러 오르면서 나는 어째서 큰 바위가 강 한가운데에 놓이게 되는지 생각해본다. 강의 물줄기는 둑을 먹어 들어가는 한편 다시 그 앙금을 둑 다른 곳에 쌓으면서 끊임없이 물길을 바꾸어놓는다. 강이 급하게 휘어 돌면서 땅을 먹어 들어가는 곳에는 높고 가파른 절벽이나 언덕이 서 있고, 그 반대편에는 풀밭이 넓게 펼쳐져 있는 경우가 드물지 않다. 홍수가 지면 강물이 언덕을 깎아내면서 크고 작은 바위를 파헤쳐 결국 바위가 모래, 흙과 함께 강가로 떨어져 내린다. 이 과정에서 모래나 흙은 강물에 휩쓸려 강 아래쪽 풀밭이나 강섬에 쌓이지만 큰 바위는 떨어진 지점에 남는다. 그러다가 세월이 흐르면 이 바위가 강 한가운데에 자리 잡을지 모르고, 좀 더 세월이 흐르면 풀밭 한가운데 진흙 속에 파묻힐지 모른다. 그러나 이것만으로는 강 물길에 놓인 큰 바위들이 왜 물 흐르는 쪽으로 쪼개지는지 밝히지 못한다. 강은 다시 돌아가 스스로 이루어낸 풀밭을 서서히 먹어 들어가기에 세월이 흐를수록 더욱더 완만한 흐름을 이루며 흘러간다. 이렇게 해서 강은 편안히 자리를 잡기까지 오랜 세월 강바닥에서 쉴 새 없이 꿈틀대는 것이다. 시간이란 이처럼 값이 헐하다. 강이 지질시대 내내 좌우로 움직이든 뱀장어는 한순간에 꿈틀거리며 지나가든 그리 중요하지 않다.

오늘까지 쳐서 지난 나흘간 바람이 거세고 추웠다. 흐물흐물해지던 호수 빙판이 얼마쯤 다시 딱딱해졌다. 바람은 대체로 북서풍이었으나 어제는 남서풍인데도 차가웠다. 눈이 제법 내려서 날이 다시 포근해지기를 기다렸으나 눈발이 두어 번 잠시 휘날렸을 뿐이다. 오늘은 봄이라 생각하기에 너무 추운 날이어서 지난해 이맘때 날씨가 어땠는지 기록을 뒤져보았다.

3월 28일 수　　얼어붙은 땅

어제보다 춥고 북서풍이 세차다. 멀리 산악지대는 여전히 눈에 덮였다. 들쥐의 굴이 어디 있나 살펴보았으나 둑 아래 풀밭을 빼고는 땅이 단단히 얼어붙어 찾지 못했다. 산지 옆 얼음 녹은 풀밭에는 어느덧 지렁이들이 적지 않게 산다. 어쩌면 여름보다 지금이 더 많은 지렁이를 잡을 수 있을지 모른다. 이곳에서는 벌써 두더지가 먹이 활동을 시작했다. 아직 빙판으로 덮인 잔잔한 도랑에서 노란 반점거북 한 마리가 보인다. 처음에는 밝은 반점 무늬가 생긴 잎이나 앉은부채 꽃자루가 아닌가 생각했다.

바람이 거세고 추운 이즈음이 한 해 어느 때보다 견디기 어려운 시기인 것 같다. 그 까닭 중 하나는 동물이 움직이고 식물이 움트는 모습을 보고 싶은데도 날씨로 인해 그 바람이 꺾이기 때문이다. 아무리 따스한 봄이라 해도 지금은 진창에 사는 개구리 옆모습조차 보기 어렵기에, 추위에도 아랑곳 않는 한 마리 매나 멀리 강에 뜬 강건한 오리 한두 마리만 보더라도 여간 행운이 아니다. 새의 노랫소리에 대해 말하자면, 새들이 노래하기에는 너무 춥고 귀 기울여 듣기에도 너무 추운 날이다. 파랑새의 가냘픈 지저귐이 귓가에서 얼어붙는다. 여기가 집 앞뜰이라면 삽질 한 번으로 15센티 깊이 흙까지 떠냈겠지만 지금 내가 걷는 땅은 아직 얼어 있다.

3월 29일 목　　　찬바람

헤이우드 봉우리에 서서 월든 호수를 굽어보며 차갑지만 건강에 좋은 공기를 냉수 한 잔처럼 즐거이 들이마시며 내 기억 속 여름 바람과 견주어본다. 호수의 반 이상이 벌써 푸른 물결로 반짝인다. 내 동료는 이 바람이 으스스하다지만, 나는 만병통치약으로 느껴져 벌컥벌컥 들이켜면서 반쯤 열린 호수로 뛰어들고픈 충동을 느낀다. 여름날 더운 바람과 달리 이 찬 바람은 내 미각에 청량음료 같다. 나는 7월의 한 마리 말처럼 이 바람을 따라 달리고 싶다.

3월 31일 토　　　바뀐 것은 우리 마음

창밖을 내다보면서 오늘은 정말 날씨가 맑고 따스하리라 짐작하긴 했으나, 오후 3시경 밖으로 나와 클리프스로 산책을 나가기 전까지는 오늘의 날씨를 온전히 알아차리지 못했다. 각다귀들이 보풀처럼 공중을 떠돌고 파랑새들이 활기차게 지저귄다. 올해의 첫 개골 소리, 즉 급류개구리가 삐-삐 우는 소리를 들으러 간다.

날씨가 별안간 따스해졌다. 우리 마을 인근에서는 이렇게 날씨가 좋아지는 일보다 더 중요한 일은 없으리라. 공기가 따스해지기만 해도 우리의 기분과 자연의 모습이 이리도 다르게 바뀌니 놀라운 일이다. 어제만 해도 땅이 추위로 꽁꽁 얼어붙어 생기를 잃고 거칠고 메마른 모습이었다. 누군가가 밖에 나오더라도 푸른 강물이 반짝이기는 했으나 거친 바람과 시든 풀과 추위밖에 없으므로 집으로 서둘러 돌아가야 했을 것이다. 오늘은 땅에서 꽃이 피고 잎이 돋아나는 그런 활발한 움직임이 있지 않을까? 하지만 아무런 움직임이 없다. 오늘쯤 새로 온 새나 개구리 울음소리를 들으려고 귀를 기울이나 아무 소리도 들리지 않는다. 꽁꽁 얼었던 땅속 얼음이 녹으면서 골짝 몇 군데서 졸졸 물 흐르는 소리만 들려올 뿐이다. 그렇지만 바뀐 것은 우리 마음이다. 새로이 삶을 꾸려갈 임차권이라도 얻은 기분이다. 클리프스에서 바라보니 오늘 처음 월든 호수가 활짝 열렸고, 페어헤이븐 호수도 모레쯤에는 열릴 듯하다.

4월 1일 일　　　봄비와 풀잎

올 4월은 그야말로 4월답게 시작한다. 평소보다 약간 늦은 시간에 지붕을 쉴 새 없이 두드리는 빗소리를 들으며 잠에서 깨어나 길가에 고여 반짝이는 물웅덩이들을 바라본다. 한낮까지 따스한 비가 내리다가 이어 쌀쌀한 북서풍이 분다. 이렇게 비가 후두두둑 떨어지는 데다 일요일 아침이어서 모두 빈둥거리며 게으름에 빠져든다.

남쪽 창 너머로 보이는 강둑의 풀이 어제와 달리 푸르다. 어째서 갑자기 이렇게 푸르러 보이는 걸까? 비가 내리면 시든 풀잎은 움츠러들고 납작해지는 반면에 싱싱한 풀잎은 맑게 씻길 뿐 아니라 비의 기운을 빨아들이려고 꼿꼿이 일어서기 때문일 것이다.

4월 2일 월 초록은 생명의 색

어제는 풀만 아니라 소나무도 비를 맞고 더 푸르러졌다. 오늘은 풀의 물기가 마르면서 초록 풀잎이 어제와 달리 그다지 돋보이지 않는다. 초록은 젖은 상태일 때 더 또렷이 빛난다. 그러므로 이끼를 포함한 모든 초록 식물은 비 내리는 날 더 푸르러진다. 초록은 본래 활기 넘치는 생명의 색이다. 그러므로 식물이 젖었거나 활기 넘칠 때 초록이 가장 밝게 빛난다. 식물에게는 시들어 죽어감의 반대말이 초록이다. 웹스터 사전에 따르면, 이 낱말은 성장을 뜻하는 앵글로색슨어 'grene'에서 왔다. 그러므로 초록은 풀들이 자라날 때의 빛깔이다.

4월 3일 화 자연은 느닷없는 짓을 하지 않는다

누구나 오늘 날씨가 춥다고 말하리라. 그러나 나는 장갑을 끼지 않고 노를 젓는다. 지난달 29일, 30일과 마찬가지로 공기에는 단연 따스함을 알리는, 들이마시기에 좋은 차가움이 서려 있다. 이 역시 또 하나의 나아짐이다. 자연은 느닷없는 짓을 하지 않는다. 얼어붙은 물보라 같은 거품이 간혹 강물 쪽으로 30센티가량 날카롭게 뻗어 나오기도 하면서 강가를 따라 한 줄로 돋아나 있었다. 그런 자리에서 암탉들이 까마귀, 울새, 찌르레기와 더불어 무언가를 쪼아 먹는다. 이들이 이곳에 모여든 것은 틀림없이 같은 까닭에서일 것이다. 이런 곳은 얼음이 녹으면서 어떤 땅보다 벌레, 곤충, 식물체가 많이 꼬인다.

집으로 돌아오는데 언덕 아래에서 까마귀 떼가 시끄럽게 울어 댄다. 독수리 못지않게 큰 매가 까마귀를 피해 단풍나무에 내려앉는다. 까마귀 떼가 이따금 매에게 달려든다. 매는 결국 못 이기고 사냥이라도 나서려는 듯 언덕을 낮게 돌아 사라진다. 이 언덕 비탈은 참새, 붉은날개지빠귀, 찌르레기사촌 따위로 늘 활기 넘친다.

4월 5일 목　　새와 개구리의 합창

오늘은 금식일이다. 오전 9시에 보트를 타고 서드베리강을 따라 내려간다. 적지 않은 수의 사냥꾼이 4월 아침 강에서 순조로이 노를 젓고 있고, 놀잇배 한 척이 공중의 깃털처럼 큰 바위 옆에 가뿐히 떠 있다. 강가에서 도요새 한 마리가 놀라 날아가고, 곧이어 클램셸 참나무 숲에서 큰 매 한 마리가 날아오른다. 버드나무가 늘어선 둑에서는 노래참새와 나무참새의 합창회가 어느덧 절정에 달했다. 저마다 다른 곡조가 하나로 뒤섞인다. 반쯤 물에 잠긴 풀밭에서 개구리들이 텃, 텃, 텃 하고 넓게 퍼지는 낮고 더듬거리는 소리로 울어대며 벌판을 일깨운다. 다시 공작새의 울음소리가 들린다.

4월 6일 금 비오리의 죽음

오전 8시다. 하늘에는 구름 몇 장만 둥둥 떠다닐 뿐 활짝 개고 바람이 솔솔 부는 따스하고 쾌적한 날이다. 보트를 타고 애서벳강을 거슬러 오른다. 빙판이 거의 다 가시면서 이제 찌르레기 떼가 초원의 물가를 곧잘 찾아온다. 은단풍 수술이 벌써 드문드문 돋아나 바람에 흔들리고, 일부 오리나무 꽃차례는 어느덧 꽃가루를 퍼트릴 기세다. 언덕 기슭에서 마른 잎 냄새가 나고 파리 떼가 윙윙거린다. 강둑에서는 노래참새와 나무참새가 활기차게 지저귄다.

강 어디에선가 하루 종일 총 쏘는 소리가 들린다. 어제는 죽은 사향쥐 몇 마리와 산토끼 한 마리가 강에 뜬 모습을 보았는데, 지금 30미터쯤 떨어진 오리나무 숲 가장자리에서 반짝이는 무언가가 보인다. 오리가 아닐까? 가까이 가서 보니 머리와 목이 초록인 오리로, 틀림없이 어제 총에 맞아 죽은 비오리다. 날개에서 납작해진 총알 하나를 빼낸다. 날개뼈가 부러졌고, 총탄이 머리를 꿰뚫었다(주된 사인은 부러진 날개였다. 나는 후에 부리 아랫부분과 날개털의 깃대에 부딪혀 납작해진 작은 총알 세 개를 더 빼냈다).

4월 8일 일 서리와 풍경

구름 없는 맑은 아침이다. 땅거죽과 아울러 초원 전체가 서리로 하얗고, 부드러운 수면에 낮게 깔린 아지랑이가 햇살을 받으며 소용돌이쳐서 강이 온통 은판 같다는 느낌을 준다. 강 양옆 버드나무, 오리나무 같은 나무들에 서리가 내려 겨울 풍경이 되살아났다.

처음에는 은단풍의 하얀 침 같은 수술과 서리를 분간해내기 어려웠다. 은단풍의 어떤 꽃밥은 검게 축 늘어졌고, 어떤 꽃밥은 꽃가루로 여전히 푸슬푸슬하다. 적지 않은 꽃밥이 이런 형편이다. 적포도주빛 암술머리도 모습을 살짝 드러냈다. 이 나무는 틀림없이 어제 꽃가루를 퍼트렸으리라.

나무와 나무 사이에 높게 걸린 긴 거미줄이 서리에 덮여 돛대와 돛대 사이에 쳐놓은 밧줄처럼 축 늘어졌다. 애서벳강 얕은 물에 아주 얇은, 어두운 얼음이 많이 떠 있다. 비둘기딱따구리 한 마리가 위크-컵, 위크-컵 비슷한 소리를 내고, 어느덧 울새들이 목청껏 노래한다.

4월 9일 월　　　첫 무지개

하늘이 맑게 갠 아침인데도 여전히 장갑을 껴야 할 정도로 쌀쌀하다. 살짝 서리가 내렸고 어제처럼 잔잔한 강 수면에서 아지랑이가 소용돌이친다. 느릅나무 하나에 대여섯 마리 까마귀가 내려앉아 60미터쯤 떨어진 사향쥐 무리를 눈여겨본다. 종종 까마귀 떼는 이렇게 이른 새벽에 마을 가까이로 날아왔다가 해가 뜨면 곧장 강 건너 숲으로 날아간다. 강 근처에서 피비새 한 마리가 운다. 황금능수버들에 초록이 짙어져 활기차 보이지만 껍질까지 부드러워졌다고 하기는 어렵다.

오늘은 오전부터 구름이 끼더니 오후에 비가 내렸으나, 해가 지면서 서쪽 하늘에 노란빛이 어리고 올해 첫 무지개가 걸렸다. 대개 4월에 비가 내리고 나서 첫 무지개가 나온다. 겨울철에는 왜 무지개를 보기 어려울까? 그건 구름이 비가 아닌 눈으로 이루어졌기 때문이리라.

4월 13일 금　　　개구리 울음

맑은 날이나, 눈 덮인 북서쪽 산악지대에서 차가운 바람이 불어온다. 그렇더라도 바람 없는 곳에서는 볕을 즐기기 좋은 날이다. 요즈음 낙엽 깔린 숲길을 걷다 보면 여름철에는 거의 바싹 마르는 고인 못이나 물웅덩이에서 작은 개구리들이 우는 소리가 들리곤 한다. 처음에는 한두 번 우는 소리가 나고 말지만 끈기 있게 앉아 있으면 드디어 녀석들이 콧소리로 어-와, 어-와 하며 벌이는 합주 소리가 들려오고, 수면 여기저기에 잔물결을 일으키는 모습이 보인다. 북쪽 가장자리에 아직 얼음이 남은 J. P. 브라운의 연못에서도 녀석들이 합주하는 소리가 들린다.

개암나무가 막 꽃을 피웠다. 지금 관목에 핀 꽃 중에서 가장 어여쁜 꽃이리라. 4~5센티 길이의 꽃차례 다발 여섯 개가 바람에 떨며 내 손에 금빛 꽃가루를 흩뿌린다. 숲에서는 삑 하는 급류개구리의 첫 울음소리가 들린다. 노란구륜앵초의 새순이 약간 노래졌다. 이곳 길의 빙판은 아직 녹지 않았다.

4월 14일 토　　진정한 4월 날씨

하루 종일 해가 보이지 않는 습기 찬 흐린 날이다. 5일 금식기도일 날씨처럼 진정한 4월의 날씨다. 날씨가 어떻게 바뀔지 미리 짐작하기는 어렵다. 비가 그다지 많이 내리지 않았는데도 4월 1일 이후로 강물 수위가 꾸준히 높아져 초원이 꽤 많이 잠겼다. 아마 봄비로 땅의 서리가 녹아내리기 때문이리라. 강가 느릅나무 꼭대기에서 검은찌르레기사촌 대여섯 마리가 차, 차 하는 거친 소리를 내며 커다란 꼬리를 들어올린다. 어느덧 은단풍이 거의 다 꽃을 피웠고 사향거북이 시내 바닥을 휘젓고 다닌다. 지난겨울에 별꽃 대부분이 얼어 죽었으나 아늑한 데서 자란 한 포기 별꽃 푸른 가지에서는 몇 송이 꽃이 피어났다.

4월 15일 일　　물수리의 먹잇감

오늘도 해가 나지 않는 고요하고 물기 많은 흐린 날이나 북쪽 하늘에서 구름이 걷히는지 서서히 빛이 늘어난다. 잔잔한 강과 호수가 물그림자로 그득하다. 배를 띄우기에는 오늘같이 고요하고 구름 많은 날이 가장 좋다. 구름 때문에 수면에서 빛이 되비치기에 이런 잔잔한 물그림자가 생겨나는 것이 아닐까. 오전 10시인 지금, 울새와 피비새가 지저귀고, 비둘기딱따구리가 꾸르륵거리고, 흰털발제비 떼가 공중에 떠다니는 각다귀를 잡으려는지 수면을 스쳐 지나며 찍찍 지저귄다. 오늘 같은 날에는 강에서 듣는 이웃 마을의 교회 종소리가 정답고 감미롭다. 마을의 노랫소리가 새들의 노랫소리와 더불어 울려 퍼진다.

대초원이 한가운데 작은 섬만 만들어놓고 온통 물에 잠겨 있으나, 오리는 전혀 보이지 않는다. 물수리 한 마리가 150미터쯤 떨어진 강기슭 단풍나무의 낮은 가지에서 물고기를 뜯어먹는다. 우리는 물수리의 하얀 볏이 보이는 3백 미터쯤 떨어진 곳까지 노 저어 간 다음, 배에서 내려 숲속을 살금살금 걸어 가까이 다가갔다. 물수리가 우리에게 등을 돌린 채 가지 위에 서 있다. 다리가 길어 보이고, 하늘을 인 몸통이 하얀 머리와 대비되어 검게 보인다. 옆머리에는 검정줄무늬가 났다. 녀석은 물고기를 밟고 있다가 고개를 숙여 한 입 뜯어 문 다음 부리나케 오른 어깨 너머로 우리 쪽을 바라보고, 또 한 입 뜯어 물고는 왼 어깨 너머를 바라본다. 드디어 녀석이 날아올라 느릿느릿 날아간다. 녀석이 앉았던 가지 아래 물가에는 녀석이 잡아먹은 물고기의 지느러미, 내장, 아가미 조각 따위가 흩어졌고, 가지 위에도 일부 떨어뜨린 조각이 있다. 지느러미를 자세히 살펴보니 빨판잉어 아니면 모캐인 듯싶다. 벌써 지느러미에는 작은 거머리들이 들러붙었다.

오후 2시 30분경, 잔잔하고 아름다운 강을 따라 볼의 언덕을 굽어 돌자 갈매기 세 마리가 8백여 미터 떨어진 참나무 숲가의 물에 잠긴 초원 위를 날아간다. 노를 저어 넓은 수면에 잔물결을 일으키며 대초원 쪽으로 들어서자, 북쪽 희미한 하늘빛만 빼면 여전히 햇살 한 줄기 내리비치지 않는데도 포플러 언덕의 단풍나무와 남서쪽 마을이 여느 때와 다름없이 고스란히 물에 비친다. 초원이 하나의 커다란 호수처럼 펼쳐지고 언덕 비탈은 그 호수에 비치는 물가다. 가끔 배를 몰고 와서 구경해도 좋을 경치다.

4월 16일 월   맑고 추운 날

서리가 하얗게 내린 맑고 추운 날인데도 안개가 마을에 자욱하다. 강 가장가리가 30센티가량 얇게 얼었다. 해 뜨기 직전 울새, 찌르레기, 노래참새 따위가 어느 계절 못지않게 사방 여기저기서 지저귄다.

더할 나위 없이 맑은 날이어서 장수말벌이 날아다니고 모래땅에는 길앞잡이가 많이 나왔다. 오렌지 구릿빛의 큰멋쟁이나비가 나타났고, 테두리가 담황색인 큰 나비가 떼 지어 숲길을 훨훨 날아다닌다. 호수에는 많은 오리가 떼 지어 떠 있다. 우리가 호숫가로 가까이 다가가자 비오리, 흰뺨오리, 검정오리 떼가 떠들썩하게 날아오른다.

4월 17일 화   새들의 위기

오전 5시, 서리가 거의 내리지 않은 맑은 아침이다. 이 시간에 노를 저으면 손이 여전히 시리다. 검은찌르레기사촌이 떼 지어 옛 둥지를 다시 찾아왔다. 나무참새와는 달리, 지난 이틀 동안 회색머리오리를 보거나 지저귀는 소리를 들은 적이 없다. 오늘처럼 햇살 밝은 따스한 날 정오경이면 자주 기러기들이 날아온다.

이따금 노란반점거북들이 도랑으로 굴러 떨어졌다가 기어 나오곤 한다. 어제는 작은 황소개구리들이, 오늘은 창꼬치개구리들이 보인다. 개구리는 거의 남김없이 깨어났다. 등이 적갈색인 우드척 한 마리가 겨울 동안 푹 익은 과일처럼 보인다. 어제나 오늘처럼 갑자기 따스해지면 어떤 새들은 떠나고 어떤 새들은 찾아온다. 새로운 곳으로 떠나야 하는 새들에게는 위기가 아닐 수 없다. 여우 빛깔의 참새는 가버린 것 같고, 나무참새와 회색머리오리도 대부분 가버렸다. 따라서 쾌적한 날씨가 마냥 이롭기만 한 것은 아니다. 리의 절벽 밑을 걷다가 벼룩이자리를 비롯하여 일찍 돋아난 잡풀들의 초록이 한창이어서 깜짝 놀랐다. 어떤 곳에서는 아직 초록을 찾아보기 어려운데 말이다.

4월 18일 수　　따스한 봄날

오후에 밖으로 나오자 거의 무더울 정도로 올해 어느 날보다 따스하다. 비를 머금은 구름이 지나가며 해를 가린다. 페어헤이븐 언덕 기슭에 앉자 금세 두 뺨이 볕에 화끈거린다. 큰물이 진 초원과 강이 잔잔하여 물그림자가 비친다. 오후 3시인 지금, 멀리 물웅덩이에서 급류개구리들이 빽빽 울어대고 울새가 노래하고 어치가 소리친다. 멀리 산악지대에는 아직 약간의 눈이 남았다. 탁 트여 서리가 사라진 농토에서는 이제 밭갈이를 시작해도 좋을 듯싶다. 언덕 꼭대기에 오르자 별안간 남쪽 지평선이 먼지 같은 안개로 가득 차면서 수증기가 모락모락 일어난다. 다른 쪽 지평선은 남김없이 맑은데 말이다. 바다 너머에서 불어온 바람이 이 고장 따스한 공기와 만나 물방울로 맺히는 것이 틀림없다. 공기가 뜨거운 기운을 내뿜어서 바위에 앉으면 금세 땀에 젖는다. 자연은 갑자기 생겨난 열기를 가만히 내버려두기보다 바람으로 맞선다. 멀리서 관목 참나무 잎이 바스락거리는 소리가 들리더니 이내 반가운 바람이 달아오른 바위들을 쓸고 지나가면서 안개가 일어난다. 난데없이 여우비가 내리고 이어 무지개가 뜬다. 저녁에는 곳곳에서 두꺼비들이 울어대더니 서쪽 하늘에서 번개가 번쩍 내리치면서 천둥비가 다가온다.

4월 19일 목 머리를 내민 거북들

구름이 약간 낀 따스하고 고요한 날이다. 많은 거북이 머리를 내밀었다. 강물 높이가 약간 내려갔다. 강을 오르다보니 두어 마리 거북이 와삭거리며 가파른 둑을 굴러 내려간다. 한 마리는 둑 가장자리에 부딪혀 빠르게 구르다가 내던져진 원반처럼 2~3미터쯤 공중에서 강물로 풍덩 떨어진다. 오늘 오전에는 창문을 열어놓고 앉아 있었다. 밭갈이와 나무 심기에 좋은 날이다.

4월 22일 일 꽃 피는 봄

하늘이 활짝 갰으나 바람은 거세다. 초원에서 자라는 앉은부채에 돋아난 잎이 그 어떤 초록보다 눈에 잘 띈다. 버드나무에서 노란 꽃차례가 돋아나 안개 낀 양 흐릿하고 몽롱하며 포근한 분위기를 자아낸다. 어느덧 습지머틀 꽃이 시내에서 불탄다. 애벌레처럼 굽은 모습이다. 수꽃이 돋아남과 동시에 암꽃 또한 수많은 암술머리를 달고 개암처럼 돋아났다. 버드나무에 노란 홍방울새가 모여 앉아 피비새처럼 쉴 새 없이 꼬리를 까닥이나 가냘프게 짹짹거리는 소리밖에 들리지 않는다. 딱총나무의 잎이 3~4센티쯤 자랐고, 멍석딸기가 바위 아래서 모습을 드러냈다.

4월 24일 화　　새순이 나오면 애벌레도 나온다

아지랑이가 짙게 깔린 따스한 날이다. 방죽에서 쇠뜨기가 초록 꽃가루를 흩뿌린다. 손에 내려앉은 꽃가루가 포근한 솜처럼 보인다. 애벌레들이 야생 벚나무에서 깨어나기가 무섭게 잔가지 끝으로 기어가서 막 터져 나온 초록 새순을 먹어치우기 시작한다. 애벌레들은 새순이 돋아나야 나타난다. 개똥지빠귀 오솔길에서는 상모솔새와 같은 새들이 쉴 새 없이 리기다소나무로 날아와 딱새처럼 벌레를 쪼아 먹는다. 지난겨울 플린트 호숫가에서 잘려나간 물박달나무 그루터기가 독특한 향이나 풍미도 없이 기름 같은 분홍빛 더껑이에 온통 뒤덮였다. 수액이 이토록 흉하게 바뀐 것이다. 백버들에서 잎이 돋아나기 시작한다.

4월 25일 수　　흰목참새

물기 많은 4월 아침이다. 까치밥나무와 라일락에서 새잎이 돋아났다. 어디선가 희미하게 짹 하는 소리가 들린다. 가만히 살펴보니 참새 중 가장 큰 흰목참새 한 마리가 나무꾼들이 남겨놓은 잡동사니 틈새에서 깡충깡충 뛰어다닌다. 몸 양옆에 노란 반점이 하나씩 있어서 금세 눈에 띄는 멋진 녀석이다. 얼마쯤 지나자 희미하기는 하나 경쾌한 방울 소리처럼 아주 빠르게 짹짹거리는 소리가 들린다. 틀림없이 그 흰목참새가 내는 소리다. 나무참새, 들판참새를 비롯하여 수많은 참새가 비슷하게 짹 하는 희미한 쇳소리를 낸다.

5월 1일 화　　5월의 하루

집 안에서 보름달 달빛과 밝아오는 새벽빛을 가리기 어려운 시각에 울새가 운다. 나는 밤일 거라 짐작하며 침상에서 달빛을 내다보려고 했는데 울새가 먼저 새벽을 알렸다. 나보다는 울새가 동트는 조짐을 훨씬 더 잘 안다고 믿기에 울새의 지저귐을 들으며 그의 주장에 복종한다.

초원에 찌르레기사촌 여럿이 모여 모이를 쪼아 먹는다. 이들은 여전히 떼 지어 날아다닌다. 갈색개똥지빠귀가 운다. 노란 수련의 부엽이 막 수면에 모습을 드러냈다.

오후에 소피아*와 더불어 5월의 꽃을 따러 보트를 타고 코난텀에 갔다.

굴뚝제비가 나무제비, 집제비와 더불어 강 너머로 날아간다. 멀

* 소피아 엘리자베스 소로(Sophia Elizabeth Thoreau, 1819~1876). 소로의 막냇동생으로, 가족의 사업과 재산을 관리했고, 소로가 죽은 후 그의 유작들의 편집을 맡았다.

리 큰물 진 초원 너머에서 꽃단풍이 어느덧 멋진 모습으로 꽃을 피웠다. 배에서 내려 해 들고 바람 없는 언덕 구석진 곳에서 새들을 찾아본다. 새들은 온화하고 화창한 날보다 오늘같이 바람 부는 쌀쌀한 날에 해가 드는 언덕 기슭 숲으로 모여들기에 더 많은 새를 찾아보기에 좋다. 비둘기 떼의 재잘거림이 나무가 삐걱대는 소리처럼 들린다.

강물 높이가 빠르게 낮아지고 풀들이 일어선다. 초원에서 갯벌 냄새 같은 상큼하고 강렬한 늪지 냄새가 떠돈다. 공중에서 꽃향기 같은 묘한 향이 풍겨오는 진정한 5월의 하루다. 아침에는 가랑비가 내리고 으스스했다. 찌르레기들이 잠잠하다. 어수선한 강 수면에 잠깐 반짝이다 스러지는 갖가지 빛깔을 보니 어쩐지 바다가 생각난다.

5월 5일 토 까마귀의 행동거지

이삼일간 날씨가 쌀쌀했다. 검정자두, 버찌, 미주리구스베리는 내일이면 꽃을 피울 터이다. 책을 들여다보며 앉아 있는데 까마귀 한 마리가 우짖는 소리가 들려 고개를 드니 지나가는 매를 꾸짖는 소리였다. 책을 덮고 그 까마귀의 둥지를 찾아보기로 한다. 까마귀가 숲속 하늘을 날아 늪가 높이 솟은 소나무 숲으로 천천히 내려앉는 모습이 보인다. 그 소나무 숲으로 들어가자 이내 까마귀가 성이 나서 까악까악 짖어댄다. 늪가에 가장 높이 솟은 소나무 꼭대기에 까마귀가 새로 둥지를 지었다. 까마귀가 둥지 둘레를 맴돌다가 까악까악 울며 나를 살펴보더니 내 머리 위로 불과 10미터 남짓 떨어진 참나무에 내려앉아 사납게 우짖는다. 하지만 이내 훌쩍 날아올라 자기 짝과 두어 마리 다른 까마귀와 어울리더니 4백여 미터 넘게 떨어진 곳으로 조용히 날아가 초지에 내려앉는다. 마치 이 숲에서는 아무것도 염려할 일이 없다는 듯한 태도이다.

5월 6일 일 한 해의 향기

오후에 산사나무를 보러 간다. 30센티 넘게 자란 어린 골풀들이 불그레한 머리를 치켜들고 짙은 풀빛으로 모여 막 꽃을 피우려 한다. 산사나무는 벌써 활짝 꽃을 피웠다. 길가에 앉아 있는데 솔새 한 마리가 3미터도 채 떨어지지 않은 곳에 내려앉았다가, 내 머리 주변을 날아다니는 검은 날벌레들을 잡아먹으려고 한두 번 곡선을 그리며 획 돌진했다. 한번은 거의 나를 무시하며 1미터 이내까지 다가왔다. 처음에 나는 왜 솔새가 가까이 오는지 의아했다. 어깨가 벌어지고 파리처럼 생긴 작은 날벌레 무리가 내 머리 부근에서 날아다니고 있는 모습을 이 솔새가 7미터쯤 떨어진 곳에서 본 것이다. 이곳에는 흰목참새 또한 적지 않았다. 길은 꼴밭으로 올라가는 가축들로 그득했다.

제니 던건의 집 근처에 이르자 초원이 아닌 공중에서 꽃향기 같은 기이한 향내가 풍긴다. 지금 내가 앉아 있는 곳 가까이에서는 어떤 꽃도 보이지 않으므로 이 향내는 초목이 내뿜는 향기가 아니라 올 한 해의 향기가 아닐까 싶다. 금빛 테두리를 두른 구름 뒤로 해가 지며 아름다운 석양이 펼쳐진다.

5월 7일 월　　　올빼미 둥지

손가락이 시릴 정도로 바람이 차다. 부엽 사이로 창포가 모습을 드러냈다. 허버드숲에서 까마귀들이 둥지를 튼 나무 위로 기어올라보았다(둥지는 두 개인데 하나는 다람쥐 둥지인 것 같다. 까마귀가 이렇게 다람쥐 둥지를 고쳐 쓰는 것이 아닐까?). 머리끝이 짙붉은 굴뚝새 한 마리가 가까이에서 기웃거리며 나를 눈여겨본다.

죽은 잔가지나 부러진 가지밖에 마땅히 잡을 만한 데가 없는 높은 소나무를 기어오르는 일은 고생스러우면서도 성가시고 지치는 노릇이다. 어디를 잡고 어디에 발을 디뎌야 할지 잘 살피면서 조심조심 올라가야 한다. 밤색 암컷 매가 내 가까이에서 빠르게 날아가 가로장 울타리에 내려앉더니 얼마 지나지 않아 다시 날아올라 단풍나무에 내려앉는다.

홀든숲에서는 두 마리 회색다람쥐가 나를 보고 화들짝 놀라 건너편 높이 솟은 나무로 쪼르르 뛰어오르더니 높은 가지 끝에서 옆 나무로 아주 빠르게 훌쩍 건너뛴다. 오늘 오전과 오후에 내가 나무들로 기어올랐던 기억이 아프게 떠올라 이들의 재빠른 움직임에 탄복하게 된다. 이들은 내가 조심조심해서 몇 발짝 올라가본 길을 얼마나 거침없이 지나다니는가.

매가 둥지를 튼 소나무로부터 약간 떨어진 곳에서 중키의 루브라참나무 한 그루가 산허리에서 늪지 쪽으로 약간 기울어져 자라났다. 줄기의 4~5미터 높이쯤 구석진 곳에 약간 큰 구멍이 났는데, 이 정도 구멍이면 숲의 거주민 누구라도 고쳐 쓸 만하지 않을까 싶고, 내가 막 본 회색다람쥐의 둥지가 아닐까도 싶었다. 저 정도면 비명올빼미도 충분히 드나들 만하지 않은가. 나는 나무를 두드린 다음 줄기에 귀를 대고 안에서 움직이는 소리가 나는지 알아보려 했으나 아무 소리도 나지 않았다. 그래서 구멍 안을 들여다보기로 하고 나무를 타고 올라가 한 손으로 구멍을 잡고 몸을 끌어올렸다. 그 순간 무언가가 내 손가락을 물 수도 있겠단 생각이 스쳤으나, 그런 일은 일어나지 않았다. 구멍 가까운 반대편에 첫 번째로 갈라진 큰 가지가 뻗어 있어서 그 가지에 몸을 기대고 안을 들여다보았다. 그런데 자고새보다 약간 작으면서 짙은 밤색인 새 한 마리가 깊이 15센티, 폭 12~15센티 구멍을 꽉 채운 채 내 얼굴 바로 앞에서 웅크리고 잠자는 듯 보여 깜짝 놀랐다. 나는 곧바로 녀석이 올빼미임을 알아차렸다. 본디 검고 커다란 눈이나 지금은 실눈을 떴는지 길게 베인 상처처럼 1.5밀리 정도만 뜨고 있었다. 녀석이 숨 쉬는 기운이 생생하게 느껴졌다. 잠시 후 한 손을 집어넣어 녀석을 몇 번 쓰다듬었더니 머리를 약간 아래로 숙이고 눈을 아예 감아버렸다. 녀석 밑에 무엇이 있는지 알아보고 싶었으나 이때는 더 이상 녀석을 성가시게 하지 않았다. 그러는 사이에 까마귀 떼가 늪지 너머 소나무 숲 우듬지 위를 날며 큰 소리로 까악까악 울어댔고, 매 한 마리가 간간이 까마귀 떼에 쫓기며 날카롭게 울부짖었다. 연한 황록색 칼미아가 자라는 흰가문비나무 늪지 바로 위로 우거진 이 숲은 회색다람쥐, 자고새, 매, 올빼미가 어울려 살아가기에 더할 나위 없이 좋은 곳이다.

해 지기 한 시간 전쯤 집으로 돌아가다가 다시 올빼미 둥지로 기어올라가 안을 들여다보았다. 올빼미는 어디론가 사라졌고 구멍 속 바닥에는 썩은 나뭇조각 위에 둥그렇고 갈색 섞인 하얀 알 네 개가 놓여 있었다. 그중 하나를 꺼내보았다. 이 알은 일주일 내로 부화할 것 같았다. 깃털이 꽤 나고 부리가 상당히 발달한 어린 것이 말이다. 어미는 아마 내 발소리를 듣고 둥지를 떠났으리라.

5월 11일 금   뱀과 까마귀

어린 느릅나무에 잎이 돋아나기 시작하고 조름나물이 막 물 위로 모습을 드러냈다. 어느덧 종이자작나무가 꽃가루를 흩뿌린다. 10여 센티 길이의 고개 숙인 금빛 꽃차례가 매우 멋지다.

커다란 검정 뱀 한 마리가 발에 밟힌다. 발을 떼자마자 꼿꼿이 머리를 치켜세우고 언덕 아래 늪지 쪽으로 빠르게 달아난다. 자세히 살펴보니 또 한 마리가 마른 잎 사이에 몸을 숨기고 있다가 나를 향해 혀를 날름거린다. 빠르게 꼬리를 떨며 마른 잎을 바스락대다가 휙 달아나, 참나무를 돌아 밑동에 난 구멍으로 곧장 사라진다. 머리가 들어가고 꼬리 또한 금세 사라진다.

지금은 울창한 소나무 숲을 걷기가 쉽지 않다. 하지만 누군가가 그런 숲으로 들어간다면 이내 까마귀 두어 마리가 머리 위를 조용히 날아다니며 그가 어디로 향하는지, 둥지가 위험에 처하지는 않을지 지켜보면서 까악까악 우는 소리를 들을 수 있을 것이다. 그는 둥지를 찾아내기 전에 먼저 그림자로 까마귀의 존재를 알아채면서 별안간 등골이 오싹해지리라.

5월 12일 토　　숲의 소리

습지머틀에 잎이 나기 시작했다. 2백 미터쯤 떨어진 곳에서 백버들의 꽃향기가 풍겨온다. 어느덧 백버들이 둑길을 노랑꽃으로 치레했고 호박벌 같은 온갖 벌이 윙윙거리는 소리가 들린다. 닷새 전에 본 올빼미 둥지로 다가가다가 올려다보니 어미가 구멍 너머 위쪽 움푹 파인 곳으로 들어간다. 그날 어미는 날아간 것이 아니라 거기 움푹 파인 자리에 숨어 있었으리라. 안을 들여다보았으나 어두워 처음에는 거의 아무것도 보이지 않았다. 남은 알 세 개 가운데 하나가 깨져 있다. 알보다 두세 배 긴 하얀 솜털 같은 어린것이 두 알 사이에 힘없이 축 늘어져 있었다. 옆에는 흰발생쥐 한 마리가 꼬리를 둥글게 만 채로 죽어 있고, 가마새 한 마리가 운다.

리의 절벽 아래에서 올 처음으로 영원에서 영원을 노래하는 고요하고 차분한 귀뚜라미 울음소리가 들려온다. 절벽 꼭대기에 작고 가느다란 끈끈이대나물이 수없이 돋아났다. 여전히 흰목참새가 날아다닌다.

해 지기 직전, 그 올빼미 둥지 앞에 자리를 잡고 앉아 숨을 고르면서 어미가 나타나길 기다렸다. 반 시간 정도 지나자 놀랍게도 숲 깊은 곳 온갖 소리가 또렷이 들려왔다. 숲의 복도에 확성기라도 매단 것일까. 까마귀가 까악까악 우는 소리, 늪에서 봄의 청개구리가 떼 지어 삐익삐익 우는 소리, 한 마리 나무두꺼비가 개골개골 우는 소리, 가마새가 지저귀는 소리, 개똥지빠귀가 요릭요릭 하고 우는 소리, 멀리서 알락해오라기가 우는 소리, 밤새night-warbler* 와 흑백아메리카솔새의 울음소리, 암소들이 음매음매 우는 소리, 저녁식사 시간을 알리는 뿔피리 소리, 아이들이 떠드는 소리, 소녀들의 노랫소리가 들려온다. 이 온갖 소리들이 한데 어우러져 들리는 것이 아니라 음악 소리처럼 따로따로 또렷이 들린다. 이런 숲에 자고새와 붉은꼬리말똥가리와 비명올빼미가 둥지를 틀고 앉았다.

5월 13일 일　　　6월 같은 날씨

일주일가량 날씨가 쌀쌀하다가 어제 따스해지더니, 오늘은 더

* 편집자 토레이는 『The Writings of Henry David Thoreau』의 서문[『소로의 일기: 소로의 세계를 여행하는 법』에 수록]에 이렇게 적었다. "소로의 일기가 이런 문제 때문에 새를 좋아하는 독자들에게는 별로 흥미롭지 않을 거라는 말은 아니다. 오히려 거꾸로 50여 년 전 아마추어 조류학자가 어떤 수단과 방법을 썼는지 보여주고, 특히 겨울 저녁에 풀어야 하는 조류학적 문제는 무엇인지 알려주므로 더 흥미로울 수도 있다. 흥미를 느끼는 독자들은 여기 일기에 나오는 글들을 재량껏 대조해봄으로써 저 유명한 '밤새(night-warbler)'의 정체가 무엇인지 밝히는 데 성공할 수 있을지 모른다. 어떤 이들은 '밤새'가 휘파람새만큼이나 흔한 새가 아니었을까 추측하기도 하지만, 내가 알고 있는 한 이 새는 아름답게 노래하며 날아다니는 두어 종의 평범한 작은 새가 아니었을까 싶다. 새의 정체가 무엇이었든 간에, 소로에게는 이 새가 문학적 상상력을 북돋우는 데 분명 쓸모가 있었다. 에머슨은 소로에게 이 새를 기록에 올릴 수 있도록 애써 달라는 당부의 말을 잊지 않았다. 하지만 소로는 이런 당부에 각별히 주의를 기울여야 할 필요를 그다지 느끼지 않았다는 것 또한 알아야 한다. 소로는 어떤 종류의 무지에 대해서는 꽤나 호의적인 의견을 갖고 있었다. 예를 들어 소로는 '밤새'와 같은 자신의 조류학적 미스터리와 관련하여, 자신의 좋은 점은 그들의 특징을 충분히 알기 전까지는 그 이름을 굳이 알려 하지 않는 것이라고—이런 글귀가 어떤 의미를 지니는지는 잘 모르겠으나—당당히 말하고 있다."

욱 따스해지면서 안개가 자욱하다. 우리는 6월의 날씨 같은 따스함을 즐기며 안개 짙은 고요한 공기를 뚫고 강 하류로 떠가다가 올 처음으로 휑한 흑버들에 앉은 왕산적딱새를 보고, 처음으로 초원에서 실려오는 쌀먹이새의 노랫소리를 듣는다. 초원은 버드나무의 부드러운 연두색 잎과 느릅나무에 맺힌 번들거리는 열매로 환하다. 공기 또한 점점 더 크게 울어대는 두꺼비들의 울음소리로 가득 찬다. 벌써 사내 몇 명이 안개 속에서 낚시를 하고 있다.

N. 배럿의 집 아래에 배를 대놓고 자작나무 늪지로 들어섰다. 어느덧 제비꽃이 무수히 돋아났다. 넓게 펼쳐져 콸콸 흘러나오는 시내 기슭에 크리스마스로즈가 연초록색으로 50센티쯤 자라났고, 발에 거칠 것 없이 훤히 트인 숲에서 둥글레가 잎을 틔웠다. 서너 시경에 차가운 동풍이 세차게 불어온다. 이제 커다란 피나무에 새잎이 돋아난다.

갑자기 날이 더워지면서 정원에서 벌새가 윙윙거린다. 배나무에 꽃이 폈고 쥐엄나무, 흑참나무, 일부 플라타너스에 잎이 돋았다.

미노의 말에 따르면, 10년 전인가 15년 전쯤에 베드퍼드에서 한 사내가 나무를 타고 올빼미 둥지에 올랐다가 올빼미한테 눈알 하나를 잃고 거의 죽을 뻔했다고 한다. 미노는 이 이야기를 신문에서 읽었단다.

5월 19일 토　　알 낳는 철

오후에 애서벳강을 거슬러 오른다. 잿빛개구리매 수컷 한 마리가 강가를 따라 강물을 스치듯이 날며 개구리를 잡고, 제비 떼가 와글와글 그 뒤를 쫓는다.

거의 모든 나무에서 잎이 돋아났다. 포도나무가 꽃을 피우기 시작한다. 멧도요 한 마리가 강 가까이로 날아간다. 알락해오라기 한 마리가 두리번거리며 앉아 있다가 느릿느릿 날아오른다.

왕잠자리들이 나타났다. 팽나무와 수영이 꽃가루를 흩뿌리기 시작한다. 강가에서 노랑발도요가 먹잇감을 잡는다. 붉은깃찌르레기는 이제 둥지를 거의 다 지었다. 물고기 떼가 강가 근처에 몰려 있다가 흩어지곤 한다. 물고기들이 알을 낳는 철이 돌아왔다.

내가 기르던 새끼 거북들을 다시 강에 놓아주었다. 몸이 거의 자라지 못했다. 진흙거북 두 마리와 사향거북 한 마리는 잘 돌보아주지 못한 탓에 한 주도 채 못 가 죽었고, 진흙거북 한 마리와 사향거북 한 마리는 어디론가 사라졌다. 진흙거북 다섯 마리만 다시 강으로 돌려보냈다.

5월 24일 목　　올해의 첫 뭉게구름

오전에 벡스토 농장에 갔다. 이달 20일부터 어제까지 꽤 추운 날씨가 이어졌으나 오늘 오전에 갑자기 바람이 남풍으로 바뀌면서 따스해졌다. 이렇게 갑자기 따스해지면 안개가 자욱하여 먼 산이 잘 보이지 않는다.

각시석남이 전성기에 있으나 잎이 벌써 검어져서 눈에 잘 띄지 않고, 꽃이 곱기는 하나 약간 투명한 하얀 장밋빛이어서 허약하고 창백한 느낌이다. 조름나물이 제법 멋진 꽃을 피웠으나 그 꽃차례의 꽃 중 반이나 피었을까 싶다. 이미 아래쪽 꽃 일부가 갈색으로 시들어가며 흉한 모습으로 변해가니 얼마나 가엾은가.

올 처음으로 오후 6시경에 북서쪽에서 은빛을 두른 뭉게구름이 일어났다. 이 뭉게구름 서쪽에서 비를 머금은 검은 구름이 다가와 지평선을 덮었고 조금 뒤 서쪽과 남쪽에서 번개가 치고 비가 내렸다.

5월 25일 금　　노간주나무 꽃가루

간밤은 꽤 더운 편이어서 창문을 약간 열어놓고 잠들었다.

오전 8시, 언덕 한 야생 사과나무에 앉았던 비명올빼미 한 마리가 깜짝 놀라 비둘기딱따구리처럼 빠르게 날아 내 맞은편 나뭇가지에 내려앉는다. 곧이어 갈색지빠귀가 날아와 엿보자 비명올빼미는 근처 히커리 줄기에 난 구멍으로 날아들었고 그 뒤를 갈색지빠귀가 바짝 뒤쫓는다.

18일 처음으로 황소개구리의 울음소리를 들었으나 그 뒤로는 들리지 않는다. 어제 꺾어 온 노간주나무 꽃이 오늘 집 안에 꽃가루를 흩뿌렸다. 들에서도 역시 꽃가루를 흩뿌리고 있으리라. 볼티모어꾀꼬리가 지저귀는 소리가 "먹어, 포터야, 먹어Eat it, Potter, Eat it" 라고 말하는 것처럼 들린다. 발삼전나무에서 꽃과 잎이 나기 시작한다. 스트로브잣나무에 진딧물이 솜처럼 들러붙었다. 두꺼비 울음소리가 요란해지는 가운데 메추라기 우는 소리가 들려온다.

5월 26일 토　　짙어지는 그늘

오전 8시에 보트를 타고 칼미아와 속새를 보러 갔다. 다시 차갑고 세찬 북풍이 불어와 새로 돋아난 부드러운 부엽들을 뒤집어놓는다. 요즈음 날이 추운 탓인지 클램셸 언덕의 참나무들이 지난해보다 나흘 늦게 꽃가루를 흩뿌린다. 벌써 전도나물 갓털이 날아다니면서 삼백초와 더불어 들판을 하얗게 물들인다. 속새 근처에서 자라는 칼미아에 막 새잎이 돋아났다. 등이 푸르고 꼬리가 긴 아름다운 산비둘기 한 마리가 리기다소나무 낮은 가지에 우아하게 앉아 있다.

오후에 페어헤이븐 호수에 갔다. 여전히 세찬 북풍이 불어와 계절에 걸맞지 않게 차디찬 안개가 자욱하다. 풀이 바람에 나부끼면서 어느덧 들판이 6월의 모습을 띤다. 잎사귀가 빼곡히 돋아나고 들판의 그늘이 짙어진다. 멀리 안개 속에서 땅 위로 솟은 돌기처럼 보이는 어두운 상록수는 엷은 천을 걸친 지금의 낙엽수와는 얼마나 뚜렷이 견주어지는가. 강에서 10~15미터쯤 치솟은 언덕에 비단거북 한 마리가 올라왔다. 아마 알을 낳고 있으리라. 오늘 초원에서 아련한 향내가 떠돈다.

6월 5일 수　　들판의 상처

여기 이 클램셸 들판을 걸으면서 뗏장을 떼어내어 상처가 난 것처럼 보이는 곳들을 자연이 어떻게 고치는지 궁금해진다. 평탄하거나 접시처럼 약간 우묵해진 몇 군데에는 검은 진흙밖에 남지 않았다. 이런 곳을 해와 바람이 대략 지름 30센티 넓이의 여러모꼴로 들쭉날쭉 쪼개놓았다. 이제 이런 구역마다 작고 부드러운 이끼 같은 식물이 퍼져나가면서 빼곡히 땅거죽을 덮는다. 우묵해지고 금이 간 곳에 불그스름한 풀이나 사초가 융단처럼 2~3센티 높이로 가지런히 자라났고, 가느다란 물레나물이나 왜떡쑥이 그 사이 공간을 성기긴 하지만 고르게 덮었다. 초원의 상처에는 당장 이런 식으로 상흔이 남는다. 이 풀씨들은 무거워서 금이 가고 우묵해진 곳으로 밀려 들어간 것이 틀림없다. 설마 땅임자가 뿌려놓았을 리는 만무하지 않은가.

6월 11일 월 나타나지 않는 벗

나는 누군가를 찾아갈 때면 굳이 몸단장을 하고 싶지는 않으므로 유행을 좇는 거리를 피하게 된다. 광 낸 구두가 광 낸 구두를 만나는 곳이 아니라 사람이 사람을 만나는 곳으로 간다.

어느 누구도 응답해주지 않는 그리움에 휩싸일 때는 어떻게 해야 할까? 나는 홀로 걷는다. 가슴이 한껏 부풀어 오른다. 느낌은 생각의 흐름을 가로막는다. 나는 벗을 찾아 뚜벅뚜벅 걷는다. 모퉁이를 돌 때마다 벗이 나타날 것만 같은데 모퉁이를 돌고 돌아도 벗은 나타나지 않는다. 나는 들뜨고 가벼운 모임에 진저리가 난다. 그런 모임에서는 침묵만이 가장 자연스럽고 훌륭한 예절이다. 나는 깊은 물이라도 기꺼이 건너려 하나 나의 벗들은 얕은 여울과 웅덩이만 건너려 한다. 스무 명가량의 벗 사이에서 해가 갈수록 내 말수는 점점 줄어든다. 벗과 함께 있었는지조차 잘 기억나지 않는다. 그들이 아무리 공손히 말을 하더라도 함께하고 싶다는 생각이 들지 않는다. 어떤 벗은 자신의 농담을 받아주지 않는다고 못마땅해 한다. 나는 그가 불평을 털어놓기 전에 이미 웃어넘기고 내 갈 길을 간다. 어떤 벗은 자신의 야심찬 계획apples and pears*을 이야기하지만, 나는 내 비밀을 털어놓지 않고 그의 곁을 떠난다. 이런 사과나 배로는 나를 꾀지 못한다.

6월 14일 목　　빗속 강가 보트 밑에서

다시 노래참새의 둥지를 찾아 클램셸 언덕 아래 도랑둑으로 갔다. 며칠 전 채닝과 나는 거친 풀로 엮어 고운 풀로 안감을 댄 이 둥지에서 깨어나기 직전인 알 다섯 개 가운데 두 개를 꺼내 집으로 가져갔다. 우리가 알 두 개를 가져가고 나서 노래참새가 이 둥지를 버린 것이 틀림없다. 그 뒤로는 노래참새가 이 둥지로 날아오는 모습도, 둥지에 앉은 모습도 보지 못했다. 이런 연약한 새들은 서둘러 달아나므로 둥지를 뒤지더라도 어미 새의 흔적조차 찾기 어렵다. 어미 새를 보려거든 백 미터 이상 떨어진 곳에서부터 살금살금 다가가야 한다.

별안간 비가 억수같이 내려 우리는 서둘러 보트를 클램셸 강가로 끌어올려 뒤집은 다음, 그 밑으로 기어들어가 각자의 노를 깔

* 런던의 노동자 계층의 속어로 계단 또는 층계를 뜻하며, 사회적 성취나 지위에 대한 은유로 쓰인다.

고 앉았다. 친구들은 우리가 비를 흠뻑 맞으리라 생각했을지 모르나 우리는 그들 못지않게 좋은 지붕 밑에 앉아 있었기에 전혀 젖지 않았다. 물가 가까이에서 30분가량 엎드려 강에 후두두둑 떨어지며 물거품을 일으키는 굵은 빗방울을 바라보면서 빗소리를 듣고 있자니 무척 즐거워졌다. 빗속에서 제비 떼가 연달아 물 위를 낮게 날았고, 두꺼비들의 물보라 같은 울음소리가 울려 퍼졌다.

6월 18일 월　　거북의 알 낳기

오후 3시경 솔송나무 숲을 낀 강둑을 오르다가 막 구멍을 파기 시작한 비단거북 한 마리를 보았다. 또 강에서 60미터쯤 떨어진 들판에서 또 다른 비단거북 한 마리를 보았다. 이 메마른 들판 근처에는 리기다소나무 몇 그루가 서 있고, 그 밑에 사슴지의, 양지꽃, 수영 따위가 빼곡히 자라났다. 비단거북은 구멍을 3분의 2 정도 파 놓았다. 나는 곁에서 이 모습을 굽어보았다. 놀랍게도 거북은 약간 주춤거렸을 뿐 내 얼굴 바로 50센티 밑에서 다시 구멍을 파기 시작했다. 나는 거북이 놀랄까 봐 45분 넘도록 엉거주춤한 자세로 서 있었다. 거북은 등껍질 앞부분을 뒷부분보다 2~3센티 더 들어 올린 채 몸을 앞발로 떠받치면서, 이런 자세를 거의 흩트리지 않으며 구멍을 파나갔다. 구멍은 폭 2.5센티, 길이는 4~5센티쯤으로 뒤쪽이 넓은 타원형이었다. 이미 파낸 흙은 푹 젖었거나 축축했다. 거북은 구멍에서 파낸 흙을 꼬리나 등딱지를 전혀 쓰지 않고 뒷다리만 써서 밀어냈다. 먼저 거북은 한쪽 뒷발로 두어 번 흙을 긁어낸

다음 다시 흙을 끌어당겨 뒷발 바로 뒤에 가져다놓고 힘껏 밀어내 떨어뜨렸다. 이어 다른 뒷발이 똑같은 동작을 되풀이했다. 거북은 두 발을 번갈아 움직여 일을 빠르게 해치웠고, 한 발을 쓰는 동안에는 다른 발로 서 있었다. 그래서 이쪽 발을 들면 저쪽으로 기우뚱했고 저쪽 발을 들면 이쪽으로 기우뚱했다. 30초 내지 1분 간격으로 발을 바꾸었다. 이제 구멍의 깊이는 약 5센티로, 거북의 발이 넉넉히 닿을 만했다. 거북은 능숙하게 일을 해냈다. 흙을 산만하게 주변에 흐트러뜨리지 않았다. 구멍을 완전히 파내기까지 5분 정도 걸렸다.

그러고 나자 거북은 지체 없이 머리를 등딱지 속으로 완전히 집어넣은 다음 뒤를 약간 들고 축축이 젖은 살색 알 하나를 밀어내 구멍으로 떨어뜨렸다. 알을 밀어낼 때 거북의 붉은 속살거죽이 알과 함께 밀려나왔다. 거북은 다시 머리를 천천히 밖으로 내밀고서 뒷발을 써서 알을 한쪽으로 치워놓았다. 2분가량 지나자 다시 머리를 등딱지 속으로 집어넣고 또 다른 알을 떨어뜨렸다. 그렇게 알 다섯 개를 낳았다. 알을 낳을 때마다 머리를 집어넣었고, 마지막에는 조금 오래 쉰 다음에 알을 낳았다. 이렇게 해서 알 다섯 개가 구멍 속에 자리를 잡았다. 그저 구멍 속 평평한 곳에 서로 훼방이 안 되게 놓여 있다는 점만이 이 알들에 대한 보살핌의 전부였다. 나는 바로 위에서 이 알들을 내려다보았다.

이렇게 10분가량 지난 뒤 거북은 몸을 돌리거나 쉬지도 않고 곧바로 뒷다리를 써서 파낸 흙을 구멍으로 밀어 넣기 시작했다. 구멍이 반쯤 차자 흙 위에서 양 뒷발을 번갈아 놀렸고, 한동안 무릎을 이용하듯 몸을 좌우로 기울이며 등딱지 뒷부분의 무게를 실어 흙을 다졌다. 이렇게 거북은 파낸 축축한 흙을 모두 구멍으로 밀어 넣더니 양 뒷발을 멀리 뒤로 뻗어 이끼로 덮인 마른 흙을 끌어들여 그 위에 덮은 다음 눌러 다졌다. 이러는 동안에도 여전히 등딱지 뒷부분은 좌우로 2~3센티 이상 움직이지 않았고, 등딱지 앞부분의 위치 또한 전혀 바뀌지 않았다. 어찌나 철저하게 위장을 하는지 절로 감탄이 나왔다. 이제 일이 끝났겠거니 싶었는데, 이 뒤로도 얼마 동안 거북은 계속 마른 흙을 끌어들여 다지기를 멈추지 않았다. 이렇게 땅을 다질 때에도 앞발은 늘 그 자리에 붙박이였고 주위를 두리번거리지도 않았으며 아래에 놓인 알을 보는 일조차 없었다. 이 모든 일이 이루어지는 동안 거북은 이따금 움직임을 멈추고 머리를 내밀었는데, 주위 기척을 살피거나 쉬기 위해서인 듯 보였다. 알을 덮는 데만 반 시간 넘게 걸렸다. 이때 특히 자주 움직임을 멈추었는데 아마 이 일이 가장 힘들어서가 아닐까 싶다.

거북은 일을 마치자마자 빠른 걸음으로 강을 향해 떠났다(우리는 이렇게 거북이 빠르게 강으로 가는 모습을 보면서 기분이 후련해졌다). 거북은 강으로 가다 말고 가끔 멈추기도 했으나 15분 정도면 넉넉히 강에 이를 것 같았다. 여기 이 자리가 조금 전 파헤쳐졌던 바로 그곳임을 알아차리기란 쉽지 않았다. 인디언 땅굴이라 해도 이만큼 교묘하게 위장할 수는 없으리라. 구멍을 팠던 흔적이 몇 분 만에 감쪽같이 사라졌다.

거북이 축축한 흙을 고른 까닭은 아마 뒷발로 긁어내기 쉽고, 또 흙이 다시 구멍으로 떨어지는 일이 적어서일 것이다. 또한 이 흙을 구멍에 넣고 밟으면 좀 더 촘촘하고 단단하게 다져지기 때문인지도 모른다.

7월 4일 수 2주간의 케이프코드 여행

채닝과 더불어 보스턴을 거쳐 케이프코드에 가다.*

쌍돛배인 멜로즈호는 오늘 아침 9시에 프로빈스타운으로 떠날 예정이었다. 우리는 8시 30분경에 보스턴 항구에 도착했다. "저, 크로커 선장님, 배가 언제 떠나죠?" "내일 아침 9시입니다." "하지만 오늘 아침 9시에 떠난다고 하지 않았나요?" "그렇습니다만, 내일로 미뤄졌습니다." 따라서 우리는 아테나움 화랑, 올콧**의 집, 조정 경기장 등 여기저기를 다니면서 하루를 보스턴에서 보내야 했다. 이날 올콧의 집에서 묵었다.

7월 5일 목

오전에 멜로즈호를 타고 바다로 나가다. 멜로즈호는 바람을 이용하기 위해 되도록이면 시추에이트 바닷가를 끼고 나아가려 했

---

* 소로는 1949년에 처음으로 매사추세츠 남동부에 자리한 반도 케이프코드를 찾은 뒤 1850년, 1855년, 1857년에 그곳을 재방문했다. 프로빈스타운은 케이프코드의 북쪽 끄트머리에 자리한 소도시로, 이곳 역시 해안 경관이 매우 아름답다. 케이프코드의 풍성한 자연을 기록한 소로의 여행기 『케이프코드』는 그의 사후 1865년에 출간되었다.

** 에이머스 브론슨 올콧(Amos Bronson Alcott, 1799~1888). 『작은 아씨들』의 저자인 루이자 메이 올콧의 아버지. 초월주의 운동의 주요 멤버였다.

다. 마이넛 암초지대를 바라보며 수 킬로를 가는 내내 시추에이트 변두리에서 자라는 커다란 니사나무가 또렷이 눈에 들어왔다. 배가 케이프코드만에서 자랐을 어린 오리 떼를 겁주어 몰아냈다. 바다제비를 보았다.

프로빈스타운에서 기퍼드유니언하우스(예전 양복장이의 여관)에 들렀다. 내가 전에 여기를 다녀간 이후로 주민들이 마을 청사를 지었다. 항구 건설 중 처음으로 맺힌 보람찬 열매였다. 그곳에서 어부의 장화를 만드는 나훔 헤인스 씨와 이야기를 나누었다. 그는 저녁에 우리가 묵고 있는 선술집으로 찾아왔다. 헤인스 씨는 40년 전 서드베리 초원에서 후릿그물로 샤드와 무게가 백 파운드쯤 나가는 진흙거북 두 마리를 잡았던 일을 떠올리면서, "불Bull의 옆집에 살면서 정신 나간 사람처럼 행동하던 이가 있었지. 그 사람 지금도 살아 있어?"라고 물었다.

프로빈스타운에서 크랜베리가 가장 많이 난다는 10에이커의 땅과 아울러, 모두 합쳐 15~20에이커의 땅을 일구는 사내와 이야기를 나누었다.

어민들이 싱싱한 바닷가재를 마리당 2센트에 팔고 있었다.

7월 6일 금

아침 일찍 덮개 달린 승합마차를 타고 멀리 동항천East Harbor River까지 새로 닦아놓은 길을 달려 노스트루로에 갔다. 우체국에서 등대까지는 걸어갔다. 9시가 지났는데도 안개가 얕게 깔려 키 작은 풀들이 푹 젖어 있었다. 제임스 스몰의 등대에서 주당 3.5달러를 주고 숙식을 해결하기로 약정했다.

등대지기의 아들인 아이작 스몰이 점토 둑에서 갈색제비 알을 80개나 갖고 왔다. 스몰은 여름이면 커다란 갈매기 몇 마리가 이곳을 찾아온다고 말했다. 등대 근처에서 목장도요가 새끼를 키우고 있었다. 스몰은 예전에 등대 근처에서 목장도요가 알을 품고 있을 때 풀을 깎다가 그 목장도요의 날개를 자른 적이 있다고 털어놓았다. 주민들은 고등어 떼가 케이프코드만을 막 떠나서 어부들이 고등어 떼를 좇아 동쪽으로 가고 있다고 알려주었다. 그러나 일부 어부들은 대서양 쪽에서 대구와 넙치를 잡고 있었다.

7월 8일 일

여기 메마른 모래벌판 어디에서나 옅은 빛깔의 두꺼비가 떼 지어 뛰어다녀 깜짝 놀랐다.

만으로 갔다. 마을에 자리한 지름 6백 미터 호수에 부들이 2미터 넘는 높이로 빼곡히 들어차 있었다. 스몰은 호수에 두 종류의 부들이 자라는데, 한 종류는 술통의 널 틈새를 메우는 데 쓰고 키가 좀 작은 종류는 의자를 만드는 데 쓴다고 설명했다.

7월 9일 월

피터슨이 검정돌고래 떼 소식을 알려와 바닷가에 가보았다.

스몰은 대체로 7월 말경에 검정돌고래 떼가 몰려오고, 마리당 평균 1배럴의 기름이 나나 어떤 검정돌고래에선 기름이 5배럴쯤 나온다고 설명했다.

눈이 침침한 66세의 친절한 스몰은 등대를 짓던 시절을 잊지 않았다. 둑이 씻겨나갈 거라던 당시 주민들 말을 떠올리면서, 현재 둑의 높고 단단한 윗부분이 10년은 갈 것 같다고 말했다. 스몰이 호미로 비스듬히 긴 고랑을 낸 뒤 나무를 둘러메고 힘들여 둑 위로 나르는 모습을 보았다. 그는 땔감을 모조리 바닷가에서 주워 썼다. 스몰은 우리가 해수욕을 하던 곳에서 길이가 거의 4미터에 달하는 식인상어를 도끼로 찍어 죽인 다음 끌어낸 적이 있다고 했다. 다른 주민은 자기 부친이 그곳에 갇혀 오도 가도 못하게 된 같은 종류의 작은 상어 한 마리를 파도에 떠밀려가지 않게 주둥이를 밟고 올라서서 잡았다고 말했다.

7월 12일 목

피터슨은 어느 겨울철에 대합조개를 캐서 126달러나 벌었다고 한다. 자신은 하루에 스물다섯 양동이쯤 캐냈는데, 어떤 사내는 사십 양동이나 캐내곤 했다고 들려주었다. 주민들이 대합조개를 돼지에게 먹이면서 대합조개가 귀해졌단다. 바닷가에는 갖가지 종류의 딱정벌레가 살았고, 둑 너머로는 나비들이 날아다녔다. 모래와 자갈뿐이어서 미끄러지기 쉬운 둑에 가장자리가 굳건한 커다란 거미굴이 터널 모양으로 뚫려 있어서 깜짝 놀랐다.

스몰은 올리언스 남쪽에는 돌담이 없다고 말했다. 두 사람이 농어 낚는 모습을 지켜보았는데, 그들은 미끼로 오징어를 썼다. 스몰은 검정돌고래 떼가 오징어를 쫓다가 바닷가로 밀려 올라온다고 설명했다. 마침 등대에서 일을 하던 목수가 바닷가에서 주민들이 검정돌고래 떼를 잡고 있는 모습을 보았다고 하기에, 아침을 먹고 어부들이 돌고래를 잡는 모습을 지켜보았다.

7월 14일 토

바닷가에서 프랑스 은화 하나와 여우 머리뼈를 주웠다. 스몰이 키우는 사과나무들의 키를 재보았다. 스몰은 봄에 유목이 가장 많이 밀려온다고 했다. 콩코드강에서도 그렇다. 스몰은 자기가 키우는 사과나무들을 자식마냥 "그" 또는 "그 녀석"이라 불렀다.

7월 19일 목

어제 스몰의 등대에서 나와, 프리먼 선장의 멋진 요트인 올라타호에 올랐다. 오늘 보스턴에서 콩코드로 돌아왔다.

9월 14일 금 책이라는 낭비

책을 펴내는 데 이렇게나 돈이 많이 든다면 저자가 원고를 금고 안에 넣어두는 편이 한결 낫지 않을까.

9월 24일 월　　　땔감 줍기

오후에 채닝과 더불어 코난텀으로 가서 한 배 가득 땔감을 모아 집으로 가져왔다.

알락해오라기 절벽 가까운 곳에서 강물이 넘쳤을 때 낚시꾼들이 밟고 올라서던 참나무 난간대 하나, 오래전 딱따구리가 빗각으로 쪼아대서 옹이가 삐죽 튀어나올 만큼 수액이 흘러내린 스트로브잣나무 가로대 하나, 그리고 밤나무 가로대 두어 개를 주웠다. 홍관조 강가 뒤편에서는 가지가 셋 달린 채 30년 넘게 허옇게 바랜 커다란 참나무 그루터기를 얻었다. 이 이끼 낀 커다란 회색 그루터기에는 불에 탄 흔적이 있었다. 클램셸 언덕 강가에서는 거멀못이 박힌 밤나무 보트 기둥을 주웠는데, 지난겨울에 빙판에 덮여 있던 것이다. 허버드 강가 멱 감던 곳에서는 썩은 적단풍 그루터기를 몇 그루 캐냈다. 이렇게 해서 겨울을 날 땔감을 얼마쯤 얻었다. 나무 장수와 껄끄러운 흥정을 해가며 나무 한 단을 사기보다 얼마나 좋은 일인가. 땔감을 사올 경우 앞뜰에 부려놓은 장작더미를 보면서 잠깐 만족을 느낄 따름이나, 나는 지금 강에서 가져온 나무토막 하나하나를 보면서 특별한 기쁨을 느낀다. 이제 나무를 땔 때마다 이 땔감을 어디서, 어떻게 얻었는지 떠올리게 될 터이다. 땔감 하나하나마다 그것만의 역사가 담겨 있다. 느지막이 집에 도착했다. 채닝과 나는 땔감을 쟁여놓은 뒤 함께 맛있는 저녁을 먹으며 오늘의 일을 이야기했다.

10월 16일 화　　갓 떨어진 솔잎

벡스토의 집 건너편 스트로브잣나무 숲에 가다.

땅에 수북하게 떨어진 솔잎들이 영락없는 카펫 같다. 숲 어디를 가더라도 맨땅이 드러난 곳을 찾기 어려울 정도다. 작대기로 파보면 3, 4년 지난 층까지는 그 연도를 쉽게 가려낼 수 있다. 좀 더 깊이 파자 얇게 조각난 오래된 솔잎들이 층을 이뤄 올라온다. 올해 쌓인 층의 솔잎은 엷은 황갈색이고, 지난해 쌓인 층의 솔잎은 흐린 암적색이다. 밑으로 내려갈수록 솔잎이 삭으면서 좀 더 어두운 색으로 바뀌다가, 15~20년 전쯤에 솔잎이 떨어진 7~8센티 깊이에 이르자 잔뿌리와 섞여(조금 위층에서는 솔방울과 잔가지와 뒤섞여 있었다) 검은 곰팡이 덩어리 같은 엉성한 모습이다.

갓 떨어진 솔잎이 누군가 체 쳐서 펼쳐놓은 듯 땅거죽 전체에 골고루 흩뿌려져 땅이 한결 산뜻한 엷은 황갈색을 띤다. 누군가는 이 위에 대자로 눕고 싶은 유혹을 느낄 것이다. 잡풀에 남은 녹색 잎과 떨어진 솔방울 위로, 이들 사이에 쳐진 거미줄 위로 솔잎들이 엇갈려 떨어져 있다. 이 솔잎들은 여러 해에 걸쳐 눈비를 맞아가며 스트로브잣나무 뿌리를 덮어주는 성기지만 두툼한 이불이다.

10월 18일 목　　금을 캘 권리

간밤에 호주 금광지대를 다룬 호윗*의 글을 읽었다. 난도질하

* 윌리엄 호윗(William Howitt, 1792~1879). 잉글랜드 작가이자 시인. 1852년 오스트레일리아로 건너가 금광지에서 2년을 보내면서 『땅, 노동, 황금, 빅토리아에서 보낸 2년(Land,

듯 사정없이 촘촘하게 파헤쳐진, 물이 반쯤 찬 지름 2미터, 깊이 3~30미터의 구저분한 웅덩이들이 널린 수많은 골짝의 모습을 떠올려보았다. 사람들은 부를 바라고 떼로 몰려들지만 자신의 야영지 밑에 황금이 묻혀 있다는 것만 알 뿐, 어디를 파야 하는지 가늠하지 못한다. 때로는 50미터쯤 파다가 금맥에 이르기 전 30센티를 남겨놓고 금을 놓치기도 하고, 절절히 부자가 되고 싶어서 서로의 권리를 업신여기며 악마로 변해가기도 한다. 50킬로에 이르는 골짝이 갑자기 채광 구덩이들로 벌집처럼 바뀌고, 수많은 사람이 진창을 뒤집어쓴 채 구덩이에서 밤낮없이 일하다가 과로와 질병으로 죽어간다.

아침에 일어나서는 이 글을 어느 정도 잊고 있었다. 그러다가 불현듯 사람들이 이처럼 불확실한 운에 자신을 내맡긴 채 버릇처럼 살아가듯 나 또한 축복받은 섬에 굳건히 뿌리내리지 못한 채 살고 있는 것은 아닐까, 하는 생각이 들었다. 나 자신의 만족스럽지 못한 삶이 생각났다. 그러자 내 앞에서 사람들이 채광하는 모습이 그려지면서 스스로에게, 왜 날마다 약간의 금조차, 아주 자디잔 금조각조차 걸러내지 않는지, 내 안의 금맥에 이르는 갱도를 파서 이 풍성한 금을 캐내지 않는지 묻게 되었다. 모두를 위한 밸러랫과 벤디고*가 있다. 혹시라도 나 자신이 설키 걸리**는 아닐지 어찌 알

Labour, and Gold; or, Two Years in Victoria)』 등을 썼다.

* 오스트레일리아 빅토리아주 동남부에 위치한 두 도시로, 1851년에 금광이 발견되면서 생겨났다.

** 밸러랫 근처 금광이 발견된 곳.

겠는가? 아무리 좁고 구불구불한 길이라도 존경과 사랑으로 걷는 길을 따라가자. 한 사람이 무리에서 떨어져 나와 자기만의 길을 간다면 갈림길을 마주하게 마련이다. 큰길을 가는 여행자들은 울짱 틈새만 바라볼 터이다.

시들어간다는 것은 얼마나 아름다운가. 바싹 말랐으나 10월이 그러하듯 붉은빛과 초록빛이 뒤섞인 백참나무 잎 하나를 주웠다. 어떤 벌레가 아래쪽 흐늘흐늘한 부분을 갉아먹어 잎맥이라는 섬세한 그물이 드러났다. 햇빛에 비춰보니 무척 어여쁘다. 벌레의 눈이 아니고서는 이런 일을 해내지 못할 터이다. 그렇지만 식물왕국에서는 이렇게 잎맥을 드러내는 일이 동물왕국에서 해골을 드러내는 일 못지않게 역겨운 일일지 모른다. 아무튼 벌레는 자기 삶을 위해 온 힘을 다하는 작은 대식가로, 자연의 경이를 보여준다. 지금 이렇게 가장자리에 잎맥 그물이 드러난 참나무 잎들이 헤아릴 수 없이 많이 떨어져 있다.

사람들은 진짜 금이 나오기라도 했다는 듯 캘리포니아와 오스트레일리아로 몰려가나, 사실 금맥이 놓인 길과는 정반대의 길을 가고 있는 것이다. 그들은 금을 캐러 가지만 진정한 금맥에서 자꾸 멀어지고, 가장 성공했을 때 가장 불행해진다. 우리 고향 땅에는 금이 없는가? 우리 고향 골짝에는 황금 광산에서 흘러나오는 강이 없는가? 우리 고향의 강 또한 지질시대보다 더 기나긴 세월 동안 황금 조각들과 덩어리들을 떠내려 보내지 않았던가? 묘한 이야기일 수는 있겠지만, 어떤 갱부가 진짜 금을 캐고 싶어 아무도 가져가지 않는 고독 속으로 숨어든다면 어느 누가 그의 뒤를 밟아 그의 금을 차지할 수 있겠는가. 누군가가 부치는 땅이 있든 없든, 그가 골짝 전체를 자기 것이라 주장하고서 평생 동안 평화롭게 금을 캐더라도 아무도 그의 권리를 넘보지 못할 터이다.

10월 19일 금　　벨류와의 대화

저녁에 벨류*와 푸리에 사회주의 공동체를 두고 이야기를 나누다가 나는 둘 이상이 함께 하는 사업이 잘되리라고는 믿지 않는다고 말했다. 그러자 그는 "막대 하나를 세울 때 여럿을 모아 받치면 한결 낫지요"라고 말했다. 나는 이렇게 답했다. "아니, 그렇지 않아요. 막대 끝을 세 쪽으로 가르거나 땅에 박는 편이 더 좋은 방법이지요. 하지만 사람들은 새로운 사업을 할 때마다 비유적으로만이 아니라 실제로도 말뚝을 뽑아내지요. 막대 여럿이 서로를 떠받친다면 모두가 똑바로 설 수 없어요. 똑바로 설 수 있는 것은 기껏해야 하나뿐이에요."

그는 나에게 와추셋산을 스케치한 그림을 보여주고, 파리와 같은 대도시에서 어떻게 생활하며 지냈는지 들려주었다. 내가 알프스 산맥에 가서 산을 스케치해본 적이 있느냐고 물었더니 그가 없다고 답했다. 화이트 산맥에는 가보았느냐고 물으니, "아니요. 제가 본 가장 높은 산맥은 히말라야입니다. 그때 고작 두 살배기였지만요"란다. 그는 미국인들이 사치를 즐기는 잘못된 생활을 하기에

* 프랭크 벨류(Frank Bellew, 1828~1888). 인도 칸푸르 출생으로 1850년에 뉴욕으로 건너와 삽화를 그리고 글을 썼다. 부인의 본가가 콩코드에 있었다.

아무런 위안도 얻지 못하고 있다고 탄식했다.

호윗은 오스트레일리아 베티고 금광에서 12킬로쯤 나가는 금덩이를 찾아낸 한 사내의 운명을 이렇게 전했다. "금덩이를 얻자 그는 곧장 술을 마시러 갔고 곧이어 말 한 마리를 사서 될수록 빠르게 말을 몰며 여기저기를 다녔다. 사람을 보면 큰 소리로 불러 세워 자신이 누구인지 아느냐고 물은 다음 친절하게도 '금덩이를 발견한 지랄 같은 놈'이라 알리곤 했다. 결국 그는 한껏 속력을 내서 말을 몰다가 나무에 부딪혀 골이 거의 박살났다. 그렇게 아무런 희망도 없이 죽었다." 그는 예전에 벌써 그 금덩이에 골이 박살났으므로 이리 죽든 저리 죽든 마찬가지였으리라. 그러나 그는 이런 부류의 한 예일 뿐이다. 이들이야말로 진짜 방탕아들이다. 이들이 금을 캐는 땅을 일컫는 이름이란 고작해야 '망나니 늪Jackass Flat', '양머리 골짝Sheep's-Head Gully', '음침 골짝Sulky-Gully', '살인자 술집Murderer's Bar' 따위가 아니던가.

10월 20일 토　　　깊은 비밀

나는 유목 한 더미를 주워 모아 울타리, 담장 가로대, 나무줄기, 그루터기 등으로 나눠놓았다. 나무줄기, 그루터기만으로도 나무 반 그루나 4분의 3그루 분량 정도 나왔으리라. 이 땔감들을 배에 실어 강가에 부려놓은 뒤 등에 지고 옮기는 일도 즐겁지만, 도끼로 쪼개는 일 또한 즐겁기 그지없다. 나무장수에게 톱으로 썰고 도끼로 쪼갠 나무 한 짐을 가져다 달라고 부탁하는 것보다는 훨씬 유쾌한 일이다.

지금 도끼로 쪼개는 땔감들은 다 나름대로 역사를 지녔다. 나는 땔감을 쪼개면서 그 역사를 읽는다. 마지막으로 겨울 저녁에 땔감을 때면서 땔감을 얻기까지 겪은 모험을 떠올리게 될 터이다. 이 모험이 그 땔감의 역사에서 가장 흥미로운 부분이다. 이 땔감들은 한때 울타리나 다리의 일부였다. 땅을 일군 곳에서 뿌리째 뽑혀 나온 그루터기에는 불탄 흔적이 남아 있다. 나는 나무를 쪼개면서 강물이 나무에 미친 영향을 살펴본다. 만약 나무가 기묘한 생김새의 나뭇결을 따라 여러 갈래로 나뉠 수 있는 그루터기라면, 나뭇결을 살펴보면서 가장 쉽게 나무를 쪼개는 방법을 궁리한다. 마른 떡갈나무 그루터기는 지름 방향으로 쪼개면 아주 쉽게 쪼개지지만 도끼를 비스듬하게 내리치거나 나이테를 따라 내리치면 잘 쪼개지지 않는다는 사실을 알아냈다. 나는 배를 만드는 데 쓸 만한 굽은 목재도 얼마쯤 건져왔다. 땔감을 헛간으로 들이기 전에 벌써 그 값어치의 절반가량을 얻은 셈이다. 그리고 나머지 절반은 내가 장터에서 샀을 나무의 값어치와 같다.

지인 중에는 내가 왜 물길로 5킬로나 떨어진 곳까지 가서 이런 수고를 하는지 의아해하는 이들이 있다. 그들은 나름대로 그 까닭을 짐작해보곤 한다. 그들을 이해시키기 어렵다고 느낀 나는 여기에는 깊은 비밀이 있다고 말한다. 물론 이 비밀은 오래전에 이미 밝혀진 비밀이다. 이렇게 말하면서 나는 이 일 자체가 내가 바라는 일임을 넌지시 내비친다. 나는 음식을 먹으면서 영양분을 얻는 즐거움 못지않게 음식을 먹는 즐거움에서도 만족을 얻는다. 저녁식사 뒤에 느끼는 기분 못지않게 저녁식사를 하면서 느끼는 기분도 소중하다. 세상 사람들은 내가 왜 남이 깔아놓은 이불에서 잠들기 싫어하는지, 왜 고집을 부리는지 그 까닭을 알지 못한다. 나는 호화롭게 차린 음식상에서 받침 달린 유리잔으로 물을 마시기보다는 샘에서 맨손으로 뜬 맑은 물을 마시는 것이 더 좋다. 나는 손수 구운 빵, 손수 지은 옷, 손수 지어 올린 오두막, 손수 모은 땔감을 가장 좋아한다.

누군가는 늘 가난하게 살고, 때가 되면 반드시 그런 이가 이 세상에 태어나 말을 익힌다는 사실이 내게는 변함없는 충고로 여겨진다. 어떤 철학자들은 맨발로 지내 발병에 걸리고 딱딱한 빵밖에 먹지 못했음에도 이 세상을 살아가는 달콤함을 잘 알고 있었다.

10월 23일 화 밤나무에 돌을 던지고 나서

바야흐로 밤이 익어가는 철이다. 돌멩이를 던져 밤나무 줄기에 맞추자 머리와 어깨 위로 밤이 우수수수 떨어진다. 하지만 이렇게 돌멩이를 던진 뒤 양심에 가책을 느낀다. 우리에게 먹을거리를 대주는 나무를 괴롭히는 짓은 바르지 못한 처사다. '나무가 오래 살지 못하면 열매를 누리는 기간도 그만큼 짧아지지 않겠느냐'고 생각해서 심란해진 것이 아니다. 나는 그저 옳고 그름을 바탕으로 좀 더 허물없이 살라는 다그침을 느꼈을 뿐이다. 나는 나무와 느낌을 주고받는 사람이라 자부하면서도 이 나무줄기에 불한당처럼 큰 돌을 던졌다. 살인을 저지른 것이라 해도 틀린 말이 아니다. 두 번

다시 이래서는 안 된다고 다짐한다. 우리는 고마워하는 겸허한 마음으로 이런 자연의 선물을 고분고분 받아들여야 한다. 열매 맺은 나무를 지나치게 세차게 흔드는 것도 아니 될 노릇이다. 지금은 사납게 완력을 써서 서둘러 열매를 따야 할 만큼 곤궁한 시기가 아니다. 우리에게 먹을거리를 대주고 그늘을 드리워주는 나무에게 불필요하게 상처를 입히는 짓은 비열한 죄악이다. 오래된 나무들은 우리의 부모이고, 부모의 부모들이다. 자연의 비밀을 아는 이라면 그렇지 않은 이들보다 자연에 더 인정을 베풀어야 한다. 당시 나는 나무에 상처를 입히면서 스스로를 상대로 강도질을 하고 있다는 생각은 미처 하지 못했다. 그렇지만 감각이 인간보다 약간 무디긴 하나 먼 친척 관계인 유정有情의 존재에 돌을 던진 것 같아 양심에 찔렸다. 열매를 따려고 나뭇가지를 꺾고 있는 저 사람을 보라. 이와 같은 짓이 옳다는 근거가 어디에 있는가.

10월 26일 금　　　야생 스포츠

나는 가끔씩 삶을 즐길 좀 더 나은 겨를을 얻기 위해, 집을 지을 좀 더 나은 재료를 찾기 위해, 또는 숲에서 땔감을 모으는 즐거움을 누리기 위해 좀 더 깊이 야생의 숲으로 들어가야 한다고 다짐하곤 한다. 나는 집짐승을 잡아 죽이고, 밭을 갈고, 목수 일을 하고, 공장에서 일하고, 장터에 땔감을 사러 가기보다는 사냥하고, 낚시하고, 원형 오두막집을 짓고, 짐승 가죽으로 옷을 만들어 입고, 눈에 띄는 대로 땔감을 모으는 야생 스포츠를 더 좋아하니까 말이다.

10월 27일 토　　　야생 사과의 맛

책상 앞에 앉아 야생 사과 한 알을 베어 문다. 들과 숲에서 먹으면 싱싱한 맛이 나고 기운을 돋우던 야생 사과가 집에서 먹으면 떫고 깔깔한 맛이 난다. 어째서일까? 조약돌과 조가비는 바닷가에 놓여야 제격이듯, 이 10월의 과일 또한 10월 말 쌀쌀한 공기를 맞으며 씩씩하게 걷다가 맛을 봐야 제격이다. 이 톡 쏘는 거친 풍미를 제대로 맛보려면 10월과 11월의 세찬 공기를 들이마셔야 한다. 산책자는 바깥 공기를 들이마시고 운동을 하면서 맛을 느끼는 감각이 약간 달라진다. 따라서 늘 앉아 있는 사람이 떫고 깔깔하다며 마다하는 과일까지도 먹고 싶어진다. 집에서 우리의 미각은 산사나무 열매나 도토리 같은 야생 과일을 마다하고 밭에서 키워 가꾼 과일만을 바란다. 집 안에는 야생 사과에 흠씬 배어든 와인향이라 할 10월의 공기가 빠져 있기 때문이다. 나는 이다지도 푸짐하고 향긋한 맛이 든 야생 사과를 자주 따 먹으면서 과수를 키우는 이들이 왜 야생 사과나무 가지를 접붙이지 않는지 의아하곤 했다. 그러나 주머니 가득 집으로 가져와 먹으면 뜻밖에도 거칠고 떫은맛이 난다. 야생 사과는 운동으로 온몸이 달아오르고, 11월 서릿발 같은 추위로 손가락이 얼얼하고, 세찬 바람에 휑한 가지들이 이리저리 흔들리고, 잎들이 바스락거리면서 어치가 날카롭게 지저귀는 소리가 들려올 때 들판에서 먹어야 제격이다.

따라서 들판에 맞는 생각과 집에 맞는 생각이 따로 존재한다. 나는 야생 사과처럼 내 생각들도 산책자를 위한 먹을거리라고 여기기에 집에서 맛봐도 맛이 좋을 것이라 장담하지 못한다. 야생 사과의 풍미를 제대로 맛보려면 혀와 입천장의 유두돌기가 납작 눌린 쉽게 길들여지는 미각이 아니라, 유두돌기가 단단하게 곤두선 활발하고 강건한 미각이 필요하다.

10월 29일 월 야생 사과와 낙엽 무덤

야생 사과 한 알을 3분의 2쯤 베어 먹자 묘하게 톡 쏘는 쓴 맛이 느껴진다. 이 기분 좋은 맛이 아직 혀에 남아 감돈다. 야생 사과를 자르면 정확히 호박노린재 같은 냄새가 난다. 나는 무엇보다 이 떫은맛을 좋아한다. 야생 사과를 먹는 일은 일종의 작은 승리이다. 시큼하고 쌉싸래한 자연의 열매는 들판으로 나가야 제대로 맛볼 수 있다. 한겨울날 나무꾼이 조금 추운 숲속 양지바른 빈터에서 흐뭇하게 식사를 즐기는 일과 그다지 다르지 않다. 집에 들어앉아 덜덜 떠는 이들이 추울 따름이지, 바깥에서 일을 하는 이들은 춥지 않다. 추위와 더위뿐 아니라 단맛과 시큼한 맛도 그렇다. 병든 미각이 마다하는 시큼하고 쌉싸래하고 짜릿한 이 풍미가 자연의 진정한 양념이자 조미료이다. 그대의 미각으로 하여금 그대의 조미료가 되게 하라. 농사꾼들은 팔지 못한다고 업신여기고, 장터를 뻔질나게 드나드는 이들은 맛이 없다고 멸시하는 야생 사과가 산책자에게는 가장 좋은 과일이다. 나뭇잎이 떨어지면 온 땅이 즐겁게 걷기에 좋은 묘지로 바뀐다. 나는 낙엽이 다시 흙으로 돌아가는 무덤을 이리저리 거닐면서 생각에 잠기곤 한다. 이런 무덤 앞에 거짓되거나 헛된 묘비명 따위는 세우지 못한다. 나는 낙엽이 썩어가는 냄새를 흠씬 들이켠다. 마을 주민들은 좋은 묏자리를 얻으려고 정성껏 땅을 골라 경매로 사들이고, 좋은 시를 골라 묘비에 새겨 그 자리를 경건한 곳으로 만든다. 그러나 나는 묏자리를 고르지 않는다. 여기에 내가 묻힐 공간이 넉넉하니까.

11월 1일 목　　11월의 강가

아침에 비 올 듯이 흐렸다. 하지만 지금은 올해 어느 쾌청한 날에도 뒤지지 않을 만큼 아름다운 인디언서머의 날로 바뀌었다. 그렇지만 해의 온기가 집까지 들어오지는 않으므로 오전에는 계속 불을 때야 했다. 이런 날 집에만 앉아 있는 건 죄를 짓는 일이나 다름없다. 공기가 잔잔하고 따스하다. 마치 한 해가 되돌아온 것만 같다. 한 해가 거의 온전히 일을 마친 뒤 그저 너그러운 시적 분위기에 젖어 있는 것만 같다. 이 빈 공간을 채우러 생각이 달려간다. 강은 그지없이 잔잔하다. 강 여기저기에서 피라미 떼들이 튀어 오르며 은빛으로 번뜩인다. 풀대에 가는 잎을 대롱대롱 매달고 고개 숙인 울그래스가 깨끗하고 마른 밀짚들 위로 작은 다발을 이루며 서서 강물에 그림자를 드리운다. 이것이 11월의 강가이다.

11월 4일 일　　야생의 입맛

겨울이 다가온다. 새들은 거의 남김없이 가버렸다. 비가 한바탕 퍼부을 듯 늦은 어두운 가을날, 사과나무 옆에서 자라는 민들레는 반쯤 꽃잎을 오므렸고 노란빛이 반나마 사라져 시들한 모습이다.

내 경험에 비추어보면 문명인이 마다하는 갖가지 음식을 자연인이 좋아하는 까닭이 어디에 있는지 어느 정도 짐작할 만하다. 자연인들은 야외 생활자의 미각을 지녔다. 야생 사과를 제대로 맛보려면 야생의 입맛을 지녀야 한다.

11월 5일 목 살림을 꾸려가는 방식

현재 사람들이 생계를 꾸려가는 방식과 생활 양식이 전혀 마음에 들지 않는다. 농사일이든 가게 운영이든 무역업이든 전문직의 일이든 모조리 따라서는 안 된다고 느낀다. 나는 단순하고 소박한 방식으로 살림을 꾸려가고 싶다. 사회가 내게 권하는 생활 방식은 너무나 부자연스럽고 어수선하다. 여러 맥없는 버팀목으로 간신히 버티고 있기에 결국 무너져 내릴 것이 뻔하다. 따라서 어느 누구도 이 방식을 내켜서 따르지는 않는다. 그저 늙고 무딘 사람들만 좋아라 할 뿐이다. 소수만이 이렇게 사는 걸 의무라 생각한다. 나는 힘이 닿는 한 스스로를 챙기고 다른 이들을 돕는 기쁨과 만족이 가장 크다고 생각한다. 그렇지만 나와 얽힌 많은 이가 어리석게도 자기 자신을 먹이고 살찌우지도 못하면서 값만 비싼 수천 가지의 것들을 갖고 싶어 한다. 그러니 먹을 것을 손수 키우고, 입을 옷을 손수 짓고, 살아갈 집을 손수 세우고, 손수 캐내 자른 나무로 불을 때면서 단순하게 살려고 노력하는 것이 무슨 쓸모가 있겠는가? 함께 사는 이들은 여전히 반대 방향으로 가고 있으니.

언젠가 넉넉지 못한 살림에 쪼들려서 고통스러워하던 한 사내에게 "그렇다면 집에서 먹을 감자를 모조리 텃밭에서 캐면 되지 않겠어요?" 하고 권한 적이 있다. 우리 집에서는 가끔 텃밭에서 감자를 캐서 일부를 내다 팔기도 한다. 그는 그럴 수 없다고 답했다. 그래서 내가 소리 높여 말했다. "20부셸 넘게 거둘 수도 있어요." "그렇지만 35부셸 정도는 있어야 하는걸요" 하고 그가 말했다. "식구가 얼마나 되죠?" "아내와 어린아이 셋이요." 가족 구성은 이러했다. 하지만 그 감자를 먹어치우는 일꾼들이 또 있었다(여기에서 그 일꾼들을 일일이 늘어놓지는 않겠다). 그래서 그는 감자를 심고 가꾸기 위해 어쩔 수 없이 일꾼 한 사람을 더 써야 했다. 이렇게 해서 인간은 어떤 처지에서든 악마를 집으로 불러들이고야 만다. 그러고서는 에덴동산이 어떻다는 둥, 인간의 타락이 어떻다는 둥 흰소리를 한다.

내가 생일날 선물을 해주고 싶은 아이들이 꽤 있다. 하지만 그 아이들은 사치스러운 선물을 너무 자주 받은 탓에 비싼 물건으로 채워진 박물관을 하나씩 가진 셈이라, 내 한 해 수입을 몽땅 쓰더라도 그 아이들 눈에 찰 선물을 사줄 수 있을지 의문이다.

11월 7일 수　　비 내리는 오후에 산책 나가기

나는 오늘처럼 조용하고 어둡고 이슬비 내리는 오후에 산책 나가길 좋아한다. 이런 날에 산책이나 여행을 하면 맑은 날보다 생산적인 생각이 꼬리를 물고 이어지는 느낌이다. 안개비로 시야가 좁아지고, 강물이 한없이 부드러워지면서 모든 것이 고요하여 내 안을 살피고 싶어진다. 감각이 햇빛과 바람에 굳어지지 않기에 방 안에 고요히 머물 때와 마찬가지로 예민해진다. 생각이 한데 모여 단단해진다. 주민들 또한 날씨 탓에 집에 틀어박혀 있기에 고독 또한 실재한다. 이 안개가 벽이나 지붕과 마찬가지여서 나는 집 안에 앉아 있는 기분으로 걷는다. 보이지는 않으나 다리를 넘어가는 마차 소리가 여느 때보다 크게 들린다. 다른 소리들도 마찬가지다. 근처 사물들을 올곧게 살피기에 무엇을 보든 마음이 가라앉는다. 구름과 안개가 시야를 가려 감각이 흩어지지 않기에 살피고 생각하는 힘이 한결 강해진다. 세계와 삶이 단순해진다. 유럽과 동양이 지금 나와 무슨 관계가 있단 말인가?

11월 9일 금　　수컷 원앙

오전 9시에 블레이크*와 애서뱃강을 거슬러 올랐다. 캐나다솔송나무 숲 가장자리 작은 연못을 살펴보니 거무스름하고 잔잔한 수면에서 잎사귀 하나가 서풍에 유달리 반짝인다. 좀 더 자세히 보니 곱고 멋진 아메리카원앙 수컷이다. 강가를 끼고 올라가 40미터쯤 떨어진 곳까지 다가가자 녀석은 날아올라 굽이도는 강 상류로 가버린다. 우리는 다시 앞질러 가서 녀석이 날아가는 멋진 모습을

---

* 해리슨 G. O. 블레이크(Harrison G. O. Blake, 1816~1898). 1838년에 하버드를 졸업한 뒤 매사추세츠의 우스터에서 학생들을 가르쳤다. 에머슨을 통해 소로를 알게 되었고 소로와 오랫동안 편지를 주고받았다. 소로의 진정한 첫 번째 제자라고 할 수 있다.

한동안 지켜본다. 이 수컷 원앙은 떠다니는 보석이나 다를 바 없이 곱다. 근방에 이런 아름다운 새가 살리라고는 짐작조차 못 해본 블레이크는 이 멋진 모습에 화들짝 놀란다. 어떤 재간을 부리는지는 모르겠으나 녀석이 잔잔한 물 위를 끊임없이 왔다 갔다 하거나 빙빙 돌면서 가슴을, 이어 옆모습과 뒷모습을 보여준다. 녀석은 초록으로 빛나는 크고 미끈하고 뚜렷한 볏으로 한껏 머리를 단장했다. 분홍빛이 어른거리는 붉은 부리(끝은 검다)와 엇비슷한 빛깔의 홍채를 지녔으며, 머리 옆면과 검은 목에는 눈부신 흰 점 두 개가 초승달 모양으로 나 있다. 양 날개 끝과 아래쪽에는 기다란 하얀 문양이 찍혀 있다. 몸의 옆면은 이렇게 떨어진 거리에서는 날개와 하나로 보이는데, 엷은 청동색이나 녹갈색이다. 하지만 무엇보다도 햇살이 가슴에 정면으로 비치면 벌새의 목처럼 가슴이 온통 화려한 자줏빛 또는 루비색으로 이글이글 타오른다. 바짝 다가가서 보면 달리 보일지 모르겠다. 나로서는 이 색깔이 무엇보다 놀랍다. 강물에 닿을 듯 말 듯 깜박거리는 저 타오르는 보석이야말로 정말로 놀라운 강의 장식물이 아닌가. 벌새가 진홍빛 목과 가슴을 강물에 스치며 날아가는 것 같다. 불타는 석탄 한 덩어리가 강물 속을 들락날락하는 듯하다. 이 모습이 마음에 너무나 큰 감동을 준다.

나는 흔히 품위 없고 비참하다고 일컫는 생활방식을 오히려 편들어주고 싶다. 자연의 장소와 산물을 이용할 권리는 누구에게나 있다고 주장하는 자연인, 집시와 철저히 같은 생각이다. 마을로 이사 와서 철도 부지에 오두막을 짓고 사는 아일랜드인들은 이웃 숲에서 비틀린, 따라서 장터에서는 결코 팔리지 않을 나뭇가지를 주워 땔감으로 쓴다. 그러나 땅임자라는 자들이 불법침입이라며 그들을 내몬다. 어떤 이가 필요한 물건을 쓰도록 해주는 일이야말로 으뜸가는 법률이다.

11월 16일 금　　동양 서적

미노가 지난 2주간의 날씨가 옥수수, 감자, 순무, 당근 따위를 거두기에 좋았다고 말했다. 추수하기에는 좀 늦은 편이 아닐까 싶었지만, 몇몇 작물은 거두어지지도 못한 채 남아 있긴 하다.

어제와 오늘 내 동양 서적들을 간직할 선반을 만들었다. 오늘 그 서적들이 대서양을 거쳐 캐나다에 와 있다는 소식을 들었다.*

11월 17일 토　　일의 기쁨

라이스와 이야기를 나누다 보면 나도 모르게 귀가 솔깃해진다. 라이스는 속속들이 자기 자신에 만족하며 살아간다. 대학 교수들도 잘 모르는 삶의 갖가지 요소와 드물고 귀한 기술을 터득했다. 그의 삶은 실패한 삶이 아니라 성공한 삶이다. 대팻날을 갈러 가는

* 잉글랜드 청년 토머스 철먼들리(Thomas Cholmondeley, 1823~1864)가 이해 크림전쟁에 참전하기 전 인도 서적을 모아 우정의 표시로 소로에게 보냈다. 철먼들리에 대해 알려진 것은 많지 않으며, 1851년에는 뉴질랜드에 있다가 이후 유럽을 여행하면서 잉글랜드로 돌아간 뒤, 1854년 가을에 미국 매사추세츠를 찾았다고 전해진다. 그가 친구의 소개장을 들고 에머슨을 찾아가자 에머슨은 소로의 집에서 하숙할 수 있도록 도와주었다. 철먼들리는 콩코드에 머무르는 내내 소로의 집에서 묵었으며 소로와 평생 절친한 사이로 남았다.

나를 보고, 또 연장이 없다고 투덜대는 내 말을 듣고 라이스는 연장통을 사라고 권했다. 나는 그럴 것까지는 없다고 대꾸했다. 연장값을 치러야 할 만큼 연장을 자주 쓰는 편이 아니기 때문이다. 그가 말했다. "한번 연장을 사고 나면 더 자주 연장을 쓰게 돼요. 전에는 일을 하려 들면 어떤 연장인가 모자라다고 느끼곤 했죠. 그래서 항상 연장부터 마련하는 편이에요." 그의 삶은 그런대로 성공한 삶이다. 다시 말해, 다른 이들과 달리 그의 삶은 실패하지 않았다. 그는 어떤 일을 하든 이웃들보다 더 많이 벌어들인다. 일꾼을 되도록 적게 부리고 자기 손으로 직접 해치우기 때문이다. 그는 일하는 기쁨을 즐긴다. 직관으로 아는 능력과 이치에 맞는 셈법으로 넉넉해졌고, 재산을 모아 알맞게 투자할 줄도 안다. 공정한 경제를 적절히 실천하면서 사치로 어수선한 생활을 하지 않는다. 남보다 비용이 덜 드는 살림을 꾸려가면서 더 많은 이익을 얻어낸다.

라이스에게는 살림살이나 생계를 이어가는 노동이 억지로 해야 하는 고역이 아니다. 그는 느리게 움직이지만 확실히 노동의 단맛을 즐기며 일한다. 그가 좋은 조건으로 사둔 작은 목초지가 하나 있다. 그는 날이 좋으면 그곳에 가서 일을 한다. 마음이 내키면 아들을 데리고서 낚시나 꿀 채집, 또는 공기총 사냥을 떠난다. 그가 자주 이런 나들이를 한다고 초지가 지력을 잃지는 않는다. 라이스는 그곳에 감자를 심었다고 말했다. 가을이 되면 틀림없이 땅속 곳집에는 알이 실한 감자가 잔뜩 쌓이리라. 그는 그중 일부를 장터에 내다 팔 것이다. 그러나 그의 땅속 곳집에는 늘 최상품 감자들이 남아 있으리라. 그와 아들은 얼음이 언 강으로 낚시를 가는 기분으로 말에 마구를 채우고 밭을 갈거나 추수하러 간다(그는 결코 빠른 말을 키우지 않는다). 그리고 일을 할 때는 방해물이었으나 겨울이 오면 땔감으로 쓰일 그루터기를 한 짐 싣고 귀갓길에 오른다. 콩밭에서 총을 쏘거나 덫을 놓아 잡은 마멋 몇 마리도 함께 싣고 온다. 이처럼 그들은 삶이라는 긴 오락을 즐긴다. 그들은 힘든 시기라는 말과는 상관없이 살아가므로 그 말뜻을 알지 못한다.

11월 30일 금　　　바퀴 달린 보트

오늘 저녁에 이번 달 10일 리버풀을 떠나 캐나다를 거쳐 24일 아침에 보스턴에 도착한 인도 서적 44권을 건네받았다.

지난 27일 올해 마지막으로 보트 여행을 하고 있을 때 지름 1미터가량의 썩지 않은 소나무 원목이 떠내려오기에 건져다가 집으로 가져다놓았다. 이 원목을 톱질하여 만든 지름 30센티, 두께 약 20센티의 바퀴 두 개를, 마찬가지로 강물에서 건져낸 들보로 만든 차축에 매달았다. 이제 내게 보트를 올려놓고 손쉽게 옮길 수 있는 간이 수레가 생겼다. 올해 과세 평가원들이 사무소로 나를 불러내 재산으로 무엇이 있는지 알고 싶다면서 부동산이 있느냐고 묻기에 없다고 답했다. 세금을 내야 할 만한 재산이 있는가? 내가 아는 한 없다. "보트 한 척이 있기는 해요"라고 나는 답했다. 그들 가운데 누군가가 세금을 내야 하는 유람선 항목에 드는 배가 아닐까 의심하는 눈치였다. 이제 내 보트에 바퀴가 달렸으니 유람선에 좀 더 가까운 배가 되기는 했다. 이제 빌린 외바퀴손수레가 아니라 이 한

쌍의 바퀴를 써서 배를 옮기게 되어 기쁘다. 강이 얼기 시작해서 이제 배를 겨울숙소로 들여놓아야 할 때라고 생각했는데 강이 맞춤하게 이 소나무 원목을 대주었다.

늪지 한 곳을 살펴보고 싶었으나 물이 그득하여 다가갈 수 없었다. 날이 좀 더 추워지기를 기다려야겠다.

12월 3일 월　　　큰 나무들

오늘 들과 숲이 유난히 휑해 허전한 마음이 든다. 방목장에서는 집짐승이 한 마리도 보이지 않고, 농부 홀로 수레로 거름을 날라 펼쳐 널고 있을 뿐이다.

내가 알고 존경해 마지않던 큰 나무들이 하나둘씩 베어져 제재소로 실려간다. 나는 허버드숲의 커다란 떡갈나무 두어 그루가 그루터기만 남아 눈 내리길 기다리는 모습을 쓸쓸히 바라본다. 마을 거리에서 사라져 보이지 않게 된 노인을 그리워하는 심정으로 그들을 그리워한다.

12월 11일 화　　　세상의 아름다움

오후에 홀든 늪지에 갔다. 새는 보이지 않고 나무참새 한두 마리가 지저귀는 소리만 들린다. 눈은 깨끗이 녹아내렸고 얼음도 거의 보이지 않는다. 지금은 덧보태진 11월이다. 다시 돋아난 늪지배나무의 작은 잎, 늪지핑크의 서리 입은 노란 눈, 키 큰 블루베리의 둥글고 붉은 눈, 원뿔꽃차례 각시석남의 자디잔 날카로운 붉은 눈에 감탄하며 가문비나무 늪지의 엉클어진 수풀을 헤치고 나아간다. 이제 유럽오리나무, 블루베리 따위가 어수선하게 얽힌 잡목 숲으로 한 발 한 발 천천히 걸어 들어갔다. 덤불 잎이 지면서 캣버드 둥지가 드러났고, 단풍나무 밑동에 난 토끼굴이 스산한 모습이다.

메마르고 휑한 11월 경치이기는 하나 이 늪지에 서서 겨울철에 작은 새들이 노닐던 모습을 떠올려본다. 머지않아 적포도주 빛깔을 띤 곱고 작은 홍방울새 무리가 계절의 열매인 차가운 가루눈을 맞으면서 짹짹 지저귀며 날아와 막 익은 씨앗과 잎눈을 쪼아 먹을 것이다. 지금이 한여름철인 양 한데 모여 눈을 털어내면서 활기차게 먹이를 먹을 터이다. 이 적포도주 빛깔의 대기 생물은 날개를 지녔기에 여름인 곳으로 금방 옮겨갈 수 있다. 지금 여기가 이들이 원하던 여름이다. 차가운 흰 눈과 열대 색감인 적포도주빛의 가슴이 얼마나 뚜렷이 견주어지는가! 이 준엄하고 척박한 계절에 이렇게 우아하고 섬세한 모습과 잘 무르익은 빛깔이라니! 눈 속에 자라난 화려한 적포도주 빛깔의 꽃을 보았을 때만큼이나 화들짝 놀랄 만한 일이다. 이들은 추위를 잊은 채 나무꾼과 사냥꾼을 반긴다. 대설 때 조물주가 마지막으로 이들을 단장하여 세상으로 내보냈다. 사람을 움츠러들게 하고 가두는 이런 모진 추위에도 편안히 앉아 짹짹 지저귀며 따스하게 불타오르는 날짐승이 있다니. 조물주는 "겨울에는 홍방울새가 있게 하자"라고만 말씀하신 것이 아니다. "늘 여름을 몸에 지니고 즐겁게 지저귀는 깃털 붉은 홍방울새가 있게 하자"라고 말씀하셨다. 간밤에 수은주가 영하 30도까지 내려갔으니 머지않아 눈이 1미터 높이로 쌓이고 얼음이 50센티 두께로 얼 것이다. 자연의 샘들이 남김없이 메워진 것만 같다. 길을 가던 여행자는 호된 추위에 몸이 꽁꽁 얼어붙을 테지만 저 자작나무 숲가에서는 가슴이 적포도주 빛깔인 홍방울새 몇 마리가 가루눈을 털어내면서 자작나무 씨앗을 부지런히 쪼아 먹고 있으리라. 화초는 꽃을 피우고, 배나무에서는 배가 익어가도록 되어 있듯이 말이다. 자연이 굳센 믿음으로 오롯하게 이뤄내는 일들이 어떤 것인지 보라. 저 날짐승들이 주위 환경에 맞춰 얼마나 섬세하게 삶을 이어가는지를 보라. 과할 정도로 풍성한 붓질과 장식이 덧보태져 있다. 맑고 보석 같은 건강함과 견실함이다. 얼음결정에 반사된 색들과도 같다.

겨울에 솔양진이와 같은 희귀 조류가 멀리 북쪽에서 날아온다. 우리는 솔양진이를 보면서 고난과 가난을 떠올리기는커녕 오히려 눈부신 화려함에 넋을 잃는다. 솔양진이는 고드름을 녹이는 온기와 같은 따뜻함을 지녔다. 이 화려하고 짙은 울음을 우는 따스한 빛깔의 새, 한겨울에 뉴잉글랜드와 캐나다를 찾아오는, 털이 보송보송하고 발이 예쁜 파라다이스의 새를 생각해본다. 풍부하면서도 미묘한 빛깔을 띤, 북방 하늘에서 온 굳센 이주민들은 여름 거주민들이 떠나고 나서 얼마쯤 고요하고 쓸쓸해진 숲과 들을 자주 찾아온다. 불완전하다는 느낌은 들지 않는다. 눈과 얼음의 겨울은 고쳐야 할 악이 아니다. 겨울을 지은 예술가는 쓸모에 아름다움을 덧붙일 넉넉한 마음을 지녔기에 이 겨울은 그가 궁리한 대로 그려낸 겨울 그 자체이다. 나는 늪지에 서서 이렇게 불러본다. 나의 지기인 북방 천사들이여. 익히 아는 사실을 또 다른 시각에서 바라보면서 황홀경에 빠져든다. 하지만 내가 얻을 수 있었던 것은 선율이 아련히 멀어져갈 때 간신히 느끼는 그런 전율과 황홀뿐이었다. 나는 이미 솔양진이들의 공기와 하늘로 인해 천국의 영토를 보았으므로 더 이상 세속적인 땅의 주민만은 아니다. 그렇지만 그 천국에는 내가 디딜 발판이 놓여 있지 않다. 나는 황홀함을 느꼈다는 것만 확신한다. 우리는 버릇대로 걷는 세상길에서 얼마쯤 비켜나 아주 작은 사실이나 현상을 바라보면서 그 아름다움과 의미에 넋을 빼앗길 필요가 있다. 우리가 늘 접촉하는 사물은 오로지 하찮은 것들, 우리의 비듬이나 때와 같은 단순한 반복, 전통, 순응뿐이다. 사물을 날카로운 감각으로 새로이 안다는 것은 곧 영감을 얻는 일이다. 어떤 시각에서 보면 겨울 자체가 무지갯빛으로 빛나는 값진 보석이다.

내 몸이 몹시 예민해졌다. 여기저기서 겪는 이런저런 일이 나를 떨게 한다. 전기선에 감전이라도 된 것 같다. 요즈음에는 몇 가지 흔적으로 남은 느낌을 잊지 않고 몇 번이고 되새겨보곤 한다. 기적의 시대란 되풀이되는 하나하나의 순간을 일컫는다. 그것이 야생 사과일 수도 있고, 강물 속 그림자일 수도 있고, 몇 마리 홍방울새 무리일 수도 있다. 겨울에는 늙지 않는 젊음과 영원한 여름이 살아 있다. 겨울의 머리는 백발이 아니다. 겨울의 뺨은 희지 않고 홍옥의 빛깔을 띤다.

우리가 자연에 조금이라도 연민을 느낀다면 이 연민은 마음 아파하는 우리 자신을 위한 것이다. 자연은 영원한 건강과 아름다움을 지녔기 때문이다. 우리는 세상의 아름다움을 그저 힐끗 엿볼 뿐이다. 올바른 자리에 선다면 빛 없는 얼음에서도 황홀한 무지갯빛을 볼 수 있다. 올바른 관점에 선다면 폭풍과 빗방울이 다 같은 무지개이다. 미와 음악은 그저 특색이나 예외가 아니다. 미와 음악은 규칙이고 인격이다. 우리가 보고 듣는 것이 예외일 따름이다. 이 경치 가운데 무엇이 나를 황홀경에 빠뜨리고 하늘로 오르게 만드는지 알고 싶다. 그런데 하물며 생각이나 느낌을 은판사진에 담는다면 어찌될 것인가! 나는 스스로 감지하지 못하는 어떤 성질들에 놀라고 매혹당하는 사람이다. 세상사와 다른 세상의 속성을 봐왔다. 내 온갖 경험 안에 존재하는 그 무엇보다 이 경치에서 이리 깊고 강렬한 영향을 받는다니 놀랍지 않을 수 없다. 육지에서 수천 킬로 떨어진 바다 위를 떠가는 배의 돛에 걸린 먼지보다 더 미세하고, 공중을 떠다니는 균류 식물의 포자보다 더 섬세한 씨앗에서 싹터 이 열매가 맺히다니! 여기 눈에 보이지 않는 씨앗이 뿌려지고 그 싹이 자라나 아름다움이라는 사라지지 않는 꽃을 피운다.

12월 22일 토 　　　땅을 사면서 조심해야 할 점

콜루멜라*의 책을 읽었다. 각별히 조심하라고 조곤조곤 일러주는 그의 어조에서 우리의 농업 저널들과 농부 클럽들의 보고가 자

* 루키우스 유니우스 모데라투스 콜루멜라(Lucius Junius Moderatus Columella, 4~70). 당시 로마의 지배를 받았던 카디스(현재 스페인의 도시)에서 태어난 것으로 알려졌다. 한때 군인으로 복무했던 농부로, 로마 농업을 다룬 12권짜리 『농업론(De re rustica)』을 남겼다.

주 생각났다. 우리 농부들과 마찬가지로 고대 로마인들도 똑같은 주장을 힘주어 되풀이했다. 예를 들어, 콜루멜라는 많은 땅을 부실하게 경작하기보다 적은 땅을 실하게 경작하는 편이 훨씬 낫다고 말한다. 이 시인의 말을 그대로 끌어와보자.

"따라서 모든 일이 그렇듯이 땅을 살 때도 절제할 줄 알아야 한다. 즉, 필요한 만큼만 차지하는 선에서 그쳐야 한다. 나라 영토를 소유한 권력자처럼 말을 타고도 다 돌아보지 못할 정도로 많은 땅을 소유해서는 안 된다. 그러면 땅이 짐승 떼에 짓밟혀 못쓰게 되거나 들짐승의 공격으로 주민이 줄어들어 채무자나 죄수를 강제로 노동시켜야 하기에 무거운 짐이 될 뿐이다. 다른 이들이 즐기는 일에 헤살 놓지 말고, 자신이 쓸 만큼만 사도록 해야 한다."

2킬로 정도 뒤쪽으로 확장되며 오래된 농장 서넛을 흡수했지만 거의 방치되어 황폐해진, 피터 파이퍼가 소유하고 있다는 커다란 부동산들이 생각난다. 내가 구석구석 다니므로 이른바 임자라고 하는 자들보다 훨씬 더 잘 아는 곳이다. 나는 그곳 숲에서 두어 번 길 잃은 그들을 만나 숲을 빠져나오는 가장 빠른 길을 알려준 적이 있다. 넓디넓은 식림용지와 크랜베리 초원이 있고 한쪽 변두리에 낡은 별장이 세워져 있긴 하나, 집 지을 만한 터로는 1에이커도 사기 어려운 곳이다. "부가 쌓이고 인간이 쇠락해가는 곳이다."

12월 23일 일　　　새끼고양이

부드러운 북서풍이 부는 무척 맑고 쾌적한 날이다. 어제 내린 비로 서리가 씻겨나갔다. 갈아엎은 진창뿐인 땅을 피해 풀이 자라서 물기로 반짝이는 땅을 디디며 걷는다. 내 기억으로는 오늘을 포함하여 이달 몇몇 날처럼 이렇게 봄 같은 상쾌한 날씨는 여태 겪어보지 못한 것 같다.

새끼고양이의 목숨에 대해 생각해본다. 우리 집 새끼고양이가 간밤에 발작을 일으켰다. 증세로 보아 녀석이 병을 이겨낼지 의심스러웠다. 우리는 고양이를 바구니에 담아 구석진 곳에 놓고 자연치유력에 맡겼다. 아침이 되자 녀석이 훌쩍 바지랑대까지 뛰어가 지나가는 사람만 보면 등을 세우고 장난을 친다.

12월 26일 수 　　전기 작가가 먼저 해야 할 일

어제와 간밤에 눈이 내리다가 비로 바뀌고, 다시 싸락눈으로 내리더니 오늘 아침에는 마침내 눈이 3~5센티 높이로 얼어붙었다. 아침 9시경, 해가 나와 살얼음이 낀 나무들을 환히 비춘다. 날이 약간 따스해지면서 얼음이 빠르게 녹아내린다.

구빈원을 거쳐 철로를 따라 월든 호수에 간다. 서쪽 먹구름을 배경으로 햇살을 받고 선 나무들이 서리꽃처럼 하얗다. 잔가지마저 뒤쪽으로 휘어 그 테두리가 커다란 도깨비불 같고, 나무의 유령 같다. 담벼락과 울타리가 눈의 껍질에 싸이고, 벌판에는 수정 창創이 그득하다. 벌써 바람이 일어나면서 거리 상공에서는 우르릉거리는 소리가 들린다. 숲 너머 골짝에 햇발이 내리쬐면서 놀라울 정도로 찬란하게 빛나는 곳들이 드러난다. 오전 10시인 지금 세찬 북서풍이 불어오면서 추워진다. 우리는 겨울이면 예컨대 물에 떠 있는 풀잎과 같은 초록이나 성장의 조짐, 이끼, 붉은 새 따위의 빛깔에 끌린다. 역사나 전기는 누구에게나 흔히 일어나는 그런 사건들을 얼마나 대수롭지 않게 다루는가! 예컨대 어떤 사람이 언제부터 어떤 마을, 어떤 집에서 살았는지 알아내는 일이 얼마나 어려운 노릇인지! 전기 작가가 먼저 해야 할 일은 이런 사실들을 밝혀내서 거기에 담긴 중요성을 알아내는 것이다. 나는 내게 일어난 중요 사건들을 일기에 적어놓긴 했으나 날짜를 잊었음을 깨닫는다.

12월 27일 목　　내가 살아온 곳들

오늘 저녁에 어머니의 도움을 받아 예전에 내가 살았던 집들(그리고 마을들)과 내게 일어났던 몇 가지 일을 더듬어보았다.

1817년 7월 12일, 버지니아로路 미노트하우스*에서 태어났다. 부친이 농장을 일구면서 외할머니의 집 3분의 1을 빌려 썼고, 집의 반쪽은 캐서린 가족이 차지하고 있었다. 밥 캐서린과 형 존이 칠면조를 던져 올리곤 했다. 이웃집에는 시 메리엄이 살았다. 내가 태어나고 6주쯤 지났을 때 외삼촌 데이비드가 죽었다.** 생후 석 달이 지났을 때 리플리 목사가 옛 목사관에서 세례를 주었고, 나는 울지 않았다.

* 소로의 외할머니 메리 존스가 1798년 콩코드의 조너스 미노트 대위와 재혼한 직후, 자식들을 데리고 이사한 농장 주택.

** 이런 연유로 집안 풍속에 따라 소로의 이름에 데이비드가 붙었다.

1818년 10월까지 외할머니가 조사이아 데이비스에게서 빌린 레드하우스*에서 살았다(사촌 찰스와 삼촌 찰스도 얼마간 함께 살았다). 아버지의 일일거래장부에 따르면, 아버지는 첼름스퍼드**에서 1818년 10월 16일에 프록터하우스를 빌리고, 1818년 11월 10일에는 스폴딩이 소유한 가게를 얻었다. 원래는 할아버지가 쓰던 이 일일거래장부는 1797년까지 거슬러 올라간다. 아버지는 할아버지가 쓴 부분을 뜯어내고, 콩코드에서 1808~1809년까지의 일을, 첼름스퍼드에서 1818년, 1819년, 1820년, 1821년 3월까지의 일을 적었다(이 일일거래장부의 기록은 1821년 3월 중순에 끝난다).

내가 14개월일 때 새라 고모가 걸음마를 가르쳐주었다. 집 옆에 마을 교회가 있었는데, 이 교회 다락은 마을 공동으로 화약을 간수하는 곳이었다. 아버지는 가게를 꾸리고, 가게 간판에 페인트칠을 했다.

보스턴 남쪽 끝에 자리한, 높이가 3미터쯤 되는 포프의 집***에서 오륙 개월(?) 살았다. 어쩌면 첼름스퍼드를 떠나 잠시 콩코드에서 살았을지도 모른다. 일일거래장부에는 이렇게 적혀 있다. "1821년 9월 10일 목요일에 핀크니 거리로 이사하다."

1823년 3월(?)까지 보스턴 핀크니가에 있는 휫웰의 집에서 살

* 1813년 미노트 대위가 갑자기 죽자 소로의 외할머니가 유산 문제로 인해 사위(존 소로)의 고용주였던 조사이아 데이비스에게서 빌린 집. 렉싱턴로에 있었으며 미혼인 아들 찰스, 딸 루이자와 함께 살았다.

** 콩코드에서 북쪽으로 16킬로 떨어져 있는 작은 마을. 존 소로는 여기서 스폴딩의 가게를 빌려 채소 가게를 열었다.

*** 소로의 부친이 살면서 잠시 교사로 일했다.

았다.

1826년 봄까지 콩코드의 브릭하우스에서 살았다.

1827년 5월 7일까지 (새뮤얼 호어의 옆집인) 데이비스의 집에서 살았다.

1835년 봄까지 (지금은 윌리엄 먼로의 집이 된) 섀턱하우스에서 살았다. 나는 1833년에 케임브리지의 홀리스홀로 들어갔다.

1837년 봄까지 두 고모의 집*에서 살았다. 나는 1835년 겨울에는 교사로 일하려고 캔턴에 있는 브라운슨**의 집에 머물렀다.

1836년에는 아버지와 함께 연필 행상을 하며 뉴욕에 갔다.

1844년 가을까지 파크먼하우스에서 살았다. 나는 1837년에 하버드를 졸업했다. 1837년 10월부터 커다란 공책에 붉은 일기Red Journal를 썼다. 1837년 가을에 처음으로 인디언 화살촉을 찾아냈다.

1838년 3월 14일에 사회를 다룬 첫 강연 원고를 썼고, 같은 해 4월 11일에 메이슨홀에서 열린 라이시엄 강좌에서 그 원고를 낭독했다. 5월에 교직을 구하러 메인에 갔고, 여름에는 집에서 사립학교를 열었다. 12월, 소리와 침묵에 대한 에세이를 썼다.

1839년 가을에 메리맥강을 거슬러 화이트 산맥까지 갔다.

1840년 2월 10일, 〈아울루스 페르시우스 플라쿠스Aulus Persius

---

* 고모 엘리자베스(베시) 소로와 새라 소로가 함께 하숙을 치던 집. 콩코드 마을 광장 가까이 있었다.

** 오레스테스 아우구스투스 브라운슨(Orestes Augustus Brownson, 1803~1876). 뉴잉글랜드의 지식인, 목사, 작가, 노동조직가. 1835년 당시 초월주의 운동을 다룬 중요 저서인 『기독교, 사회, 교회에 대한 새로운 견해(New View of Christianity, Society, and the Church)』를 쓰고 있었다.

Flaccus〉*를 썼고 이 글은 잡지에 실린 나의 첫 글이다. 1840년 6월, 546쪽에 달하는 붉은 일기가 끝났다. 396쪽에 이르는 붉은 일기 두 번째 권은 1841년 1월 31일에 끝났다. 1841년 봄에 에머슨의 집으로 들어가 1843년 여름까지 머물렀다. 1843년 6월 스태튼섬(윌리엄 에머슨의 집)에 갔다가 1843년 12월 추수감사절에 돌아왔다. 1844년에는 연필을 만들었다.

1850년 8월 29일까지 텍사스하우스(그리고 월든과 에머슨의 집)에서 살았다. 1845년 7월부터 1847년 가을까지는 월든에서 지내다가 1848년 가을까지, 즉 에머슨이 유럽에 나가 있는 동안 에머슨의 집에서 살았다.

지금은 옐로하우스에서 산다.

* 아울루스 페르시우스 플라쿠스(34~62)는 고대 로마의 풍자 시인이다. 1840년 7월 1일자 《다이얼》 창간호에 실린 이 에세이는 『소로우의 강』 403~408쪽에 자세히 소개되어 있다.

1856년, 39세

자연에서 만나는 진보와 보수의 공존

"원칙은 단 하나, 자라는 것이다."

3월 4일, 《뉴욕 트리뷴》의 편집장 호러스 그릴리가 뉴욕 채퍼콰에 있는 자기 농장에 와서 살라고 권하다. 소로는 이 제안에 동의하나 후에 생각을 바꾼다.

6월 13일, 우스터에 갔다가 처음으로 석 장의 은판사진을 찍다. 감기로부터 목을 보호하려고 턱수염을 길게 기른 상태였다.

6월 19일~7월 2일, 뉴베드퍼드에 가다. 여기서 한 인디언 여인을 만나다.

10월 24일~11월 1일, 강연과 측량을 위해 뉴저지의 이글스우드 농장에 가다.

11월 1일~8일, 이글스우드 농장에서 올콧을 만나 함께 채퍼콰에 가서 그릴리를 만나다.

11월 9일, 브루클린에서 당시 유명한 사회개혁가이자 웅변가인 헨리 워드 비처의 연설을 듣다.

11월 10일, 브루클린의 월터 휘트먼 자택을 찾아가 휘트먼과 대면하고 깊은 인상을 받다.

11월 25일, 이글스우드 농장에 며칠 더 머물다가 콩코드로 돌아오다.

12월 18일, 뉴햄프셔 애머스트에서 '걷기'를 주제로 강연을 하다.

1월 5일 토　　눈별

어느덧 북풍에 휘날리면서 내 외투에 드문드문 내려앉는 눈은 지난해 12월 13일에 내린 솜털처럼 토실토실한 바큇살 생김새의 눈이 아니라, 성기지만 약간 투명한 수정으로 이루어진 아름다운 별이다. 바퀴 없이 여섯 개 바큇살로만 이루어진 지름 2~3밀리의 영락없는 작은 수레이다. 또한 양치식물 잎처럼 복판에서 뻗어나간 곧고 가는 주맥主脈이 선명한, 작지만 완벽한 여섯 장의 잎이기도 하다. 이 눈을 빚어낸 공기는 얼마나 창조적인 천재성으로 그득한가. 실제로 별이 떨어져 내 외투에 내려앉는다 해도 이처럼 놀랍지는 않으리라. 자연은 천재성으로, 신성함으로 가득 차 있다. 이런 자연의 부지런한 손길이 눈송이 하나하나를 빚어낸다. 자연이 빚었다면 이슬방울, 눈송이 하나라도 하찮거나 흉한 것이 없다. 순식간에 눈보라가 심해진다. 벌써 얼굴이 얼얼하다. 이제 더 곱고 하얘진 가루눈이 휘몰아친다. 이 가루눈은 모든 눈송이의 최초 모습이 아니겠는가. 나를 둘러싸고 떨어지는 이 수정별들은 땅 가까이에 깔린 안개에서 막 생겨난 것이 아닌가. 나는 눈의 원천, 최초 황금빛 새벽인 요람기에 바짝 다가간다. 하지만 인간도 나이가 들면서 얼마쯤 청순함을 잃듯, 눈송이들도 아래로 떨어지는 먼 여행길에 시달리면서 질서와 아름다움을 얼마쯤 잃고 덩어리로 뭉쳐 땅에 떨어진다.

이 수정별이 생겨나 굳어지기 전에 틀림없이 어떤 신성함이 이 안에서 꿈틀거렸을 터이다. 이 수정별은 폭풍 전차의 수레이다. 지구별을 지은 법칙과 같은 법칙이 이 눈별을 모양 짓는다. 꽃잎이 꽃에 달린 것만큼이나 틀림없이 이 수많은 눈별 하나하나도 빙글빙글 돌며 땅으로 내려오면서 숫자 6을 거듭 선언한다. 코스모스, 질서를 말한다.

우리가 사는 이 세상은 얼마나 놀라운가! 마음을 기울여 들여다보면 이 수많은 작은 원반이, 그 아름다움을 알아주든 말든, 모든 여행자의 외투와 조촘거리는 다람쥐의 털가죽에, 멀리까지 뻗어나간 들과 숲에, 나무가 우거진 작은 골짝과 산꼭대기에 빙글빙글 돌며 내려온다. 사람의 발길이 닿지 않는 곳에서도 이 수정별들은 비스듬히 돌며 내려온다. 그리고 각자의 자리에 이르러 녹아내리거나 한데 뭉치면서 아름다움을 약간 잃지만 망설임 없이 작은 시냇물을 불리는 데 이바지하고, 그리하여 자기가 왔던 우주의 대양을 불릴 채비를 한다. 저기에 눈이 하늘 전투를 치르고 난 후의 전차 수레 잔해처럼 누워 있다. 그사이에 들쥐가 굴 입구에서 이 수정별들을 옆으로 밀어내고, 학동들이 눈을 뭉쳐 눈싸움을 한다. 나무꾼의 썰매는 하늘 마루에서 쓸려 나온 이 빛나는 별 위를 미끄러지듯 넘어간다. 그리고 모든 수정별이 노래한다. 6, 6, 6 하고 6의 신비를 노래하듯이 녹는다. 하느님의 손이 소금만 남기고 바닷물을 퍼 올린다. 그 물이 안개 속으로 흩어져 하늘로 퍼진다. 하느님은 이를 다시 모아 가지가 여섯인 하얀 별들로 알곡처럼 땅에 뿌려 주신다. 하느님이 다시 이 인연을 끊을 때까지 거기에 계속 머문다.

1월 10일 목　　　눈 덮인 늪지

나는 눈이 두껍게 쌓인 살을 엘 듯 추운 날에도 눈 속을 허우적거리며 늪지를 헤매길 좋아한다. 마을에서 약간만 벗어나도 금방 노바젬블라Nova Zembla*의 고독한 들이 나타난다. 발자취가 사라진 눈 덮인 습지를 헤매다가 메마른 가랑눈이 떠다니면서 각시석남을 거의 완전히 뒤덮고 키 큰 블루베리를 반쯤 덮은 곳에 이른다. 보이지 않는 물이끼 진창에 푹 빠지기도 하면서 여름에는 가지 못했던 작은 섬으로 곧장 나아간다. 이 작은 섬에는 아직 오리나무 열매가 자라고 진달래가 싹을 틔운다. 내 옆에서 나무참새 또는 쇠박새 같은 새 한 마리가 혀짤배기소리로 운다. 야생동물의 발자국도 많이 남아 있지 않다. 고작 들쥐 한두 마리가 나뭇가지 옆에서 굴을 파다가 두껍게 쌓인 환한 눈 위를 곧장 가로질러 뛰어간 것으로 보인다. 그 자리에 그대로 머물러 있기에는 너무 무섭다는 양

* 러시아 북서부에 위치한 군도 노바야젬랴(Novaya Zemlya). '새로운 땅'이라는 의미를 갖고 있다. 북쪽 섬은 빙하로 넓게 덮여 있고, 남쪽 섬은 툰드라 지대이다. 러시아인은 11세기경부터 이 군도의 존재를 알고 있었으나, 서유럽인은 16세기 말에 이곳을 처음으로 방문했다.

어느 관목 옆에 난 굴로 뛰어들었으리라. 늪 가장자리에서 토끼 몇 마리가 블루베리와 오리나무 사이로 난 길로 뛰어간다. 이 모험은 프랭클린*을 찾아가는 북극해 탐험의 일종이다.

1월 20일 일　　부의 부작용

내가 겪은 바로는 세상에서 부라고 일컫는 것만큼 사람을 찌들게 만드는 것이 없다. 부를 손에 쥐었다는 말은 전과 달리 돈을 더 많이 쓸 수 있게 되었다는 뜻이다. 그래 봤자 여전히 얼마 안 되는 변변찮은 액수에 불과하지만 자신도 모르게 좀 더 돈이 드는 살림살이에 익숙해지면서 꼭 필요하든 아니든 별로 다르지 않은 물품 장만에 더 많은 돈을 쓰게 된다. 이렇게 해서 부를 얻는 대신 얼마쯤 자주성을 잃는다. 갑자기 벌이가 줄어든다면 한때 나를 부유하게 만들어준 수단을 갖고 있어도 전보다 가난하다고 느낄 것이다. 대체로 나는 그 이전의 5년보다는 지난 5년 동안 약간 더 많은 돈을 손에 쥐고 살아왔다. 책이 약간 팔렸고, 강연도 더러 했기 때문이다. 그러나 전보다 살림 걱정을 얼마쯤 덜었다는 점만 빼면 예전보다 더 잘 먹고, 더 좋은 옷을 입고, 더 따뜻하고 안락한 집에서 지내지는 못했다. 즉, 더 넉넉하게 살지는 못했다. 하지만 내 인생이 이에 대해, 그리고 균형을 맞추는 데에도 얼마쯤 무심했던 것 같

* 존 프랭클린(John Franklin, 1786~1847). 잉글랜드 출신 탐험가. 1845년에 떠난 마지막 북극 탐험에서 그의 탐험대 130여 명이 전원 사망했다. 이들의 행적은 오늘날까지 수수께끼로 남아 있다.

다. 내 인생이 실패할지 모른다는 느낌이 든다. 만일 대중이 더 이상 내 책을 사려 하지 않고 강연을 들으려 하지 않는다면(후자는 이미 사실로 드러났다), 내가 마을의 도움을 받아야만 살아갈 수 있는 인물이 안 된다고 누가 장담할 수 있겠는가. 예전에는 내가 마을에 도움이 될 가능성이 더 높았다. 주민들이 내가 혼자서도 잘 살고 있다고 할 때 나는 오히려 독립성을 얼마쯤 잃어버린 것이다. 만일 어떤 사람을 구차한 처지에 빠뜨리고 싶거든 그에게 천 달러를 줘라. 그러면 그가 그다음으로 벌어들이는 수백 달러는 그가 예전에 벌어들이던 10달러보다 값어치가 헐해질 것이다. 그를 가엾게 여긴다면 그에게 선물을 주는 일을 자제하라.

1월 22일 화　　느릅나무의 죽음

주민들은 느릅나무가 잘려나가기 전에는 그 나무가 얼마나 큰 나무였는지 잘 깨닫지 못한다. 나는 느릅나무 한 그루가 넘어가는 모습을 지켜보았다. 보통 장례식에 가지 않는 내가 고령의 마을 주민 장례식에는 참석했다. 유일한 조문객은 아니었지만 그래도 주요 조문객이었다. 나는 그의 웅대한 삶을 칭송했다. 다시 말해 '죽은 이에게는 좋았던 일만을 말해줘라'란 격언을(이 경우에는 '죽은 나무가 얼마나 위대했던지를') 기억하며 그의 무덤 앞에서 덕을 기리는 몇 마디 말을 읊조렸다. 나의 말에 귀 기울이는 이는 나무꾼 몇몇과 지나가던 한 여행자밖에 없었다. 마을에선 조문객을 보내지 않았다. 마을 원로, 행정위원, 성직자는 그 자리에 없었다. 요즘

들어 이보다 더 적절한 설교 기회는 없을 텐데. 쓰러진 느릅나무 탓에 길을 지체하게 된 여행자는 잠시 이 나무에 경의를 표하지 않을 수 없었다. 그러나 나무의 신음소리가 채 그치기도 전에 도끼를 든 나무꾼들이 개미처럼 나무에 올라 나무를 잘게 쪼개기 시작했다. 벌써 나무의 어느 부분을 놓고 흥정하는 사람까지 나왔다.

위대한 나무는 이렇게 쓰러졌다. 이 나무의 역사를 거슬러 올라가면 마을 전체 역사의 절반보다 길다.* 이 나무의 친척들은 조문을 올 수 없으므로 내가 왔다. 나는 이 나무를 베어버린 일이 마을 역사에 한 획을 긋는 사건이라 생각한다. 이 나무와 함께 나무 아래에서 덜커덕거리며 달리던 역마차도 사라지고 정든 학교의 교목 선생도 떠나갔다. 나무의 미덕은 해를 이어 마지막 순간까지 꾸준히 자라 뻗어나간다는 데 있다. 콩코드는 이 나무의 몰락과 함께 얼마나 많은 것을 잃었는가. 마을 서기는 이 나무의 쓰러짐을 기록하지 않겠지만 나만은 기록해야겠다. 지금 이 순간은 마을에 사는 어떤 인간 거주민의 순간보다 훨씬 더 중요한 순간이기 때문이다. 우리는 여기에 기념비를 세우기는커녕 대체로 손대지 않고 그냥 버려두는 유일한 기념비인 그루터기조차 온갖 애를 써서 뽑아내려고 든다. 과거와 우리를 이어주던 또 하나의 고리가 산산이 깨어졌다. 이 나무와 더불어 콩코드의 얼마나 많은 부분이 잘려나갔는가. 이런 느릅나무 몇 그루만 모여도 한 마을을 이루기에는 넉넉할 것이다. 이 느릅나무들은 주 의회에 보낼 만한 적당한 이를 찾

* 콩코드 마을은 1635년에 잉글랜드 이주민들이 들어오면서 세워졌다.

을 수만 있다면 그를 대표로 내보내 자기들의 공동이익을 돌보고 싶어 할 것이다. 진정한 의미에서 이들이야말로 존경할 만한 미국의 원주민이다. 우리 마을은 그윽한 단아함을 얼마쯤 잃어버렸다. 이제 우리는 커다란 코린트 기둥 같던 단단한 회색 나무줄기를 더 이상 길에서 보지 못하게 되었다. 이제 우리는 높고 넓게 펼쳐진 둥근 천장 그림자 속을 더 이상 걸을 수 없게 되었다. 이것은 버클리나 리플리* 같은 훌륭한 분들의 발에 도끼를 들이댄 것이나 다를 바 없다. 마을이라는 집의 왕대공에 도끼를 들이댄 것과 마찬가지다. 이로 인해 건물 전체가 위태로워졌다는 느낌을 받는다. 이렇게 오랫동안 콩코드를 인자하게 내려다보던 나무를 찍어 넘긴다는 것은 또 하나의 신성모독이 아니겠는가.

1월 24일 목 느릅나무의 보수주의와 급진주의

일기는 좋았던 일이나 그럴듯한 말을 담는 그릇이 아니라 경험과 성장을 적는 그릇이다. 나는 가끔씩 예전에 했던 말을 떠올려보곤 한다. 대화 도중 이야기하자마자 곧 까먹은 것들이다. 그런 말들은 내가 일기에 적어놓은 글보다 훨씬 더 잘 읽히긴 할 것이다. 고통이나 기쁨을 주는 일 없이도 내게서 쉽게 떨어져나가는, 오래전 경험이 무르익은 메마른 열매이다. 일기의 매력은 신선하기는 하나 아직 숙성되지 않아 얼마쯤 초록이라는 점에 있다. 나는 일기

---

* 피터 버클리는 콩코드의 첫 성직자였고, 소로에게 세례를 준 에즈라 리플리는 60여 년 동안 콩코드 교회에 봉직했다.

를 쓸 때 내 때를 털어내면서 어떤 말과 행동을 했는지 떠올릴 여유가 없다. 그저 내가 어떤 존재이고, 어떤 존재가 되기를 바라는지 떠올릴 따름이다.

윌슨*이 옮긴 『리그베다』의 찬가를 읽는다. 이 찬가는 거의 대부분 하늘과 새벽과 바람에게 전하는 짧은 글들로 이루어져서 뜻이 약간 알쏭달쏭하다. 게다가 번역가마다 무척 다르게 옮겨놓았으므로 독자는 얼마쯤 정신을 차리고 상상해가며 읽어야 한다. 번역가들은 매우 간결한 범어로 이루어진 이 찬가를 시가 아닌 역사나 문헌학쯤으로 여기기에, 제대로 이해하기 위해서는 거의 빠짐없이 풀이가 덧붙어야 할 정도이다. 나는 때때로 번역가가 제멋대로 옮긴 것이 아닐지, 까마득한 옛날 일인데 과연 그때의 생각과 느낌이 그대로 우리에게 전해졌을지 의심하는 마음이 들곤 한다. 어쩌면 학식 깊은 독일인들이 바닷가 조약돌들을 '리그베다'라는 찬가로 엮어냈고, 번역가는 이 찬가를 옮기면서 아주 오랜 옛날에 바다가 조약돌에게 전해준 의미를 캐낸 것이 아닐까 싶기도 하다. 주석가나 번역가가 이런저런 낱말의 뜻을 놓고 다투는 동안, 나는 고대 바다의 메아리를 들으면서 내가 아는 온갖 의미, 내가 떠올릴 수 있는 가장 깊은 속삭임들을 넣어 해석해볼 따름이다. 나는 어디에서 어떻게 그것들을 얻었는지 조금도 신경 쓰지 않기 때문이다.

내가 본 위풍당당한 느릅나무들은 그 밑에 사는 난쟁이 같은

* 호레이스 헤이먼 윌슨(Horace Hayman Wilson, 1786~1860). 1832년에 옥스퍼드 대학의 산스크리트어학 교수직에 임명되었다. 『리그베다』를 처음으로 영어로 번역한 사람으로, 그의 번역 원고는 1850~1888년에 걸쳐 총 여섯 권으로 출간되었다.

인간들이나, 그 그늘에 자리한 술집, 식량창고, 채소가게보다 주의회를 이루기에 더 걸맞은 존재들이다. 골짝과 숲 너머 멀리 지평선에 웅장한 돔 모양으로 치솟은 느릅나무들을 볼 때마다 마을이나 공동체를 떠올리게 된다. 그러나 그 아래에 인간이 사는 집이 있는지 없는지는 그다지 중요하지 않다. 인간의 집들은 오래전에 쇠락했을지도 모른다. 느릅나무 숲은 정치적으로 독립한 마을 몇 개의 값어치가 있다. 느릅나무 숲이 자치구 하나를 이룬다. 이 숲의 그늘 아래서 파견된 저 인간 정파의 어설픈 대표들은 이들의 존귀함, 진실함, 고결함, 넓은 시야, 건장함, 독립성, 그리고 평정함을 10분의 1도 보여주지 못한다. 이 느릅나무들이 이 읍에서 저 읍을 굽어본다. 이들의 나무껍질 한 조각은 모든 연방 정치가의 뒷모습을 합친 것 못지않게 값어치가 있다. 이들은 넓은 의미에서 자유지역민이다. 이들은 동서남북 가리지 않고 보수적인 캔자스와 캐롤라이나로 뿌리를 뻗어나간다. 캔자스와 캐롤라이나는 이 언더그라운드 레일로드underground railroad*를 눈치채지 못한다. 이들은 농사꾼의 손이 닿지 못하는 속흙을 개간하면서 자신의 원칙에 어긋남 없이 뿌리를 몇 배로 늘여나간다. 이 느릅나무들은 한 세기 동안 사나운 폭풍과 싸워왔다. 이들의 몸에 난 상처를 보라. 우리가 태어나기도 전에 이들은 자신의 팔과 다리를 전투에서 잃었다. 그렇더라도 결코 자리를 떠나지 않고 굳게 지킨다. 이들은 꾸준히 자신의 원칙에 투표한다. 언제나 같은 중심에서 더 넓고 깊게 뿌리

* 남북전쟁 전 노예의 탈출을 돕기 위한 길과 집의 네트워크.

를 뻗어나가고, 자신의 자리에서 죽는다. 그러면서 나무꾼들이 도끼질을 하면 거친 등걸을 남기고 기념비 구실을 할 그루터기를 남긴다. 이들은 어떤 전당대회에도 참석하지 않고, 어떤 타협도 하지 않으며, 어떤 정책도 펼치지 않는다. 원칙은 단 하나, 자라는 것이다. 이들은 진실한 급진주의와 진실한 보수주의를 하나로 이어놓는다. 이들의 급진주의는 뿌리를 잘라버리는 것이 아니라 어떤 제도 밑에서든 자신을 끊임없이 증식하고 불려가는 것이다. 이들은 하늘로 더 높이 오르기 위해 땅에 더 굳건히 뿌리를 내린다. 더 이상 어떤 수액도 흐르지 않는 이들의 보수적인 심재心材는 이들의 성장을 막지 않고, 오히려 성장을 떠받치는 굳건한 기둥이다. 줄기가 더 이상 자라지 않아도 좋을 경우에만 심재가 완전히 썩어 사라진다. 이들의 보수주의는 죽었으나 튼튼한 심재여서 온갖 성장을 떠받치는 중심이자 굳건한 기둥이다. 스스로는 어떤 것도 취하지 않으면서 급진적 영역이 넓어지도록 도와주는 버팀목으로 남는다. 이들의 보수주의는 그 알맹이가 죽고 반세기가 지난 후에도 급진적 개혁 덕분에 간직되어 남는다. 이들은 사람처럼 급진주의자에서 보수주의자로 바뀌지 않는다. 이들의 보수적인 부분이 먼저 죽어 사라지나 성장하는 급진적인 부분은 살아남는다. 이들은 옛 땅이 쇠락해가는 동안 새로운 나라와 영토를 차지하여 곰과 올빼미와 애벌레가 깃들 집이 되어준다.

1월 25일 금 　　리기다소나무 솔방울

정오와 오후 4시 기온이 영상 5도인데도 북서풍이 어찌나 세차게 부는지 정말 걷기 힘든 날이다. 내가 만난 여행자들은 모두 얼굴이 빨갰고, 귀를 꽁꽁 감쌌다. 이 바람을 맞으며 멀리까지 걸을 수 있는 사람은 아마 없으리라. 얼굴 전체가 뻣뻣하게 얼어붙고, 이마에서 얼얼한 통증이 느껴진다. 혹한일 때보다 훨씬 더 참기 어렵다.

지난 22일에 가져온 리기다소나무 솔방울이 간밤에 내 방에서 열렸다. 다람쥐가 어떻게 리기다소나무 솔방울을 다루는지 알기 원한다면 이빨로 한번 솔방울에서 씨앗을 빼내려 해보라. 이로는 안 되니 칼을 써서 씨앗을 빼내려 해본 사람도 다람쥐가 아무 애도 쓰지 않고 거저 저녁식사를 얻는 것이 아님을 털어놓지 않을 수 없을 것이다. 솔방울은 까다로운 놈이어서 손가락을 베이기 십상이다. 그러나 다람쥐는 방이 여럿인 이 가시 많은 원뿔꼴 금궤의 열쇠를 갖고 다닌다. 말뚝에 앉아 꼬리를 떨며 솔방울을 장난감처럼 빙빙 돌린다.

어떤 사람은 굳게 잠긴 금궤와 같다. 공감이라는 열쇠 없이 그 금궤를 열려다가는 우리 마음이 상처를 입고 피를 흘리기 십상이다.

1월 26일 토 　　느릅나무의 나이

에이블 헌트와 더불어 멀리 플린트 다리까지 강을 따라 걸었다. 나는 눈이 휘날려 길을 따라 걷기 힘들지만 강에서는 눈이 거의 깡

그리 얼음으로 바뀌었기에 이제는 강이 걷기에 가장 좋다고 헌트에게 말했다. 그가 물었다. “하지만 얼음이 깨져서 강에 빠지면 어쩌려고 그러나?” “그런 일은 없을 거예요. 나무 한 짐을 지고 강 끝에서 끝까지 걸어도 괜찮을걸요.” “그렇더라도 어딘가 깨지기 쉬운 데가 있겠지.” 헌트는 일흔 살가량으로, 이 강둑 가까이에서 태어나고 자랐다. 사실 세상 절반은 다른 절반이 어떻게 사는지 짐작조차 못 한다.

일주일째 마을 사람들이 우체국에 모이면 흥미롭지만 답을 알기 어려운 문제인 듯 커다란 느릅나무의 나이를 얘깃거리로 삼고 있다. 그날도 나무꾼들과 여행자들이 막 쓰러진 느릅나무 위에 서서 나무의 나이가 알지 못할 수수께끼라도 되는 양 이런저런 짐작들을 내놓았다. 내가 몸을 굽혀 나무의 나이를 읽어주었지만(지름 2.9미터에 수령 127년인 나무였다), 그들은 내 말을 나뭇가지 사이로 한숨을 토하며 지나가는 바람 소리 정도로밖에 여기지 않았다. 그들은 나무가 2백 살쯤 되었다고 주장했을 뿐 몸을 굽혀 나무의 묘비명을 읽으려 하지 않았다. 그들은 빛보다는 어둠을 사랑하는 듯했다. 누군가는 나무가 150살가량 되었을 거라고 말했다. 그는 느릅나무가 50년 동안 자라고, 50년 동안 묵묵히 서 있다가, 50년 동안 죽어간다는 소리를 누군가에게서 들은 적이 있다고 한다(그렇게 말한 사람은 자기 생애 가운데 묵묵히 서서 지낸 적이 과연 얼마나 있을까?). 실로 모든 이가 과학적으로 사고하지는 않는다. 그런 이들은 코르크참나무 껍질보다 더 두꺼운 편견이라는 겉가죽에 갇혀 사는데, 병 주둥이를 막는 데는 코르크참나무 껍질만 한 게 없다. 따라서 정직한 이들이 물에서 헤어나지 못해 가라앉을 때에도 이들은 코르크참나무 껍질에 묶인 덕에 둥둥 뜨는 장점이 있긴 하겠다.

오늘 저녁에 메리 에머슨* 씨와 이야기를 나누었다. 그녀는 "내가 어릴 적에는 그런 특이한 생각은 전혀 받아들여지지 못했어"라고 말했다. 그녀는 나의 눈을 한동안 똑바로 바라보면서 내 생각을 언제라도 받아들일 준비가 되어 있는, 우리 마을에서 가장 젊은 분이다.

1월 29일 화　　엄숙한 침묵

관찰한 바에 따르면, 인간 문명 탓에 무스와 늑대뿐 아니라 먹파리나 아주 작은 '물것'과 같은 수많은 벌레 또한 사라지고 있다. 우리는 대체로 자신이 사는 곳이 한 세기 전에 어떤 모습이었는지 거의, 아니 전혀 알지 못한 채 살아간다.

대다수 농부가 2주가 넘도록 쌓인 눈 탓에 숲으로 들어가지 못했다. 앞서 땔감을 모아놓지 못한 주민들은, 숲길에 쌓인 눈의 높이가 50센티를 채 넘지는 않으나 땅거죽이 얼어붙고 눈이 바람에 날리는 통에 지나다닐 수 없어 곤란한 지경에 처했다. 집짐승들마저 넘어져 다리를 다쳤다. 북서풍이 세차게 불면서 어제 내린 눈이 벌판 위를 수증기처럼 떠다녔고, 길에서는 눈보라가 일어났다.

---

* 메리 무디 에머슨(Mary Moody Emerson, 1774~1863). 랠프 왈도 에머슨의 고모이자 어릴 적 스승이었다. 수많은 편지와 일기를 남겼고, 평생 독신으로 지냈다.

현재 도시의 삶과 시골의 삶을 생각해보자. 예컨대 더러워진 눈 위를 오가는 수많은 썰매와 여행자 속을 헤치며 워싱턴가街를 걷는 삶과, 숲의 푸른 그림자와 자기 그림자만 하얗게 쌓인 눈 위에 비치는 월든 호수를 가로지르는 삶 사이에는 얼마나 큰 차이가 있는가. 지금 이곳은 온통 엄숙한 침묵에 둘러싸여 있다.

2월 1일 금　　어린 고양이 민

다 자란 고양이의 3분의 1쯤 큰 우리 어린 고양이 민은 오늘 아침 소피아가 거실을 비질하자 비를 동무 삼아 장난을 쳤다. 그러다가 갑자기 난리를 치며 방 여기저기를 뛰어다니더니 열린 문으로 뛰쳐나가 층계참 두 개를 단숨에 뛰어올랐다. 다락방 창문에서 현관 계단 옆 얼음과 눈 위로 뛰어내렸다. 그리고 다시 길이 6미터가 약간 넘는 내리막 경사를 내려가 집을 돌아 어디론가 사라졌다. 그러나 민은 정오경에 다시 창문을 넘어 모습을 드러냈다. 모든 면에서 건강했고, 심지어 까불기까지 했다.

2월 14일 목　　버드나무의 삶

철로 동편 울타리 옆 둑 기슭에 많은 버드나무가 꽤 크게 자라 무리를 지은 모습을 보고 감동했다. 약 12년 전 풀밭을 가로지르는 방죽을 쌓을 때만 해도 여기나 이 근처에서 버드나무는 하나도 보이지 않았다. 하지만 지금은 모랫둑이 풀밭과 맞닿은 기슭을 따라,

그리고 철로 울타리를 따라 버드나무들이 꽤 많이 자라났다. 나는 덥컷 숲속에서 생긴 버드나무 씨앗이 모래와 더불어 날아온 것이 아닐까, 하고 생각하곤 했다. 하지만 그곳에도 버드나무는 없다. 눈이 바람에 날려 둑 가장자리에 쌓이듯, 멀리서 씨앗이 여기까지 바람에 날려 자리를 잡았을 터이다. 오리나무, 느릅나무, 자작나무, 포플러나무도 자라났고, 일부는 꽤 큰 나무로 자랐다. 오랜 세월 어떤 버드나무도 여기 풀밭에 뿌리를 내릴 마음이 없는 듯했는데, 풀밭을 가로지르는 이와 같은 방벽이 세워지자 몇 년 사이에 버드나무가 다른 나무들과 더불어 한 줄로 늘어섰다. 오직 강가를 따라 자라던 것처럼, 열린 초원이 아니라 오직 여기에서만 자라난 것이다. 이들에게는 초지가 호수라면 모랫둑이 강가인 셈이다. 이 버드나무들은 얼마나 조급해하며 무성하게 쑥 자랐는가! 처음 몇몇 봄에는 모랫둑에서 간신히 두어 개 씨앗만 싹을 내밀었을 것이다. 그러나 은빛 꽃차례가 터져 나오기 무섭게 금빛 꽃을 피우고 솜털 씨앗을 맺으면서 엄청난 빠르기로 자기 종족을 퍼트렸다. 이런 식으로 퍼져나가 대가족을 이루었다. 버드나무들은 이 철로까지 이용하고 있다. 다른 곳이었으면 사람의 땅을 해치고 어지럽혔을 뿐이리라. 버드나무만큼 끈질긴 정신을 지닌다면 얼마나 좋겠는가. 얼마나 억척스러운 삶인가. 얼마나 유연한 삶인가. 상처를 얼마나 빠르게 이겨내는가. 이들은 결코 절망하지 않는다. 이들은 젊음, 기쁨, 끝없는 삶의 상징이다. 겨울철에도 끊임없이 자라난다. 1월일지라도 날이 따스해지면 은빛 갓털을 살짝 내비친다.

2월 25일 월　　가계도

헨리 본드*의 『워터타운과 인근 주민들의 가계도Genealogies of the Families of Watertown, etc』에서 몇 가지 사실을 알아냈다.

내 외할머니 메리 존스는 웨스턴 마을의 엘리샤 존스 대령의 고명딸이었다. 1775년 2월 5일자 한 보스턴 신문에 이런 기사가 실렸다. "지난 월요일에 여러 해 동안 치안판사, 민병대 연대장, 매사추세츠 식민지의회 의원을 지낸 웨스턴 출신의 엘리샤 존스가 우리 마을에서 향년 66세의 나이로 영면했다. 존스 씨는 다방면에서 원칙과 미덕을 뚜렷이 보여준 인물이었다" 등등. 엘리샤 존스는 1734년 1월 24일에 메리 앨런과 결혼하고, 부친의 자작 농장을 물려받았다(메리 앨런은 워터타운팜스에 살다가 1708년에 죽은 루이스 앨런의 아들인 에이블 앨런의 딸이었다).

엘리샤 존스와 메리 앨런 사이에 태어난 아이들은 이렇다.

(1)네이선, 둘째 아들은 어릴 때 사망, (3)엘리샤, (4)이즈리얼, (5)대니얼, (6)일라이어스, (7)조사이아, (8)사일러스, (9)1748년에 태어난 내 외할머니 메리 존스, (10)이프럼, (11)시몬(또는 시므온), (12)스티븐, (13)조너스, (14)필레모어, (15)찰스.

1710년에 태어난 엘리샤 존스 대령은 (웨스턴에서 1670년에 태어난) 조사이아 존스 선장과 애비게일 반스 사이에 태어난 아들이었다. 조사이아 존스 선장은 (워터타운팜스에서 1643년에 태어난) 조사이아 존스와 (1689년 워터타운에서 죽은 너새니얼 트레드웨이

---

* 헨리 본드(Henry Bond, 1790~1859). 매사추세츠 워터타운 출생으로 알려져 있다. 의학 저널에 글을 썼으며 평생 독신으로 살았다.

의 딸인) 리디아 트레드웨이 사이에서 태어난 아들이었다. 조사이아 존스는 (1650년경에 보스턴 록스베리에서 워터타운으로 이사해서 1684년에 죽은) 루이스 존스와 애나(잉글랜드에서 태어난 애나 스톤이 아닐까?) 사이에 태어난 아들이었다.

2월 27일 수　　　전쟁 가능성

신문에서는 연일 영국과 미국의 전쟁 가능성을 알리는 보도로 떠들썩하다. 어느 쪽도 자국의 명예를 더럽히지 않으면서 동족상잔의 장기전을 피할 방도를 찾지 못했다. 양국은 문명과 기독교 정신과 상업 번영의 이해관계를 잊고 상대를 목 조르기 위해 마지막 한 걸음을 내디딜 각오를 하고 있다. 이런 정신 나간 사람들이 또 있을까? 잃을 게 아무것도 없는 사기꾼 같다. 어떤 뚜렷한 목적도 없이 죽을힘을 다해 총을 쏘고 총에 맞을 각오를 하는 그런 개인을 보면 정신병원 지망생이라고 생각하지 않을 수 없다. 국가가 가야 할 정신병원은 어디에 있는가? 이렇게 전쟁을 떠벌리면서 상대국에 달려들 준비를 하는 국가가 한둘이 아니다. 가난하고, 우울하고, 절망에 사로잡힌 국민들로 구성되어 있기 때문이다. 그들의 눈에는 자신은 총에 맞지 않으면서 다른 사람을 쏠 기회가 있다는 것이 실제의 행운보다 더 나아 보인다. 사실 가장 절망적인 계급, 모든 희망을 잃은 자들이 가장 먼저 입대하는 것은 아닌가? 그런 자들이 나머지 모두를 전염시킬지 모른다.

2월 28일 목 　　　마일스의 제재소와 어린 고양이 민

마일스는 댐이 터져 새로 지은 제재소가 입은 손해를 되돌리려고 모래가 반쯤 찬 방수로放水路 물속에 서서 삽으로 모래를 퍼낸다. 나는 평판平板으로 만든 이 제재소를 보면 늘 새로운 시골이 떠오른다. 그는 이 재해로 60센티에 달하는 수두水頭*를 잃었다. 그렇지만 제재소를 돌려 아직 이곳이 건재함을 보여준다. 그가 수문을 열자 분무기 청소액 같은 냄새가 진하게 풍겨온다. 마일스는 못에서 생긴 유황 탓이라 말한다. 이건 틀림없이 얼음 아래 못 바닥에서 올라온 탄화수소 가스이다. 이 냄새가 제재소 전체에 가득 퍼진다. 코를 찌르는 한 병의 강력한 탄산암모늄 같다.

제재소 주위 경치는 얼마나 기분 좋은가. 마일스는 제재소가 돌아가기도 전에 벌써 들통을 만들려고 통나무 몇 개를 근처 언덕에서 문 앞까지 끌어다가 놓았다. 댐으로 막힌 초지, 녹아내린 눈, 솟구치는 샘이 그가 일을 하도록 도와주는 농노들이다. 아직 다스리기 어려운 이 농노들이 요즈음에야 얽매임에서 풀려나 방수로를 가득 채우고 아래 벌판에 물을 쏟아낸다. 마일스는 어느 누구도 사연을 잘 모르는, 백여 년 전에 만들어졌다는 옛 제재소의 댐을 그대로 쓰고 있다. 이 제재소는 평판과 벌레 먹은 변재로 지어졌다. 아마도 사향쥐들이 이 오래된 댐 밑에 수없이 굴을 뚫어놓았을 것이다. 차라리 댐을 새로 짓는 편이 더 나을지 모른다. 무모한 사내와 무모한 설비가 무모한 자연의 힘에 맞선다.

---

* 높은 곳에 있는 물이 지닌 기계적 에너지·압력·속도 따위를 물의 높이로 나타낸 값.

이 제재소의 기계장치는 아주 단순하다. 먼저 시내를 댐으로 막아 못을 만든다. 즉 수두를 높인다. 그리고 터져 나오는 물줄기가 수평 물받이에 떨어지도록 물방아 자리를 잡은 다음, 간단한 톱니바퀴 전동장치로 그 힘을 수평축과 톱으로 옮긴다. 그리고 못물이 터져 나오는 곳 위로 평판을 지붕처럼 걸쳐놓는다. 이렇게만 하면 누구나 제재소를 가질 수 있다. 초지에 모인 물 무게가 톱 하나를 움직이는 데 쓰이고, 그렇게 해서 톱이 앞에 놓인 나무를 자르며 지나간다. 제재소는 이렇게 단순한 곳이다.

저녁에 쿰스가 어린 사과나무의 새싹을 먹으려고 나온 자고새를 사냥하기 위해 개를 끌고 사냥총을 들고 가다가 제재소에 들렀다. 쿰스는 며칠 동안 연일 네댓 마리 자고새를 잡았고 얼어붙은 눈 위를 뛰어가는 여우 몇 마리를 보았다고 한다. 프랜시스 휠러가 두 마리 어린 여우 가죽을 양철냄비를 파는 도붓장수한테 1달러를 받고 넘겼다고 하자, 쿰스는 올겨울 링컨 마을에서 은백색 여우 한 마리를 잡아 그 가죽을 16달러에 넘겼다고 대꾸했다. 쿰스는 한 달 전이나 6주 전쯤에 여기 제재소 폭포 아래 탁 트인 시냇가에서 황오리 한 마리를 총으로 쏘아 잡았다고 한다. 이는 황오리가 얼마나 추위를 잘 견디는 새인지 알려준다. 쿰스는 지난여름에 로링 호수의 한 섬에서 검둥오리 둥지를 찾아냈다. 풀밭에 놓인 깃털 한 덩어리를 보고 다가가 한 줌 집어 올리자 놀랍게도 그 밑에 오리알들이 놓여 있었다고 한다.

인간은 얼마나 다채로운 재능을 지니고 살아가는가! 자연을 사랑하는 이가 한평생 피라미보다 큰 물고기를 보지 못한 시내에서 어떤 이는 1킬로가 훌쩍 넘는 송어와 몸길이 1.2미터의 수달을 잡는다. 총을 들고 가는 사람, 다시 말해 사냥하러 가는 이의 눈에는 얼마나 많은 사냥감이 보이는가! 날마다 숲속을 거니는 이의 눈에는 보이지 않더라도, 사냥하러 숲으로 들어가는 이에게는 사냥감이 보인다. 어떤 사람은 우드척을 사냥해서 살림을 이어가나 대다수 사람들은 평생 우드척 한 마리도 보지 못한 채 살아간다.

우리 어린 몰타고양이 민이 추운 밤이 다섯 번 지나도 집으로 돌아오지 않았다. 처음 겪는 일이라 걱정이 이만저만이 아니었다. 우리는 민을 거의 포기하다시피 했다. 그런데 오늘 새벽에 민이 돌아왔다. 고양이의 야옹 소리에 온 집안이 깨어났다. 민은 그사이에 우리가 데려온 낯선 고양이를 두려워했다. 민은 난파선처럼 피부와 뼈밖에 안 남았고, 코는 뾰족했으며 꼬리털은 뻣뻣했다. 저승에서 돌아온 고양이 같았다. 탕자가 돌아온 것마냥 집안이 떠들썩해졌다. 살진 송아지라도 있었으면 기꺼이 잡았을 것이다. 민은 갑자기 날뛰다가 어딘가에 갇혀 있었던 게 아닐까. 그러지 않았다면 길을 잃고 테리어견을 만나 큰 부상을 입었거나 추위에 얼어 죽었을 것이다. 민의 모험에 대한 우리의 추측은 여러 가지로 갈렸다. 잘게 다진 고기와 따뜻한 우유를 먹였다. 민은 가족 모두 돌아가며 빌려준 무릎 위에서 쏟아지는 잠을 참아가며 빵가루를 먹었다. 그러더니 어느새 익숙한 잠자리인 스토브 밑에 누워 머리를 따뜻하게 덥힐 자세를 갖추었다.

3월 1일 토　　　봄의 첫날

오전 9시에 철로를 따라 얼어붙은 눈 위를 걸어 월든을 거쳐 플린트 호수에 갔다. 방죽 옆 버드나무와 사시나무 꽃차례가 한 달 전보다 약간 더 돋은 것 같다. 겨우내 한 번밖에 듣지 못한 피-비 하고 가늘게 우는 쇠박새의 노랫소리가 두어 번 들린다. 이 소리를 듣는 일이 어쩐지 기이하게 여겨진다. 봄의 첫날이다.

3월 4일 화　　　두 사람의 벗

내게는 벗이 둘 있다. 한 벗은 나를 비슷한 사이로 여기지 않으므로 나는 그와 사귀면서 깎아내려진다는 느낌을 받는다. 그는 자신을 나의 후견인쯤으로 여기는지, 나를 보러 오지 않으면서도 내가 그를 보러 가지 않으면 못마땅해한다. 나의 호의는 받아들이지 않으면서도 내게 호의를 베푸는 일은 좋아한다. 그는 스스럼없이 나를 대할 수 있는 자리에서도 격식을 차려 대하기도 한다. 때로는 나를 꽤 알려진 낯선 사람이라도 되는 양 대하면서 시치미를 떼기도 하고, 꾸민 말로 호언장담을 하기도 한다. 우리 사이는 오랫동안 이런 끔찍한 형편에 처해 있었다. 그렇지만 나는 불만을 털어놓지는 않는다. 불평하거나 설명한다고 해서 사이가 좋아지리라 믿지 않기 때문이다. 아, 슬프도다. 모든 것이 너무나 또렷해졌다. 우리는 슬프게도 서로 사랑하지 않는다. 서로에게 솔직하지 못하다는 것 또한 슬픈 일이다. 나는 털어놓고 이야기할 마음을 내지 못하고 있으므로 우리 사이의 걸림돌은 여전히 남아 있다.

또 다른 친구가 있다. 그는 우정이란 존엄하기에 자신이 어떤 말을 하더라도 나의 체신을 크게 떨어뜨리는 일은 없으리라 믿는다. 그가 약간 둔한 탓이다. 하지만 그 무지가 우리를 갈라서지 못하게 막고 있다.

3월 10일 월　　인쇄술의 기적

오전 7시, 온도계 눈금이 영하 6도를 가리킨다. 오전 6시에는 눈금이 영하 13도를 가리켰다. 눈이 얼어붙고 메말라 발밑에서 삐걱 소리가 난다. 찬 북서풍에 귀가 떨어져 나갈 듯 시리다. 한 해의 매우 견디기 어려운 날 중 하나다. 정말 잊기 어려운 3월 10일이다.

1월 이후로는 나무참새를 보지 못한 것 같다. 올겨울은 숲이 온통 눈에 파묻혔으므로 더 남쪽으로 내려가지 않았을까 싶다. 지난 겨울에는 단 한 마리도 우리 집 뜰을 찾아오지 않았고, 홍방울새도 마찬가지였다. 눈이 녹는 날이면 흔히 나타나는 톡토기를 보지 못했을 만큼 혹한이 오래 이어졌다.

인쇄 기술이 얼마나 놀라운 기적을 일으키는가. 우리 발밑에서 낙엽처럼 파닥거리는 거의 값어치 없는 폐지에, 하찮은 데나 쓰는 종이에 생각과 시가 빼곡히 적혀 있다. 나무꾼은 점심거리를 싼 종이에 쓰인 시대의 지혜를 잠깐 읽고 그 종이로 곧장 파이프담배에 불을 붙인다. 우리가 가장 하찮은 데 쓰는 종잇조각에 아우구스티누스의 고백이나 셰익스피어의 소네트가 씌어 있다. 그런데도 아무도 그 종잇조각을 들여다보지 않는다. 인간의 귀한 생각을 담은 종이를 가지고 학생은 불을 붙이고, 편집자는 여행용품을 싸고, 사냥꾼은 엽총을 장전하고, 여행자는 점심거리를 포장하고, 아일랜드 사람은 판잣집을 도배하고, 학동은 회반죽을 뿌리고, 어여쁜 소녀는 핀을 사용해 머리카락을 올린다. 사람의 생각과 경험의 기록이 지구 거죽에 이렇게 흩뿌려졌는데도 글을 배워 그 기록을 읽고 싶은 욕구를 느끼지 못하는 이는 호기심이 없어서가 아닐까. 글을 읽지 못한다면 살아 있어도 산 것이 아니니 귀머거리나 맹인보다 나쁜 처지에 있다고 해야 할 것이다.

3월 11일 화　　　콩코드와 파리

해외로 나가 묵은 때를 벗고, 세상 사람이 볼 때 좀 더 나은 조건을 갖춘 인물이 되라는 권유를 받았을 때 나는 내 삶이 수수함을 잃을까 두려웠다. 콩코드 들판과 시내와 숲, 이곳 자연의 모습과 주민들의 단순한 삶이 나의 흥미를 끌지 못하고 나를 북돋우지 못한다면 그 어떤 문화나 부도 그 손실을 메우지 못할 터이다. 내가 두려워하는 것은 어딘가에 가서 여러 사람과 사귀고 지적 즐거움을 누리는 일에 숨어 있는 방탕함이다. 파리가 내 마음속에 들어와 중요해지면서 콩코드가 내 마음에서 점차 멀어진다면, 파리가 아무리 대단한 곳이라 해도 내 고향 마을을 대가로 파리를 받아들이는 일은 불행한 거래가 될 것이다. 파리는 기껏해야 콩코드로 가는 징검다리, 콩코드에서 사는 방법을 배우기 위한 학교, 이곳 대학에 합격하기 전에 수험 준비를 하는 학교에 불과하다. 나는 늘 겪는 평범한 일과 날마다 일어나는 현상에서 만족과 영감을 얻고 있으며, 앞으로도 이런 삶을 살기 원한다. 내가 매시간 느끼는 감각, 매일 하는 산책, 이웃과의 대화가 내게 영감을 불어넣는다. 지금 내가 사는 천국 이외에는 어떤 천국도 꿈꾸고 싶지 않다. 와인과 브랜디의 맛 때문에 물맛을 잃게 된다면 그 사람은 얼마나 불행한가.

콩코드 초원에서 개구리매를 보는 것이 파리에서 동향 사람을 만나는 것보다 더 값어치가 있다. 이런 의미에서 나는 야망이 없다. 나는 고향 땅이 돌보는 이 없이 쇠락해가는 것을 원하지 않는다. 내게 고향의 값어치를 일깨우고 고향을 더 반갑게 바라보게끔 도와주는 여행만이 좋은 여행이다. 최고의 부자는 가장 값싸게 즐거움을 얻는다.

기이하게도 사람들은 배워 알려고 아등바등하기보다는 가르치는 이로서 명성을 얻으려고 아등바등한다. 돈을 들이지 않고 즐거움을 얻을 수 있다면 그 사람이 가장 큰 부자이다.

3월 14일 금　　단풍 수액 모으기

오후 3시경에 애서벳강을 걸어 올라갔다. 온도가 8도까지 올라 꽤 따스한 날이다. 수액을 받으려고 갖고 있던 칼로 은단풍 두어 그루에 홈을 파보았으나 수액은 조금도 나오지 않았다. 늪지 바로 위의 한 꽃단풍 가지는 껍질을 타고 천천히 흘러내리는 수액으로 축축이 젖어 있었다. 칼로 홈을 파자 놀랍게도 수액이 거침없이 흘렀다. 껍질에 달라붙어 반짝이는 끈적끈적한 수액을 먹어보니 의

외로 단맛이 났다. 칼로 홈을 판 은단풍과 꽃단풍 약 열 그루 중 수액이 흘러나오는 나무는 오로지 이 나무뿐이었다. 어째서 이 나무에서만 수액이 나오는지는 알 수 없었다.

나는 여전히 강 한복판을 통해 이곳저곳 다녀서 이번에도 강을 걸어 집으로 돌아오는데, 길을 향해 늘어선 버드나무에 떨어지는 석양빛이 내 눈길을 잡아끌었다. 수액이 흘러나오지는 않는지 살펴보았으나 아무런 변화가 없었다. 그렇지만 대체로 보아 어느 봄날 못지않게 봄기운이 어려 있는 경치였다.

3월 16일 일　　　단풍 수액 모으기

어제 그 꽃단풍에 홈을 내고 들통을 매달아두었는데, 오전 7시에 가서 보니 수액이 거의 흘러나오지 않아 들통에 고인 건 고작 몇 순갈 분량에 불과했고, 그나마도 간밤 추위로 얼어붙어 있었다.

오후 2시에 다시 가보니 들통에 수액이 2~3센티쯤 고여 있었다. 대부분이 해가 뜨고 나서 모인 것이었다. 수액은 1분에 여섯 방울꼴로 떨어졌다. 아마 오전에는 이보다 빨리 떨어졌을 것이다. 수액이 샘물처럼 아주 맑았다. 그런데 집으로 돌아오다가 빙판에서 넘어지며 들통을 놓치는 바람에 0.5리터 정도만 남기고 모두 엎지르고 말았다. 나머지는 모두 강 얼음 위로 흩어졌다. 이제 강이 풀리면 이 수액은 콩코드강을 따라 메리맥강으로 흘러들 것이고, 메리맥강을 따라 바다로 흘러들 것이다. 이처럼 바다에는 염분을 머금은 액체 외에도 이런 나무의 수액 같은 갖가지 이런저런 액체들이 흘러들고 있을 것이다.

3월 19일 수 브룩스 부인의 집에서 일어난 일

그제 아침에 브룩스 부인의 집에서 일하는 아일랜드 소녀 조앤이 지하실 계단에서 굴러 떨어졌다. 부인이 지하실 바닥에 쓰러진 조앤을 발견했다. 조앤은 숨이 끊어진 것처럼 보였다. 브룩스 부인은 기력이 약해 조안을 계단 위로 끌어올리지 못했다. 그래서 길거리로 통하는 문으로 뛰어가 마침 집 앞을 지나던 파머 양에게 이웃 대장장이를 빨리 불러 달라고 부탁했다. 파머 양은 부탁을 받고서 방향을 되돌려 서둘러 길을 건너다가 눈이 녹고 있는 물웅덩이에서 미끄러졌다. 파머 양은 타박상을 입고 온몸이 젖은 채로 브룩스 부인 집으로 되돌아가서 상처에 바를 연고 좀 달라고 했다. 브룩스 부인은 다시 거리로 뛰쳐나가 조지 비글로를 불러 대장장이를 불러 달라고 부탁했다. 조지 비글로도 급히 뛰어가다가 파머 양이 넘어진 곳 부근에서 또 다른 물웅덩이에 미끄러져 넘어졌다. 조지 비글로는 연고를 찾지 않고 다리를 절뚝이며 대장장이의 집으로 가 그를 불러냈다. 조지 비글로는 마침 그곳을 지나던 제임스 버크에게도 이 일을 알렸다. 제임스 버크는 도움을 주려고 브룩스 부인 집으로 달려갔다가 컴컴한 지하실 계단에서 발을 헛디뎌 발목을 다쳤다. 그들이 조앤을 계단 위로 끌어올리자 조앤이 깨어났지만 다시 미친 듯이 악을 쓰다가 까무러쳤다.

이렇게 급히 서두르면 일을 망친다. 화는 잇달아 들이닥치고,

비가 왔다 하면 장대비다. 이 이야기는 브룩스 부인의 사연을 듣고 조앤과 계단과 눈 녹은 물웅덩이를 직접 본 주민들에게서 들은 이야기다.

3월 20일 목 꽃단풍 수액

어제 오후와 간밤에 축축한 눈이 8~9센티쯤 내려 나뭇가지에 두툼하게 들러붙었다. 이 눈은 이내 녹으면서 겨우내 얼어붙은 눈을 얼마쯤 쓸고 갈 것이다.

오후에 밤들내로 가서 쌓인 눈을 헤치고 단풍나무 수액을 모으고, 시내에 사는 우렁이들을 살펴보고, 딱총나무와 붉나무의 새순을 땄다. 지금은 눈이 아주 부슬부슬해져서 거의 두세 걸음마다 발이 푹푹 빠져든다. 지대가 낮고 따스한 곳에서 자라는 꽃단풍에서는 대체로 수액이 흘러나오지만 지대가 높고 휑한 곳에서 자라는 꽃단풍에서는 흘러나오지 않는다. 딱총나무는 크기에 비해 속pith이 굵은 편으로 그리 단단한 나무는 아니다. 부드러운 심에서 희미하게 담배 냄새 같은 것이 느껴진다. 붉나무의 심은 담갈색이고, 심 옆의 오래된 목질부 나이테는 삭은 듯 보이는 녹황색이고, 변재는 하얗다.

3월 21일 금 아버지와의 말다툼

오전 10시, 내가 꽃단풍에서 설탕을 얻는 곳으로 갔다. 어제 오후 3시쯤부터 딱 관 하나에서 수액이 750밀리쯤 흘러나오고 나서 1센티 두께로 얼어붙었다가 오늘 아침에 130밀리쯤 더 나왔다. 오전 10시 30분에서 11시 30분 사이에는 날이 잔뜩 흐리고 비가 올 것 같았지만 나는 같은 나무에서 여섯 개의 관으로 1리터쯤 더 모았다. 따라서 모두 합쳐 2리터가량을 모았다.

이 수액은 얼음을 넣은 물처럼 부드러우나 약간 단맛이 나는 기분 좋은 음료다. 오후에 당밀을 넣지 않고 수액을 끓여 설탕을 40그램 만들었다. 숲 남쪽 가장자리에서 자라는 지름 60센티의 사탕단풍에서 뽑아낼 수 있는 평균 설탕량인 듯하다. 콩코드숲 어디에서나 이런 사탕단풍이 자라므로, 누구나 숲 임자에게 해를 끼치지 않으면서 누구도 돌보지 않는 단풍나무를 이용해 이렇게 설탕을 얻어낼 수 있다.

설탕을 만들고 나서 아버지와 잠시 말다툼이 있었다. 아버지는 홀든 가게에 가면 더 싸게 사오지 않겠느냐며, 공부하는 시간을 빼앗기는 것이 아니냐고 말씀하셨다. 나는 이것이 내 공부거리이고, 대학이라도 다시 갔다 온 기분이라고 말씀드렸다.

3월 23일 일 온전치 못한 자연

요사이는 많은 시간을 나의 이웃인 야생동물들의 습성을 살펴보며 보낸다. 그리고 이들의 이동과 같은 갖가지 움직임을 통해 한 해의 변화를 알아낸다. 야생 오리가 날아오르고 빨판잉어가 떼 지어 움직이는 일 따위가 특히 뜻깊게 여겨진다. 그러나 쿠거, 퓨마,

스라소니, 오소리, 여우, 곰, 무스, 비버, 칠면조처럼 지금은 콩코드에서 사라진 동물들을 생각할 때면 내가 길들여진 나라, 다시 말해 기력이 빠진 나라에서 산다는 느낌을 떨치기 어렵다. 몸집 큰 야생동물들이 움직이는 모습이 여전히 더 중요하지 않을까? 내가 지금 가깝게 사귀는 자연은 온전하지 못한 불구의 자연이 아닐까? 그렇다면 내가 하는 일은 전사를 모두 잃은 인디언 부족을 연구하는 것과 그리 다르지 않다. 나는 뿔이 크고 튼튼한 무스나 비버를 작은 숲들에서 보지 못했고 살고 있으리라 기대조차 하지 않는다. 이러니 우리 숲과 초원 경치에는 뭔가 빠진 것이 있지 않을까? 자연의 소리와 새들의 노래, 동물이 이동하고 움직이는 모습, 털가죽과 깃털이 바뀌는 상태, 이런 것들이 봄을 알리고 한 해 사계절을 뚜렷이 보여준다. 그러므로 나는 자연에서의 나의 삶, 내가 한 해라 부르는 되풀이되는 자연현상이 애석하게도 불완전하지 않을까 의심하게 되는 것이다. 나는 지금 악기와 악사가 부족한 악단의 연주를 듣는다. 문물이 발달한 고장이란 어느 정도 도시로 바뀐 고장으로, 내가 그런 고장의 시민이라는 점이 서글프다. 이제 이곳에서는 인디언들에게 계절을 알리던 동물의 움직임 같은 많은 자연현상을 더 이상 찾아보지 못한다. 나는 자연과 사귀길 원하므로 자연의 기분과 태도를 알고 싶다. 내가 무엇보다 흥미를 느끼는 것은 '원시 자연'이다. 나는 봄의 갖가지 현상을 알고 싶어 무던히 애를 쓴다. 예를 들어, 내가 지금 시 한 편을 얻었다고 해보자. 그런데 애석하게도 내가 읽고 간직한 그 시가 여기저기가 사라진 글에 불과하다는 말을 듣는다. 즉, 나의 선조들이 첫 부분에서 여러 장 뜯어냈고 가장 뛰어난 몇 구절을 지워버렸으며 가위로 여기저기를 잘라냈다는 말을 듣는다. 나는 내가 태어나기 전에 어떤 신과 같은 존재가 여기에 와서 아름다운 별 일부를 따갔다고 생각하고 싶지는 않다. 나는 온전한 하늘과 땅을 알고 싶다. 갖가지 중요한 나무와 짐승과 물고기와 가축이 사라지고, 시냇물조차 줄어든 것 같다.

덥컷 동쪽 비탈진 모래사장에서 따스한 봄볕에 바싹 마른 모래에 이끌려 세상 밖으로 나온 길앞잡이를 찾는다. 그러나 단 한 마리도 보지 못했다. 강둑에 내리쬐는 햇볕의 따뜻함을 느끼면서 누런 모래 밑에 숨은 불그레한 흙을 살펴보고, 마른 잎들이 바스락거리고 눈 녹은 물이 배수로에 똑똑 떨어지는 소리를 들으면서 나 자신이 넘겨줄 수 없는 천성의 영원한 상속자임을 다시금 깨닫는다. 자연에서 찾아낸 영원성 또한 나의 속성임을 알아차린다. 얼마나 많은 봄을 거치며 이 같은 경험을 해왔던가! 이런 자연의 한결같음과 회복력을 스스로에게서 느끼면서 다시 힘을 얻는다.

3월 27일 목　　외삼촌의 죽음

한밤중에 찰스 외삼촌이 일흔여섯의 나이로 돌아가셨다.

일흔 살가량인 엘리야 우드는 올겨울처럼 오래 강이 얼어붙고, 눈이 쌓였던 적은 없었다고 말한다. 하지만 사람들은 언제 눈이 내렸냐는 듯 잊고 지낸다.

3월 28일 금 벗들과의 헤어짐

찰스 외삼촌을 땅에 묻어 드렸다. 대설이 내렸다고 일컬어지는 1789년 겨울에 태어나 또 다른 대설이 내린 겨울에 돌아가셨으니, 두 대설 사이에 묶인 삶이었다.

안녕, 나의 벗들이여. 나의 길은 산 이편으로 나 있고, 그대들의 길은 산 저편으로 굽어 있다. 갈수록 서로 멀어지므로 언젠가 서로 보지 못하게 될 날이 오고야 말 터이다. 그대들이 가버리고 나면 한동안 쓸쓸해질 것이고, 초원조차 메마른 땅으로 보일 것이다. 그리고 그대들도 서서히 나를 잊게 되리라. 길이 점점 좁아지고 가팔라지면서 어두운 밤이 다가온다. 그러나 언젠가 새로운 태양이 떠오르면 새로운 평야가 펼쳐질 것이고, 나는 그곳에서 그대들에게서 찾아낸 미덕과 똑같은 미덕을 갖춘 순례자들을 만나게 될 것이라 믿는다. 그러면 그대들이 바로 그 미덕이 되리라. 나는 그대들을 처음 알게 된 그해 봄에 그랬듯 그대들을 잃게 될 올봄에도 변함없이 이어지는 영원하고 유익한 법칙을 따를 뿐이다.

예전의 벗들이여, 지금 나는 성당이 무너진 터에 남은 기둥 사이를 걷는 기분으로 그대들을 만나러 간다. 그대들의 문명과 영광은 이미 오래전에 지나갔다. 우리 사이가 세차게 흔들리고, 우리 주변에 잡초와 자칼*이 빼곡히 자라났음에도 나는 그대들에게 여전히 옳은 면이 있음을 인정한다. 나는 지난날을 돌이켜보기 위해, 그대들의 묘비에 쓰인 신성한 상형문자를 읽으러 다시 이 자리에

* 잡초는 부랑자를, 자칼은 사기꾼이나 악인을 뜻한다.

왔다. 우리는 이제 더 이상 예전 자아의 대리인들이 아니다.

사랑은 아무리 해도 풀지 못하는 갈증이다. 껄끄럽고 두툼한 껍질 아래 최고의 단맛을 갖춘 과육이다. 어떤 벗을 제대로 보려거든 뿔보다 더 두껍고 혼탁한 겉모습을 뚫고 그 속을 보아야 한다. 어떤 벗을 바르게 볼 수만 있다면 어떤 언어라도 쉽게 느껴질 것이다. 적은 자신의 모습을 보여주고 전쟁을 알리나, 벗은 자신의 사랑을 세상에 드러내지 않는다.

4월 3일 목　　　새로운 봄날의 일

아침에 깨어나면서 지붕에 떨어지는 반가운 빗소리를 듣는다. 지난 성탄절 이후로 비라고 할 만한 것이 전혀 내린 적 없기에 비를 거의 잊고 지냈다. 창밖을 내다보니 대기에 안개가 자욱하고, 놀랍게도 밤사이에 눈이 거의 녹았다. 후두두둑 떨어지는 빗소리는 늦게까지 누워 있으라고 꾀어 졸게 만드는 께느른한 소리다. 이로써 12월 25일부터 시작한 썰매 타는 계절이 마침내 끝났다. 그날과 오늘을 빼더라도 장장 99일이나 이어졌다.

비 내리고 안개가 자욱해지자 놀랍게도 남쪽 벌거벗은 강둑 군데군데에 산뜻한 비취빛이 어리기 시작한다. 마치 초록곰팡이가 밤새 자라난 것 같다. 또는 새들이 지저귀는 노랫소리가 땅이라는 누런빛 뺨을 초록으로 옮게 물들인 것 같다. 가을날 꽃과 열매가 익어가면서 홍조를 띠는 모습 못지않게 흥미로운 경치다. 나는 초록빛 자연과 더불어 되살아난다. 자연의 승리는 곧 나의 승리다.

이것이 나의 금은보화이다.

호즈머가 헛간 뒤에서 집채만 한 거름더미를 헤친다. 거름더미 안에 든 얼음을 햇볕으로 녹이기 위해서다. 그는 시무룩한 얼굴로 도대체 무엇 때문에 사느냐고 묻는다. 자신의 삶이 그다지 오래 남지 않은 것 같다고도 말한다. 나는 방금 콜루멜라의 글을 읽다가 왔는데, 콜루멜라의 글에는 호즈머가 지금 하는 일과 똑같은 봄날의 일이 희망찬 어투로 그려져 있다. 콜루멜라는 세상의 새로운 봄날의 일이라면서 자연과 더불어 씩씩하고 희망에 차 있어야 한다고 넌지시 말한다. 인간의 삶이란 고통에 찬 덧없는 것일지 모르나, 지난봄에서 올봄에 이르는(즉, 콜루멜라에서 호즈머에 이르는) 영원한 정신은 늘 변화를 넘어선다. 나는 콜루멜라가 죽고, 또 호즈머가 죽은 뒤에도 죽지 않고 살아남을 정신과 늘 함께할 것이다.

이웃들과 찰스 외삼촌에 대해 이야기를 나누었다. 호즈머는 외삼촌이 술집에서 카드마술을 부리던 일을 떠올렸다. 외삼촌은 카드를 자유자재로 다루었으나 도박은 하지 않았다. 또한 모자를 빙빙 돌려 던진 다음 어김없이 머리로 받곤 했다. 술이 제법 셌으나 취한 적은 한 번도 없었다. 가끔씩 진을 마셨으나 도가 지나칠 정도로 들이켜지는 않았다. 가끔씩 다른 이에게서 꾼 코담배를 들이마시기는 했으나 따로 담배를 피우지는 않았다. 외삼촌은 꽤 깔끔한 성격이었고, 세상 흐름을 따랐으나 비천하지는 않았다.

어제부터 강 곳곳에서 놀라울 정도로 빠르게 얼음이 깨져나간다. 무엇보다도 강 수위가 높아지고 있기 때문이다.

4월 9일 수　　강가 봄 축제

공중 한가득 새가 날아다닌다. 방죽 아래로 내려서자 초원멧새가 지저귀는 소리가 들린다. 이제 아침마다 밖으로 나오면 넓은 초원 곳곳에서 새로 온 새들이 자신을 널리 알리는 소리가 들린다. 커다란 짐승들은 아직 숨은 채 날카로운 청각으로 어떤 새들이 왔는지 알아챈다. 이 새 떼들은 따뜻하고 기름진 남쪽으로 가지 않았으니, 무엇보다 뉴잉글랜드 벌판을 좋아한다는 증거이다. 여기가 이들의 파라다이스인 셈이다. 이들은 이곳에서 지극한 행복을 느끼면서 날마다 날아다니며 노래한다. 아침에는 곧잘 서리가 내리고 춥긴 하지만, 이들은 정확히 자기 체질에 맞추어 적응하면서 신묘한 가락을 토해낸다.

마을을 감싸며 도는 강이 밤사이 더 높아져 잔물결을 일으키며 시든 풀을 적신다. 저 넓고 부드럽고 그림 같은 봄의 호수를 보라. 바람 한 점 불지 않는다. 이제 강은 해와 해의 온기, 그리고 잔잔한 강물과 새들의 노래로 봄의 축제를 벌인다. 그런데도 주민들이 여느 때와 다름없이 일터로 나가 일을 한다는 사실이 놀랍다. 나는 아이, 남자, 주부, 병자 가리지 않고 모두 적어도 10시 전에는 강둑으로 와서 넓게 펼쳐진 밝고 잔잔한 강물을 바라봐야 한다고 생각한다. 강물이 졸아든다면 그날부터 얼마나 많은 것이 사라져버릴 것인가. 눈이 녹으면서 약간 따스해진 투명한 액체가 밤색 땅거죽에 퍼져간다. 자연의 사제나 참배자가 있다는 것은 분명 중요하다. 오늘 나는 이 물가가 보이지 않는 곳이나 멀리 떨어진 곳에서 어떤 중요한 일이 일어나리라고는 믿지 않는다.

4월 10일 목　　겨울의 끝

금식기도일이다. 땅 몇 군데가 말라 이런 철이면 으레 하던 공놀이를 하기에 적당했다. 이런 날이면 예전에 눈이 녹아 막 마른 벌판, 예를 들어 슬리피할로 쪽으로 펼쳐진 황색 벌판에서 공놀이를 하던 일이 생각나곤 한다. 오늘은 오랜만에 바람이 세찬 날이다. 들판 물기가 빠르게 마른다.

오후에 강으로 나가 돛을 펼치려 했으나 북서풍이 너무 거세 단념했다. 잠깐 사이에 보트에 부딪히며 부서지는 물결에 몸이 반나마 젖어든다.

덥컷이 먼지로 가득하다. 어제와 달리 바람에서 단연코 쌀쌀한 기운이 느껴진다. 누르스름한 솔송나무 솔잎이 떨어진다. 솔잎에 덮인 도랑에서 습지산개구리 서너 마리가 뛰어다닌다. 이들은 잎이 떨어진 아직 조용하고 따스한 도랑 구석에서 햇볕을 받으며 앉아 있었으리라. 노란반점거북 몇 마리가 도랑 바닥에서 솔잎 밑을 철벅거리며 기어간다. 이 도랑은 대체로 여름이면 바싹 마른다. 이렇게 해서 올해 길게 이어지던 겨울이 마침내 끝났다.

4월 11일 금　　물총새

물총새가 물 위로 굽은 나무에 앉았다. 물총새가 왔다는 건 이들의 먹잇감인 물고기들이 새롭게 움직이고 있음을 나타내는 게 아닐까? 물총새는 그것을 보여주는 밝은 부표다. 강둑 작은 리기다소나무 숲에서 아메리카솔새의 즐거운 노랫소리가 울린다.

4월 15일 화　　4월 날씨의 변화

오전 6시 30분, 동쪽 하늘에 구름이 살짝 낀 고요하고 따스한 날이다. 배럿의 제재소 주위로 늘어선 느릅나무에서 붉은양진이가 울새와 더불어 날카롭게 우짖는다. 녹색제비들이 비탈진 언덕에서 자라는 사과나무와 호두나무 둘레를 날아다니며 지저귄다. 흰털발제비가 큰물이 진 강가를 바삐 오가며 물기 많은 번지르르한 울음을 운다. 바람이 일어나기 전 잔잔한 강물을 타고 가는 따스한 아침이니 이 소리를 들어야 할 때이다.

오전 9시, 바람이 불고 강물이 출렁이면서 날씨가 바뀌었다. 하루 종일 구름이 많아졌다 적어졌다 했고 비가 내릴 것만 같았다.

4월 16일 수　　4월의 하루

비라도 내릴 듯 물기 많고 몽롱한 4월의 하루이다. 정오경에 드디어 가랑비가 내렸고, 이 가랑비 속에서 울새가 운다. 이가 시린 꽤 서늘한 날씨다. 주민들이 곳곳에서 밭을 갈고 나무를 심는다.

4월 17일 목　　4월의 날씨

간밤에 천둥번개가 내리치고 우박이 쏟아지는 통에 잠에서 깼다. 수천 개 우박이 한꺼번에 지붕을 때리는 요란한 소리가 들렸다. 그렇지만 길게 이어지지는 않았고, 중간에 한두 차례 잠잠해졌다.

오전에는 유달리 따스하고 쾌적했으나 오후에는 비라도 내릴 듯 후덥지근해 영락없는 4월의 날씨였다. 공기가 눅눅해지고 거대한 구름이 서쪽 하늘에서 시꺼멓게 몰려오더니 드디어 빗방울이 떨어진다. 이제 비가 세차다. 사방에서 굵은 빗방울이 물의 평원으로 떨어진다.

4월 19일 토 거룩한 삶을 살 능력

행인들이 노래하며 지나가는 소리에 잠에서 깨어났다. 행인들이 부른 음악의 선율이 아득히 멀어져간다. 나는 한때나마 거룩한 것들과 관련을 맺으며 내 존재를 끝없이 넓힌 적이 있다. 당시 나는 인간이 거룩한 삶을 살 능력이 얼마나 무진장한가 알아챘다(비록 사람들은 그 능력을 발전시키려는 어떤 노력도 거의 하지 않지만 말이다). 그러면서도 나는 얼마나 유한하고 한정된 삶으로 다시 돌아가야 하는지 떠올리곤 했다.

4월 22일 화 날씨의 변화

이틀 밤낮없이 비가 내리더니 이제 해가 난다. 그러나 여전히 동풍이 불고, 폭풍우는 완전히 잦아들지 않았다. 잠깐 사이에 이슬비가 다시 대기에 가득 들어찼다.

4월 28일 월　　　곁눈질하기

두꺼비들이 정오경부터 절절하게 울어댄다. 제법 세차게 동풍이 분다. 두꺼비들의 소리는 낮은 땅의 소리이자 산들바람의 저음이다. 멀리서 낮게 들려오다가 차차 높은 음으로 커지면 마치 가까운 곳에서 울리는 소리처럼 들린다. 이런 소리가 기묘하게 되풀이된다. 이제 두꺼비들의 금속성 울림이 잔물결을 일으키는 바람 소리와 뒤섞이면서 얼마쯤 가라앉는다. 두꺼비가 우는 까닭은 날이 더 따스해짐을 알리기 위함이다.

시인, 철학자, 박물학자를 비롯하여 누구든지 가끔씩 자기 전공이 아닌 분야를 들이파는 일, 다시 말해 다른 분야를 곁눈질하는 일의 이점을 떠올려보고자 한다. 이런 곁눈질하기가 일을 그저 내려놓고 쉬는 것보다 나을 때가 많다. 시인은 멍하니 쉴 때보다 이렇게 곁눈질을 하면서 새로운 통찰력을 얻고, 철학자는 오랜 연구로도 찾지 못한 이치를 알아낸다. 박물학자도 예상치 않게 새로운 꽃과 짐승을 만난다.

약간 수줍어하는, 단순하고 겸손하고 조용한 사람은 장군이든 학자든 농부든 얼마나 믿음직스러운가. 바라보는 이 모두를 북돋우는 평정과 고요, 젊음과 씩씩함과 선량함은 얼마나 귀한 것인가.

5월 13일 화　　　숲 나무들의 천이

포터의 밭에 파종기로 뿌린 것처럼 우단담배풀이 촘촘하게 돋아났다. 최근에 포터가 곡물 씨앗을 뿌릴 때 이 씨앗도 덩달아 함께 뿌려진 것일까? 그러나 윌리엄 휠러는 아주 오랜 기간 우단담배풀 씨앗이 땅속에서 잠자고 있었던 게 틀림없다고 말한다. 10여 년 묵혔던 초지를 밭갈이하면 대체로 다북쑥 같은 풀들이 많이 올라오는데, 이것은 그 씨앗들이 땅속에 묻혀 있었기 때문이라는 것이다. 왜 화학자들은 토양을 분석하면서 땅에 묻힌 씨앗에 대해서는 아무 말도 하지 않을까? 묵혀놓은 초지를 자세히 살펴보면 이 문제를 풀 실마리가 생기지 않을까?

울창한 소나무 숲을 베어내고 나면 참나무 따위가 그 자리를 대신하는 모습에서 어느 정도 답을 찾을 수 있지 않을까 싶다. 애초부터 다른 나무는 아예 없고 소나무 한 종만 자라는 숲이 있다고 치자. 그런데도 소나무를 모조리 베어내고 2년 정도 흐르면 참나무 같은 몇몇 나무들이 불쑥 자라나는 반면에 어린 소나무는 오히려 드물다. 도토리가 썩지 않고 오래 땅에 묻혀 있을 수 있을까? 로링의 조림지가 좋은 예이다. 그곳 울창한 소나무 숲을 살펴보면 리기다소나무만 자라는 숲이라 해도 참나무, 자작나무 같은 어린 나무들이 곳곳에서 싹 튼 모습을 볼 수 있다. 그 나무의 씨앗들은 다람쥐 같은 야생동물이 물어오거나 바람에 실려왔을 것이다. 그러나 그렇게 자란 나무들은 소나무 숲 그늘에 묻혀 제대로 기를 펴지 못한다. 해마다 이런 씨앗들이 소나무 숲 그늘로 날아와 나무로 자라나지만 소나무 숲에 막혀 더 크지 못하고 죽고 만다. 하지만 소나무 숲이 깨끗이 베어지고 나면 이제 그토록 바라던 좋은 땅을 만난 참나무 따위가 굳게 뿌리를 내리고 금세 나무로 자라난다. 다람쥐나 새 같은 짐승이 씨앗을 퍼트리는 데 어느 정도 기여하지만,

그 씨앗이 싹 트고 꽃 피워 자라나기 위해서는 좋은 땅과 같은 또 다른 조건이 필요하다.

5월 19일 월　　음악 같은 생각

순풍을 받으며 비둘기 바위를 지나 애서벳강을 거슬러 오를 때 말을 타고 큰길을 가는 여행자가 노래를 흥얼거리며 내 돛단배를 바라봤다. 말을 다그치는 여행자의 목소리나 평범한 대화를 나누는 일꾼의 목소리가 내 귀에서 노래로 바뀐다. 이런 순간만큼 감동적이고 행복한 때도 없다. 이런 소리가 경치에 덧칠되면서 꽃이 핀 농작물과 일꾼들의 농경이 정물화의 한 부분으로 바뀌고 또 다른 땅, 시의 거처가 된다. 하루가 저무는 때에 들판에서 노래나 악기 소리가 들리면 나는 늘 이런 감동을 받는다. 여행자는 내 돛단배를 바라보고, 나는 그의 노래를 듣는다. 둘 다 시적이다. 우리는 서로에게 보답한다. 왜 사람들은 더 자주 음악 같은 생각을 내게 알리지 않는 것일까? 그 여행자는 뮤즈를 애타게 바라는 마음가짐을 들려준다.

5월 20일 화　　자연이 발정하는 철

새벽에 멀리서 천둥 치는 소리에 깨어났다가 어느 때보다 깊이 잠에 빠져들었다.

오후 서너 시경 남쪽 방향으로 마을을 빠져나가다가 후텁지근한 공기 속에서 갑자기 판자 더미가 무너지는 것 같은 우르릉하는 천둥소리가 들렸다. 햇빛 속에서 비를 살짝 맞았다. 자연은 지금 벌판에 퍼져나가는 암소의 음매음매 같은 떠들썩한 여름 소리를 되찾았다. 지금은 자연이 발정하는 철이다. 새들도 곱고 싱싱한 깃털을 반짝이며 노래한다. 이렇듯 자연의 우렁우렁한 소리가 들리고 아주 날카롭게 반짝이는 모습이 보인다. 이 소리를 공기가 다시 이어받고, 노란 봄꽃 같은 번개가 어두운 구름층을 비춘다. 온 땅이 새끼를 밴 듯 요란하게 소리치고 불타오르면서 흰곰팡이 같은 생명을 터뜨린다. 발정난 자연이 뾰족탑에 돌진하면서 텅 빈 소리로 울부짖어 땅이 으스스 떤다. 젖이 넘쳐흐르는 암소처럼 빗방울을 떨어뜨린다.

6월 9일 월 6월의 뭉게구름

폭신한 두 뺨이 밝게 빛나는 커다란 뭉게구름들이 떠간다. 뭉게구름 아래 한 느티나무의 우듬지가 6월 그림자처럼 거무스름하다. 이 그림자는 그 아래에 반짝이는 눈동자가 있음을 말해주는 검은 속눈썹이다. 그늘 아래에 집들이 옹기종기 모여 있음을, 여름 정오의 휴식과 낮잠, 천둥구름, 멱 감기와 같은 여름에 속하는 온갖 것이 들어 있음을 알려준다. 이 뭉게구름 장막이 이제 마을 여기저기를 덮는다. 귀뚜라미 우는 소리와 곤충들이 윙윙거리는 소리가 이제 막 6월과 더불어 시작되었다. 이런 풍경 또한 철학적인 사고와 사색을 불러일으킨다.

6월 10일 화　　부엽과 벌레

부엽들이 자라기도 전에 벌써 벌레에 많이 먹혔다. 꼼꼼히 살펴보지 않으면 눈에 띄지 않는 갖가지 벌레 알들이 거의 모든 부엽 아랫면에 붙어 있다. 노란 나리와 칼미아가 무수히 돋아났고, 물미나리아재비 같은 수초에는 강으로 모여든 갓 태어난 각다귀의 작은 보풀 같은 허물이 빼곡하다.

6월 26일 목　　뉴베드퍼드의 순혈 인디언

리켓슨*과 더불어 뉴베드퍼드 근처에 단 한 명 남은 순혈 인디언 마사 시몬스의 오두막을 찾아갔다. 시몬스는 뉴베드퍼드 항구가 바라다보이는 좁고 잘록한 바닷가 땅에 혼자 산다. 시몬스의 오두막은 길에서 백여 미터 떨어진 얼마 안 되는 넓이의 인디언 땅에 자리 잡았다. 이제 이 땅은 모두 그녀의 차지였다. 옛날에는 인디언들이 서쪽 항구의 더 좋은 땅을 차지하고 있었으나 한 백인이 욕심을 내는 바람에 그의 땅과 맞바뀌었다. 이것이 그녀 이웃인 퀘이커 성직자가 내게 들려준 이야기다. 우리가 찾아갔을 때 마사 시몬스는 집에 없었다. 그녀의 오두막은 월든 호숫가의 내 오두막 못지않게 자그마했다. 텃밭은 없고, 잡풀이 듬성듬성 자란 앞뜰에 상추를 약간 심어놓았으며, 마당 한쪽에는 하얀 조개껍질과 대합껍질

---

* 대니얼 리켓슨(Daniel Ricketson, 1813~1898). 뉴베드퍼드 출신 작가이자 퀘이커 교도, 노예제도 폐지론자로, 소로의 절친한 친구였다. 리켓슨은 소로를 만나러 콩코드에 가서 환대를 받은 후 6월 23일에 소로와 함께 자신이 사는 뉴베드퍼드로 돌아왔다. 둘은 뉴베드퍼드 이곳저곳을 둘러보았고 소로는 7월 2일에 콩코드로 돌아갔다.

이 잔뜩 쌓여 있었다. 오래지 않아 시몬스가 바닷가에서 돌아왔다. 다시 문을 두드리고 안으로 들어가자 우리더러 앉으라고 권했다. 시몬스는 눈알이 검고, 광대뼈가 툭 튀어나오고, 황갈색 얼굴이 넓어서 누가 보더라도 인디언임을 금방 알 수 있었다. 머리 한가운데로 가르마를 탄 곧은 머리칼은 본디 검었으나 이제는 약간 희끗했다. 손은 얼굴보다 두어 배 더 검게 그을렸다. 시몬스는 인디언의 특징이라 할 맥없는 공허한 낯빛으로 우리의 질문에 짧고 심드렁하게 답했다. 시몬스는 골상으로 미루어 필립 왕*의 딸일지도 모른다. 그러나 인디언 말을 단 한마디도 하지 못했고, 부족에 대해 아무것도 알지 못했다. 시몬스는 어려서부터 백인들과 살았고, 일곱 살부터 백인 집으로 식모살이를 나갔다고 한다. 시몬스는 한동안 아사왐셋 호수** 근처에 살았다. 시몬스는 과연 샘슨 여관***을 알까? 거기서 꽤 오래 일했으므로 당연히 기억했다. 예순 살이라고 말했으나 아마 일흔 살에 더 가까울 것 같았다. 팔꿈치를 무릎에 괴고 두 손으로 얼굴을 받치고 앉아 아무런 저항감도 나타내지 않고 우리가 있는지조차 의식하지 않은 채, 특유의 공허한 눈길로 우리 사이의 창문을 바라보았다.

시몬스는 바로 이 오두막에서 태어났다. 할아버지도 같은 집은 아니나 바로 이 터에서 살았다. 할아버지는 그녀 부족 가운데 인

---

* 필립 왕(King Philip, 1638~1676). 왐파노아그 부족장으로 인디언식 이름은 메타코멧(Metacomet)이다. 1675년 6월부터 1676년 8월까지 부족을 이끌고 이민자들과 전쟁을 벌였다.

** 매사추세츠에서 가장 큰 자연호로, 현재 뉴베드퍼드의 식수원이기도 하다.

*** 보스턴과 뉴베드퍼드 사이에 자리했던, 마차역을 겸한 여관.

디언 말을 할 줄 아는 마지막 인디언이었다. 시몬스는 할아버지가 인디언 말로 기도하는 소리를 들었으나, "예수 그리스도"라는 말 밖에는 알아듣지 못했다. 그녀의 유일한 말동무는 우리한테 아무런 주의를 기울이지 않는 볼품없는 어린 삼색얼룩고양이뿐이었다. 돌을 쌓아 굴뚝을 만들고, 앞다리가 떨어져나간 작은 조리용 난로를 벽돌로 받쳐놓았으며, 더러운 침대보가 침대를 덮고 있었다. 시몬스는 자신의 땅을 목초지로 빌려주었다면서 직접 농사짓는 것보다 그 편이 낫다고 말했다. 그 목초지에서 두 마리 어린 암소가 풀을 뜯고 있었다. 내가 모자에서 쥐꼬리풀을 꺼내 보여주면서 "이 풀을 무엇이라 부르는지 아세요?" 하고 묻자 그녀가 돌연 관심을 보였다. 시몬스는 풀을 받아 잠시 바라보더니 "이건 꼬투리뿌리라고 해요. 위가 아플 때 약으로 달여 먹으면 좋지요"라고 답했다. 지난해 돋아난 잎이 옅은 빛깔로 시들면서 올해 자라난 녹색 풀을 꼬투리처럼 둘러쌌다. 이런 까닭에 꼬투리뿌리라고 부르는 게 틀림없었다. 이 뿌리는 매우 쓰다고 한다. 모자에 식물을 가득 채워 가져왔어야 했는데, 하고 후회했다.

시몬스의 이웃인 거만한 퀘이커 성직자는 신앙심이 깊은 척하며 이렇게 말했다. "인디언도 본디 인간이었을 거요. 댁 생각도 그렇지 않소?" 그는 자신이 얼마나 의심 많고 속 좁은지를 내게 알렸을 따름이다.

8월 1일 금　　계절의 습기

지난달 30일부터 내리 사흘간 푹푹 찌는 복날이 이어졌다. 곰팡내 풍기는 안개가 순식간에 땅을 뒤덮는다. 하늘이 그저 하나의 버섯처럼 바뀌었다. 해 앞에 곰팡내 나는 푸른 안개 장막이 드리워진다. 따라서 해는 하루에 두 번 잠깐 드러날 뿐이고, 밤에는 별조차 보이지 않는다. 이제 습기가 세상을 다스리기에 창가에 손수건을 널어 말릴 수 없고, 종이 사이에 꽃을 끼워 넣으면 어느새 곰팡이가 핀다. 나는 숨을 쉬면서 습기를 많이 들이마시기에 거의 목마름을 느끼지 않았고, 멱 감기가 일주일 전처럼 그렇게 매우 감사한 일은 아니었다. 뜨거운 기운이 얼마쯤 가라앉더라도 하늘을 못 본 채 곰팡내 나는 안개 낀 공기만 들이마시기에 우리는 하나의 식물로, 버섯으로 살아간다. 아직 마른풀을 거두지 못한 농부들은 억세게 운이 나쁘다. 그들은 강물이 넘쳐흐른 들판을 첨벙첨벙 걸어가 벌써 검게 곰팡이 핀, 베어진 풀들을 거둬 쌓는 헛수고를 한다. 그 사이 식물이 우거졌고, 온갖 넝쿨이 퍼져나갔다. 호박과 수박은 밤에 쑥쑥 자라난다고 하나 잡풀은 더욱 빠르게 자라난다. 알곡 밭이 넓게 펼쳐지고, 어디서나 물과일들이 크게 자랐다. 대낮에 잠시 한두 번 노란 햇빛이 장막 얇은 곳을 통해 어렴풋이 드러나 오랫동안 우리가 해를 보지 못했음을 일깨우나, 푸른 하늘은 보이지 않는다. 구름 같은 소용돌이 안개가 땅을 깡그리 덮었고, 그 밑에서 날벌레들이 헛되이 윙윙거리고 모기들이 이런 습한 공기 속에서 제 세상인 양 앵앵거리며 물어댄다. 해가 뜨면 짙게 꼈던 밤안개가 가까운 곳에서는 걷히나 해 질 녘이면 강과 들판에서 다시 소용돌이치며 올라온다. 그러나 나는 이 계절의 습기를 좋아한다. 증기 목욕도 건강에 좋다고 믿는다. 뜰과 길에서 결상독버섯이 쑥쑥 자라난다.

8월 3일 일 알락해오라기

초록빛 알락해오라기 한 마리가 소리 없이 날개를 퍼덕이며 다가온다. 강물 백여 미터 위 공중에서 강가를 훔쳐본다. 노아 홍수 이전의 새인 이 밤의 피조물은 무스케티쿡 샛강처럼 죽은 강에 딱 알맞은 상징이다. 알락해오라기는 특히 이 샛강의 새이다. 이 새의 굼뜬 비행은 강의 굼뜬 흐름과 통하는 면이 있다. 이 은근하고 느린 비행이 때로는 나 자신의 맥박으로 이어지기도 한다.

개발나물과 물레나물이 지금 전성기에 있다. 개발나물의 산형 꽃차례에 씨앗이 맺히려 한다. 드디어 며칠간 이어진 복날의 구름 같은 소용돌이 안개가 어느 정도 걷히면서 오후 3시경이면 잠깐이나마 해가 난다. 그리고 귀뚜라미가 계절이 바뀌었음을 알린다. 지금 코난텀 언덕 비탈이 물과일들로 문자 그대로 새까맣다. 지난해 모자랐던 양을 메우기라도 하려는 듯 자연은 이런 열매들을 얼마나 아낌없이 내놓는가. 축축한 날씨 덕분에 허클베리 열매 일부가 탄알만 한 크기로 맺혔다.

8월 8일 토 돼지 잡아들이기

온종일 천둥번개가 내리치면서 비가 억수같이 퍼붓는다. 그저

께 밤사이 내린 비로 이미 땅이 축축한데, 이제 이 비로 온갖 웅덩이와 저지대가 물에 잠긴다. 한차례 천둥비가 휩쓸고 지나가고 하늘이 약간 밝아지나 싶더니 또다시 서쪽에서 천둥비가 몰려온다. 번개가 공기를 맑게 하면서 스스로 잦아든다는 이야기가 있으나, 이 또한 믿을 만한 설은 아닌 듯싶다. 지긋지긋할 정도로 번개가 많이 치고 천둥비가 내렸으니까.

오후 3시 반, 보트 안에 그득 고인 물을 퍼내고서 강 따라 노를 저으며 명상에 잠길 생각으로 집을 나섰다. 개울물이 세차게 흐르고 풀숲이 비에 흠뻑 젖은 탓에 강이 아닌 다른 길로는 가지 못하기 때문이다. 이럴 때 보트의 좋은 점이 유감없이 드러난다. 그러나 집을 나오자마자 아버지가 기르는 돼지가 도망친 것을 알았다. 점심은 건드리지도 않은 걸 보니 아침을 먹은 다음 곧바로 우리를 뛰쳐나간 모양이다. 귀찮지만 그렇다고 모른 체할 일은 아니다. 아직 새끼이긴 하나 무게가 40킬로쯤 나가는 억센 돼지를 쫓아가 우리에 다시 넣으려면 운 좋게 빨리 잡는다 해도 반나절은 걸린다. 나는 강을 따라 내려가며 명상에 잠기려던 생각을 접어야 했다. 짜증스러운 것은 사실이나 내게 닥친 일을 외면할 수만은 없다. '네 발등에 떨어진 의무부터 행하라'는 말도 있지 않은가. 나는 아버지께 녀석을 한 이웃에게 헐값에 팔자고 권했다. 얼마 전 이웃이 녀석을 사겠다고 한 적이 있었는데 마침 녀석이 그 이웃이 사는 쪽으로 달아났기 때문이다. 아버지는 내 말을 듣지 않으셨다. 결국 이 일을 매듭지을 책임이 내게 떨어졌다. 아무래도 아버지보다는 내가 빨리 달리기 때문이다. 아버지는 나만 쳐다보셨고, 따라서 나는 강 쪽을 바라보는 일을 그만두어야 했다.

자, 그러면 이제 녀석이 어떻게 달아났는지부터 살펴보자. 그렇군, 놈은 여물통을 밟고 우리를 뛰어넘었군. 비가 온 뒤여서 발자국이 제법 뚜렷하다. 놈은 수박밭과 참외밭을 지나 채소밭 가장자리를 따라 내려가다가 콩밭과 감자밭을 가로질렀다. 심지어 집 앞뜰 샛길에도 갈라진 발굽과 두 개의 날카로운 발톱 자국이 나 있다. 우리가 녀석을 못 본 것이 오히려 이상하게 느껴질 정도였다. 돼지는 대문 밑으로 빠져나가 큰길을 건너—이때 녀석은 몸을 숨겨야 한다고 느꼈으리라—잡풀이 우거진 웅덩이로 들어갔다. 그런데 거기서 어디로 갔을까? 돼지를 찾으려면 녀석을 붙잡을 방도부터 마련해놓아야 한다. 무작정 뒤를 좇는 건 어리석은 짓이다. 녀석이 어디어디를 돌아다녔고 지금 어디에 있는지 안다고 해봐야 아무 쓸모가 없다. 놈을 키운 지 얼마 되지 않지만 그 기간에도 녀석은 사람을 몹시 꺼렸다. 그러니 제 발로 돌아올 리 만무했다. 부엌 꿀꿀이죽통이 생각나서 돌아오지는 않을 것이다. 도대체 얼마나 멀리 갔을까. 어쩌면 처음 왔던 길을 더듬어 브라이튼 가축시장으로 돌아갔거나, 고향인 오하이오까지 갔을지도 모른다. 우리는 녀석이 푸른 풀밭과 옥수수밭 사이에서 재빨리 움직이는 모습을 멀리서 이따금 바라보는 것으로 만족해야 할지 모른다.

이런 생각을 하는데, 2백 미터쯤 앞쪽 길 한가운데에서 유유히 왔다 갔다 하는 무언가가 있었다. 유심히 바라보니 바로 우리 돼지였다. 우리 애를 태우려는 듯, 아니면 더 이상 망설이지 말고 오후 시간을 다 써버리라고 권하는 듯, 놈이 모습을 드러낸 것이다. 녀석은 코로 30센티쯤 땅을 파더니 길 한복판에 배를 깔고 엎드렸다. 이럴 때 녀석이 단잠에 빠졌다 여기고 덮치려 해서는 안 된다. 두 눈과 두 귀가 멀쩡한 데다가 예전에 이미 달아났다 잡혀온 경험도 있는 놈이다. 마차 한 대가 길에 나타나자 돼지는 길가로 몸을 피한다. 이제 나를 보더니 오던 길로 되돌아선다. 놈이 어느 집 앞뜰로 들어간다. 이제 내가 가서 그 집 대문을 닫을 수만 있다면 일은 거의 다 이룬 셈이다. 그런데 어럽쇼! 이놈이 내가 멀리서 쫓아오는 소리를 듣고 겁을 먹었는지 돼지다운 교활함으로 날쌔게 그 집을 뛰쳐나온다. 길에 서 있던 내 이웃이 돼지 앞을 가로막는다. 녀석은 그를 피해 길 이쪽저쪽으로 뛰더니 마침내 세 번째 시도에서 이웃의 옆으로 빠져나가 달아난다. "누구네 돼지죠?" 이웃이 묻는다. "우리 집 돼지예요." 돼지는 그 이웃의 앞뜰로 달려 들어가더니 마당을 지나 달아난다. 길을 잘 아는 것으로 보아 아까도 이 집에 들어왔던 모양이다. 이웃집 화단이 엉망이 되었다. 돼지는 알뿌리식물을 무척 좋아한다. 이웃은 알뿌리가 달린 커다란 꽃 한 포기를 높이 들어 내게 보여준다. 그는 지금 우리 돼지에게 무척 화가 났다. 그 또한 우리 돼지에게 적잖은 관심을 갖게 된 것이다. 하나 돼지는 지금 어디로 갔을까? 내가 마지막으로 본 것은 놈이 외양간 옆을 지나칠 때였다. 여기 옥수수밭에 돼지 발자국이 나 있다. 그러나 발자국은 풀숲에서 사라졌다. 어디로 갔을까. 풀숲 여기저기를 뒤져보았지만 헛일이었다. 멀리 도망쳤나 싶었다. 하지만 귀 기울여 보라! 꿀꿀 소리가 난다. 30분가량 꿀꿀 소리가 들리는데도 녀석의 모습은 보이지 않는다. 드디어 강가에서 발자국을 찾아내나 곧 다시 놓친다. 밭을 가로지르다가 만난 이웃들은 저마다 돼지를 잃어버렸던 경험이며 돼지 모는 방법에 대해 한마디씩 한다. 그러나 이런 이야기를 들을수록 내 마음만 더 어수선해질 뿐이다.

돼지가 아까 길에서 만난 그 이웃의 밭에 다시 모습을 드러냈다가 큰길로 갔다는 소식이 들려왔다. 하지만 거기까지는 꽤 먼 거리다. 45분쯤 지나자 드디어 녀석이 내 앞에 나타났다. 놈은 사람이 없는 길을 혼자 총총걸음으로 걸었다. 그러다가 물웅덩이에 다시 배를 깔고 엎드린다. 백 미터쯤 앞에 선 나를 보고 다시 일어나 앞으로 나아가려다 잠시 생각에 잠긴다. 그리고 내가 몰려는 반대쪽으로 간다. 갓길로 놈을 몰고 가다가 우리 집 대문 밑으로 몰아넣을 방법은 없을까? 하지만 이런 궁리는 아무 쓸데가 없다. 백 미터쯤 거리를 두고 달아나는 놈을 어떻게 대문 밑으로 몰아넣을 수 있단 말인가. 아무리 애를 써도 돼지와의 거리가 30미터 이내로는 좁혀지지 않는다. 우리 집 앞뜰로 이어지는 큰길에서 직각으로 갈라진 조그만 샛길이 있다. 나는 녀석이 그 샛길로 빠지는 것을 막지 못한다. 샛길로 들어가지 않길 바라는 내 마음을 비웃기라도 하듯 돼지는 두 번이나 좁은 샛길로 들어가버린다. 샛길을 지나치도록 돼지를 몰려 하자 놈은 머리를 내 쪽으로 돌려 이리 피하고 저리 피하다가 사람이 없는 확 트인 길을 버리고 그 좁은 샛길로 뛰어든다. 그러다가 방향을 돌려 다시 큰길로 나가 내려간다. 마치 놈 앞에 높은 담장이라도 세워져 있어 녀석을 가로막기라도 하는 것 같다. 놈은 나 못지않게 고집이 세다. 확실히 자립심이 강하고 꾀가 많다. 내가 나 자신이길 고집하듯 녀석도 녀석 자신이길 고

집하는 것이다. 돼지가 나를 짜증나게 한다고 분별없다 욕해서는 안 된다. 오히려 물정에 맞게 행동하는 놈이라 봐야 한다. 놈은 강한 의지를 갖고 자신의 원칙을 지킨다. 길 저편에 담이 하나 있긴 하다. 그것은 사람이 쳐놓은 담이 아니고 녀석이 가지 않기로 마음먹어서 생긴 담이다. 이런 점에서 놈은 사람보다 낫다고 해야 하지 않을까? 돼지는 다시 샛길로 빠져 길모퉁이에 서더니 잠시 생각에 잠긴다. 놈은 슬기롭게도 듬성듬성 엮은 울타리를 빠져나가 동쪽으로 사라진다. 갓 일군 밭을 지나 새로 생긴 목초지로 가버린 것이다. 이 소동에 놀라 대문 밖으로 뛰쳐나온 이웃들은 반은 동정조로, 반은 농담조로 한마디씩 건넨다. "그놈 잡기가 수월치 않을 걸세." "자네 애 좀 먹겠군." 돼지는 이제 내 시야에서 사라졌다. 곧이어 앞쪽 멀리 있는 어느 넓은 밭에 놈이 나타났다는 소식이 들려왔다. 그래도 곧장 놈에게 달려갈 마음은 들지 않는다.

일이 이쯤 되자 한 아일랜드 사내가 돕겠다고 나섰다. "내가 놈을 꼭 잡고야 말겠어" 하고 큰소리친다. 그는 이 돼지가 자신과 같은 아일랜드 핏줄을 타고났다고 생각하는 모양이다. 그의 아내와 일곱 살 먹은 수다쟁이 아들도 가장을 따라 덩달아 나선다. "조니야, 저기 저쪽으로 뛰어가 있어라." 그는 자신이 가려는 길에서 아주 멀리 떨어진 곳까지 아이를 내보낸다. 내가 물었다. "하지만 어린애가 무엇을 하겠어요?" "아, 조니는 저기서 지키고 있다가 돼지가 어디로 가는지만 알려주면 됩니다." 그러나 마이클은 돼지가 만만치 않음을 곧 알아차린다. 그와 동시에 그의 아내와 어린 자식의 일거리도 없어지고 만다. 10분쯤 뒤 나는 다시 참을성을 발휘해 옥수수밭에 난 놈의 발자국을 한 발 한 발 뒤쫓는다. 시력이 안 좋은 한 사내의 도움까지 받으며 말이다. 그리고 동쪽으로 밭 여러 개를 지나 마침내 국도로 들어서서 공동묘지까지 간다. 그러나 돼지는 흔적조차 보이지 않는다. 개를 풀면 좋지 않겠느냐고 말하는 이도 있었다. 한편 아버지는 마음을 바꿔 돼지를 팔아넘기려고 대장장이와 이야기를 나누었으나 대장장이는 먼저 돼지를 봐야 흥정이 되지 않겠느냐고 했다.

녀석이 동쪽으로 사라진 지 15분쯤 지나서, 처음 녀석을 길에서 가로막은 바로 그 이웃의 마당에 나타났다가 멀리 북쪽 강가로 갔다는 소식이 들려왔다. 그 강가에서 놈이 두어 차례 모습을 보였다는 것이다. 나도 그쪽으로 향했다. 멀리서 큰길을 건너는 돼지와 그 뒤를 쫓는 마이클의 모습이 보인다. 돼지는 건너편 큰길로 도망친다. 나는 놈이 빠져나갈 길을 막고, 마이클은 뒤쫓는다. 돼지를 한쪽 구석으로 몰려는 것이다. 그러나 놈을 어느 집 뜰로 몰아넣으려는 계략은 물거품으로 돌아갔다. 마침 마차 공장의 문이 열려 있다. "플래너리 씨, 돼지를 그리로 몰아넣으세요!" 이번만은 놈이 내 생각을 들어주었다. 돼지가 공장 안으로 달려들자 우리는 재빨리 문을 닫았다. 이젠 밧줄이 필요하다. 커다란 공장이 마차로 가득 들어차 있다. 밧줄을 마련해놓고, 놈이 달아나지 못하게 창문을 모두 마차로 막는다. 놈은 멀리 한구석에 배를 깔고 누워 쉬면서 말로 표현할 수 없는 무언가를 떠올리는 모양이었다.

이제 한층 좁아진 테두리 안에서 돼지 몰이가 다시 이어진다. 놈이 마차바퀴와 굴대에 쿵쿵 부딪치면서 달아난다. 아직도 놈은 우리 손안에 있지 않다. 눈과 귀에 온 신경을 모아 우리를 살핀다. 우리는 마차 밑에 숨은 돼지를 몰려고 작은 아이들을 마차 밑으로 들여보낸다. 돼지는 입에 거품을 물고 아이들을 을러댄다. 어느 순간 놈이 바큇살에 끼였다. 나는 녀석의 뒷다리 하나를 꽉 잡는다. 놈은 귀청이 떠나가게 비명을 지르더니 잠잠해졌다. 놈의 뒷다리에 밧줄을 묶는다. 공장 문이 열리고, 이제는 돼지 몰이가 아닌 돼지 끌기가 이어진다. 차라리 달걀을 굴리며 가는 편이 낫겠다 싶다. 놈을 앞에서 끌 수는 있어도 뒤에서 몰고 갈 수는 없다. 어쨌든 놈을 길가까지 끌어낸다. 그런데 갑자기 천둥이 치고 소나기가 쏟아진다. 한 손에 밧줄, 또 한 손에 채찍을 거머쥔 마이클에게 돼지를 맡기고 나는 집으로 향한다. 마이클은 느리기는 하나 천천히 우리 집 쪽으로 오는 모양이다. 그러나 시간이 많이 흘렀음에도 마이클이 나타나지 않는다. 다시 돌아가 보니 마이클은 아까 그 자리에서 몇 걸음도 나아가지 못한 채 그대로 서 있다. 한 사내아이에게 작대기를 들려 돼지 앞에 서게 한다. 돼지가 화가 나서 아이에게 무섭게 달려든다. 녀석의 기세가 등등해서 집으로 몰고 가기 전에 아이가 먼저 죽게 생겼다. 나는 이대로 보고만 있을 수 없어 외바퀴손수레를 가져온다. 마이클은 벌벌 떨며 조심조심하다가 놈이 미친 듯 성을 내며 달려들자 그만 소스라치게 놀란다. 우리는 그럭저럭 놈을 외바퀴손수레로 끌고 가 그 위에 올려놓고 꽁꽁 묶는다. 이렇게 해서 마침내 돼지를 집으로 데려온다.

우리 집 돼지처럼 억센 돼지가 우리를 뛰쳐나가는 일이 생기면 먼저 뒤쫓아가서 현재 있는 곳을 알아내야 한다. 돼지를 놀라게 해서는 안 된다. 돼지를 가둘 만한 곳, 말하자면 어느 집 앞뜰이나 건물, 또는 울타리로 둘러막힌 땅이 어디에 있는지 미리 생각해두어야 한다. 그다음에는 80~90미터쯤 떨어진 데서 돼지에게 내 기백을—그러면서 관심 없는 사람마냥—보여줌으로써 돼지가 제 발로 그곳에 들어가도록 꾀어낸다. 돼지가 들어가면 문을 살짝 닫는다. 이제 돼지를 한쪽으로 몰아 묶는다. 그다음 돼지를 수레나 외바퀴손수레에 싣는다.

녀석을 집 쪽으로 끌려면 집 쪽에서 녀석을 마주 보고 채찍질하는 수밖에 없었다. 돼지가 화가 나서 달려들 때에만 다만 몇 미터라도 나아갔기 때문이다. 내가 손수레를 가지고 돼지에게 다가갔을 때도 놈은 손수레에 몸을 부딪힐 작정으로 단호하게 달려들었다.

나는 꽤 어두워져서야 집으로 돌아왔다. 아직 저녁밥도 먹지 못했다. 게다가 온몸이 진흙과 바퀴 윤활유로 범벅이 되고 땀에 흠씬 젖었다. 물론 진귀한 꽃 한 송이도 따 오지 못한 채 말이다.

8월 12일 화　　걸상독버섯

내게 가장 흥미로운 천장은 동양 사원이나 궁전의 둥근 천장이 아니라 걸상독버섯의 머리 천장이다. 이 습지의 야산에는 이집트 쿠푸 왕의 피라미드나 멕시코 촐룰라 피라미드에 못지않을 만큼 멋진 피라미드가 아담하게 돋아나 아주 미묘한 빛깔로 변해간다. 걸상독버섯이 커지면서 밤색 씨껍질을 터트리고 나면 연한 밤색

꼭대기만 남긴다. 차차 나아짐은 이토록 마음을 홀리는 힘이 있다.

헛노릇. 구식 옛날 사람과 이야기를 나누는 일부 현대인에게 어울리는 말이다. 그 시간을 아껴 동시대인과 실속 있는 일을 하는 편이 훨씬 좋을지 모른다. 나는 훌륭한 인물(!)인 이웃 B씨를 보고 이런 생각을 해본다. 그와 나눈 이야기도 생각해본다. 그에게 해주고 싶은 말을 교구 서기로 하여금 낭독하게 할 수 있다면 얼마나 좋을까!

며칠간 비가 내려 지붕에서 빗물이 새는 통에 세입자들이 집주인들에게 불평을 하자 곳곳에서 목수가 발판을 설치하고 지붕널을 일 준비를 한다.

8월 26일 화　　다시 달아난 돼지

오늘 아침은 바람이 차고 쌀쌀하다. 가을처럼 공기가 맑고 생기에 넘친다. 수박이 익기 전 서리가 내리지 않을까 걱정하게 되나 아울러 모험을 위해 밖으로 나서라는 유혹을 느낀다. 가을 귀뚜라미가 아름다움을 기리는 노래를 부른다.

강을 거슬러 페어헤이븐 호수로 갔다. 리의 절벽에 앉아 베이커 농장을 바라보며 점심을 먹는다. 밝은 8월 대낮에 뉴잉글랜드 경치를 바라본다. 푸르른 숲으로 둘러싸인 모래벌판 한가운데에 작고 파란 호수와 과수원을 낀 빛바랜 집과 헛간이 서 있다. 비바람에 시달린 집과 호수와 하늘의 색깔이 서로 어우러진다. 집 울타리 사이로 난 시골길을 들먹이는 것이 아니다. 저 집은 길에서 멀리 떨어져 있으므로 이쪽에서는 가까이 다가갈 수 없다. 비바람에 빛바랜 집. 이것이 걸상독버섯처럼 수수하지만 잘 어울리는 뉴잉글랜드 빛깔이다.

22일 금요일 오후에 외출 중이었을 때 아버지의 돼지가 또다시 우리를 뛰쳐나가 강가 어딘가로 달아났다. 이튿날 녀석이 어디어디에 있다는 소식들이 들려왔으나 찾아내지 못했다. 그날 밤 물이 불어난 벌판 한가운데 어느 섬에서 녀석을 보았다는 소문을 들었으나 그 후 한동안 아무 소식도 듣지 못했다. J. 파머는 콩코드와 맞닿은 칼라일 동네에 사는 에이 헤일이라는 사람을 찾아가보라고 권했다. 헤일은 개 한 마리를 키운다. 생긴 지 4시간이 채 지나지 않은 흔적을 찾으면 그 흔적을 쫓아가 주인이 올 때까지 돼지의 귀를 다치지 않게 물어 붙잡아둘 수 있는 개였다. 이것이 가장 좋은 방법 같았다. 길에서는 열 사람의 장정이 막아서더라도 돼지를 붙잡기 어렵다. 동네 사람들은 쓸데없이 돼지에게 상처를 주지 않으면서 귀를 물어 붙잡아둘 수 있는 헤일의 개와 같은 개가 있다면 그야말로 더 이상 바랄 게 없다는 데 공감했다. 한두 사람은 그런 개가 있어야 온전히 돼지를 붙잡을 수 있다고 말하기도 했다.

이웃들은 자신의 일처럼 여겨주었다. 우리 집 돼지 일이 온 동네 화제가 되었고, 마침내 월콧앤홀든 상점에서 두어 번 모임이 열렸다. 모인 이 모두가 기르던 돼지를 잃고 상심했던 경험을 이야기했다. 한 사람은 자기 돼지가 웨스트퍼드 마을에 나타났다는 말을 듣긴 했으나 두 번 다시 그 돼지를 보지 못했다고 말했다. 또 한 사람은 돼지를 잡으려고 힘껏 뛰다가 기둥에 세게 부딪쳐 한동안 정신을 잃었다고 했다. 마을 사람들은 우리 집 돼지가 늑대마냥 달려 뛰어오르곤 하니 분명 숲에서 태어났을 거란다. 어떤 이는 돼지우리의 지붕 판자를 낮게 해놓아야 돼지 앞발을 붙잡더라도 돼지가 몸을 돌리기 어렵다면서 우리를 너무 높게 지어서는 안 된다고 충고했다. 또 어떤 이는 가축시장에 내놓은 돼지 무리에서 돼지를 고르면 가끔씩 이런 일이 벌어진다고 말했다. 우리 집 돼지는 여전히 악령에 사로잡히기라도 한 듯 날뛰었다. 다들 영리한 개 한 마리가 절실히 필요하다고 인정했다. 그러자 마구馬具를 만드는 로렌스가 불쑥 앞으로 나서더니 자기가 겪은 일을 털어놓았다. "언젠가 이웃 마을에 갔다가 돼지를 사로잡는 일에 낀 적이 있어요. 몸무게가 90킬로쯤 나가는 놈이라는데 우리를 뛰쳐나간 지 한참 되었더군요. 하지만 동네 사람들이 놈이 어디어디를 돌아다니는지 알아냈어요. 그래서 개 한 마리를 구해 개가 느닷없이 돼지에게 달려드는 일이 없도록 줄로 잘 묶고서 돼지 소리가 들리는 골짝으로 포복해 다가갔죠. 그런데 사람들이 다가오는 기척을 알아채고 돼지가 잠에서 깨어나 날쌔게 달아난다면 자취를 찾기 더욱더 힘들어지겠지요. 그렇다면 어떻게 할 방도가 없지 않겠어요. 그래서 귓속말로 서로 의논해서 개를 풀어주기로 했지요. 그런데 개를 풀어주자마자 곧 깨갱 하고 울부짖는 소리가 들리는 거예요. 급히 뛰어가보니 돼지는 가버렸고, 그 자리에 개가 갈가리 찢겨 있어서 얼마나 놀랐는지 몰라요." 그가 이런 얘기를 하자 곳곳에서 혀를 차는 소리가 들렸다. 이제 개들의 평판은 갑자기 떨어졌고, 우리 집 돼지를 잡을 기회는 더욱 멀어진 듯이 보였다.

나와 아버지는 우리 돼지를 다치지 않게 잡아오는 이에게 2달러를 주겠다고 상금을 내걸었다. 드디어 26일에 소식이 들려왔다. 녀석을 마을 북쪽에서 사로잡아 묶어놓았다는 것이다. 놈은 어느 늪지에 숨어 있었다. 동네 사람들의 추측이 옳았던 것이다. 스패니얼 사냥개 한 마리가 두 시간 동안 놈을 쫓아다녔다. 개 임자는 이렇게 말했다. "우리 개는 돼지와 정면으로 맞서거나 몸을 건드리지 않고 그저 돼지가 녹초가 될 때까지 쫓아다니기만 했죠. 약간 떨어져서 보니까 우리 개가 돼지와 얼마간 거리를 두고 맞서고 있더라고요. 그때쯤에는 돼지가 완전히 진이 빠져 있었죠." 다음 날 돼지는 네 다리가 꽁꽁 묶인 채 집으로 끌려왔고, 새로운 우리에 처넣어졌다. 이번에는 바닥이 아주 깊은 우리였다. 우리를 더 깊게 만들자는 말도 있었으나 아버지는 감옥을 만들고 싶은 생각은 없으셨다. 돼지를 잡아 온 이도 2달러를 받으면서 이만한 우리면 어떤 돼지라도 넉넉하겠다고 말했다. 아버지는 우물 같은 데서 돼지를 살게 하고 싶지는 않다고 말씀하셨다.

8월 28일 목　　　상원의원 섬너가 쓰러지다

6월, 7월, 8월의 모래벌판 몇 센티 밑에서는 거북이들이 깨어난다. 그대는 활동적으로 일한 것, 예술 작품, 지난여름의 전쟁에 대해서 이야기하겠지만, 그런 일들이 벌어지는 동안에도 거북알은 이런 소란 밑에 놓여 있었다. 거북 위로 채 1미터도 안 되는 높이에 있는 가볍고 덧없는 땅거죽에서는 어떤 사건이 일어났던가. 섬너가 쓰러졌다.* 캔자스 주민들은 이제 불안에 떨며 살아간다. 캔자스 주민들에게 섬너 습격은 어떤 의미를 지니는가? 여기에서 어미 거북이 알을 낳고 묻는 모습을 본 뒤로 훌륭한 사람들이 얼마나 많이 죽어갔던가! 거북이들은 자기 장례를 통해 얼마나 많은 설교를 해왔던가! 그때 거북알은 한갓 미발달된 액체에 지나지 않았으나 지금은 어엿한 거북이다. 6월, 7월, 8월 여름 내내 거북알은 깨어나기에 넉넉한 열기를 받지 않았던가.

서두르지 말고 자신의 일에 열중하라. 거북이를 생각하라. 6월, 7월, 8월, 여름이라는 시간은 거북알이 깨어나기에 그리 짧지도, 그리 길지도 않다. 아마 그사이에도 그대는 세상에 절망한 나머지 근심 걱정에 잠겨 삶의 끝을 생각했을 터이고, 모든 것이 막판으로 치닫는다고 생각했을 것이다. 그러나 자연은 거북알이 깨어나는 속도로 꾸준히, 그러나 고요히 나아간다. 어린 거북이는 알 속에서 유아기를 보내며 알껍데기를 통해 세상 방식을 배우고 경험한다. 거북알이 구멍 가장자리에 가만히 놓여 있는 동안 인간은 성급하게 계획을 행하고 망해간다. 거북은 시간의 진정한 값어치를 알고 있지 않을까? 그대는 인도에 갔다가 돌아왔지만 이 벌판에 묻힌 거북알은 여전히 잠잔다. 프랑스의 여러 왕조가 일어났다가 쓰러지고, 일어났다가 또 쓰러진다. 여기에 견주면 거북은 매우 빠르

* 1856년 5월, 매사추세츠 출신 상원의원이자 소로의 친구였던 찰스 섬너가 상원의사당에서 캔자스-네브라스카법을 나무란 뒤 남부 출신 의원에게 공격을 받고 피범벅이 되어 의식을 잃고 쓰러졌다. 섬너는 3년간 뇌손상에서 회복하지 못했다. 가해자는 3백 달러의 벌금을 냈을 뿐 수감되지 않았다.

게 자라는 편이다. 여름이란 무엇인가? 거북알이 깨어나는 시간이다. 거북의 성장이란 이렇게 참는 것이기도 해서 프랑스 스무 왕조의 흥망보다 더 오래 걸린다. 어떤 거북은 나폴레옹을 여러 명 알고 있다. 거북알 곁에는 어떤 먹잇감도 없고, 보살펴주는 손길도 없다. 그러나 이 위대한 세계는 그대를 위해 존재하는 것만큼이나 거북알을 위해서도 존재하는 것 아니겠는가.

8월 30일 토　　　삶의 오묘한 맛

오늘 오후에 크랜베리를 따러 밖으로 나왔다. 에머슨에 따르면, 유럽 북부 지방에서는 이 열매가 아주 흔하다고 한다. 이 유럽 크랜베리는 우리 뉴잉글랜드 크랜베리에 견주면 아주 작은데, 머지않아 서리가 내릴 것이기에 올해 이 맛을 보려거든 더 이상 지체하지 말고 따 모아야 한다. 나는 이 크랜베리 열매로 만든 과일 샐러드 한 접시를 추수감사절 식탁에 내놓고 싶었다. 하지만 하루 오후를 이 열매를 따며 보내기에는 너무 하잘것없다고 여겨져서 열매를 따러 갈지 정하기 어려웠다. 나는 이 어설픈 생각을 좀 더 가다듬어보았다. 예컨대, 넓은 벌판을 가로질러 벡스터 농장을 살펴본 다음, 갔던 길과 그리 다를 바 없는 길을 더듬어 되돌아올지 생각해보았다. 사실 오늘 오후 산책길에서 뭔가 좋은 일이 일어나리라고는 거의 기대하지 않았다. 하지만 이 열매를 따는 일이 아무리 하찮더라도 바라는 바를 이룬다는 점, 즉 집에서 곰곰이 따져보고 짐작해본 바에 따라 길을 정해 나아간다는 이로움이 있지 않을까 하는 생각이 마음 한구석을 스쳤다.

진심으로 사람들이 다니는 네거리의 평범한 삶에서 벗어나 멀리 떨어진 곳에 터를 잡으려거든 진로 계획을 빈틈없이 짜야 한다. 이웃의 것이 아닌 자신만의 일을 해야 한다. 실제로 자유롭고 바람직한 캔자스를 길이 차지하기 위해서는 일에 골몰하여 성과를 내고, 자리를 잡고, 땅을 넓히고, 개인과 나라의 앞날을 정하고, 살육의 피로 얼룩진 캔자스*를 되도록 머릿속에서 말끔히 잊고, 내 경계의 불한당들을 물리쳐야 한다. 애써 버티는 자세도 허약함의 하나로, 언젠가는 적과 마주치지 않으면 안 된다. 나는 나의 일을 할 터이니, 그대는 그대의 일을 해야 한다. 그대는 이웃집에 난로 놓는 일을 하며 오후를 보내고 그 수고의 값을 받을 터이다. 그사이 나는 늦기 전에 자연이 내놓은 물과일을 따며 오후를 보낼 것이고, 그대와는 다른 방식이긴 하나 나 또한 내 수고의 값을 받을 터이다. 나는 아무리 늦더라도 천성에 따라 오래 생각해온 작은 일을 행함으로써 짐작 못 한 많은 이로움을 거둬왔다. 평소 해오던 방식에서 벗어나 하찮더라도 새로운 걸음을 내딛어왔다.

* 1854년 제정된 캔자스-네브라스카법은 두 주의 주민으로 하여금 주가 노예주가 될지, 자유주가 될지 결정하도록 위임했다. 이로 인해 인근 노예주의 주민들이 캔자스로 몰려와 개척지를 만들었다. 이들은 '경계의 불한당'이라 불렸다. 한편 이에 대항해 헨리 워드 비처 목사 등 노예제 폐지론자들도 사람을 모아 무장시킨 뒤 캔자스로 들여보냈다. 1856년 5월 21일 '경계의 불한당' 수백 명이 자유주 마을 로렌스를 공격하여 성인 남성과 남자아이 2백여 명을 살해했다. 노예제에 맞서기 위해 1855년 10월에 캔자스에 들어와 있었던 존 브라운은 이에 분노했고, 사흘 뒤 밤에 이 살육과 연관된 노예제 지지자 다섯 명을 살해하고 수배되었다. 이후 존 브라운을 중심으로 군대가 결성되어 캔자스에서 노예제 지지측의 군대와 전투를 벌였다. 이런 유혈 사태가 2개월 넘게 이어졌다.

나는 이런저런 학교들을 다녀보았으면 하고 바라왔는데, 좋은 교육을 받으면 앞날도 훤히 트이지 않을까 하는 어리석은 생각 탓이었다. 하지만 우리네 삶을 만들고 살찌우는 것은 이런 혼자만의 자잘한 탐험이다. 덩굴식물이 이리저리 뻗어나가다가 땅과 맞닿으면 뿌리를 내리고 줄기를 키우듯이 말이다. 고용되어 하는 노동이란 대체로 사회라는 낡아빠진 찻주전자를 고치고 땜질할 뿐이다. 그 거래 자본이 땜납이다. 나는 천성에 따라 오늘 오후 이 습지에서 물과일을 한 주머니 가득 따서 그 오묘한 맛, 그러니까 뉴잉글랜드 삶의 고상함을 맛보는 것이 리버풀에 영사로 부임해 모르긴 몰라도 아무런 맛도 없을 수천 달러를 얻는 일보다 낫다고 생각한다. 누구든지 공연히 기대에 차서 노를 뉘여놓고 쉬면서 나날을 보낼 일이 아니라, 자기 천성에 따라 주어진 수백 가지 작은 일을 의도적으로 충실히 하면서 보내야 할 터이다. 우리 모두 물과일을 맛보는 하찮은 일을 하더라도 어떤 의도를 갖고 삶을 살아야 한다. 물과일의 맛만이 아니라 똑같이 당신 삶의 맛까지 음미하게 될 테니까 말이다. 이런 맛은 어떤 부로도 사지 못한다.

삶을 의식하든, 의식하지 못하든 양쪽 모두 좋은 것이다. 둘 다 같은 뿌리에서 나오므로, 한쪽이 다른 쪽을 제쳐놓아선 안 된다. 의식 있는 슬기로운 삶은 바로 무의식적인 착상에서 솟아난다. 나는 여행을 갈 때마다 마음 가는 대로 하기보다는 내가 답을 구할 질문 목록을 미리 마련해놓는다. 그래야 이로움이 크다고 느낀다. 사실 내 안에 내재된 빛이라는 보다 높은 실마리를 따른다면 자신으로부터 벗어나고 그 과정에서 맑은 눈으로 세상을 바라보고 새로운 길을 여행할 수 있다. 어떤 권리도 바라지 않고, 땅을 차지하지도 않고, 길을 내지도 않으면서 강둑에 앉아 습지를 건너다보며 자기 욕망만을 노래하는 저 거짓의 삶은 무엇인가?

비 내리는 쌀쌀한 날씨이기는 하나 나는 즐겁게 물과일을 따 모았다. 이 습지에서 이 열매를 모으는 이는 오로지 나 한 사람뿐인 듯싶었다. 언젠가 여기 땅임자에게 물과일이 자란다고 넌지시 일러준 적이 있으나, 그는 시장에 내다 팔 만큼 많이 나지는 않는다는 사실을 알고 이 열매에 대해 까마득히 잊어버린 듯하다. 마을에서 사실 이 열매를 찾아내 귀히 여기는 이는 오로지 나뿐이다. 물론 시장 값어치를 따져서 중히 여기는 것은 아니다. 누군가를 부려 갈퀴로 수백 부셸의 열매를 긁어모은 다음 시장으로 팔러 나가는 농사꾼보다 이 습지를 걸으며 즐거움에 젖어 두 주머니를 열매로 가득 채운 내가 훨씬 더 부자라고 느낀다. 매 순간마다 나는 마을에서 멀어진다. 내 수호 정령이 여기로 나를 이끌면서 미소를 짓는 것 같다. 불현듯 해가 나서 경치가 맑고 환해진다. 나는 누군가와 더불어 이곳에 와서 이 수익을 기꺼이 나누고 싶다. 하지만 나만큼 이 물과일에서 기쁨을 얻고 자양분을 얻는 이를 알지 못한다. 누군가에게 이 열매를 내보이면 그는 잠시 흥미를 느끼다가도 재배해서 이득을 내지 못한다는 생각에 금세 깨끗이 잊어버린다.

나는 한 시간 가량 늪지를 돌아다니다가 물이끼 속에서 놀랍게도 지름 45센티 크기의 개밋둑을 찾아냈다. 물이끼 한가운데에서 특이해 보이는 작은 허클베리 몇 그루가 자란다. 열매에 거칠거칠한 털이 나 있다. 나는 털 있고 먹지 못하는 허클베리들이 멋대로 자라난 거친 야생의 장소, 새로운 세상 그리고 인간 사회에서 멀리 떨어진 황무지에 와 있는 듯 느껴진다. 반 시간만 걸으면 이와 같이 야생에서 독특한 체험을 할 수 있는데 멀리 떨어진 산악이나 늪지를 찾아갈 필요가 있겠는가. 이곳에도 버크셔나 래브라도 못지않게 야생식물이 많이 자라고 있지 않은가. 자연은 쉽게 길들여지지 않는다. 이곳 자연도 다른 곳 자연 못지않게 원시적이고 활력 넘치지 않는가. 한동안 버크셔 늪지에 혼자 온 듯한 감동을 느꼈고, 이로 인해 버크셔에 가는 수고를 덜었다고 믿는다. 뜻하지 않은 수확이다. 이웃들이여, 나는 그대들도 옥수수밭과 감자밭에서나 못지않게 많은 수확을 거둬들이길 바란다. 나는 허클베리를 모아 추수감사절을 맞을 채비를 하겠다. 멀리 떨어진 곳에서 야생을 꿈꾸는 일은 헛되다. 그런 곳은 어디에도 없기 때문이다. 이런 꿈을 지니게 하는 근원은 우리 뇌와 창자 속의 늪, 우리 안에 든 자연의 원시적 활력이다. 나 자신이 직접 참여하는 콩코드의 자연에서 찾지 못한 위대한 자연을 래브라도 야생에서 발견할 수는 없는 일이다. 보다 인간적이고 보다 큰 미덕만이 이 지구를 오싹할 만치 신기하고 야생적인 곳으로 만들어줄 터이다.

미들섹스카운티에 농사짓는 들판과 뜰과 채마밭만 있는 것은 아니다. 이곳에도 천 년 전과 다름없이 쟁기질, 도끼질, 낫질, 갈퀴질을 당하지 않은 원시의 야생 그대로인 땅이 얼마쯤 남아 있다. 문명이라고 하는 사막에서 달나라 땅만큼이나 아무도 살지 않는 거칠고 쓸쓸한 작은 오아시스 같은 땅이다. 이런 땅에는 아직 개성이 남아 있다고 믿는다. 나는 이런 땅을 대하면 경외심 같은 것을 느끼고, 심지어 내 시대까지 이어져온 어머니 지구의 물질로서 참배하고픈 마음이 든다. 우리는 아주 다르므로 서로에게 끌리며, 서로를 우러러본다. 이런 땅은 사랑하고픈 소녀 같고, 유성이나 운석과 같아서 어느 시대에나 떠받들어진다. 그렇다. 삶을 둘러싼 진흙투성이 껍질을 깨고 나올 때 우리는 지구 전체가 운석임을 깨닫고, 지구 자체를 높이 떠받들게 되며, 지구가 멀리 떨어진 곳인 양 성지순례를 떠나게 된다. 우리는 지구 아닌 다른 행성, 즉 땅이 아닌 하늘에서 떨어진 돌은 떠받들면서 이 지구에 속한 돌은 떠받들지 않는다. 농부가 집 울타리로 쌓은 돌 또한 메카의 운석 못지않게 좋은 것이고, 뒷문 주춧돌 또한 천국의 어떤 초석 못지않게 훌륭한 것이 아니겠는가.

인간이 나무와 돌을 떠받들 만큼 나아진다면 인류 또한 진정으로 다시 태어날 수 있을 터이다. 이교도가 우상을 숭배하는 까닭은 두려움과 노예제도와 습관 때문이다. 나라마다 이런 우상 숭배자들로 그득하고, 이교도가 이교도를 구하겠다며 바다를 건너온다. 즉, 죽은 자가 죽은 자를 묻으면서 모두 함께 구렁텅이로 떨어지는 것이다. 나는 이러느니 차라리 내 손발톱 깎는 일이나 숭배하겠다. 풀 한 포기만 자라는 곳에서 두 포기를 키워낸 이를 은인이라고 해보자. 그렇다면 하나의 신만 아는 곳에서 둘을 찾아낸 이는 훨씬 더 훌륭한 은인이라고 해야 할 터이다. 나는 해바라기가 햇빛을 맞아들이듯 감탄하고 숭배할 이런 기회를 아낌없이 누릴 터이다. 어느 날 내가 좀 더 가슴 뭉클하고 놀랍고 신묘한 나무나 돌을 보게 된다면 좀 더 신에게 다가간 확장된 삶을 살 수 있을 터이다. 어떤 돌이 내 흥미를 끌어 내가 얼마나 먼 길을 왔고, 얼마나 더 멀리 가야 하는지 말해주고 앞일까지 일러준다면 그것은 내 개인의 기쁨이 될 터이다. 그 돌이 우리 모두에게 같은 도움을 준다면 그것은 당연히 우리 모두에게 큰 기쁨이 되리라.

8월 31일 일　　강가에서 만난 여행자

오후에 노를 저어 허버드배스 늪지에 갔다. 강가에 앉아 있던 사람*이 함께 타고 가길 원하나, 나로서는 생각도 하지 못한 일이다. 티끌 한 점 없는 푸른 하늘처럼 맑은 사람은 없다. 사람은 어딘가 흐린 면이 있기 마련이다. 나는 그를 보트에 태우지는 못하더라도 강가 적당한 곳에 앉아 반 시간 정도 그의 말에 귀 기울이다가 헤어질 수는 있다. 그는 자기가 보트에 타더라도 얌전히 앉아 있으면 내게 아무런 방해가 되지 않으리라 생각한다. 그러나 그를 보트에 태우는 것은 내 마음에 그를 태우는 노릇임을 그는 깨닫지 못한다. 내 마음에는 그가 자리 잡을 빈 공간이 없다. 내 배는 사색의 뱃길을 끝내지 못하고 가라앉을 것이다. 호수처럼 탁 트인 드넓은 강에 이르지 못하고 말 것이다. 내가 마음속으로 꺼리는 점은 그와 함께 실릴 흙의 무거운 성질이다. 그는 내가 또 다른 바다로 나아가기 전에 배를 가라앉히리라. 그는 이 사실을 알지 못한다. 그를 태우느니 차라리 초원의 진흙을 가득 싣고 뱃전의 굵은 못 위에 앉

* 채닝을 일컫는다.

아 있는 편이 훨씬 더 낫다. 그러면 나는 좀 더 여유로움을 누릴 수 있을 것이다. 배에 진흙을 가득 싣더라도 얼마든지 강의 드넓은 곳에 다다를 수 있다.

그가 꿈까지 따라오지는 못할 터이니 그를 내 침대에 재울 수는 있다. 오, 그대는 꽤나 몸이 나가는 사내이나 나 또한 그대가 싫지는 않다. 그대가 가지 않으면서도 갈 수 있다면 그때 비로소 그대는 가도 좋은 것이다. 선장이 쓰는 방이 분명 비어 있는데 그대는 가장 급이 낮은 손님방에 들겠다고 말한다. 그러나 나는 그대가 행낭만 손님방에 넣어두고 선장이 쓰는 아늑한 방에 자리 잡으리라는 걸 너무나도 잘 안다. 나는 왜 그대와 머물지 않고 가고 있는가. 나는 일부러 그대 같은 이에게서 멀리 떨어져 강을 가려고 여기에 왔고, 그대는 강가에서 나를 불러 세웠다. 내가 보트를 띄우려는 순간 말을 걸어왔다. 아, 그대는 1.5킬로 떨어진 곳에서부터 나를 지켜봤을 것이다. 머지않아 내가 그대의 생각에서, 그대 또한 내 생각에서 멀어지리라 믿기에 내가 용기를 내서 돛을 올렸던 것이다. 나는 우리 사이에 두어 개 굽이도는 굴곡과 언덕을 두려고 서두른다. 이 만남에서는 공짜 화물과 손님 사이를 뚜렷이 가려야 한다. 나는 그대를 위해 어떤 화물이든—친애하는 이여, 그대를 제외하면 그 어떤 것이라도 말이다—기꺼이 받아들일 것이다.

어떤 이는 날마다 나와 함께 걷거나 강에 가면 안 되느냐고 별 생각 없이 묻는다. 그는 둘의 몸뚱이가 15센티 정도는 떨어져 있을 터이니 서로에게 아무런 방해가 되지 않을 것이라 생각한다. 이런 일은 운명으로 정해진다. 좋은 배는 채비가 갖춰지면 뱃길을 나선다. 화물 운반은 누구에게 맡길 것인가? 어디로 가는지는 내 벗에게 물어보라. 누군가의 배에 빈 공간이 전혀 없을 때 그 안으로 들어가는 것은 그대의 발을 어떤 이의 입에 밀어 넣고 그의 마음으로 곧바로 들어가겠다는 것과 무엇이 다르겠는가. 내 기억이 올바르다면 그대가 누군가와 3~4킬로를 함께 간다면 그것은 그 누군가의 청을 받아들였을 때뿐이었다. 이제 누군가가 그대와 함께 가겠다고 청한다고 해보자. 나는 어떤 이를 내 일행으로 받아들이느니 차라리 돼지고기 한 통을 짊어지고 나르는 편을 택하겠다. 그 짐이 그렇게 무겁지는 않을 것이다. 짐을 내려놓으면서 허리가 약간 쑤시기만 할 테니 말이다.

산책 중에 우연히 만난 땅임자가 길을 잃었느냐고 물으면 즐거워진다. 나는 대체로 강이나 후미진 길로 지나다니므로 땅임자를 만나는 경우는 아주 드물다. 일전에 코난트가 이렇게 말했다. "어쩌다 뜸하게 한 번씩 오는 걸 보니 측량하러 오나 보군." 코난트는 내가 자기 농장 근처를 1년에 한 번 찾아올까 말까 한다고 생각했으리라. 그러나 나는 거의 일주일에 한 번씩 그의 농장 근처를 들렀고, 전에는 그보다 더 자주 찾아갔다. 아마 지금도 코난트 못지않게 자주 들르고 있을 것이다.

9월 2일 화　　문학의 첫 씨앗

대체로 내가 흥미로운 식물학적 발견을 하는 때를 돌이켜보면, 새로운 무언가를 발견한 지 얼마 지나지 않은 으슥한 늪지 같은 곳으로 들어서며 기대에 차서 조마조마한 기분에 젖을 때이거나 또는 마을에서 아주 멀리 떨어진 외진 곳에 와 있다고 느낄 때인 것 같다. 이럴 때에는 어떤 까닭인지 한동안 기이하게 마음속을 맴돌던 희귀한 식물을 보게 된다. 이렇게 기대가 발견으로 이어지는 경우가 드물지 않다. 나는 낯선 사물을 받아들일 태세가 되어 있다.

아버지는 존 레그로스 씨에게 이렇게 나라가 위기에 처한 순간에 정치적 의무를 다하고 있는지 물었다. 레그로스 씨는 의무를 다하고 있다고 말했다. 그는 일요일이면 장작 쌓인 헛간에 가서 신문을 읽는다. 이런 것들이 문학을 즐기는 첫 시작이다. 새로운 나라에 뿌려지는 문학의 첫 씨앗이다. 그의 손자는 『바가바드기타』 같은 글을 써낼지 모른다.

나는 위대한 시와 하찮은 시의 차이를 이렇게 생각한다. 위대한 시는 뜻이 말을 앞질러서 말 밖으로 흘러넘친다. 반면에 하찮은 시는 말이 뜻을 앞지른다.

10월 1일 수　　　뜻깊은 이야기

나는 어떤 이야기를 듣고 나서 얼마쯤 시간이 흐른 뒤에야 그 이야기가 시나 극이 될 가능성이 있음을 알아차릴 때가 드물지 않다. 뜻이 많이 담긴 이야기의 특성 하나는, 처음 들었을 때는 그다지 놀랍지 않지만 나중에야 얼마나 흥미로운 이야기인지 깨닫게 된다는 것이다. 그러고 나서야 우리는 그 안에 담긴 세세한 면에 관심을 기울이게 된다. 우리가 시를 즐기려면 먼저 그것이 시라는 것부터 알지 않으면 안 된다.

10월 2일 목　　아이들과 말

풀밭에서 두서너 살쯤 된 고만고만한 아일랜드 아이 넷이서 짐작컨대 근처 밭에서 일하고 있을 아버지를 도우려고 말 한 마리를 돌보는 중이다. 흥미로운 광경이다. 아이들이 뭔가 도움이 되기를 바라면서 나란히 서서 긴 밧줄을 붙잡고 말을 끌어당긴다. 놀랍게도 말이 이런 작은 아이들의 뜻을 따른다. 고분고분한 이 말은 진정한 가족 같다. 아이들이 소리치고 잡아당기자 말이 언덕 아래로 내려간다. 말이 조심조심 움직이면서 뛰지 않고 걷기만 하는데도 밧줄 끝을 잡은 한 아이만 빼고 세 아이 모두 이내 밧줄을 놓치고 만다. 아이들은 곧장 오른쪽, 왼쪽으로 흩어지며 밧줄을 잡으려 애쓴다. 아이들은 결국 언덕 아래 울타리에서 멈춰 선다. 그러자 가족의 강아지로 보이는 어린 포인터 한 마리가 아이들을 도우려고 뛰어온다. 이 강아지 또한 아이들 못지않게 어리고, 따라서 아는 것도 별로 없을 터이다. 말이 아이들이 끄는 밧줄에 이끌려 뒤에서 천천히 걷다가 이따금 잠자코 서기도 하는데, 마치 아이 모두가 자신을 움직이도록 애쓰고 있음을 모르는 체하는 듯하다. 일행 중 가장 나이 많고 슬기로운 이 충직한 짐승이 이와 같이 어리고 나약한 아이들이 이끄는 대로 묵묵히 따르는 모습을 보고 있자니 저절로 미소가 지어진다.

10월 5일 일　　　수수하고 단순한 일

허클베리가 자라는 풀밭에 옅은 밤색 말불버섯이 돔 모양으로 무수히 돋아나 먼지처럼 홀씨를 토해낸다. 살그머니 건드려도 버섯 끝부분 작은 구멍들에서 밤색 홀씨가 무수히 튀어나온다. 어찌나 곱고 가벼운지 굴뚝에서 솟아난 연기처럼 멀리멀리 공중으로 흩어진다. 말불버섯은 동양의 나지막한 둥근 지붕이나 회교 사원이다. 이 버섯 무리 밑에 민달팽이나 귀뚜라미가 집을 지어 살고 있을 것이다. 그러니 이 밑에는 모락모락 연기를 피우는 수수한 화덕이 있으리라. 말불버섯은 허허벌판에 세워진 허름한 진흙 오두막을 닮았다. 이 안에서는 지체 낮은 영원한 생명이 살아간다. 여기 시들어가는 나지막한 풀과 그루터기 사이에 말불버섯이 모여 소, 돼지, 여행자가 지나갈 때마다 연기를 피워 올린다.

수수하고 단순한 것에서 할 일과 즐거움을 찾는 것이 좋다. 이런 일은 오랫동안 하더라도 진력이 나지 않을 뿐 아니라 가장 알찬 열매를 맺는다. 유럽이나 동양을 여기저기 떠돌며 이것저것 구경하기보다 단 하루 이곳 초원에서 소 떼의 움직임을 지켜보고 싶다. 지금 소 떼가 한 방향으로 천천히 나아가고 있다. 이 소 떼를 돌보며 소들이 나아가는 길을 지도로 그리면서 소들이 움직이는 모습을 낱낱이 기록하고 싶다. 먼 곳을 여행하든, 마을 밖 풀밭을 관찰하든 우리 자신을 기록할 따름이다. 게다가 먼 곳에 대한 기록은 마을 주변 기록보다 값어치 없는 겉핥기식 기록이 되기 십상이다.

10월 14일 화 　　쌀쌀한 가을날에

꽤나 따스하고 상쾌한 날이 이어지다가 날씨가 별안간 바뀌면서 어젯밤에 비가 내렸다. 오늘은 엉겁결에 주머니 속으로 손을 집어넣을 정도로 손가락이 시리다. 하염없이 낙엽이 떨어진다. 비가 내려 때 이르게 나뭇잎들이 산뜻함을 잃었다. 지금 보이는 꽃들은 남김없이 늦게 핀 꽃들이다. 톱풀은 말할 것도 없고 치커리, 제비꽃, 애기풀, 가을민들레와 쑥국화 등속이 싱그럽기 그지없다.

10월 18일 토 　　글의 주제와 삶

사람들은 대체로 주제를 지나칠 정도로 중히 여긴다. 어떤 주제는 깊은 뜻을 담고 있고, 어떤 주제는 값어치가 헐하다고 생각한다. 이 생각이 옳다면 나는 지극히 하찮은 삶을 살면서 아주 허름한 즐거움을 누리는 셈이다. 그러나 나는 기쁨과 슬픔, 옳음과 그름, 귀함과 천함 같은 낱말 대부분의 뜻을 내 이웃들과 다르게 새긴다. 이웃들은 무척 딱하다는 눈길로 나를 바라보곤 한다. 내가 허구한 날 혼자서 들과 숲을 헤매고 배를 타고 강을 떠다니는 것이 천하게 타고난 운명 탓이라 생각한다. 그러나 나는 이런 일에서 진실한 낙원을 찾았기에 망설이지 않고 이런 삶을 택했을 뿐이다. 내가 하는 일은 글쓰기다. 어떤 주제라도 하찮지 않음을 알기에 날마다 겪는 자질구레한 일도 주저 없이 다룬다. 어리석은 자들이여, 글의 주제란 아무것도 아니며 단지 삶이 중요할 뿐이다. 삶이 자아내는 깊이와 강렬함만이 독자의 마음을 끌어당긴다. 내가 다루는 주제는 점 하나에 불과하지만, 삶을 얼마만큼 치열하게 겪어내느냐에 따라 내 글이 폭넓은 터전 위에 자리 잡을 수 있을지 없을지가 판가름 난다. 인간이 중요하고 자연은 아무것도 아닐지 모르지만 자연이 인간을 끌어내어 비추면 상황은 달라진다. 나는 단순하고 값싸고 수수한 주제를 다루고자 한다.

11월 30일 일 첫눈과 고양이 민

어제 아침부터 오늘 낮까지 계속 눈이 내렸다. 천천히 싸락눈이 내리기도 하고, 내렸다 그쳤다 하면서 몇 센티 높이로 쌓였다. 내가 본 올해 첫눈이지만 몇 주 전에 잠시 땅이 하얘진 적이 있었다고 한다. 올 11월은 지난해보다 따스하고 쾌적해서 퍽 기분 좋은 달이었다.

눈이 몇 센티쯤 쌓였으나 공기가 꽤나 부드럽고 온화하다. 눈 위에 빈 잔 같은 꿀풀의 꽃이 피었다. 허버드숲으로 간다. 눈 위에 떨어진 솔잎에 가느다란 노란색 턱잎이 돋아나 눈길을 끈다. 이 풀에서 저 풀로 참새들이 총총 뛰어다닌 흔적이 무수하다. 페어헤이븐 언덕 사과밭에는 사과알이 하나도 남아 있지 않고, 사람이 지나다닌 흔적도 보이지 않는다. 여기저기에서 다람쥐나 토끼가 바쁘게 길을 건너다닌다.

아침에 우리 집 고양이가 기운이 넘쳐 얼어붙은 눈 위를 뛰어다니며 장난을 쳤다. 일전에 뉴저지에서 돌아와서 민의 부쩍 자란 당당한 모습에 깜짝 놀랐다. 다 자란 암고양이 못지않게 두 뺨이 부풀어 올랐는데, 겨울을 나려고 털이 새로 자랐기 때문이다. 민은 털가죽을 뒤집어쓴 추장처럼 한 달 전보다 3분의 1쯤 더 커졌다. 이제 하루에 쥐 한 마리 정도는 너끈히 잡는다고 한다.

12월 1일 월　　관목참나무 잎

오늘도 늙고 핼쑥한 농부가 썰매를 타고 간다. 나는 그의 모습을 오천 번은 보았을 터이다. 사이러스 허버드는 자연이 내놓는 달콤한 밤과 단단한 히커리처럼 정직하고 성실한 뉴잉글랜드 사람이다. 그는 불멸하는 자연이자 내 구세주이기도 하다. 자신이 믿는 믿음을 실질적으로 넘어섰다. 벼슬 따위는 전혀 바라지 않는다. 그런 이에게 제도와 계시가 무엇이란 말인가. 우리는 어리석게도 사람 됨됨이보다 어떤 신조를 떠들어대느냐를 더 중히 여긴다. 인간이 상황과 세상보다 뛰어나고 그 자신이 새로운 법이기에 얼마나 상황이 어렵고 세상이 비열한지는 중요하지 않다. 이 늙은 농부는 법칙을 따라야 하는 하나의 시스템 같다. 묵묵히 사물의 본성과 질서를 북돋아준다. 정직한 이가 이 세상을 거처로 삼은 일만큼 이 세상에 희망이 되는 것은 없다. 그는 눈처럼 맑고 서늘하고 잔잔하게 말을 건넨다. 그가 다니는 곳에서는 눈이 녹지 않는다. 흙, 돌, 나무, 눈으로 지은 사람처럼 검소하고 자연스럽고 진솔하다. 나는 이 우주에서 이러한 요소들로 이루어진 내 일가붙이를 만나고 말았다. 내겐 인간이 개구리 같다. 나로서는 그들이 하는 말이 개구리 울음소리처럼 부분, 부분밖에는 이해가 되지 않기 때문이다.

관목참나무 잎의 사랑스럽고 건강한 빛깔은 불멸성이 깃든 양시들 기미를 보이지 않는다. 얇고 쭈글쭈글한 백참나무 잎과 달리 땅에 가까울수록 단단하고 깨끗하면서 잎맥이 촘촘하고 포동포동하다. 하늘을 향한 쪽은 부드러운 가죽처럼 볕에 그을려, 색 중의 색인 암소와 사슴의 색깔을 띠고 있다. 적갈색 겨울 들판을 향한 밑면에는 울긋불긋함이 빠져나간 푸근한 은빛 솜털이 나 있다. 이 잎에 견주면 아칸서스 같은 다른 나뭇잎들은 어떠한가? 이것이 내 겨울 상징이다. 나는 이파리 몇 개를 달고 앙상하게 눈 위에 선 이 관목참나무를 보듬고 사랑한다. 내게 조용히 속삭이는 이 잎은 겨울 사색, 겨울 석양과 같은 온갖 겨울의 미덕을 닮았다. 산토끼와 메추라기의 은신처이자 나의 은신처이다. 이 나무는 내 몇 촌쯤 되는 친척일까? 이 나무만큼 인내심 강한 이가 있을까? 가난은 일종의 기도이고, 모든 기도는 응답을 받는다. 이 나무만큼 강철처럼 굳고, 공기처럼 맑으며, 미덕처럼 꿋꿋하고, 어린 소녀처럼 깨끗하고 상냥한 것이 있을까. 메추라기가 그러하듯 관목참나무에 대한 지식과 사랑으로 나는 자연스럽고 건강해진다. 오늘 오후 나는 한 참나무를 애타게 갈망했다. 드디어 나의 짝을 찾았다. 관목참나무와 사랑에 빠졌다. 나는 프랑스인 마을, 러브조이 마을, 세이버리 마을에서는 마음이 편치 않다. 하지만 이 관목참나무 숲에서는 마음 놓고 겨울을 날 수 있다. 나는 관목참나무와 동거할 채비를 갖췄다.

올해 어느 곳보다 뉴욕 거리에서 밤을 많이 보았다. 거리에서, 은행과 환전소 계단에서 토실토실한 밤이 터지면서 노랗게 구워진다. 시민들이 자연림의 견과를 다람쥐 못지않게 많이 먹는 것을 보니 놀라웠다. 시골 아이뿐 아니라 온 뉴욕이 밤을 따러 다닌다. 밤은 다람쥐를 먹일 뿐 아니라 마부와 신문팔이도 먹인다.

12월 2일 화　　사냥꾼 멜빈

해거름에 푸른빛 도는 흰 바탕에 검은 반점이 난 멜빈의 사냥개를 보았다. 좀 야위었다. 멜빈이 총을 메고 집으로 간다. 그는 농부들이 들로 나가 농사일을 하듯 날마다 숲으로 사냥을 다닌다. 사냥은 그의 자랑이다. 나는 그를 끈질긴 천재로 무척 존경하고 고마워한다. 그가 이 세상을 뜨면 하느님이 우리에게 또 다른 멜빈을 주실 거라 믿는다. 평생 주일학교에 매이지 않고 자기 소질대로 사는 그는 얼마나 선한가! 이 동네에서 그는 얼마나 부자인가! 나는 잠들기 전에 그를 생각하며 그가 존재한다는 것에 감사를 드린다. 멜빈의 어머니는 사냥에 미친 아들을 못마땅해하지만, 그는 언덕 위 포도주 빛깔처럼 내게 기분 좋은 사람이다. 나는 아침저녁마다 이 축복에 감사를 전하련다. 그는 지쳐 풀린 다리를 질질 끌고 간다. 나와 동시대를 사는 내 이웃이다. 그가 한 부족의 일원이라면 나는 또 다른 부족에 속해 있고, 우리는 평화롭게 지낸다.

휘트먼*이 쓴 『풀잎Leaves of Grass』의 관능성에 대해 말하자면, 그의

* 월트 휘트먼(Walt Whitman, 1819~1892). 미국 자유시의 거장으로, 초월주의에 영향을 받았다. 그의 대표작이자 후일 미국을 대표하는 시집 중 하나가 된 『풀잎』은 발표 당시 에머슨의 호평을 받았으나 노골적인 성 묘사로 많은 이에게 비난받았다.

시집을 나무라기보다는 그 시집을 읽고 아무 해도 입지 않을 정도로 사람들이 순수해지길 바라는 마음이다.

12월 3일 수　　　단순하고 말없는 이웃들

온종일 가랑비, 소낙비가 이어져 길이 진창이 되는 통에 먼 길을 걸어온 이들은 누구나 구둣방을 들러야 했다. 나는 겨울 산책용으로 쇠가죽 부츠 한 켤레를 샀다. 제화공은 1년 전에 만든 튼튼한 부츠라며 자기 솜씨를 자랑했다. 이제 나는 무장을 갖췄다는 자부심을 느낀다. 부츠를 장만하고 나니 어느덧 겨울 숲으로 들어간 기분이다. 나는 내 방에 놓인 쇠가죽 부츠를 볼 때마다 서리 내린 질펵한 숲길을 멀리까지 걷고, 스케이트를 타고 얼음 먼지를 헤치며 달릴 생각에 가슴이 설렌다.

나는 여러 해 동안 겨울 지평선에 선 소나무 숲 풍경을 뜯어먹고 살 정도로 식욕이 넘쳤다. 지금도 아주 값싼 것만 먹으며 산다. 철로 절개지에서 떨어져 눈 위로 미끄러진 마른 모래가 내 산책길의 조미료이다. 나는 회색 무스처럼 숲길을 이리저리 헤매다가 원뿔처럼 솟은 나무 꼭대기를 올려다보면서 상상력을 키워왔다. 나무꾼 도끼에 상한 적 없는 저 먼 곳의 상상의 나무가 내 눈가와 속눈썹 가까이로 다가온다. 저 하늘에 비친 숲의 테두리에서 나에게 숲의 값어치라고 할 수액과 열매는 어디에 있는가? 햇빛에 반짝이는 저 소나무의 은빛 솔잎이야말로 내가 평생 가꾸고 일궈야 할 나의 땅이다.

나는 단순하고 말없는 시골 사람, 내 이웃들을 사랑한다. 이들은 자기 일에 골몰할 뿐 내 일에 참견하지 않는다. 누구나 총을 지녔지만 밭을 가로질러도 나를 불러 세우거나 총질한 적은 한 번도 없다. 거의 40년 동안 나는 멀찍이 떨어져서 이들이 오래 고통을 참고 사는 모습을 보아왔다. 이들에게 말을 건넨 적은 없고 이들 또한 내게 말을 걸어오지 않았다. 그러나 이 침묵이 영원한 우정의 서곡인 양 나는 이제 그들에게 어떤 친밀함을 느낀다. 우리는 얼마나 오래 시달림을 견뎌왔던가! 잠자리를 같이하는 부부 이상으로 우리는 서로를 얼마나 존경하는가! 나는 호머와 예수와 셰익스피어가 세상에 태어난 것 못지않게 미노와 라이스와 멜빈과 굿윈이 세상에 태어난 것을 감사하게 여긴다. 심지어 정처 없이 홀로 떠도는 푸퍼까지도 말이다. 나는 멜빈이 적갈색 외투를 걸치고 홀로 자기 영토를 누비는 모습을 본다. 그를 대신할 사람은 어디에도 없다. 그는 자연 속에서 한자리를 차지했다. 뛰어난 위인들 못지않은 자리이다.

12월 4일 목　　　식물학 공부

오후 2시경 클램셸 언덕 가까이까지 갔다가 허버드 다리를 건너 집으로 돌아왔다.

새 한 마리가 짹 하고 우는 소리가 희미하게 들린다. 머리와 날개 쪽이 산뜻한 밤색이고 몸통에 흰 줄무늬가 그어진 작은 나무참새가 홀로 뻗어나간 하얗고 굵은 가지에 앉아 있다. 겨울을 견디는 깨끗하고 검질긴 그것의 색은, 관목참나무 잎 윗면 색을 닮았다. 나는 이 계절의 자연에서는 찾아보기 쉽지 않은 이런 수수한 빛깔을 너무나 좋아한다. 강하고 건강해 보이는 밤색과, 태고의 착실함을 간직한 잿빛과, 하늘의 푸름과, 상쾌한 풀빛과, 눈처럼 하얀 순수하고 차디찬 빛을 말이다.

마일스의 집 건너 숲길을 끼고 묘목들을 키우는 곳에서, 관목참나무 사이에 피어난 잿빛 미역취가 그리로 달아난 토끼 빛깔을 떠올리게 한다. 자연은 이렇듯 빛깔을 먹여 자기 아이들을 키운다. 나는 하얀 눈을 오래 바라보거나 참나무 밤색 잎이나 나무껍질을 들여다보는 일이 눈의 피로를 풀어주는 좋은 방법이라고 믿는다. 우리는 좁디좁은 테두리 안에 갇혀 끝없이 변화를 바라면서도 서로 다름을 보지 못하지만, 참나무 시든 잎 빛깔마저도 갖가지로 다르다. 심하게 쭈그러들고 말라버려 해쓱해진 하얀 잎, 밤색이 짙어지면서 훨씬 더 펑퍼짐해지고 번들거리는 검은 잎, 검은 듯하지만 그다지 상처 입지 않은 붉은 잎 등등. 진홍참나무 잎의 잎맥에는 아직도 핏빛이 남아 있는 경우가 드물지 않다.

소피아 말로는 내가 집으로 들어서기 직전에 민이 뜰에서 생쥐 한 마리를 잡아 데리고 놀았다고 한다. 생쥐가 두어 번 달아났다가 다시 붙잡혔다는 것이다. 이제 민이 웅크리고 느긋이 바라보는 동안 생쥐가 다시 살금살금 달아나려 한다. 그런데 억세지만 고독한 라이어든의 수탉이 기웃거리며 다가와 고개를 돌려 한쪽 눈으로 생쥐를 내려다보더니 생쥐 꼬리를 물어 두세 번 땅에 메다꽂았다. 그리고 재치 있게 공중으로 던져 올려 입으로 받아 먹었다. 생쥐는 눈 깜짝할 사이에 산 채로 수탉의 너른 목구멍 속으로 곤두박질쳐 다시는 세상을 보지 못하게 되었다. 그동안에도 민은 편안히 웅크리고 앉아 무심히 이 모습을 바라보았다. 민에게 생쥐 한 마리 따위가 무슨 문제가 되겠는가. 수탉은 까치밥나무 덤불 쪽으로 가면서 목을 길게 뽑아 두어 번 꿀꺽꿀꺽 삼킴으로써 할 일을 마친 다음, 기운차게 꼬끼오 하고 두어 번 울어젖히며 공적을 기렸다. 중세 무용담에 넣어도 손색이 없을 영웅적인 일이었다. 이 사건을 증언할 이가 두어 명 더 있다. 생쥐가 어디로 사라졌는지 민이 알고 있을지는 의문이다. 민은 또 다른 생쥐가 드나들지 모르는 콧구멍만 한 구멍 옆에 웅크리고 앉아 꽤 오랜 시간 침착하게 지켜보고 있다. 민은 부드러운 털로 안감을 댄 의자나 소파에 발톱을 갈아대곤 해서 어머니를 애태울 때가 적지 않다.

고결한 이유로 다른 이와 사귀기를 삼가는 이는 혼자서 더 나은 사회를 즐긴다.

내 기억으로 내가 들여다본 첫 식물학 서적은 20년 전쯤에 활용한 비글로*의 『보스턴과 인근 식물들Plants of Boston and Vicinity』이다. 주로 식물이 어디서 자라는지 짧게 풀이한 글을 읽거나 속명을 찾으려 뒤적이곤 했다. 찾아본 식물이 잘 모르는 식물일지라도 마음에 두지는 않았다. 그러면서 많은 식물의 이름을 익혔으나 지식이 체계적이지 않았기에 머지않아 잊고 말았다. 나는 꽃을 피어난 자리에 남겨두고 싶었고, 그렇게 핀 꽃이 가장 좋았기에 꽃을 꺾고

* 제이콥 비글로(Jacob Bigelow, 1787~1879). 하버드대 의학 교수로 의학, 식물학, 건축학에 조예가 깊었다. 『미국의 약초학(American Medical Botany)』 등 많은 저서를 남겼다.

싶지는 않았다. 그리고 집 안에서 키우는 식물에는 전혀 마음을 기울이지 않았다. 그러나 해가 바뀔수록 자연을 새로운 눈으로 보게 되었다. 나는 6년 전쯤에야 보다 이치에 맞게 식물을 바라보면서 하나하나의 이름을 찾아보고 기억해낼 수 있게 됐다. 그때부터 내가 식물표본상자라 칭하는 안감 튼튼한 밀짚모자에 식물을 넣어 집으로 가져가기 시작했다. 다른 연장은 전혀 쓰지 않았다. 누군가의 집을 찾아가 모자를 입구 협탁에 내려놓았을 때 모자가 너무 남루해서 집주인이 흠칫 놀라면 나는 이것이 모자라기보다 식물표본상자임을 알리곤 했다. 그 시절 나는 여러 늪지를 흥미롭게 지켜보면서 그곳에서 자라는 온갖 관목과 가지에 달린 잎을 알아볼 만큼 식물들에 익숙해져야 한다고 느꼈다. 1년 내내 보는(은화식물과 잡풀은 제쳐두고) 온갖 식물과 친밀해지길 바랐다. 그러면서 꽃 대부분을 알게 되었다. 그러나 어떤 늪지에서 모르는 관목 종이 대여섯 개만 넘어도 그 늪지가 낯선 종으로 가득한 미로처럼 느껴졌다. 그래서 그 관목 종들을 알게 될 때까지 늪지 한쪽 끝에서 다른 쪽 끝까지 철저히 살펴볼 마음을 먹곤 했다. 이런 노력 없이는 일이 년 안에 어떤 지식의 경지에 다다를 것 같지 않았다. 그러나 여전히 나는 식물학을 공부한 적이 없고, 지금도 체계적으로 식물을 공부하고 있지는 않다. 대부분의 자연이 대단히 인위적인 체계에 따라 나누어져 있다. 나는 될수록 좀 더 가까이 다가가 내 이웃과 사귀고 싶었다. 곧이어 나는 식물이 언제 처음으로 꽃을 피우고 잎을 내는지 관찰하기 시작했다. 아침이든 밤이든 가깝든 멀든, 몇 년간 우리 마을 이쪽저쪽을 뒤지고 이웃 마을들을 살피며 때로는 하루에 30~50킬로를 걸었다. 나는 7~8킬로 떨어진 데서 자라는 특정 식물이 언제 잎을 내고 꽃을 피우는지 정확히 알려고 2주에 대여섯 번씩 찾아가기도 했다. 그때마다 다른 길들을 따라가며 여러 식물도 많이 살펴보았는데, 그중 일부는 역시 꽤 멀리 떨어진 곳에 있었다. 동시에 새를 비롯하여 갖가지 동식물을 관찰하면서 자연을 보는 안목을 기르게 되었다.

12월 5일 금　　겨울의 이점

구름 한 점 없이 맑은 겨울날이다. 흐릿하게 푸른 하늘에 하얀 반달이 떴다. 지평선에서는 온통 눈의 반사광으로 여겨지는 하얀 빛이 하늘 꼭대기로 이어지는 길의 4분의 1자리까지 뻗어 있다. 이 빛이 새벽처럼 자라났다고 상상해본다. 지금은 오후 4시다. 다른 어디보다 해 둘레가 하얗다. 그리고 희미하게 있는 듯 없는 듯 노란빛이 서려 있다. 벌써 해가 지지만 하늘에선 어떤 붉은빛도 보이지 않는다.

내가 다루는 주제는 억지 주제가 아니어야 한다. 나는 늘 겪는 모험과 마주 대하는 사물의 모습을 수수하게 말할 뿐이다. 친구! 사회! 내가 다룰 만한 주제는 헤아릴 수 없이 많다. 나를 기쁘게 해주고 감동시키는 사물도 수없이 많다. 한번도 이야기하지는 않았으나 내가 알고, 내 생각 속에 든 이들 또한 아주 많다. 적막함이나 가난함이라 세상에서 부르는 것들이 내게는 단순함일 뿐이다. 하느님이 친절을 베푸실 수 있음에도 나를 불친절하게 대하는 일은 없을 터이다. 나는 추위로 집에 머물러 있어야 하는 겨울을 좋아한다. 집에 갇혀 있으면 어쩔 수 없이 새로운 방법을 마련하여 색다른 일을 해야 하기 때문이다. 강이 꽁꽁 얼어 보트를 띄우지 못해 창고 안으로 들이게 되는 것도 좋다. 봄이 되면 다시 강에 띄울 것이고, 더 큰 기쁨을 맛보게 될 테니 말이다. 또한 바다에서 보트를 타는 일과 견주어 절제와 중용이라는 면에서 유리하다고 생각한다. 바다에서는 늘 보트를 바닷가에 놓아두어야 하기 때문이다. 나는 각 계절이 지니는 특징을 무엇보다 좋아한다. 다른 계절에는 보기 어려운 점들이기 때문이다. 특별한 혜택을 누리지 못한다는 것, 그것이 내게는 가장 큰 혜택이다. 가난할수록 부자가 된다는 사실을 나는 진리로서 굳게 믿는다. 사람들이 나의 약점으로 여기는 것이 내게는 강점이다. 사람들은 갖가지 방식으로 지식과 문화를 누리며 즐거워하지만, 나는 그런 지식과 문화에서 멀어졌을 때 오히려 더 즐겁다. 내가 아주 적절한 시기에 세상의 가장 훌륭한 곳에서 태어나게 되었다는 사실에 놀라움을 금할 수 없다.

12월 6일 토　　　단 하나의 계절

늪지와 그 가장자리, 숲 곳곳에서 벌거벗은 관목들이 귀여운 싹을 틔웠다. 작디작아 눈에 잘 띄진 않지만, 초록의 풋풋한 빛깔이 거의 그대로 남아 있는 이 싹들은 보석 못지않게 마음을 끄는 가장 귀한 일부분으로, 새와 토끼의 푸성귀이자 샐러드이다. 우리의 눈은 그 나무줄기를 더듬으며 이 계절의 가장 활발하고 두드러진 특징, 즉 겨울숙소로 들어간 응축된 여름을 찾는다. 우리는 모두 설피와 스케이트를 신고 겨우내 여름을 찾아다니는 사냥꾼들이다. 사실 우리 마음속에는 단 하나의 계절이 있을 뿐이다.

12월 7일 일 겨울, 단단한 아름다움

겨울이라는 장엄한 옛 시는 읽든 안 읽든 늘 다시 내게로 돌아온다. 눈 녹은 리의 절벽 아래 시든 페니로열과 꽁꽁 언 개박하 사이에 앉아 어깨 너머로 북극 같은 경치를 바라본다. 얼마 전까지만 해도 부드럽게 물결을 일렁이며 빛을 되비치던 페어헤이븐 호수가 지금은 눈이 흩뿌려진 하얀 얼음 거죽에 덮여 말이 없다. 겨울이면 늘 보는 광경이지만 나는 이 모습이 정말 놀랍다. 한여름이 지나고 나면 어떤 틈도 두지 않고 금세 겨울이 다가온다.

겨울은 눈송이처럼 재빠르게 내려온다. 노인들의 예측은 놀라울 정도로 잘 들어맞는다. 여름이 지나면 다시 겨울이 온다. 자연은 이런 리듬을 어찌나 좋아하는지 아무리 되풀이해도 싫증을 내지 않는다. 겨울은 무척 깨끗하고 건강하다. 단순하고 절제력이 강하고, 완전하고 만족스러워서 겨울 아이들 또한 겨울에 싫증을 내는 법이 없다. 한 편의 훌륭한 시다! 딸랑 울리는 수많은 운을 갖춘 서사시다. 단단한 아름다움이다. 수백만 년 동안 신들의 흥망성쇠를 수없이 겪어왔기에 겨울은 불필요한 장식을 단 한 개도 달고 있지 않다. 겨울은 더 이상 다듬을 필요가 없을 만큼 엄하고 차디찬 비평가들의 무수한 비판을 오래오래 견뎌왔다.

12월 9일 화　　　겨울의 황혼 녘

페어헤이븐 호수 너머로 해가 지면서 눈 덮인 풍경과 숲이 황홀한 정적에 빠져든다. 겨울날 황혼 녘이면 모든 숲과 들이 이렇게 고요해진다. 그지없이 잔잔한 호수가 빛으로 가득하다. 멀리서 나무꾼이 늦도록 도끼질하는 소리와 올빼미가 부엉부엉 우는 구성진 소리만 들려올 뿐이다. 겨울 저녁이란 이렇다. 우리는 즐거운 화롯불, 낡은 시집 몇 페이지, 잔잔한 생각, 여행에 도움이 될 책 따위로 밤을 이어가면서 11월에 모은 호두로 그럭저럭 견뎌간다. 해가 짧은 날에도 많은 일을 해야 하는 일꾼들은 밤의 두 끝인 새벽과 저녁 어스름마저 아껴 써야 한다. 나무꾼들은 껌껌해지기 직전까지 일을 해야 하므로 달빛을 받으며 집으로 가는 경우가 드물지 않고, 새벽이면 다시 촛불을 들고 숲으로 가야 한다.

12월 10일 수　　　스케치의 효과

눈부시게 맑고 따스한 겨울날이다. 이런 날은 물기가 공중 가득 퍼져나간다. 요사이는 오후가 얼마나 짧은가. 마을을 빠져나온 지 얼마 지나지 않아 해가 진다. 밤에는 눈 덕분에 환하고, 달도 밝기에 낮과 밤이 뚜렷이 가려지지 않는다.

내가 본 것들을 기념하는 선물인 간단한 스케치가 놀랍게도 많은 암시를 준다. 지난 몇 년간 식물, 얼음 같은 여러 자연의 모습을 일기 여백에 거칠게 스케치해두곤 했다. 아무리 꼼꼼하게 적은 기록이라도 당시 내가 겪은 일을 떠올리기에 충분치 못한 경우가 있으나, 그 스케치들은 어김없이 당시의 시간과 장소로 나를 데려다 놓는다. 마치 당시 광경을 다시 보는 듯해 원한다면 글로 옮길 수도 있을 것만 같다.

12월 12일 금 돼지 도살

우리와 삶을 같이하는 짐승들의 삶은 얼마나 멋지고 놀라운가. 따라서 인간이 아닌 야생의 동료들은 없어서는 안 되는 존재들이다! 그리고 우리는 그 짐승들과 사회적 관계에 이르러야 한다. 예를 들어 고양이를 떠올려보자. 고양이들은 중국인도 타타르인도 아니고, 학교에 가지도 않고 성경을 읽지도 않으나 우리와 얼마나 많이 닮아 있는가. 고양이의 기원과 운명에 대해 아무것도 모르는 우리는 과연 어떤 철학자들인가. 이런 문제를 풀 생각을 하기는커녕 이런 사촌들을 살찌워 잡아먹기에 바쁘다.

어제 아침에 서너 집에서 돼지를 잡는다는 말을 들었다. 어제는 눈이 녹는 따뜻한 날이었다. 오전에는 안개가 끼고 오후에 비가 내렸다. 날이 따뜻해서 밤사이 돼지 몸속 열이 충분히 내려가지는 않았을 것이다. 능란한 돼지 도살업자 피터가 오전에 바삐 이 집 저 집 다녔고, 오후에는 칼을 칼집에 넣고 손을 씻고 가죽 작업복을 벗은 다음 자기가 잡은 돼지고기 약간을 끈에 꿰어 들고 겨울비를 맞으며 큰들Great Fields 가장자리에 있는 외딴 집으로 돌아갔다. 그는 주민들이 좋아하지 않는 돼지머리를 품삯으로 받아들고 집으로 돌아갈 때가 드물지 않은데, 가난한 가족을 먹이기 위해 돼지머리도 달게 받아들인다.

위대한 자연사학자는 어디에 있는가? 그는 도살업자인가, 아니면 도살업자의 후견인인가? 위대한 인류학자는 식인종이나 뉴질랜드인 중에서 찾아보는 편이 더 낫지 않을까?

12월 15일 월　　겨울 식단

지난 9일 겨울 저녁이 얼마나 이채로웠는지 아직도 잊히지 않는다. 내 마음과 감각이 온전히 자라나기 위해서는 차고 메마른 식단이 꼭 있어야 한다. 그 식단은 이렇다. 참나무 잎과 눈 위에서 허옇게 시든 잡풀들, 어두운 초록빛으로 바뀐 소나무, 희미하게 짤랑거리는 한 마리 나무참새의 노랫소리, 해 질 녘, 아니 겨울 내내 숨죽인 숲속의 고요, 북쪽에서 다가오는 짧은 땅거미, 아직 얼음이 꽁꽁 얼지 않은 외로운 호수의 부드러운 적막과 반짝임, 멀리 기적소리와 함께 들려오는 부엉이의 부엉부엉 우는 소리, 나무꾼들이 집으로 발걸음을 재촉하기 전 마지막으로 내리치는 도끼질 소리, 호수가 흘러나가는 곳을 가로지르며 나의 상념들을 영원한 서쪽으로 이끄는 금빛 구름장, 긴 겨울 저녁을 즐기다가 서둘러 집으로 돌아가는 발소리 등등. 부엉이가 부엉부엉 우는 소리는 콩코드의 모든 현자의 목소리를 꾸짖는 듯한 오래 이어질 토박이 소리로(부엉이는 조금도 영국화하지 않았다!), 이곳에서 수천 년 전부터 나의 붉은 선조들이 들어온 울음소리다. 아득한 옛날부터 이어져온 이 웅장한 토박이 소리가 공간을 당당히 차지하며 널리 퍼져나간다.

12월 17일 수 관목참나무의 마중

나는 일전에 마을 남쪽으로 산책을 갔다가 돌아오는 도중에 한 관목참나무의 열렬한 마중을 받았다. 전에는 시든 잎을 흔드는 이 나무를 알아채지 못했다. 하지만 누구보다 진정으로 나를 기꺼이 맞아주는 상대는 이 나무뿐이었다. 나는 이 근처 어디에서도 이 관목참나무만 한 벗을 사귀지 못했음을 깨달았다. 그런데 어느 날, 지나가던 농부가 아무런 쓸모도 없을 관목참나무가 왜 여기 심어져 있는지 내게 물었다. 나는 이 나무가 나한테는 무엇보다 쓸모가 많다고 말했다. 관목참나무들은 우리 마을에 굳게 자리 잡은 교구 목사들이다. 내가 알기로 이들은 주민 누구에게도 해를 끼치지 않았다.

관목참나무 숲에 가보자. 만물이 생장을 멈췄고, 어떤 초록도 보이지 않는다. 작은 잎눈이 시들어 가느다란 잎자루 끝에서 잠들었다. 관목참나무 잎이 초록에서 밤색으로 바뀌는 모습을 본 사람이 있을까? 너무 서서히 이루어지기에 나는 어떻게 해서 이렇게 바뀌었는지 기억하지 못한다. 하지만 이 나뭇잎에는 아직 생명이 남아 있다. 무엇보다 시들었는데도 아름답기 그지없다. 성자와 같은 참을성을 지녔기에 여태껏 가지에 달렸다. 여느 때 못지않게 건강한 빛깔을 띠었고, 모양 또한 온전하다. 이제 번잡하고 시끄럽던 여름은 지나갔으니 나는 이 잎들을 한가로이 우러러본다. 이 잎들은 결코 내 눈을 지치게 하지 않는다. 잎 가장자리에 넓게 나타난 부채꼴 무늬를 보라. 이 무늬는 언제 처음 만들어졌을까? 얼마나 자유롭게 그려나갔기에 이런 곡선이 생겨났을까? 이 잎들은 약간씩 다르면서도 얼마나 갖가지 모양새로 서로 어울리는가. 주위에서 야생벌이 윙윙거리고 검은멧새가 잎 밑을 긁어댈 때와 마찬가지로, 여전히 변함없이 둥글게 튀어나온 이 미세한 털들을 보라. 안이나 밖이나, 위나 아래나 얼마나 유쾌하고 조화로운 빛깔들인가. 이 잎들은 인정 많은 무구한 성자처럼 얼마나 시적으로 떨어져 죽는가. 비록 수액은 잃었지만 넋을 내려놓지는 않은 이 잎들은 얼마나 성스러운가. 언제부터 이들이 가을에 밤색으로 바뀌어야 하는 운명을 타고났을까?

12월 18일 목　　　'산책'을 주제로 한 강연

정오경에 애머스트로 떠나다. 몹시 추운 날이다. 내슈아에서 썰매와 말 한 마리를 빌려 살을 엘 듯 차가운 북서풍을 받으며 18킬로 정도 떨어진 애머스트로 갔다.

강연하는 내내 청중이 열심히 귀를 기울여서 나는 만족했다. 내가 청중에게 바라는 것은 이뿐이다. 강연이 끝난 뒤 아무도 내게 말을 걸지는 않았다. 아니, 말을 걸 필요가 없었다. 내게 드러내 말하지는 않았으나 나는 청중 대부분이 내 강연을 좋아했다고 믿는다. 청중이 귀 기울이기만 하면 내 강연을 좋아하든 아니든 마음에 두지 않는다. 그들만큼 나도 이미 알고 있다. 어쨌든 내가 참견할 일은 아니다. 오히려 내 강연이 좋았냐고 묻는 것이 건방진 일일 터이다. 애머스트 동방정교회 부속실에서 강연했는데, 도시와 달리 시골에서는 대다수 주민의 우둔함이 젖먹이의 무지에 가깝다.

내 강연이 우둔함을 깨우는 데 약간이라도 도움이 되었으리라 믿는다.

US호텔에 묵으라는 말을 들었는데, 나이 많은 주민 하나는 그런 호텔이 있다는 말을 들어본 적도 없단다. 하지만 나는 누구의 도움도 받지 않고 US호텔이라 쓰인 간판을 찾아냈다. 쓸쓸해 보이는 평범한 시골 여관이었다. 주인은 이날 밤 여관에서 파티가 열리므로 잠들기 어려울지 모른다며 양해를 구했다. 여관 주인을 비롯하여 많은 주민이 끔찍하게도 코를 푼 손을 부츠에 문지르는 버릇이 있었다.

12월 19일 금　　고귀한 관목참나무

월든 호숫가에 서서 오랫동안 귀에 익은 휠러숲의 부엉이 울음소리를 듣는다. 해 지기 전에 이 소리를 들어본 게 언제 적 일인지 모르겠다. 가까이서 들리는 이 소리는 메아리나 여운 없이 목구멍에서 직접 나오지만 깊은 숲속에서 들려오기에 팽팽하게 당겨진 북 가죽 소리처럼 기묘하게 텅텅 울린다. 온 자연의 거주민이 숲의 고막을 통해 이 소리를 듣는다. 소리는 이렇게 널리 공인되어 아름다운 노랫가락으로 우리에게 다가온다. 따라서 단순한 부엉이 울음소리나 숲의 소리를 넘어선다. 잠시 멋기도 하나 이마저도 여운을 일깨운다. 자연의 온갖 피조물이 기쁨을 알리거나 슬픔을 털어놓는 악기다.

우리의 소박한 겨울식탁에는 봄여름에 나는 즙 많은 샐러드 대신 시든 나뭇잎이 올라와 있다. '마른 잎'을 제목으로 원고를 써야겠다. 그리고 겨우내 매달린 온갖 나뭇잎을 따서 강연장으로 들고 가야겠다. 이 마른 잎들은 오랫동안 나무에 달려 있었지만 아직 제대로 된 시인을 만나지 못했다. 소나무를 노래한 시인은 많으나, 내가 알기로 관목참나무를 노래한 시인은 아직 없다. 사람들은 대체로 관목참나무는 쓸모가 없다고 생각한다. 그러나 나는 관목참나무가 어디에도 쓸데가 없다는 사실이 얼마나 기쁜지 모른다. 나는 나무꾼 달구지에 실린 관목참나무를 본 적이 없다. 관목참나무만 자라는 산림을 사들인 임자는 이 나무가 없어지길 바란다. 하지만 관목참나무는 사람들의 생각보다 훨씬 고귀한 쓸모를 지녔다. 관목참나무란 얼마나 진실한 이름인가. 먼저 이들이 어떤 가문에 속하는지 생각해보라. 넓게 보면 나무의 왕인 참나무가 이들과 형제지간이다. 참나무는 그림처럼 장엄한 모습 덕에 널리 알려졌고, 건축업자들은 굽은 재목으로 쓰거나 기둥을 만들기에 좋은 튼튼한 나무라고 칭찬한다. 관목참나무는 크기가 좀 작은 참나무로, 참나무 가문의 에스키모라 할 만하다. 나는 무엇보다 이 나무가 귀한 가문에 속하기에 높이 친다. 잘 부러지는 붉나무나 독성이 있어 조심해서 만져야 하는 층층나무와 달리, 거칠기는 해도 만져도 해롭지 않고 피부에 생채기가 나도 곪아 덧나지 않는다.

12월 25일 목　　　깨어 있는 정신

오후에 리의 절벽에 갔다. 샌번이 크리스마스용으로 쓸 흰가문비나무와 소나무겨우살이를 찾아냈다. 소나무겨우살이는 모습이 기괴하나 무척 흥미로운 지의류이다. 민에게 줄 생각으로 리의 절벽에서 발로 눈을 밀어내고 여전히 싱싱한 푸른 개박하를 땄다.

늘 정신이 깨어 있으려면 비바람 몰아치는 날이나 눈이 수북이 쌓인 날에 들과 숲을 오랫동안 걸어보라. 차디찬 자연과 맞서보자. 추위와 허기와 피곤을 느껴보자.

12월 28일 일　　　외톨이의 좋은 점

나는 혼자 있을 때 가장 잘 자란다. 일주일에 단 하루라도 누군가—나의 벗 두어 명은 예외다—와 온종일 함께 지내게 된다면 그 일주일의 가치는 크게 떨어진다. 사교는 나의 하루를 망칠 뿐 아니라 다음 주까지도 해를 끼친다. 케인*이 그린란드 북쪽 스미스 해협에서 만난 에스키모에게 사방이 온통 얼음으로 막히게 될 터이니 빙하를 건너 남쪽으로 내려가지 않으면 일족 모두 죽게 될 것이라고 으름장을 놓았을 때 에스키모는 웃음을 터트렸다. 마찬가지로 그대가 내게 외톨이로 산다면 비참한 처지에 빠질 거라고 말하면 나 또한 웃음이 나온다. 내 식량인 해마와 바다표범과 백곰과 솜털오리와 바다쇠오리가 가장 많이 있는 곳이 바로 지금 내가 사는 이곳이다.

* 엘리샤 켄트 케인(Elisha Kent Kane, 1820~1857). 미 해군 군의관으로, 북극에서 실종된 존 프랭클린의 생사를 알기 위해 두 차례 북극을 탐험했다.

12월 29일 월 날마다 야외로 나가야

우리는 날마다 야외로 나가 자연과 맺어져야 한다. 겨울에도 매일매일 잔뿌리를 얼마씩이라도 내뻗어야 한다. 나는 입을 벌리고 바람을 맞으며 건강을 들이마신다. 집에 머물러 있으면 가벼운 정신이상 같은 증세가 생긴다. 이런 의미에서 모든 집은 일종의 정신병원이다. 이런 병동에 갇혔더라도 하룻밤과 이튿날 오전까지는 그런대로 견딜 만하다. 그러나 밖으로 나오는 순간 거의 잃어버렸던 정신을 얼마간 되찾았음을 깨닫는다.

1857년, 40세

단순하게 살고 번거로움을 피하자

"가난은 힘과 기운과 흥을 끌어온다."

이 시기 소로는 자신을 이해하지 못하는 청중에게 점차 회의를 느껴 강연 횟수를 1년에 두세 차례로 줄인다.

3월 4일, 제임스 뷰캐넌이 미국의 제15대 대통령으로 취임하다.

3월 7일, 노예는 자유지역에 가더라도 법정에 설 수 없다는 연방대법원의 판결이 내려지다.

3월 20일, 에머슨의 집에서 고생물학자이자 지질학자인 루이 아가시와 함께 저녁을 들다.

6월 12일~22일, 단신으로 네 번째 케이프코드 여행을 떠나다.

7월 20일~8월 8일, 다시 메인숲을 찾아가다. 소로는 이 여행에서 안내역을 맡았던 인디언 조 폴리스에게서 깊은 감명을 받는다.

9월, 올콧이 다시 콩코드로 이주해오다.

10월 15일, 공황의 여파로 콩코드 은행이 지불 정지를 선언하다.

1월 4일 일　　영원한 일

세상이 다 죽어가는 듯 보이는 때가 드물지 않다. 세끼 밥 먹는 일과 우체국에 가는 일이 가장 중요한 일과인 이가 얼마나 많은가!

사오일 측량을 하고 경계 표시를 하며 보낸 뒤, 진이 빠지는 세상일에서 벗어나 제대로 된 마음으로 돌아가려면 자연과 교감해야 한다고 느낀다. 내가 하는 측량, 경계 표시와 같은 일들은 많은 이가 골몰하는 일이긴 해도 덧없고 하찮은 노릇에 지나지 않는다. 그리고 값진 보람을 얻기도 어렵다. 나는 숲과 들에 난 눈길을 즐거이 거닐며, 이 깨끗한 눈과 온전히 이야기를 나누곤 했다. 이제 나는 얕게 흐르는 시간의 여울을 건너 내 몸을 영원 속에 푹 담그길 원한다. 다시 고요한 자연으로 들어가 강과 숲과 더불어 행복을 나누고 싶다. 나는 가끔씩 영원한 진리와 끊어진 채 세속의 일이라는 얕은 흐름을 따라가긴 한다. 하지만 할 일을 마치면 믿음을 굳게 하고 다시 영원한 일에 몰두한다. 사람들과 자주 마주치며 거래를 하는 일도 즐거울 수 있으나, 그들은 어디에 사는가? 내가 가로

지르는 이 들판에는 살지 않는다.

1월 7일 수　　숲 속의 벗

살을 엘 듯 북서풍이 부는 추운 날이다. 월든 호수가 이제 눈 덮인 빙판처럼 변했으나 날이 너무 추운 탓에 어부의 흔적은 보이지 않는다. 호수를 덮은 눈밭 거죽에 도톨도톨한 나뭇결 모양으로 암회색 금이 새겨졌다. 단단하고 마른 눈이 바람에 날려 쌓인 모양새이다. 뭇 생명이 지금 가장 낮은 지경까지 내몰렸다. 닷새 연달아 찬바람이 휘몰아친다.

이런 날 숲과 들을 걷는 것만큼 건강에 좋은 창조적인 일은 없다. 특히 이렇게 어느 누구와도 마주치지 않는 날은 더욱 즐겁다. 무엇보다 고요하고 유익한 생각을 하기에 신바람이 난다. 드높아진 세상을 걷는 느낌이다. 그러나 거리와 사회 속에서는 거의 언제나 막일꾼으로 헐한 대접을 받으면서 내 삶이 한없이 초라해진다. 재물이 쌓이고 지위가 높아진다 해도, 주지사나 국회의원의 초대를 받아 그들과 함께 저녁식사를 한다 해도 이 초라해진 기분을 되돌리지는 못한다.

하지만 홀로 숲과 들로 나가면, 토끼 발자국이 새겨진 수수한 수목 재배지나 목초지에 가면, 아니 그저 황량한 곳에 서 있기만 해도 여인숙 주인이 수익을 걱정하는 오늘같이 음산한 날에도 나는 제정신을 되찾는다. 다시 한번 더 당당해진 나 자신을 느낀다. 이렇듯 추위와 고독은 나의 벗이다. 주민들이 교회에 가서 기도를 드리는 것도 이런 까닭에서가 아닐까 싶다. 나는 향수병 앓는 이가 고향으로 돌아가듯 거칠고 쓸쓸한 숲으로 홀로 산책을 나온다. 이곳에서 불필요한 잉여를 버리고, 당당하고 아름다운 세상을 있는 그대로 바라본다.

날마다 낮의 절반가량을 걷는 데 보낸다고 몇 사람에게 털어놓은 적이 있다. 그러나 그들은 내 말을 믿지 못하는 눈치였다. 나는 하루 몇 시간만이라도 콩코드와 매사추세츠와 미국을 잊고 제정신으로 살고 싶다. 이교도를 찾아간다는 선교사가 왜 나에게는 오지 않을까? 나는 뜻있는 무언가를 알고 싶고, 더 나은 존재가 되고 싶다. 나날의 부질없는 생각을 떨쳐버리고, 온갖 치사하고 옹색하고 경박한 사람들을 잊고 싶다(이러기 위해서는 꽤 오랫동안 사적인 관계를 모조리 털어내고 잊어야 한다). 그래서 삶의 문제들이 단순해지는 이 거친 들판에 나와 있는 것이다. 나는 마을에서 2~3킬로쯤 벗어나 바위와 나무와 풀과 눈에 둘러싸인 고요하고 쓸쓸한 자연을 찾는다. 이제 숲의 빈터로 들어선다. 여기에서는 몇 포기 잡풀과 마른 잎만 눈을 뚫고 솟아 있다. 열린 창가로 다가선 기분이다. 나는 내 바깥과 주위를 바라본다. 이렇듯 하늘빛은 인간이 흔히 모이는 곳에서 멀리 떨어진 곳에 있다. 나는 진정한 하늘빛을 보고 싶기에 흔한 창문으로는 만족하지 못한다. 내 진정한 하늘빛은 마을 바깥에 있다. 사람들이 모인 곳에 가면 이렇게 심신이 새로워지고 마음이 트이고 깨달음을 얻는 기분을 느끼지 못한다. 어쨌든 마을이든 군이든 농부 클럽이든 친목 모임이든 내겐 조금도 하늘빛이 아니다. 그런 곳에서는 어김없이 나를 드러내고 밝히기 어렵다.

그들과 만나면 이내 지겨워진다. 침묵을 깬 만큼 유익함을 얻을 때가 드물다. 나는 이런 자연의 고요, 고독, 야생성이 내 지성의 병을 고치는 등골나물Boneset*의 일종이라 생각한다. 내가 집 밖에서 찾는 것은 바로 이런 것들이다. 눈에 보이지는 않으나 기품 있고, 고요하고, 변치 않으며 무한히 격려가 되는 벗을 만나 함께 걷는 기분이다. 이럴 때 내 신경은 차분해지고 내 감각과 정신이 온전해진다. 이웃 대부분은 이런 추운 날 이곳에서 한 시간만 걸어보라고 하면 왜 그런 고초를 겪느냐며 못마땅해할 것이다. 그렇지만 나는 이로 인해 이루 말할 수 없이 달콤한 보상을 받는다. 이런 게 내가 가장 좋아하는 일이다. 하지만 나의 화폐가 아직 사람들 사이에서 널리 쓰이고 있지 않은 것은 사실이다.

1월 11일 일　　　강연에 대한 생각

어제 오후부터 내리기 시작한 눈이 오늘 정오까지 쉴 새 없이 퍼붓는다.

지난 몇 년간 나는 스스로를 얼마간 강연자라 칭했다. 즉, 나를 강연자라 광고해온 셈이다. 하지만 1년에 두어 차례 강연을 해 달라는 부탁을 받았을 뿐이다. 그리고 강연을 전혀 하지 못한 해도 몇 있었다. 그러나 집에 머물면서 더 넉넉해질 수 있었기에 오히려

---

* 아메리칸 원주민이 뎅기열 같은 열병을 치료할 때 쓴 식물로, 학명은 유파토리움 퍼르폴리아툼(Eupatorium perfoliatum)이다. 바다 건너온 초기 이주민들의 병을 고쳐주면서 널리 알려지게 되었다고 한다.

다행으로 여긴다. 강연 여행을 통해 돈 이외에 또 다른 가치를 얻었다고 보지 않는다. 오히려 내가 지녔던 많은 것을 잃었다고 믿는다. 집에 머물면서 더 길고 자유로운 인생의 임대권을 갖게 된 것 같다. 내 경험을 말할 여유는 없다. 내 경험에 아무 흥미도 느끼는 못하는 사람들에게는 더더욱 말할 필요가 없다. 나는 계속 경험하기를 바란다. 그대는 곰에게 현재 거주하는 속 빈 나무를 떠나 숲에 있는 모든 속 빈 나무를 할퀴면서 겨우내 숲을 돌아다니라고 권하는 편이 나으리라. 봄이 되면 곰은 집에 머무르며 발톱이나 핥고 있었을 때보다 훨씬 야위었을 것이다. 다른 강연자들은 강연에 대해 나와는 전혀 다르게 생각한다. 강연자 대다수는 강연자, 작가 또는 유명인으로 청중 앞에 나서서 되도록 많은 이와 사적이고 직접적인 관계를 맺는 일을 가장 중요시한다. 그러나 내게는 모두 주제넘고 무익할 뿐이다. 나는 군중이 옳다고 전혀 믿지 않으며 그들로부터 인정받기를 바라지도 않는다.

1월 13일 화　　삶을 드높이는 순간들

계단 아래에서 기타 줄 튕기는 소리가 들린다. 내가 살아온 순간들을 일깨우는 소리다. 이 단순한 선율이 우리 삶에 대한 논평이다! 우주의 모든 먼지와 오욕으로부터 나를 고양시킨다. 나는 하얀 옷자락을 펄럭이며 내 삶의 현장 위로 떠다닌다. 몇 겹의 동심원과 같은 삶 안의 삶, 삶 밖의 삶이다. 내가 수고하는 곳이면서 언젠가는 쓸모를 잃게 될 삶의 장이 이처럼 또 다른 삶을 위한 장이 되기도 한다. 농부의 자식이나 머슴은 희미하게 느끼는 자신의 꿈과 불안에 대해 이야기한다. 그러면서 돈을 모으고 싶은 이유는 꿈을 이루기 위해서라고 한다. 이 곡조를 들으면서 지루하던 나날의 삶이 기록에 없는 십자군 전쟁이나 운동 경기 현장처럼 느껴진다. 우리는 이 생각만으로도 기쁨의 황홀경에 빠져든다. 이 희미한 기타 소리에 감명받았다는 사실은 앞으로 다가올 나의 봄들에 아직도 건강함과 불멸함이 살아 있음을 말해준다. 그야말로 만병통치약이다. 이 세상에 들러 접시 덮개 밑에 살던 내가 지금은 천국 아래 산다. 이 소리가 나를 옥죄던 속박을 끊어버리고 나를 자유롭게 한다. 우리 삶은 거의 예외 없이 절망을 되풀이할 뿐이다. 다시 말해 우리의 숭고한 운명은 단 한번도 온전히 이루어진 적이 없다. 우리는 늘 자기 운명을 깎아내리는 풍속에 젖어 불신만을 이야기한다. 왜 인간이라는 종족은 믿지 못하는가? 이런 황홀경에 빠져 더욱 높은 삶으로 올라서는 아주 드문 순간을 빼면 말이다. 내 안에는 좋은 기질이 있지만 나의 믿음은 결국 무엇이 되고 마는가? 이 애처롭고 소심하고 아둔하고 미욱한 피조물이 무엇을 믿을 수 있겠는가? 내 안에서 어떤 신성이 꿈틀거리기 전까지 나는 분명 아무런 희망도 없는 의심 많고 무지한 자이다. 우리는 삶의 100분의 99 내내 산울타리를 치거나 도랑을 파면서 보내지만 가끔씩 우리 운명을 넌지시 알리는 순간을 맞이한다.

우리는 진동과 동질인 음악을 들으면서 잠자던 촉수를 우주 한계까지 내뻗는다. 그리고 분별을 넘어서는 슬기에 이른다. 단단한 대륙들이 물결친다. 굳게 박힌 물질이 액체가 된다.

자기 위로 자신을 세우지 않는 한
인간은 한갓 애처로운 물체에 불과할 뿐.

음악을 들으면서 나는 어떤 위험도 두려워하지 않는 난공불락이 된다. 내 눈에는 어떤 적도 보이지 않는다. 최초의 나와 최후의 나가 이어진다.

잠과 죽음에 가까운 삶에서 영원히 깨어 죽지 않는 삶에 이르기까지 삶의 단계는 그지없다. 우리는 이 사람과 저 사람을 헷갈려서는 안 된다. 각 사람의 삶만큼 큰 차이가 나는 것은 없음을 이해하지 못한다. 나는 떼거리로 모인 이들이 자신을 넘어서서 아름답고 웅장한 운명을 알게 되리라고는 믿지 못하겠다.

1월 15일 목　　　마음 깊은 곳을 울리는 음악

음악에는 마음 깊은 곳을 울리는 무언가가 있다. 우리 모두는 대체로 절망에 빠져 산다. 삶이 그러하기에 자살로 몰리는 일도 드물지 않다. 많은 사람에게, 어쩌면 사람들 대부분에게 삶은 참기 힘든 것이라서 죽음이 두렵지만 않다면 아무 망설임 없이 죽음을 택할 이들이 얼마나 많겠는가. 하지만 우리는 어떤 선율을 들으면 어느 누구도 이야기한 적 없고, 어떤 성직자도 설교한 적 없는 삶을 대뜸 떠올리게 된다. 내가 어떤 선율이 보여주는 앞날을 착실히 만들어간다고 가정해보자. 그러면 내 삶의 장은 어떤 죽음이나 실망도 없는 걷기 좋은 가없는 벌판이 된다. 온갖 하찮음과 천박함이 사라진다. 나는 어떤 짓을 해도 온당해진다. 삶의 장이 이렇게 넓어지면 어떤 까다로움도 사라진다. 이 선율에 비추어 보면 너도 나도 존재하지 않는다. 우리가 사실 우리 자신을 넘어선 어떤 존재가 되기 때문이다.

2월 4일 수　　　믿음 없는 자들의 아우성

이름은 났지만 머리가 둔한 이들이 "최고의 권세를 지닌 완전한 존재를 굳게 믿지 않는다면" 어쩌고저쩌고 큰 소리로 떠들어대는 모습을 가끔 본다. 이런 천박한 말을 버릇처럼 쓰는 이들은 평소 의심이 많으면서 값싼 믿음에 잘 빠져들지 않을까 싶다. 인습의 고랑을 뒷짐 지고 왔다 갔다 하면서, 자유롭게 사색하는 모든 살아 있는 영혼을 생각해주는 척하며 깔본다. 그러면서 자기가 가는 길만이 모세와 같은 예언자가 간 길이라 생각한다. 이런 자들이 믿음을 따른다면서 하는 행동은 믿음 없는 속 좁고 각박한 이들 못지않게 내 마음을 상하고 슬프게 한다. 나는 의심하는 자들과 믿지 않는 자들이 종소리가 울리는 주일마다 교회라는 허울로 함께 모이는 모습을 본다.

내가 대화나 강연 도중에 우리의 흔들리는 삶을 이끌어줄 고요하고 영원한 진리를 말하려 하면(또는 그 진리 위에 서거나 기대려 하면), 흔들리는 육지 위에 서 있는 청중은 그들만의 리스본 선창에 오글오글 모여 내 모습을 가엾다는 듯이, 아니면 기가 죽어서 바라본다. 마치 줄타기 광대나 공중을 걷는 척하는 사기꾼마냥 말이다. 혹은 단단한 바닥으로 떨어지지 않으려고 곧 부러질 듯이 갈라지는 소리가 나는, 툭 튀어나온 나뭇가지 위를 기어가거나, 바닥이 꺼져가는 얇은 얼음장인 양 한두 걸음 조심조심 밟다가 겁에 질린 소리를 낸다. 나는 며칠 전 월든 호수에서 두께가 60센티쯤 되는 얼음장에 고인 물을 마시면서 저쪽 우거진 숲 너머 샘까지 가지 않아도 되니 얼마나 운이 좋냐고 생각했다. 그때 철로 공사장에서 일하는 한 아일랜드인 노동자가 쇠가죽 부츠를 신은 채 물을 마시려고 내가 있는 쪽으로 내려왔다. 그는 얼음장이 꺼져 자신의 뚱뚱한 몸이 가라앉을까 봐 몹시 겁에 질려 발을 높이 들어 올리며 조심조심 발끝으로 걸어왔다. 나는 그를 불러 중요한 의논거리라도 되는 듯 이렇게 말했다. "이 사람아, 이 얼음장은 짐을 그득 실은 열차나 황소 떼도 견뎌낼 걸세." 그제서야 그는 제법 몸을 똑바로 펴고 목마름을 해소했다. 마침 나는 도끼로 얼음을 깨서 물을 얻는 일이 얼마나 힘든 노동이며 얼음장에 고인 물을 마시니 얼마나 다행이냐고 생각하던 도중이라 이 일이 너무나 익살맞게 여겨졌다.

농부는 겨우내 황소 한 쌍을 부려 강을 길 삼아 땔감을 나른다. 그러나 땔감을 사서 쓰기만 할 뿐 집 밖으로 나오길 삼가는 소심한 시민들은 강이 얇은 얼음장으로 덮여 있다 생각하여 아이들더러 근처에 얼씬하지도 말라고 타이른다.

2월 8일 일　　또 하나의 우정이 끝나다

닳아빠진 속된 정신은 격렬하게 떨리는 악기 소리를 듣고 들뜨지만, 사치와 방탕에 물들지 않은 젊고 건강한 정신은 바람 소리, 빗소리, 물 흐르는 소리에서 음악을 듣는다. 음악 평론을 읽으면 마치 음악이 파가니니나 모차르트의 곡을 듣거나 뮤즈 여신이 찾아올 때만 듣게 되는, 사막의 샘물처럼 귀한 것이라는 생각이 든다. 하지만 음악은 끊임없이 이어지는데 오직 우리가 이따금 들을 뿐이다. 나는 겨울 고비를 넘긴 이 따스한 2월의 부드러워진 공기에서 음악 소리를 듣는다.

나는 이른바 나의 가난을 거듭거듭 자축한다. 어제 책상에서 그동안 있는지 모르고 지내던 30달러를 찾아내고 거의 낙담할 뻔했다. 하지만 지금은 이 돈이 없어지면 섭섭해질 것이다. 강연료를 아무리 많이 받아도 강연을 나가는 일주일은 값어치가 헐해진다. 그 이전 일주일이나 다음 일주일은 그저 그 주로 꺼져 내려갔다 올라가는 비탈면일 뿐이다.

여러 사람이 모인 곳에서는, 특히 성공했다는 사람들 모임에 끼면 내 삶이 아무런 값어치도 없다고 느껴지기에 내 영혼이 빠르게 꺼져 내려간다. 그러나 나는 여러 왕이 칭찬해주는 소리에 우쭐하기보다는, 바빌론 왕국의 유황 냄새 나는 저주 받은 사막이 되기보다는, 차라리 묵혀두는 메마른 땅이 되겠다. 겨울 산책을 나갔다가 떡갈나무 잎들이 약간 색다르게 바스락거리는 소리나 한 마리 나무참새가 짹짹거리는 소리를 들을 때 내 삶은 견과의 알맹이처럼 달콤해지고 절제를 알게 된다. 낯선 왕과 그 땅의 백성들에게서 경탄을 한가득 받기보다는 차라리 겨울 숲 끝에 다다를 때 관목참나무 잎 한 장이 저절로 바스락거리는 소리를 듣겠다.

추위에 증기와 물이 얼어붙듯이 단순하게 살고 번거로움을 피하는 것이 단단해지는 비결이다. 가난은 힘과 기운과 흥을 끌어온다. 순결은 천지만물의 영원한 벗이다. 흩어진 안개 같았던 내 삶이 잡풀, 그루터기, 활엽과 침엽 위에서 보석처럼 빛나는 아름다운 겨울 아침의 서리가 되었다. 은둔 생활이 나를 가난하게 만들었다고들 여기지만 나는 고독 속에서 비단결같이 보드라운 막으로 번데기를 만들고 있다. 그리하여 오래지 않아 애벌레처럼 더 높은 사회에 알맞은 더 완전한 피조물로 활짝 피어날 것이다. 전에는 어수선하고 아둔한 삶을 살았다. 그러나 가난이라 부르는 단순함 덕에 마음을 가다듬고 값어치 있는 일에 온 힘을 쏟는 삶을 살 수 있었다.

이제 또 하나의 우정이 끝났다. 무엇이 그 친구로 하여금 나를 의심케 하였는지 알지 못한다. 다만 사랑에는 어떤 잘못도 없으며 모든 멀어짐에는 까닭이 있음을 느낄 따름이다. 그렇다고 나의 길이 옹색해진 것은 아니다. 어쩌면 덕분에 더 넓어졌을지도 모른다. 하늘이 물러나 더 높다란 곳에서 아치형을 이룬다. 나는 도덕적인 고통만이 아니라 머리와 가슴에 꽉 들어차는, 신만이 알 만한 엄청난 육체의 고통에 대해서도 안다. 매듭이 끊어진 것은 내 탓도, 네 탓도 아니다. 우리는 운명의 판정을 받을 뿐이라서 우연히 일어나는 일을 염려하지는 않는다. 나는 영원과 유한, 삶과 죽음을 알지 못한다. 다만 만남과 헤어짐을 알 뿐이다. 내 삶은 갑작스레 막혀 흘러갈 곳을 잃은 냇물과 같다. 그러나 시냇물은 물을 가둔 언덕 위로 넘쳐흘러 깊고 고요한 호수가 된다. 이상하게 들릴지 모르나 분명 우리가 아는 존재와 영원히 헤어지는 순간만큼 장엄한 광경은 없다. 나는 얼마간 유한과 무한의 의미를 깨달았다. '결코never' 라는 낱말은 얼마나 웅장한 뜻을 지니는가! 한번 높은 곳을 함께 걸었던 이와는 다시 함께 낮은 곳을 걸어가지 못한다. 우리는 서로를 무궁히 사용하려고 많은 세월 함께 애써왔지만 결국 일은 틀어졌다. 우리의 선한 천성이 서로 맞지 않는다는 것이 이제는 분명해졌다. 이제까지 우리는 서로 깍듯이 대하고, 서로를 끊임없이 존중해왔다. 그리고 어떤 부나 친절도 주지 못하는 삶의 기회를 서로에게 주어왔다. 그러나 지금은 어떤 까닭에서인지 서로 돕는 일을 꺼리게 되었다. 우리를 신처럼 여겨주는 이가 없듯이 우리 또한 누구를 신처럼 대하지는 않는다. 그러나 각 남녀는 모두 진실로 남신이자 여신이다. 하지만 동료 무리에서는 그런 자신의 모습을 감춘다. 어떤 무리에서든 그 거짓을 꿰뚫어볼 수 있는 이는 단 한 사람, 자신뿐이다. 자신 안에 있는 신성을 보기 위해 누구에게도 가까이 가지 않는 이만이 진실로 혼자가 된다. 나는 너와의 헤어짐을 무한히 슬퍼한다. 내 마음에서 너에 대한 생각을 끊어버리느니 차라리 내 발밑의 땅이 꺼져버리는 편이 더 나을 것이다. 나는 내가 당한 커다란 모욕에 너도 얽혀 있지 않을까 생각하다가도 거기에 너는 아무 관계가 없으리라 믿는다. 자신의 동료를 신처럼 여기나 자신은 그에게서 그보다 못한 대접을 받게 되는 비극이 끝없이 되풀이될까 봐 두렵다. 나는 지금 거의 처음으로 이런 두려움을 느낀다. 그렇지만 이런 불공평한 일이 줄곧 이어지리라고 믿지 않는다.

2월 15일 일　　길 잃을 염려

이제 막 의사 볼이 화이트 산맥에서 겪은 고난의 기록*을 읽었다. 물론 산에서 길을 잃어도 그다지 놀라운 일은 아니다. 하지만 이런 말을 하고 싶다. 방수텐트까지는 아니더라도 방수가 되는 두꺼운 옷, 믿을 만한 안내지도, 나침반, 소금에 절인 돼지고기, 바싹 말린 빵, 소금, 낚싯대와 줄, 손도끼를 챙기기 어렵다면 적어도 잘 드는 잭나이프 같은 것(어쩌면 총도 필요할지 모른다), 유리병에 넣고 마개로 막은 성냥, 약간의 끈과 종이 없이는 길 잃을 우려가 있는 산악을 오르거나 황야를 헤쳐 나가려 해서는 안 된다는 것이다. 또, 어느 정도 앞길을 예측할 수 있는 길로 가야 한다. 그렇지 않은 길이라면 열 발자국 이상 내디뎌서는 안 된다. 실로 도시 한복판에서도 이런 빈틈없는 방식으로 한 걸음 한 걸음 확신하며 삶을 살아나갈 필요가 있다. 그렇지 않다면 이런 채비에도 불구하고 길을 잃을 우려가 있으니까 말이다.

2월 18일 수　　들판의 지저귐

무척 따스하고 상쾌한 날이다. 지난밤에는 낮 못지않게 날씨가 온화했다. 눈이 거의 녹아 사라졌다. 너무나 맑은 공기에 기운이 솟아난다. 이 멋진 공기에 마음이 들뜬 나는 파랑새나 다른 새의 소리를 들으러 간다. 공기의 결이 변화를 겪으며 파랑새의 지저

* 치과의사인 벤저민 링컨 볼(Benjamin Lincoln Ball, 1820~1859)이 1856년에 펴낸 『화이트 산맥에서 겪은 3일간의 조난(Three Days on the White Mountains)』을 일컫는다.

권 형태로 갈라질 준비가 된 것 같다. 공기가 눈에 보이는 것이라면 이 공기에 고운 먼지를 한 주먹 던져 올리면 새의 지저귐과 같은 모양새로 나타나지 않을까 싶다. 파랑새는 쉽게 공기를 가르며 날기 전까지는 오지 못한다. 즉, 여기에 오려면 공기의 찬성을 얻어야 한다. 지금 들판의 공기는 파랑새의 지저귐을 주조하는 금형으로 가득한 주물 공장이다. 이제 어떤 소리든 어치의 거칠게 찢어지는 소리가 아니라, 졸졸거리는 시내와 흐르는 모래 혹은 진흙의 곡선처럼 부드럽게 흐르며 굽이치는 지저귐의 형태를 띤다.

2월 19일 목　　　벗과 성공

구름이 끼고 얼마간 비가 내리더니 결국 기온이 뚝 떨어졌다.

한 사람의 벗도 기쁘게 하지 못하는 사람을 두고 삶에서 성공했다 말할 수는 없다.

며칠 전 아침에 이웃 노인이 실성하여 두 다리 모두 홑태바지 한쪽 가랑이에 집어넣고 거리에 나타났다.

2월 20일 금　　　자연스러운 사실

새와 새소리를 귀 기울여 듣는 귀는 서로 어떤 관계에 있을까? 틀림없이 서로가 꽤 가깝게 이어져 있고, 서로를 위해 마련된 것이리라. 이는 자연스러운 사실이다. 가령 새나 벌레가 내는 소리 탓에 호숫가 바위가 얼마쯤 삭아 떨어진다면 어느 한쪽을 설명하지 않고서야 다른 쪽을 온전히 설명하기가 어렵다. 나는 호숫가의 그 바위이다.

희망이나 기대란 무엇인가? 씨를 뿌리면 가을걷이가 있듯이 지극한 마음으로 찾기 바라면 결국 찾아지는 것이 아니겠는가?

2월 23일 월　　　우정의 괴로움

한때 벗이었던 이웃에게 이렇게 말하련다. "당신에게 진실을 말해도 아무 쓸모가 없겠네요. 귀 기울이지 않을 거니까요. 이런 형편에서 내가 무슨 말을 할 수 있겠어요?" 그러나 벗이었던 이에게 영원한 작별 인사를 건넬 순간에 뜻하지 않게 그와 가까운 나를 발견한다. 서로를 아끼는 친밀감 때문에 둘 사이의 애틋한 마음이 언제까지나 사라지지 않는 것이다. 나를 묶은 이 사슬을 끊을 방법을 알지 못하는 나는 의지가지없는 수인이다. 사슬을 끊었다 생각했으나 어느새 또 다른 사슬이 나를 칭칭 감고 있다.

나는 아직 우정이 끝나는 것이 무엇인지 알지 못한다. 두려워하는 것은 오직 우정의 부패다. 아침, 정오, 밤마다 가리지 않고 몸이 아프다. 그리고 내 일을 하기에 어울리지 않는 가슴의 동통을 느낀다. 저녁에 가장 고통이 심한 것 같다. 어느 해안으로 가는지도 모른 채 굶주림과 목마름 때문에 괴로워하며 폭풍 앞으로 질주하는 난파선의 외로운 선원이 된 느낌이다. 꽤 오랫동안이나 이 소용돌이치는 감정의 파도 속을 헤쳐왔다. 널은 뜯겨나가 너덜너덜하고, 드러난 선재船材는 닳아 부서졌다. 내 중력이 바다의 중력보다 크지 않기에 우정Friendship의 바다에 떠 있을 뿐이다. 그러나 이제 배는 더 이상 바다 위를 쾌속으로 달리는 견고하고 단아한 배가 아니다. 널빤지와 선재들은 흩어졌다. 나는 기껏해야 우정의 뗏목을 엮어 우리가 가진 약간의 보물을 싣고 굳건한 땅까지 떠내려가기를 바랄 뿐이다.

가슴의 동통, 인간이 견딜 만한 고통 가운데 가장 괴로운 고통, 마취제마저 누그러뜨리지 못하는 아픔이다.

당신은 나를 속이고 나와 거리를 둔다. 나는 이보다 더한 표리부동함을 알지 못한다. 이러한 이중성과 간살은 어찌된 일인가? 이는 최악의 거짓이다. 벗 사이의 아첨은 장사꾼 사이의 거짓보다 더 나쁜 것이다. 나는 당신으로 하여금 내 생각, 느낌을 알게 하고 싶다.

벗들은 선을 위해서도, 악을 위해서도 협력한다. 그들은 누구보다 서로를 기쁘게 할 수 있고, 서로를 슬프게 할 수 있다. 벗보다 못한 사이에서의 거짓은 벗 사이의 예의상 공손함이나 아첨과 견주어볼 때 사소한 죄에 지나지 않는다.

내가 벗을 찾아가는 것은 귀찮게 하기 위해서가 아니라 즐겁게 하기 위해서이다. 내가 가서 조금이라도 방해가 된다면 가능한 한 멀리 떨어져 있을 것이고, 우리 사이에 성벽을 쌓기 위해 밤낮없이 애쓸 것이다. 내가 가서 벗 앞에 어두운 그림자밖에 드리우지 못한다면 바람보다 빠르게 사라져 종적을 감출 것이다. 내가 가는 것을 그가 두려워하기 전에 가능한 한 내가 먼저 가버릴 것이다.

이가 심하게 아프면 빼버리면 그만이지만 심장이 아프면 어떻게 해야 하는가. 심장마저 빼버려야 하는가?

벗들은 저 동양의 샴쌍둥이처럼 하나의 끈으로 묶여 결국 살아 있는 이가 다른 이의 주검을 떠맡아야 하는 운명을 짊어져야 하는 것인가?

2월 24일 화　　　우정이란

내가 조금이라도 양보하면 벗은 나를 걷어찰 것이다. 나는 지금 나의 법을 따르는 것만큼이나 그의 법도 따르고 있다.

그대가 사랑하는 현실의 벗은 어디에 있는가? 무지개라는 아치형 문이 어느 언덕에 나타나는지 보라! 이 무지개 문이 대지를 단장하는 왕관이다.

벗들은 같은 종족이자 같은 가문이다. 이 지구상에서는 같은 종족을 만나는 경우가 아주 드물다.

나와 벗은 헤아리기 어려울 정도로 멀리 떨어져 있다. 티끌이나 벌레처럼 전 인류가 우리 사이를 가로막는다.

벗이 마음속으로 "결코 다시는 너를 만나지 않겠다"라고 하면 나는 그 숙명적인 표현인 '결코 …않겠다never'를 '늘 …하겠다ever'라는 말로 바꿔놓는다. 사랑의 사전에는 그렇게 정의되어 있기 때문이다.

우리가 사랑할 수 있는 사람은 우리가 증오할 수 있는 사람이기도 하다. 그렇지 않은 다른 사람들에게는 무관심할 뿐이다.

2월 28일 토　　　교양이 많은 성직자

간밤에 5센티가량 눈이 내리쌓였다.

오후에 리의 절벽까지 갔다. 어느 사이엔가 젓가락나물, 미나리아재비가 돋아났다. 어디에서 가장 먼저 꽃이 피는지 알아내려면 적어도 이삼 년간의 꾸준한 조사가 필요하다.

사람들이 공식적으로든 비공식적으로든 성직자가 되는 까닭은 깊이 빠져들었기 때문이다. 나는 새로 믿음을 갖게 된 이들과 만나 잠시 이야기를 나누면서 그들만이 지닌 단맛을 맛보고 싶다. 하지만 교양이 많은 성직자에게서는 독립적인 인간으로서의 심이 보이지 않고 그저 불분명한 계획만 그를 감돌고 있는 것 같다. 그는 자신이 속한 그 계획에 온몸을 내맡긴다.

페어헤이븐 수로가 3분의 1쯤 열렸다. 강에 둥둥 떠다니는 커다랗지만 얇은 얼음장에 눈이 내리쌓인다

3월 18일 수　　　굿윈의 땔감

비가 내릴 듯 구름이 잔뜩 낀 따스하고 고요한 아침이다. 애서벳 강가를 따라 노래참새와 울새가 지저귀는 소리를 듣는다. 땅은 거의 깡그리 드러났으나 밤에 강가를 따라 얼음이 꼈다.

굿윈이 올봄 처음으로 배를 타고 페어헤이븐 호수로 갔다. 조용하고 어두운 강을 거슬러 노를 저으며 사향쥐를 찾다가 이따금 강에서 땔감으로 쓸 만한 널이나 통나무 같은 유목을 건져 둑으로 끌고 가 말렸다. 굿윈은 서리가 내리지 않아 벽을 쌓을 수 있었고, 한

번 페어헤이븐 호수에 무엇이 있나 보러 나왔다고 말한다. 오늘처럼 흐리고 고요한 날에 에머슨이 서재에 앉아 글을 쓰는 동안 굿윈은 이 고요하고 어두운 강을 거슬러 올라간다. 에머슨은 겨울 동안 25코드*의 장작과 14톤의 석탄을 때지만 굿윈은 1.5코드 정도의 장작을 땔 뿐이다. 그 장작도 대부분 강에서 주워 모은 것들이다. 굿윈은 낚시할 때에는 약간 물이 새는 보트가 더 좋다고 한다.

3월 24일 화　　하나의 사건에 대한 둘 이상의 설명

가령 어떤 사건이나 사람을 설명할 필요가 있다면 각기 다른 시간을 정해 아주 다른 글을 두 편 이상 써보라. 오늘 모든 일을 샅샅이 적었다 느낄지라도 내일이 되면 유달리 흥미를 끌었으나 글에 적지 않은 전혀 새로운 사실이 기억날지도 모른다. 최근 어떤 사람을 만나 이야기를 나눈 경험을 적는다면, 대체로 처음에는 마음에 새겨진 흥미롭고 중요한 점들을 잡아내지 못한 채 아주 치우치게 서술하기 십상이다. 즉, 당시 마음에 떠오른 생각만으로 마무리 짓고 마는 것이다. 그러나 얼마쯤 시간이 지나면 마음을 사로잡은 새롭고 흥미로운 사실들이 떠오르게 마련이다. 여하튼 자신에게 일어나는 일 중에서 우리가 즉시 바르게 분별할 채비를 갖추고 있는 일들은 얼마나 적은가! 대개 처음에는 그저 몇몇 사실만을 알아차리므로, 그로 인해 생긴 결과를 온전히 알기 위해서는 여러 관

* 목재나 장작의 용적 단위로, 1코드는 128세제곱피트이다.

점과 마음가짐으로 당시 경험을 다시 살펴볼 필요가 있다.

3월 26일 목　　따스하고 상냥한 자연

오후에 월든 호수와 페어헤이븐 호수에 갔다. 남동쪽 강가에 약간의 빙판이 남았을 뿐, 페어헤이븐 호수가 활짝 열렸다. 놀랍게도 앉은부채가 꽃을 피웠다. 꽃잎이 그저 살짝 벌어져 있을 뿐이지만 말이다. 수면 가까이 납작 엎드린 노란구륜앵초의 싹이 샛노랗다. 지금 괭이눈이 특히 눈에 띄게 어여쁘다.

내가 작년 이맘때 얼마나 눈이 높이 쌓이고 얼음이 두툼하게 얼었는지 이야기하면 사람들은 믿지 못하겠다는 듯 고개를 갸우뚱거린다.

스프링숲을 빠져나오다가 숲 가까운 분지에 자리한, 모래로 덮인 따스한 언덕 중턱에서 콩을 심고 흙을 덮는 아비엘 휠러를 만났다. 들에서 농부가 삽으로 거름을 주고 씨를 뿌리는 모습을 보면 늘 신기하다. 다시 대지가 따스하고 상냥해진 것 같은 느낌이다. 며칠 전까지만 해도 온통 눈밭이었던 들판에서 이렇게 수레를 일찌감치 끌며 씨를 뿌리는 모습이 자연의 다정함을 생각나게 한다. 나도 그 분지에 누워 따스함을 느끼면서, 살아나 자라는 자연의 품에 안기고 싶은 마음이다.

3월 27일 금　　　일기

나는 부득이 내 일기에 두 종류의 글을 적는다. 먼저 오늘의 사건과 관찰이다. 그리고 다음 날 똑같은 사건을 되새겨보고 빠뜨렸던 사실들을 적어 넣는다. 빠뜨렸던 것일수록 더 시적인 의미를 지니면서 중요한 경우가 드물지 않다. 처음에는 나를 매료시킨 것이 무엇이었는지 알기 어렵다. 이처럼 오늘의 사람과 사물이 내일의 기억 속에서 더 진실하고 공정하게 드러나곤 한다.

사람들이 내게는 사회가 없고, 자신들에겐 무언가 있는 것처럼 말한다. 마치 보스턴에 가거나 많은 사람이 모이는 곳에 가면 사회를 거저 얻을 수 있다는 듯 말이다.

칭찬과 치렛말이 허식으로 느껴져 경멸할 때가 종종 있다. 나를 치켜세우는 체하는 그는 누구인가? 칭찬에는 칭찬받는 이보다 칭찬하는 이가 낫다는 전제가 들어 있다. 사실 교묘한 비난이다.

3월 28일 토　　　땅의 가슴

나무참새, 노래참새, 파랑새처럼 일찍 날아온 새들이 공중에서 노래하는 즐거운 아침이다. 올해 처음으로 사람들이 밭을 갈고 씨를 뿌리는 모습을 보면서 땅이 자신의 가슴에 뿌려진 씨앗을 잘 길러줄 것이라는, 한동안 잃어버렸던 땅에 대한 믿음을 되찾는다. 나는 땅속에 온기가 있음을 떠올리곤 깜짝 놀란다. 하늘뿐 아니라 땅도 따스해졌다. 이제 서리가 땅에서 사라졌다. 따라서 어디에서나 마음 놓고 땅의 가슴에 씨앗을 맡길 수 있다. 어제 소를 몰고 쟁기질하는 파머를 보았다. 그의 발걸음에 맞춰 밭에 고랑이 생기는 모습을 지켜보면서 걸었다. 넓고 굳은 땅을 재료로, 간단하지만 성능이 뛰어난 쟁기를 쓰며 황소를 동료 노동자로 삼아 함께하는 이 일은 얼마나 고귀한 노동인가! 가게에서는 할 수 없고, 비좁아도 할 수 없는 일이다. 해가 나고, 비가 내리고, 공중에서 새가 노래하듯, 만인이 알고 만인이 마음을 쓰는 일이다. 농부는 우중충하던 땅거죽을 온통 뒤집어 수많은 애벌레를 세상에 드러내면서 땅에 새로운 표정을 덧붙인다. 또 하나의 세상을 만드는 일에 가깝다. 그렇지 않더라도 적어도 습지 하나는 구제한 셈이다. 훌륭한 쟁기꾼은 땅의 아들이다. 마을 모두가 아는 그 쟁기꾼이 들판으로 황소 한 쌍을 몰고 가며 휘파람을 분다.

나는 어떤 예사롭지 않은 일을 겪으면 몇 년이 지나고 나서야 그 일에 대한 흥미롭고 진실한 글을 내놓게 되는 경우가 드물지 않다. 그때서야 비로소 기억 속에 살아 있는 가장 중요한 사실들이 또렷하게 드러나기 때문이다. 그렇게 오랜 기간이 지난 뒤에도 여전히 흥미를 일으키는 일들은 마땅히 값어치가 있을 것이기에 마음 놓고 기억나는 대로 샅샅이 적을 수 있다.

3월 31일 화 급류개구리의 울음소리

무척 쾌적한 날이다. 과수나무를 몇 그루 심을 채비를 하면서 텃밭에서 오전 한때를 보낸다. 따스해진 땅에 삽질을 하니 기분이 더욱 우쭐해진다. 우리가 죽지 않고 살아남아 이 들판을 차지했으니 결국 승리는 우리 것이다. 우리 마을에서는 겨울이면 땅이 얼기에 죽은 자를 묻지 않는다. 그리고 산 자들 또한 차갑고 딱딱한 땅 거죽을 헤매야 한다. 이런 고장에서 처음으로 삽이나 쟁기로 흙을 뒤집는 일은 하나의 중대한 사건이 아닐 수 없다.

오후에 나쇼턱 언덕 동쪽 중턱을 오르다가 서쪽 멀리서 급류개구리가 희미하게 빽 하고 우는 소리와 개구리가 개골개골 우는 소리를 들었다. 급류개구리가 우는 소리는 서서히 높아지면서 자연이 깨어나는 소리와 뒤섞이기에 알아차리기 쉽지 않다. 그 첫 음을 주의 깊게 듣지 않는다면 그 뒤에는 울음소리를 알아채기 어렵다. 이렇게 듣지 못하면 귀가 그 울음소리에 익숙해져서 어디에서나 크게 울려도 결국 듣기 어렵게 되기 때문이다. 지금 급류개구리 울음소리가 참나무와 소나무의 헐벗은 잿빛 잔가지와 반짝이는 솔잎 너머에서, 그리고 그 건너편 거무칙칙한 들판에서 희미하게 울려퍼진다. 낮아졌다 높아졌다 하는 바람 소리와 뒤섞여 둘이 거의 구별되지 않는다. 이 소리는 귀의 기억에 깊은 흔적을 남기기에 나는 들리지 않을 때도 듣고 있다고 착각하는 경우가 드물지 않다.

4월 11일 토　　　콩코드강의 개화기

저녁 8시경에 바다빙어 잡는 모습을 보러 강으로 나갔다.

한 어부가 바다빙어는 어두워져야 나타나는데, 달포가량 줄기차게 올라왔고 지금은 거의 끝물이라고 일러주었다. 청어도 2주 전부터 간혹 보이기 시작했으므로 이번 달과 다음 달 내내 올라올 것이다. 본격적으로 청어를 잡는 시기가 되면 바다빙어는 올라오지 않는다. 샤드는 청어의 뒤를 이어 올라오기에 아직 잡히지 않는다. 지금 뱀장어도 아래쪽 깊은 물에서 올라오므로 이따금 잡힐 뿐이다. 수면에 무수히 일렁이는 잔물결이 그 아래 물고기들이 얼마나 많은지 보여주듯, 지금 콩코드강은 물고기가 가장 많이 올라오는 중요한 철, 즉 강이 꽃피는 개화기를 맞고 있다.

예전처럼 연어, 샤드, 아메리카청어가 콩코드강으로 많이 올라왔다면 지금쯤 주민 대부분이 강가로 몰려들었을 것이다. 레이크빌, 프리타운, 페어헤이븐 호수 인근의 많은 거주민이 호수까지 청어가 올 수 있도록 리틀퀴타카스호*와 아쿠슈넷강을 운하로 연결해 달라고 주 의회에 청원했다. 비둘기와 같은 새들이 공중에서 사라졌듯, 문명화한 인간의 이른바 개발이라는 이름으로 수없이 많은 물고기가 강에서 쫓겨났다. 자연에 일어난 변화 중 인간의 영향으로 생긴 이러한 변화보다 더 큰 변화는 아마 상상하기 어려울 것이다. 우리의 추측 이상으로 콩코드강은 이제 죽은 강이 되었다. 햇빛이 연어, 샤드, 아메리카청어의 비늘에서 반짝이지 않을 때 과연 우리의 강에 봄이 왔다고 말할 수 있을까? 이런 상실의 대가로 얼마쯤 보상이 있을 테지만, 지금 이 순간 그것이 무엇일지는 분명치 않다. 나로서는 자생하는 토박이 물고기들이 자라는 강이 보다 흥미로운 원시적인 강이다. 물고기가 없는 강은 생명에 꼭 필요한 성분이 빠져나가는 바람에 혈관을 무기력하게 돌고 있는 피와 다

* 현재 매사추세츠 뉴베드퍼드의 상수원으로 쓰는 큰 호수로, 레이크빌과 로체스터를 끼고 있다.

를 바 없다.

4월 16일 목 월든 호수파

한 달 전쯤 우체국에 갔을 때 약간 귀가 먼 에이블 브룩스 씨가 다가와서는 우체국 안이 쩌렁쩌렁 울릴 만큼 큰 소리로 말했다. "이봐, 자네 모임은 꽤 큰 모임이지, 안 그래?" 나는 무슨 말을 하는지 몰라 어리둥절한 채로 "그렇겠지요, 뭐" 하고 얼버무렸다. "스튜어트도 거기 꼈지. 콜리어도 그중 하나이고, 에머슨 그리고 우리 집에서 하숙하는 풀시퍼도 있고 말이야. 내 생각으로는 채닝도 거기 나가는 것 같은데." "아, 산책 좋아하는 사람들 말이군요." "그래, 자네들도 단체 아닌가? 모두 숲에 가지, 안 그래?" "아니, 아저씨네 숲에 무슨 문제라도?" 하고 내가 되물었다. "뭐, 그런 걱정은 별로 하지 않아. 자네 패거리가 그런대로 영리한 축이라고 믿으니까" 등등.

샌번에게 이 이야기를 하자, 그가 처음 콩코드 마을에 와서 브룩스 씨 집에 하숙을 정했을 때 마을에 어떤 종파가 있냐고 물었다고 한다. 그러자 브룩스 씨가 다음과 같이 대답했단다. "셋 있어. 유니테리언파와 정통파, 그리고 월든 호수파."

4월 23일 목 스무 살 아가씨의 자연 사랑

리켓슨의 집에서 케이트 브래디라는 스무 살 난 아가씨를 만났다. 아버지는 무능한 아일랜드인이고, 어머니는 약삭빠른 양키였다. 브래디는 예전에 삯바느질을 했으나 지금은 가족의 생계를 위해 사설학교를 운영한다. 프리타운에 있는 가족의 집에서 태어나 열두 살까지 아버지 밭일을 도왔다. 거기서 양을 돌보며 물고기를 잡기도 했고, 말을 타고 밭을 갈다가 사과나무에 부딪혀 말에서 떨어지기도 했다. 나는 브래디만큼 자연을 사랑하는 마음을 열렬히 드러내는 여성을 본 적이 없다. 브래디는 그 무너져내린 외진 집으로 돌아가 양을 키워 실을 잣고 옷감을 짤 생각이다. 브래디는 어머니와 여동생이 따라오지 않을 터이고 옛집 지붕을 어떻게 다시 이을지 난감하지만 그곳에서 "자유롭게 살 수 있다"고 생각한다. 그 계획을 듣고 나는 기뻤다. 겉으로만 혁신적인 게 아니라, "스퀘어 시내와 미들버러 호수"를 사랑하는 마음에서 자라난 실로 창의적이고 활기찬 계획이기 때문이다. 남자든 여자든 자연의 경치를 진심으로 사랑하는 이는 아주 드물다. 농장 주위 경치가 빼어난 건 아니지만, 브래디는 농장의 진가를 잘 알기에 누구보다도 지구의 그 한 부분을 잘 일궈내리라 믿는다. 무기력하게 길들여진 여성들은 그런 생각을 웃음거리로 여기지만, 브래디는 훌륭한 독서 취향과 생각을 실행에 옮기는 뛰어난 재능을 지녔다. 나는 브래디를 말리지도, 그렇다고 특별히 격려하지도 않았다. 세상의 온갖 비웃음에도 불구하고 성공할 수 있을 만큼 강한 사람이라고 생각했기 때문이다.

나는 어떤 이가 특별한 장소 또는 자연 그 자체에 대한 꺾이지 않는 굳센 사랑—삶과 인격 모두를 바칠 만한 그런 사랑 말이다—을 드러내는 말을 들어본 적이 많지 않다. 그런 이들은 주택이 불타도 자연 속에 진정한 집을, 들판과 숲속에 난로를 갖고 있다. 흙과 공기를 따스하게 느낀다. 이런 이들만이 자연에 귀의한다. 하지만 사람은 대체로 최후의 껍질로 집을 껴안은 허약하고 미숙한 피조물이어서 생명보험에 들지 않으면 집 밖으로 나가려 하지 않는다. 이런 이들은 온몸에 회반죽을 덕지덕지 발라서라도 온갖 자연의 영향에서 벗어나길 원한다. 따라서 이들의 민감한 삶은 소화불량과의 기나긴 전쟁이다. 그렇지 않은 이들은 땅에서 생겨나 어느 정도 흙에 뿌리를 내린 수영보다 더 강건하고 자연스러운 매우 귀한 식물이다. 이들이 오면 죽었던 땅이 생기를 띠기 시작한다. 그들의 발에 밟히는 게 자랑스러운 듯 말이다. 땅은 이 황금시대*의 아이들을 주인으로 인정한다. 이들이 가는 곳은 병원이나 구빈원이 아니다. 나는 이런 온당하고 거룩한 피조물이 지구 특정 부분에 기거한다는 소식을 들으면 지구가 먼저 피어나 기뻐하는 것 같고 땅이 이런 쓸모 때문에 존재하는 듯 느껴진다. 농부가 느릿느릿 걷고, 여행자가 무심히 바라보고, 지질학자가 무미건조하게 기술하는 이런 각가지 땅덩이들이 이때 비로소 꽃을 피우고 열매를 맺는다. 땅을 냉정하게 써서 옥수수와 감자를 내는 이가 땅을 소유하는가, 아니면 땅을 사랑하여 땅에서 영감을 얻는 이가 소유하는가? 젊은 청년이 아가씨를 사랑하는 것보다 더 오랫동안 자연을 사랑하는 마음을 주된 원칙으로 삼는 사람은 얼마나 드문가! 온갖

* 그리스 신화에서 원시의 평화 · 조화 · 안정 · 번영의 시기를 일컫는다.

자연이 나의 신부이다. 누군가에게는 자연이 싫고 답답한 고독이지만, 다른 이에게는 부드럽고 달콤하고 상냥한 사회이다.

4월 26일 일　　우리 몸의 한 해 평균 온도

오후에 채닝과 더불어 강을 거슬러 올라가 멀구슬나무 습지에 갔다.

선착장 북쪽 초원이 건너다보이는 강 한가운데에서 아주 커다란 줄무늬 뱀 한 마리가 강을 가로질러 다가오는 모습을 보았다. 줄무늬 뱀은 유유히 헤엄치며 머리를 30센티가량 물 위로 내놓고 우리를 향해 혀를 날름거렸다. 이렇게 강에서 마주치는 뱀은, 육지에서 마주치는 뱀보다 더 무섭고 해로워 보인다고 할 정도는 아니나 훨씬 더 기괴해 보인다. 넓은 강이나 호수 한가운데서 물을 가로질러 달려오는 뱀과 마주치는 일은 잊기 어려운 무척 놀라운 경험이다. 하지만 이놈이 왜 강까지 나온 것일까? 강물이 범람하기 쉬운 초원에서 겨울잠을 자고 있던 건 아닐까? 우리가 가까이 다가가자 놈이 보트 쪽으로 헤엄쳐왔다. 분명 잠시 쉬기 위해서일 것이다. 내가 노를 내밀자 놈이 즉시 노에 몸을 서리기에 보트 안으로 끌어들였다. 놈은 죽은 것처럼 노 위에 늘어져 있진 않았으나 헐겁게 똬리를 튼 몸이 휘우듬하게 굽어 있었다. 몸길이는 88센티로, 꼬리 길이만 18센티였고, 등 중앙의 줄무늬 색은 옅은 밤색 또는 진흙색이었다.

이 뱀은 오후 2시경에 죽었다. 즉, 오후 2시에는 머리가 완전히 죽어 있었다. 하지만 몸 끝부분 쪽 절반은 살아 있었고 대여섯 시간 격렬하게 꿈틀거릴 것 같았다. 이놈을 어느 나뭇가지에 걸어놓았다. 나는 뱀을 죽이는 것에 반대한다. 다른 동물을 죽이는 일에 반대하는 것과 마찬가지다. 그렇지만 내가 아는 인정 많은 사람 대부분이 뱀을 죽이는 일은 그리 마다하지 않는다.

우리는 호숫가 휠러의 집 울타리에 기대앉아 명상에 잠겼다. 휠러의 집은 메리엄의 집 맞은편에 있다. 우리는 이맘때에도 여전히 햇볕이 잘 드는 아늑하고 따스한 곳을 찾아다니곤 한다. 채닝은 여기가 올 들어 자신이 가본 곳 중 가장 따스한 곳이란다. 우리는 숲을 나와 강둑에 누운 뱀처럼 조용히 앉아 시간을 보낸다. 햇살이 환하고 아늑하고 외진 곳들 중에서 최고의 장소에 앉아 있다. 이런 곳에서는 생각이 거침없이 흘러나온다. 따라서 우리가 가장 잘 자라나는 곳이다. 그러나 얼마 지나지 않아 그늘지고 서늘한 곳을 찾게 될 것이다. 우리는 이곳 기후에 얼마나 잘 적응하고 있는가. 겨울에는 집 안 화롯가에 앉고, 봄가을에는 햇살이 밝게 비치는 구석진 아늑한 곳에 앉고, 여름에는 그늘지고 서늘한 숲속이나 산들바람이 불어오는 물가에 앉는다. 이렇게 해서 우리 몸이 한 해 평균 온도에 맞춰진다.

근심의 대부분은 그야말로 가정이나 집에서 생기거나, 아니면 실내에서 살기에 생겨난다. 나는 '집 밖으로'라고 이름 붙인 에세이를 써서 실내 생활에 반대하는 운동을 펼치고 싶다. 기독교는 집 안에서 자란 이와 집 밖에서 사는 이를 구별하여 각기 다른 설교를 해야 할 터이다. 땔감 절약에 대해서도 얼마쯤 설교할 필요가 있겠다. 내가 1코드의 장작을 땔 때 이웃은 무슨 권리로 10코드의 나무를 태울까? 벌써 반쯤 헐벗은 우리 마을에서 소중한 숲을 더욱 빼앗겼다. 그가 나보다 추위를 더 타기 때문인가. 그를 부양하기 위해 마을이 너무 많은 값을 치른 셈이다. 가령 누군가가 오트밀죽에 칠 소금을 번다고 하여 부엌과 거실에 땔 장작도 벌고 있다고 확신할 수 있는가? 어떤 이는 강에 떠다니는 유목 또는 죽었거나 장에 내다팔지 못하는 숲속 나무를 땔감으로 조금 쓸 뿐이어서 자연이 그를 좋아한다. 어떤 이는 잔혹한 헤롯왕처럼 좋은 어린 백참나무나 히커리나무를 땔감으로 10코드나 태우면서 덕 있는 사람인 양 칭송을 받는다. 화로에 나무를 많이 태우는 사람일수록 나무가 자라는 풍경에서 어떤 따스함도 느끼지 않는다. 과부와 고아를 위해 좋은 숲을 남겨두자. 주민들이 자연 속을 즐겁게 걷게 하자.

4월 27일 월　　　산책자의 비

하늘에 축축해 보이는 구름이 깔리고 동풍이 부는 진정한 4월 아침이다. 벌써 비 몇 방울이 똑똑 떨어진다. 오늘 분명 비가 내릴 테지만 언제 본격적으로 내려 얼마나 오래 이어질지는 누구도 알지 못한다. 농부는 어린 아들의 손까지 빌려 텃밭 콩 심기에 바쁘다. 구름이 낮아지며 들에 살짝 비를 흩뿌리기도 하고, 높아지며 잠시 해가 나기도 하므로 어떤 이는 오전 일을 미뤘다가 다시 시작하기를 몇 차례 되풀이한다. 갑자기 굵은 빗방울이 후두두둑 떨어지는 통에 산책자는 잠시 발을 멈추고 곧 지나갈 소낙비일지, 아니면 온종일 내릴 비일지 가늠해본다. 그리고 얼마쯤 가다가 비에 홀딱 젖은 꼴을 상상해보곤 되돌아선다. 다시 비가 그친다. 그러자 그는 그대로 걸어갈걸, 하고 후회한다. 하지만 얼마 지나지 않아 하늘 가득 몰려온 구름 아래 안개가 끼고 바람이 자고 어두워지면서 온종일 이어질 것 같은 침착하고 부드러운 비가 내린다. 그는 비를 견디며 집으로 향한다.

5월 1일 금　　창조된 땅

집이나 땅 같은 물질적 부를 모으는 것은 어리석은 짓이다. 삶의 주식과 부동산은 자신이 애써 생각해 얻은 사고에 해당한다. 이렇게 해서 창조된 땅은 우리의 생각이라는 소를 먹이는 영원한 목초지가 된다. 나는 내가 소유한 이상과 전망에 기대어 살아간다. 그것 말고 무엇이 내 소유물을 늘려 나를 부자로 만들 수 있겠는가? 상상, 공상, 이성과 같은 정교한 도구를 써서 무언가를 만든다면 그것은 세상이 도저히 빼앗지 못하는 새로운 창조이자 영원한 소유물이다. 사람들은 우천에 대비하여 무언가를 저축한다. 야생의 땅을 일구는 것도 그다지 다르지 않다.

5월 3일 일　　노 젓는 소년

무척 따스하고 쾌적한 아침이다. 오전 6시, 강을 따라 독립전쟁터에 간다.

마을 여기저기에서 매인 삶을 사는 어른들과 아이들이 구두에 광을 내거나 나들이용 옷에 솔질을 한다. 토르를 섬기던 북방인의 후예인 나는 토르나 예수를 섬기는 데 결코 시간을 허비하지 않는다. 사람과 말을 희생 제물로 바치던 북방인의 후예인 나는 사람과 말을 결코 희생 제물로 바치지 않는다. 나는 토르나 예수에 괘념치 않는다. 나는 막 지은 새 옷을 입고 교회에 가서 등받이 의자에 조용히 앉아 있는 사람에게 공감하지 않는다. 평상복 차림으로 보트를 빌려 타고 노를 저어 잠시 홀로 봄의 호수를 탐험하러 떠나는 소년에게 공감한다. 양지바른 둑 밑에서 강을 따라 노를 젓는 소년을 만난다. 바지를 무릎 위까지 걷어 올리고 맨발을 드러낸 아이는 곧 물로 뛰어들 준비가 되어 있다. 이 아이에게는 백스터*가 쓴 『성도의 영원한 안식The Saints' Everlasting Rest』보다는 『로빈슨 크루소』를 읽히는 편이 한결 낫다.

5월 4일 월　　　가장 흥미로운 사건

지금 가장 흥미로운 사건은 여러 면에서 완벽할 정도로 따스하고 기분 좋은 날씨일지도 모른다. 이 날씨는 집 밖으로 나온 건강한 이든 병실에 누운 환자든 가리지 않고 모든 사람에게 영향을 미친다. 어디에 가든 날씨가 대화에 자주 등장하는 게 전혀 놀랄 일

---

* 리처드 백스터(Richard Baxter, 1615~1691). 영국의 대표적인 청교도 목사. 청교도 혁명 때 의회파에 속했고, 왕정 복고 이후에는 설교를 금지당하거나 투옥되는 등 여러 고난을 겪었다. 건강이 악화된 와중에도 많은 작품을 집필했다.

이 아니다. 따스한 비가 내린다. 빗속 어디에서나 두꺼비 울음소리가 울려온다.

5월 8일 금 　　코르덴 바지

시장에서 1.6달러 하는 코르덴 바지 한 벌을 닷새 걸려 만들었다. 옷감 여기저기에서 빛이 반사되는 독특한 진흙색 바지다. 이 바지의 좋은 점으로는 무척 튼튼하다는 것 말고도 막 만든 옷이라기보다 만든 지 3개월쯤 지난 옷처럼 보인다는 것을 들 수 있다. 친구 대부분은 내가 이 바지를 입은 모습에 난처해했다. 나는 보스턴에서 파는 바지 한 벌 금액으로 네다섯 벌의 바지를 만들어 입는다. 게다가 내가 만든 바지는 같은 조건에서도 두세 배 더 오래 입을 수 있다. 재단사는 미국에서는 코르덴 옷감을 생산하지 않는다고 했다. 아일랜드에서 직조하므로 싸고 튼튼하긴 해도 현재는 사람들이 잘 찾지 않고, 또 거의 입으려고도 하지 않는다는 것이다. 이제 새와 짐승이 나를 두려워하지 않는다. 일전에 길동무와 헤어지자마자 밍크 한 마리가 나와 6미터밖에 떨어지지 않은 곳까지 다가온 적이 있다. 그때 내가 코르덴 바지를 입고 잿빛 마대를 짊어지고 있었다면 그 밍크가 곧장 내게 달려왔을지 모른다.

5월 12일 화 　　참새 울음소리와 지혜의 증언자

생각이라도 자유로운 사람을 만나기가 이다지도 힘들단 말인가? 우리는 정해진 규칙대로 살아간다. 어떤 이는 침상에 몸져누워 지내지만, 어찌 보면 모든 이가 세상에 몸져누워 지낸다. 언젠가 총명한 이웃을 숲으로 데려간 적이 있다. 그리고 그에게 인간의 온갖 제도를 생각에서 말끔히 씻어내고 전혀 새로운 관점에서 사물을 바라보고 새로이 시작하라고 권했다. 그러나 그는 전통과 인습을 버리지 못해 내 말을 따르지 못했다. 그는 정부, 대학, 신문과 같은 것들이 영원에서 영원까지 존재하리라 생각한다.

지난 10여 년 사이에 아무도 그 역사를 모르고, 나 말고는 마을 주민 누구도 이름을 모르는 버드나무들이 철로 방죽을 따라 얼마나 많이 자라났는지 생각해보면, 얼마나 많은 일이 인간이 모르는 가운데 일어나는지 깨닫게 된다. 주민들은 한 해에 단 한 종을 밝혀내는 일조차 대단한 발견인 듯 여기나, 그 기간 동안 온갖 종류의 씨앗이 어딘가 다른 곳에서 이곳으로 옮겨왔다.

천 년 전 찌르레기가 울었듯 오늘 밤에도 변함없이 찌르레기가 운다. 태초에 하느님이 그 울음을 들으시고 듣기 좋다고 말씀하셨다. 그래서 이 울음소리가 이어졌다. 이 울음소리는 내게 수없이 많았던 여름날의 석양과, 수 킬로씩 뻗은 회색 울타리와, 울퉁불퉁 뻗어나간 수많은 초지와, 멀리 들판의 농가와 그 농가의 우유 냄비와 두레박과, 초원에서 집으로 돌아오는 암소를 생각나게 한다.

나는 때때로 찌르레기들에게 조언을 듣곤 한다. 이 말소리가 인간의 견해를 바로잡는다. 그들은 동료 시인이다. 이 작은 회색 음유시인의 노래가 나의 노래를 북돋운다. 어떤 고전 작품보다 오래된 달콤한 전원시이자 목가이다. 이 새가 들 한가운데에서 자신을 닮은 회색 횃대 위에 앉아 있으면 쟁기질한 땅을 아무리 유심히 살펴봐도 찾기 어렵다. 황혼이 깊어지면 조심스럽게 한 걸음씩 내딛어본다. 그러나 보라! 찌르레기가 그 자리를 떠난다. 아무리 눈을 크게 떠도 녀석이 어디로 갔는지 찾기 어렵다. 딸랑거리는 노래가 이내 다른 곳에서 들려온다. 바위와 나와 찌르레기가 하나가 된다.

내가 제대로 사용될 때, 적어도 나의 쓰임이 그리 부끄럽지 않을 때에만 이런 소리를 듣고, 이런 추억에 잠긴다고 생각한다. 무의식적인 의무감에 의해 어떤 일을 하고 이러한 보상을 받았음을 종종 깨닫는다. 이런 경험은 누구에게도 넘겨주지 못하는 불변의 자본이다. 이 비슷한 일들이 지난날의 경험을 떠오르게 한다. 천 년쯤 뒤에 참새의 노랫소리에 가슴이 뛰기를 원한다면 오늘 나의 삶이 참새의 노래와 조화를 이루어야 할 터이다.

나는 체념 또는 비굴한 기분에 사로잡혀 감옥 통로의 흰 벽을 따라 터벅터벅 걷는 수인 같은 신세이다. 내 운명을 잘 깨닫지 못한다. 나의 빛을 가물거리고 어렴풋해 보일 정도로 낮추고, 내게 맡겨진 어떤 일을 하는 중이다. 아주 속 좁은 견해를 지니고 한계에 이른 삶을 산다. 절대적 진리는 기억에 없다. 여러 제도가 우후죽순처럼 돋아나 나를 에워싼다. 그런데 갑자기 운 좋은 순간에 영원한 지혜의 목소리가 참새의 울음소리를 빌어 내게 와 나를 해방시킨다. 나의 감각을 자극하고 정화해 나를 영원한 지혜의 증언자로 삼는다.

5월 26일 화　　어머니의 기억

오늘 밤 어머니는 당신이 젊어서 버지니아로에서 살 때 여름밤마다 듣던 소리에 대해 말씀하셨다. 암소가 음매음매 우는 소리, 거위가 꽥꽥거리는 소리, 멀찍이 떨어진 힐드레스 씨의 집에서 울리는 북 치는 소리. 그러나 무엇보다 기억에 남은 소리는 조 메리엄 씨가 소 떼를 부르는 휘파람 소리였단다. 그는 휘파람을 기가 막히게 잘 불었다. 어머니는 모두가 깊은 잠에 빠진 자정에 일어나 문간 계단에 앉아 있곤 하셨다. 그때 세상 어디에서 어떤 소리도 어머니에게 들리지 않았고 단지 집 안에서 시계 똑딱거리는 소리만이 들려왔다.

5월 27일 수　　5월 소방훈련의 날

마을 건너편에서 피리 부는 소리와 북 치는 소리가 들린다. 오늘은 '5월 소방훈련의 날'이다. 젊은 사내 약 서른 명이 두 줄로 서서 거리를 행진한다. 모두 머리 위에 육중하고 따뜻한 모자를 썼고, 선명한 붉은 세로 줄무늬를 그은 바지를 입었다. 맨 앞에 선 두 사람이 피리를 불고 북을 친다. 나는 이 대원들이 소방서장의 집 앞 길가에 한 줄로 늘어선 모습을 본다. 누더기 차림을 한 여남은 아이들이 이 광경을 바라본다. 이 젊은이들은 지금 서 있는 자리가 그리 좋지 않다고 느꼈는지 이내 일제히 건너편으로 움직인다. 이제 이들은 자기네 상관의 집 앞보다 더 나은 곳으로 행진한다. 상관의 집과 떨어져 구속받지 않을 자유로운 장소를 찾는다. 선술집에도 두어 차례 드나든다. 밤이 되면 혼자서 부푼 가슴을 안고 집으로 돌아가는 이들의 모습을 볼 수 있으리라.

5월 29일 금　　　리의 절벽에서 맞은 폭우

오후에 리의 절벽에 갔다.

오전 날씨가 찌푸렸다가 비가 오더니 공기의 결이 6월 공기처럼 부드러워졌다. 고요하고 깨끗해진 공기 속에서 갖가지 벌레의 울음소리가 들린다. 볕이 드는 자리가 새로 핀 무성한 잎 그늘과 뚜렷이 비견된다. 아직 풀은 마르지 않았다. 지금 오후 2시인데도 비가 멎자 새들이 전에 없이 기운차게 노래한다.

해가 나고 한 시간쯤 지나자 풀잎에 맺힌 빗방울이 빠르게 말랐다. 올해 처음으로 비를 맞은 잎이 무성하게 퍼지며 생긴 작은 그늘과, 산울타리 또는 한 줄로 늘어선 버드나무들을 따라 선처럼 드러난 좁고 긴 그늘을 깨닫는다. 뜨거운 눈물을 흘린 뒤 검은 속눈썹 밑에서 처음으로 밝게 반짝인 눈빛을 보는 것과 같다.

바위에 서서 내 쪽으로 가지를 쑥 내민 올된 검은떡갈나무 꽃을 살펴보고 있을 때 모자에서 파리들이 앵앵거리는 소리가 들렸다. 아니, 이것은 비 몇 방울이 떨어지는 소리였다. 머리 위 하늘에는 구름 한 점 없지만 멀리 하늘 저편 구름에서 흩날려온 것이리라. 나무 꼭대기 너머로 사기충천한 보병대나 창을 쑥 내민 기병대처럼 하늘의 방벽으로 몰려드는 폭우의 빈약한 전위대를 보았다. 그런데 서쪽에서 커다란 잿빛 구름이 조용히 다가오더니 굵은 빗방울을 떨어뜨리기 시작했다. 나는 피난처를 찾아 절벽 아래 튀어 나온 바위 밑에 섰다. 이곳은 위쪽과 주위 공간이 넉넉하여 오두막 아래 있는 것처럼 충분히 보호를 받으며 움직이기에 좋았다.

이끼로 덮인 바위 지붕이 절벽 중간쯤에서 머리 위로 드리워져 있다. 그 아래에서 페어헤이븐 호수 쪽으로 가지를 뻗고 잎을 편 물푸레나무와 히커리나무 밑에 편안히 앉아 밖을 내다보았다. 빗줄기가 갈수록 굵어졌다. 하지만 이런 일을 겪게 한 비가 오히려 반가웠다. 덕분에 리의 절벽에서 집처럼 아늑한 곳을 찾아냈다. 비가 호수에 잔물결을 일으켰다. 바람은 전혀 없었으나 수면이 어두운 부분과 밝은 부분으로 뚜렷이 나뉘어 일렁였다. 비가 더욱 세차게 내리치고 수면이 온통 어두워졌을 때도 이 경계는 조금도 사라지지 않았다. 이 수면에서 수많은 빗방울이 석순처럼 돋아났다.

빗줄기가 다시 가늘어지고 날이 약간 밝아지면서 새들이 노래하기 시작했다. 하지만 곧 이어 남서쪽에서 소나기구름이 다가왔고 바람 방향이 약간 바뀐 것 같았다. 이 바람 속에서 벌써 천둥이 낮게 우르릉거리는 소리가 들렸다. 내 성채의 좀 더 드러난 곳을 공격하려고 진영 배치를 달리하는 것 같았다. 전혀 짐작하지 못한 곳에서 두 적이 나타났다. 하지만 폭풍우의 전술을 누가 알아맞힐 수 있겠는가. 돌풍을 앞장세우고 다가오는 여름의 첫 번째 천둥비였다. 내 거처가 피난처로 넉넉할지 의심이 들었다. 나는 거의 적들에게 둘러싸이기 직전이었으나 어디로 달아나야 할지 알지 못했다. 어떤 나무도 흔들리지는 않았으나 멀리서 빠르게 다가오는 폭우의 낮은 울부짖음이 들렸다. 번개가 땅으로 내리꽂히더니 곧

이어 하늘에서 쩌렁쩌렁한 외침이 이어지고, 드디어 비가 쏟아지기 시작했다. 은신처로 놀라 달아나는 새의 다급한 울음소리가 들렸다. 마침내 공기가 식고 으스스해지면서 대기가 어두워졌다. 호수의 부드러운 수면과 물그림자는 잊었다. 계절이 달라진 양 몸에 닿은 바위가 차갑게 느껴졌다. 집으로 빨리 떠났더라면 꽤 멀리까지 갈 수 있었을 텐데, 라는 생각에 여기서 꾸물거린 일이 후회될 지경이었다. 그랬다면 좀 더 머물기 좋은 곳까지 갈 수 있지 않았을까. 번개가 절벽을 때려 바위들이 우르르 내게 떨어져 내릴지 누가 알겠는가. 우르릉 쾅쾅 하는 천둥소리가 천상의 다락에서 재목을 뜯어내는 소리처럼 들렸다. 나는 한 시간 넘게 꼼짝없이 갇혀 있었다. 드디어 구름이 다시 열어지면서 새들이 노래하기 시작했다. 새들은 비가 어지간히 그치기도 전에 예정표대로 하루를 마감하려고 저녁 노래를 불러댔다. 폭풍우 한가운데에서도 한 소나무 꼭대기에서 피비새가 우는 소리가 들려왔다. 땅이 얼마나 젖었든 개의치 않고 황소개구리 두어 마리가 우렁차게 울었다. 흔들리는 나무는 없었지만, 호수 저편 8백 미터 이상 떨어진 곳까지 물러난 폭풍우에서 다시 사방으로 고요한 울부짖음이 퍼져나갔다. 그러나 그저 빗방울이 나뭇잎과 땅에 떨어지는 소리였다. 비가 어떤 소리를 만들어내는지 귀 기울여본 이는 거의 없을 것이다. 나는 두어 번 은신처에서 나오려다가 되돌아가곤 했다. 밖으로 발을 내디디면 그것을 신호로 비가 다시 시작되는 것 같았다. 나는 한 시간 반가량 갇혀 있다가 겨우 빠져나왔다. 결국 두 다리는 풀에 맺힌 빗방울로 홀딱 젖고 말았다.

사람들 대부분이 이런저런 기회가 주어지는데도 아무 일도 하지 않는 것은 희극인가, 비극인가. 여기에 자극을 받아 단호하고 철저하게 행동하지 않는 것이 이상하지 않은가. 나무는 보다 나은 곳으로 옮겨가는데, 우리는 대체로 욕구와 불안에도 불구하고 어떤 진취적인 일도 시작하려 하지 않는다. 항구는 늘 거칠고 대담한 사내들로 넘쳐나지만, 길들여지고 억눌린 그들의 모습을 보면 기가 막힐 뿐이다. 그들은 그 무엇보다 정치가가 되길 바랄 터이다. 생계를 꾸려가는 데 온 정신과 활력을 탕진하여 그 이상 아무것도 하지 못한다. 미국인들은 일종의 무척 바쁜 뱃사람들이지만, 모두 하나같이 부림을 받는 피고용인에 불과하다. 나는 모험이나 관측을 하려고 자신의 힘으로 돛배를 띄워 해안을 따라 뱃길을 나선 사람이 있다고 들어본 적이 없다.

5월 30일 토　　어제 일을 회상하다

어제 비가 내리는 도중에 바위 밑에서 했던 생각을 다시 더듬어보고 싶다.

처음 바위 밑으로 피신하자마자 집 안에서 밖을 내다보듯 페어헤이븐 호수를 새로운 눈으로 바라보게 되었다. 전에는 한번도 와본 적 없는 리의 절벽에 온 것 같았다. 거기가 내 주거지인 양 여겨졌다. 사람들은 대체로 무언가를 애써 얻고 있는 곳에 머물려고 온갖 기회를 서둘러 차버린다. 폭풍우가 멎고 얼마 안 되는 빗방울만 똑똑 떨어질 때 나 있는 자리에서는 호수 남쪽 링컨숲 너머로 물러

나는 비구름의 뒷모습이 보였다. 그리고 무엇보다 새로 푸르러진 숲으로 떨어지는 엄청나게 힘찬 빗줄기 소리가 들렸다. 이렇게 멀리서 듣는 빗소리는 폭풍우 한가운데서 듣는 빗소리와는 사뭇 달랐다. 빗속에 있을 적에는 마음을 달래주듯 비가 부드럽게 후두두 떨어지기에 비가 내는 소리를 두고 이리저리 추측하지 않는다. 이렇게 해서 리의 절벽이 내 집이 되었다. 즉 내가 거주하는 곳이었다. 드디어 날이 개고 짐작보다 이르게 하늘이 밝아졌다. 집으로 돌아갈 적에는 해까지 나서 등을 따스하게 내리쬈다. 수레가 다니는 길에는 커다란 물웅덩이들이 생겨났고, 들판의 풀들이 빗물에 잠겼다.

비가 너무 세게 퍼붓지 않았을 때 흑백나무발바리 한 마리가 늘 그렇듯 지그재그로 날아와 내가 기댄 바위 앞 나무 여기저기를 살폈다. 고개를 자주 숙였고 천둥소리가 매우 요란할 때에도 전혀 놀란 기색을 보이지 않았다. 새들은 비가 오더라도 그리 큰 불편을 겪지 않는 듯하다. 하지만 빗속에서는 거의 노래하지 않는다.

폭풍우가 멎자마자 여기저기 구름 사이로 보이는 푸른 하늘보다 더 아름다운 하늘빛은 찾아보기 어렵다. 이 하늘빛은 날씨가 빠르게 좋아진다는 신호이다. 내가 있는 곳과 아래쪽의 짙은 황록색 리기다소나무 사이에서 잇달아 가는 비가 내리기에 은신처를 나오기 전 20분이 넘도록 남서쪽에 드러난 맑고 푸른 하늘을 바라보았다. 나는 비 오는 동안 〈탐 볼링Tom Bowling〉*을 불렀다. 습기 덕분

* 찰스 딥딘(Charles Dibdin, 1745~1814)이 만든 합창곡으로, 가사에 폭풍에 용감하게 맞서다 죽은 선원 탐 볼링을 기리는 내용을 담고 있다.

인지 노래하기가 훨씬 편했다. 집으로 올 때는 하늘에 흐릿한 무지개가 걸렸다.

5월 31일 일 습지의 배꼽

오후에 고잉 습지와 적송을 보러 갔다.

습지 중앙 작은 풀밭과 못은 이 습지와 우주 자궁을 이어준 탯줄이 잘려나간 흔적, 즉 습지의 배꼽이다. 모든 습지 안쪽에는 이런 부드러운 곳이 남아 있으리라. 못을 둘러싼 물이끼 많은 거죽이 뱃살처럼 나긋나긋 흔들린다. 가까이 다가갔다가는 습지 내장 속으로 쑥 빨려 들어갈 것만 같다.

6월 1일 월 쌀먹이새의 울음소리

내 뒤쪽 사과나무 꼭대기 어딘가에서 쌀먹이새 우는 소리가 들려온다. 쌀먹이새의 울음소리는 평소 하찮게 들리지만 오늘 이 새는 초원이나 과수원에서 아직까지 들어본 적 없는 노래를 부르려 애쓰는 것 같다. 막 류트 현과 유리질 건반과 물 오르간을 연주하고 있다. 음이 가득한 목에서 음 한두 개가 둥그렇게 말려 액체 거품으로 떨어진다. 액체 멜로디 꽃병에 든 하프를 켜는 것만 같다. 새가 하프를 꺼내들자 떨리는 현에서 음이 거품처럼 떨어진다. 지금까지 들었던 소리 중 가장 아름답고 달콤한 액체 소리다. 목마른 이가 멀리서 시냇물이 졸졸거리는 소리를 들었을 때 못지않게 신선하게 들린다. 오, 제발 너의 솜씨를 이 정도로만 발휘해다오. 제발 그 곡조를 완성시키지 말아다오, 새야. 그러나 새가 음을 멀리 내보내 초원이 온통 멜로디로 넘쳐난다. 이 음은 과수원 안의 사과 꽃들과 함께 떨어진다. 거룩한 소절로 넘쳐나는 새의 가슴에서 둥근 멜로디가 방울져 떨어진다. 언젠가 죽을 운명인 인간의 귀에 결코 잊히지 않을 곡조를 예고한다. 이 소리를 들으려거든 문을 박차고 나가 현존재와 전 소유물을 바쳐야 한다. 멜로디로 가득 찬 꽃병에서 여전히 억눌려 있긴 하나 때때로 표면으로 보글보글 솟아올라 가끔씩 거품으로 터져나오는 것 같다.

6월 3일 수　　　신사의 여행

집에 있든 오후 산책을 나가든 함께 있으면 좋은 친구나 친지가 여럿 있다. 그러나 오래 함께 여행해도 좋을지는 의문이다. 갑자기 그들의 생활태도나 차림새가 너무 점잖게 느껴졌기 때문이다. 내 마음속에 풀 먹인 하얀 내의와 검정 외투를 입고, 광택 나는 모자를 쓰고, 반들반들한 신발을 신은 그들의 모습이 그려진다. 여행자가 이런 류의 신사이면 큰 불이익이 따른다. 여인숙 주인의 먹잇감이 되어 푸대접을 받기 마련이다. 이런 이와 더불어 낯선 마을 낯선 집에 들어가면 아무래도 힘겨운 상황을 맞기 십상이다. 또한 지방 신문에 이름이 오를 수도 있기에 익명으로 여행하기도 어렵다. 우리는 보통 사람으로 여행하길 원한다. 이런 신사가 도보여행을 한다면 어디를 가든 자기 기대와 어긋남을 알게 되리라. 다리를 저는 사람이 절름발이이듯, 누구나 쉽게 그가 어떤 나들이를 나왔는지 알아차리리라. 마을 주민이 그를 보고 인사할 것이고, 또 다른 신사는 자기 마차에 오르라고 권할 것이며, 마부는 이건 이등마차라고 주의를 줄 것이다. 즉, 사람들이 그를 성직자처럼 다루기에 끊임없이 시달리고 훼방을 받고 좌초하면서 토박이는 전혀 만나지 못할지도 모른다. 조용히 뒷문으로 들어가 주방 난로 옆에 앉는 대신, 차가운 거실로 인도되어 벽난로 앞에 서서 가족의 요란한 인사를 받게 될지도 모른다. 그가 다가오면 여자들은 뿔뿔이 흩어질 것이고 남편과 아들들은 검정 외투를 찾으러 급히 계단을 올라갈 것이다.

나는 이런 이들과는 도보여행을 하지 않는다. 어떤 마을, 어떤 여관, 어떤 가정집이든 이런 이와 함께 들어가면 너무 큰 소동이 벌어지고 어려운 처지에 빠지기 십상이다. 어디를 가든 숙박비와 식대가 올라가기에 같은 돈을 치르고도 기껏 절반밖에 나아가지 못한다. 검정 외투를 입으면 너무 많은 대가를 지불해야 한다. 그리고 오직 외투만으로 이런 차이가 나는 것은 아니다. 비듬의 특성은 그 밑의 두피 특성에 의해 정해진다. 여관 주인, 마차 주인, 성직자는 한눈에 진짜 도보여행자를 알아보고 홀로 있게 내버려둔다. 따라서 다른 때보다 1킬로쯤 앞서 신발에 각반을 차더라도 별 쓸모가 없다. 이들이 보통 서민과 같은 대접을 받지 못하는 것은 그저 이들의 무능, 개성의 결여—이들이 옷을 입은 것이 아니라 옷이 이들을 입은 것이니까—나 이기주의 탓인 경우가 드물지 않다. 이들은 마부, 글방아이와 같은 사람들에게도 꼬박꼬박 자기 가치를 인정받고 싶어 한다. 어쩌면 이들도 낯선 곳을 꽤나 찾고 싶어 할 것이다. 하지만 그런 경우에도 중요한 공적 인물로 받아들여지기 바란다. 가령 삼등칸을 탄 탓에 공적 승객 명단에서 제외된다면 무명無名의 처지에 빠졌다 여겨 불행하다고 느낀다.

6월 5일 금 야생 식물의 이름

나는 주변에서 자라는 식물 하나하나에 관심을 기울여왔다. 크게 자라는 식물도 조금씩 알게 되었다. 이들은 지구라는 행성에서 나와 더불어 살면서 내게 친숙한 이름으로 불린다. 그러나 본래 얼마나 야성적인지 모른다. 내가 지금 태우는 석탄에 흔적을 남긴 낯선 화석식물 못지않게 야성적이다. 머나먼 옛날에도 어떤 부족은 감탄에 젖어 식물을 모으면서 식물에 친숙해졌으리라. 그들의 감정을 나타내는 언어에 식물이 어떤 흔적을 남겼을 터이다. 'stigmariae'는 이런 부족의 꽃말에서 '인간의 감정'을 뜻한다. 별꽃, 소나무 따위는 조금 덜 야생적이다. 내가 이런 식물을 잘 아는 척하긴 하지만, 내게 쾌적한 그늘을 드리워주는 저 나무와 나의 나이 차는 얼마나 큰가. 저 나무의 나이를 알려면 먼 지질시대까지 거슬러 올라가야 할지 모른다.

6월 6일 토 각 계절의 의미

6월은 풀과 잎의 달이다. 낙엽수들이 상록수들을 둘러싸면서 상록수가 얼마나 어두운 빛을 띠는지 보여준다. 사시나무가 벌써 덜덜 떤다. 다시 새 여름이 다가왔다. 내 생각에서도 약간의 퍼덕거림이 느껴진다. 그러면서 너무 늦었을지 모른다는 조바심이 난다.

각 계절이란 아주 자그마한 하나의 점과 같다. 왔다가는 금방 가버리기에 이어지지 않는다. 계절은 나의 생각 속에 어떤 음조와 색조만 남겨놓고 가버린다. 사계절의 현상이란 추억이자 격려이다. 우리의 생각과 감정은 물림 기어 두 개가 맞물려 돌아가듯이 계절의 순환에 반응한다. 따라서 한 번에 오직 단 하나의 접촉점과 맺어진다. 우리는 이 사귐에서 자극과 충동을 받고 새로운 계절이나 접촉점으로 나아간다. 한 해란 자연 속에 언어를 뿌리내린 일련의 감각과 사고로 이루어진다. 나는 이제 얼음이자 수영sorrel이다. 하나하나의 경험은 그에 상응하는 마음속 분위기와 일치된다.

내가 가령 한 사내가 사과나무 접붙이는 모습을 보고 있다고 치자. 이 광경이 의미가 있는 것은 과수원 임자에게 돌아갈 사과나, 접붙이는 사람에게 떨어질 빵 때문이 아니다. 내 마음에 떠오르는 어떤 기분이나 생각 때문이다. 그래서 내게 의미가 있다. 사과나 빵이 다른 사람에게 어떤 의미를 띠든 욕할 수 없다. 거울을 보고 욕하는 것보다 더 나쁘니까. 그저 내가 거울을 통해 희미하게 본 것에 불과할지 모른다.

6월 12일 금　　　케이프코드 여행

오전 8시 30분에 혼자서 케이프코드를 향해 떠나다.

보스턴 자연사박물관을 거쳐 오후에 플리머스의 왓슨네 집*에 도착하다.

6월 14일 일

오전 7시에 클라크섬으로 향했다.

왓슨이 꽤 믿을 만한 이야기라면서 웹스터**가 괴물바다뱀sea serpernt을 본 적이 있는 것 같다고 말했다. 그 이야기에 따르면, 웹스터는 마노멧에서 플리머스 지방 유지들과 만나 낚시를 즐기며 하루를 보냈다. 낚시가 끝난 뒤 피터슨과 더불어 돛배를 타고 덕스베리로 돌아오는 도중에 들은 소문의 바다뱀과 대체로 일치하는 뱀을 보았다. 바다뱀은 뱃머리에서 30여 미터 떨어진 곳을 가로지르다가 사라졌다. 웹스터는 조금 전 벌어진 일을 생각해보고 피터슨에게 이렇게 일렀다. "어느 누구에게도 이 일을 발설해서는 안 되네. 내가 그 바다뱀을 봤다는 게 알려지면 사람들 입방아에 오르내리게 될 테지. 그러면 어디에 가든 사람을 만나는 족족 이 이야기부터 들려줘야 할 거야." 그래서 이 이야기가 여태까지 묻혀 있었다는 것이다.

---

* 메리 러셀 왓슨(Mary Russell Watson, 1820~1906)과 벤저민 마스턴 왓슨(Benjamin Marston Watson, 1820~1896) 부부의 집을 가리킨다. 벤저민은 플리머스에 집을 짓고 넓은 땅에 묘목장과 과수원을 일군 지식인 농부로, 콩코드에서 학생들을 가르쳤던 메리 러셀과 1846년에 결혼했다. 소로는 평생 왓슨 가족과 친구로 지내며 여러 번 왓슨의 농장을 찾았다.

** 대니얼 웹스터(Daniel Webster, 1782~1852). 매사추세츠와 뉴햄프셔의 연방의회 의원이었으며 14대, 19대 미 국무장관을 지낸 명연설가이다.

6월 15일 월

오후 2시에 왓슨 부부와 말을 타고 마노멧까지 갔다.

마노멧갑에서 8백 미터쯤 떨어진 홈스 여관 근처 바닷가에서 여행 봇짐을 둘러메고 친구들과 작별인사를 나누었다. 이제 바닷가를 걷는 여행길이 시작된 것이다.

행정구역에 속해 있을지 의문이 들 만큼 무척 외진 곳을 10킬로쯤 걷고 나서 솔트 호수를 지나쳐 새뮤얼 엘리스의 집에 들었다. 엘리스 부인은 저녁식사를 이미 마친 데다가 마침 세탁하는 날이어서 몹시 고단했음에도 나를 받아주었다. 엘리스 부부는 행상인들을 자주 재우곤 했으므로 이런 돌발 상황에 대비해 막 구워놓은 파이 몇 개를 내놓았다. 부부는 나를 행상인이라 오인하여 봇짐 안에 무엇이 있냐고 물었다. 이윽고 말과 수레를 끌고 엘리스의 집에 든 젊은 행상인이 내 관심을 끌었다. 열예닐곱 살로밖에 안 보이는 순박하고 싹싹한 청년으로 나이프, 포크 같은 식탁용 철물을 팔았고, 매사추세츠 콘웨이에서 왔다. 행상 일이 할 만하냐고 묻자 그 청년은 세상 여기저기를 돌아볼 수 있어서 어떤 면에서는 이 일을 좋아한다고 답했다. 보기 드문 젊은 미국의 좋은 본보기였다. 그는 이 지역에서는 식탁용 철물이 그리 팔기 좋은 상품이 아니라서 말린 식료품을 구하러 보스턴으로 가는 중이었다. 숙식비 일부는 물품으로 치렀다.

6월 16일 화

오전 7시, 엘리스의 집을 나와 바다에서 1킬로쯤 떨어진, 작은 언덕들이 연이은 곳을 거쳐 모래투성이 길을 따라 걸었다. 1킬로 채 못 가서 인디언이 사는 아담한 잿빛 단층집이 나타났고, 그 너머로 집 두세 채가 보였다. 길거리에서 만난 한 인디언에게 길을 물어봤다. 인디언답게 눈이 검고 까만 머리카락도 곧았으나 얼굴색은 햇볕에 그을린 백인보다 검지 않았다. 꽤 번듯해 보이는 젊은이였고 혼혈 같았다. 내가 원주민 혈통이냐고 묻자 그가 "그럴걸요"라고 답했다. 이 길에서는 샌드위치 교회당까지 훤히 내다보였다. 그는 바닷가에서 스쿠셋으로 가려면 어디쯤에서 방향을 바꾸어야 하는지 일러주었다.

오전 11시경에 스쿠셋에서 샌드위치로 가는 열차를 탔다. 철로변 습지에서 양지꽃이 미나리아재비 못지않게 활짝 꽃을 피웠다.

야머스 북서쪽 끝에서 내려 매표소 직원에게 남동쪽 프렌드스로 가는 길을 물었더니 그런 마을은 들어본 적이 없다고 답했다. 하지만 역마차를 모는 마부가 8킬로쯤 가야 한다며 길을 일러주었다. 먼저 북서쪽으로 4백 미터쯤 가면 큰길이 나오고, 그 길을 따라 동쪽으로 3킬로쯤 가다가 샛길로 들어서야 한다고 말했다. 내가 더 가까운 지름길이 있지 않겠느냐고 하자 마부는 힘든 길을 가기보다 돌아가는 편이 더 낫다고 대꾸했다. 길을 물으면 이런 답이 돌아오는 경우가 흔하다. 여관 주인이나 역마차 마부는 사륜역마차가 다니기 좋은 길밖에 모른다. 따라서 어디를 가든 먼저 대로를 한껏 걷게 만들려고 애쓴다. 나는 절망하며 볼품없이 퍼진 마을을 바라보았다. 이 거리를 가다 보면 양옆으로 늘어선 장사치들로부터 호된 공격을 받으면서 아까운 시간을 허비하고 먼 거리를 걷게 될 게 틀림없었다. 하지만 마부가 일러준 곳보다 앞서 길에서 벗어난다면 으레 그렇듯 마을을 벗어나 들판을 가로지르는 보다 짧은 지름길을 갈 수 있으리라.

대체로 나는 지도와 나침반을 써서 주민들이 가르쳐주는 길보다 더 빠른 길을 찾아내곤 한다. 마을 한쪽에 있는 마차역을 들러 내가 가고자 하는 곳까지 가는 길을 묻는다. 그러면 여관 주인이나 마부는 먼저 대로를 따라 내려가라면서, 시종일관 큰길로 가라고 권한다. 그러나 내가 마을은 일단 제끼고 지도상 더 빠른 길을 보여주면, 그들은 어깨를 으쓱한 다음 힘든 길을 가느니 돌아가는 편이 낫다고 말한다. 주민들은 대개 지도를 남용하지만, 나는 주민보다는 나침반과 지도가 더 안전한 길라잡이임을 안다. 마을 대로를 헤치고 가느니 차라리 시골집 마당을 가로지르길 원한다. 시골집 사람들은 대개 나를 눈감아준다. 나는 멀리서 마을을 바라보며 나 자신의 길로 마을을 돌아 지나가기를 좋아한다. 마을을 가로지를 때면 거친 자갈길을 걸을 생각만으로도 다리가 아파온다. 선술집을 지나칠 때면 그 입구에서 많은 눈이 나를 보고 있다는 게 느껴진다. 산책하는 미혼 여성이나 이륜마차를 탄 의사와 마주칠 때도 있다. 나는 반 시간가량 중국 어느 마을에 와 있는 듯한 생소함을 느낀다. 하지만 머지않아 다시 넓은 세상에서 마음이 편안해지고 잔디 깔린 밋밋한 땅에서 벗어나 두 발이 기운을 되찾는다.

프렌드스에 이르기 직전 롱 호수를 거쳐 유료 다리를 통해 배스강을 건넌 뒤 크로웰 마을, 그랜드만 등을 지나 야머스 철도역에서 13킬로쯤 떨어진 웨스트하위치에 있는 아이제이아 베이커 씨의 집에 묵었다. 어느 마을을 가보더라도 안식일처럼 느껴질 정도로 거리에서 주민을 보기 어려웠다. 어느 마을에서나 으레 그렇듯 건강한 사내는 대부분 바다로 나가고 없었기에 여자나 어린아이만 눈에 띄었다. 베이커 씨는 남자의 반 내지 4분의 3이 바다로 나가고 없다고 답했다. 이날 오후 한동안 보슬비가 내렸다.

6월 17일 수

신선한 장어 요리로 아침식사를 하고 나서 바닷가로 내려가 동쪽으로 1.5킬로 이상 걸었다. 짐작보다 훨씬 더 멀리서 남쪽으로 낮게 뻗어나간 모노모이섬*이 희미하게 보였다. 곧이어 숲을 거쳐 북쪽으로 향하다가 하위치 중심지에 이르렀다. 하위치와 브루스터의 경계를 넘어서 소나무 언덕에서 점심을 먹고 호수에서 멱을 감은 다음, 큰길을 벗어나 올리언스를 향해 북동쪽으로 시골길을 가로질렀다. 캠프그라운드에 자리한 코브 씨의 '여행자의 집'에 들었다.

* 케이프코드 채텀에서 남서쪽으로 13킬로가량 뻗어나간 모래톱.

6월 18일 목

'여행자의 집'에서 트루로에 있는 스몰 씨의 등대로 갔다.

짙은 안개가 몰려다니면서 온종일 가랑비가 내렸다.

오후 2시경 하일랜드 등대에 다다랐다. 스몰 씨는 이 등대가 자신이 태어날 즈음인 60년 전에 세워졌다고 말했다.

6월 19일 금

여전히 안개가 짙었으나 바다에 되도록 바짝 붙어 바닷가를 따라 북쪽으로 1.5킬로쯤 걸었다. 바다가 진자처럼 흔들리면서 밍밍한 하얀 거품이 이는 너울이 연이어 내 앞으로 다가왔다가 물러났고 모래사장에 둥근 자국을 남겼다. 마치 긴 옷자락 밑으로 푸른 스타킹을 신은 하얀 발가락들을 쑥 내밀고 끊임없이 춤을 추는 듯이 느껴졌다. 예기치 않게 높은 파도가 밀려와 채 알아차리기도 전에 바닷물이 신발 가득 들어차기도 했다. 바닷물이 이렇게 끊임없이 오르락내리락하는 곳을 조마조마한 심정으로 한동안 걸었다.

6월 20일 토

한 아이가 쌀먹이새를 보면서 물었다. "엄마, 저 새는 어쩌면 저렇게 달콤한 노래를 부르죠? 꽃을 먹기 때문인가요?"

안개가 사흘째 이어진다. 스몰 씨는 지금 철에는 안개가 일주일 내내 걷히지 않더라도 기이한 일은 아니라고 말했다. 이따금씩 해가 나면 1~2킬로 앞, 또는 프로빈스타운까지 내다보이지만 곧 다시 안개가 짙어진다. 내가 말을 나눠본 케이프코드 주민 거의 누구나 안개가 케이프코드 특유의 현상이라는 점을 인정하지 않았다. 보스턴 날씨와 그리 다르지 않다는 것이다. 게다가 어떤 주민들은 안개가 아니라 비라고 쌀쌀맞게 대꾸하기도 했다. 하지만 내륙에서는 단 20분간 소나기가 내리더라도 케이프코드에서의 5일간보다 더 많은 양의 비가 온 것이리라.

6월 21일 일

정오경 안개가 갰다. 점심을 먹고 곧바로 프로빈스타운을 향해 떠났다.

등대에서 1~2킬로쯤 서쪽에 검은시로미가 가난초와 더불어 무리를 이뤄 피어났다. 나는 이곳 트루로를 걸으면서 기이하게 흥취가 돋고 기운이 솟았다. 이따금 나타나는 움푹 파인 곳에 들어가면 내륙 한가운데 서 있는 양 바다가 전혀 보이지 않았지만, 평지에 서면 바닷물은 보이지 않더라도 서쪽과 동쪽의 각 바닷가를 따라 오르내리는 배들의 돛이 보였다. 처음 보면 헛간이나 주택 지붕으로 오인하기 쉽다. 수 킬로에 걸쳐 나무 한 그루 없는 넓은 벌판이 이어졌다. 이런 고독이 꽃처럼 달콤했다. 나는 끝없이 넓은 벌에 앉아 내가 그리워한 고독을 즐기며 케이프코드에 흔하디흔한 베어베리 못지않게 가치 있는 영약을 들이켰다.

6월 22일 월

오전 9시에 안개 속에서 기선 에이콘호를 타고 보스턴으로 가서 오후 5시에 고향집에 이르다.

7월 2일 목　　　지적 시선

고잉 늪지 남쪽 끝에서 보기 드문 산부채가 재배된 것처럼 한쪽으로 감긴 꽃을 피웠다. 며칠 전에도 산부채를 봤는데 지금 다시 이 꽃을 본다. 우리는 시선이 닿는 곳에 있는 많은 물체를 못 보고 만다. 지적 시선이 거기까지 미치지 않아 관심을 두지 않는다. 이처럼 우리는 관심 있는 세상만 보며 살아간다.

7월 11일 토　　　심비디움 풀밭

꼴 베기가 시작되었다. 잡목 숲에서 무럭무럭 자란 고비가 갈색으로 축 처져 보이긴 하나 여전히 전성기에 있는 것 같다. 서늘한 푸른 초원 한가운데에서 심비디움이 5~10센티 길이의 수상꽃차례에 커다랗고 옴폭한 멋진 별모양의 자줏빛 꽃을 피워 올렸다. 기분 좋은 꽃향기가 진하게 풍겨온다. 허버드 초원 남동쪽의 탁 트인 풀밭에서 듀베리가 평소보다 많은 물과일을 맺었다. 앞으로 여기를 심비디움 풀밭이라 부르자. 검붉게 빛나는 물과일들이 익으면 산딸기처럼 톡 쏘는 맛이 아주 일품이다. 자주등골나물이 대마다 짙은 황록색 꽃을 달고 내 머리 높이만큼 자랐다. 아니나 다를

까, 페어헤이븐 언덕에서 푸른 안개가 옅게 가득히 깔린 골짝을 건너다보면 땅 자체가 이 황록색 꽃을 입은 모습을 볼 수 있다.

7월 12일 일 여름철의 샘과 실개천

요사이 오후 산책을 나갈 때마다 찬 샘물을 만나면 엎드려 마시면서 샘 바닥을 살피곤 한다. 그러다가 코밑에서 하얀 물여우나 더위를 식히며 호사를 누리는 개구리를 만나기도 한다. 때로는 농부가 꼴 벨 때 마실 맑은 물을 얻으려고 깊숙이 조심스럽게 가라앉혀둔 통과 마주친다. 온갖 좋은 샘 자리와 거기서 사철 내내 물이 나오는지, 얼마나 많이 나오고 얼마나 차가운지 등을 나타낸 마을 지도를 만들면 좋을 듯싶다. 농부들은 무엇보다 자기 농장이 지닌 샘의 가치를 널리 알리고 싶어 한다. 아울러 초원의 서늘한 실개천도 잊지 말아야 할 것이다. 깊고 서늘한 풀이 우거진 초원을 흐르는 실개천은 샘물 못지않게 차다. 그런 차가운 개울이 어디서 흐르는지 몰라서 미지근하거나 흐린 물을 마실 때가 있다. 나는 어떤 샘들에서는 꼴 베는 이들이 국자나 컵을 어디에 놓아두는지도 안다. 나무와 덤불이 베어져 햇볕에 노출되어 마르거나, 가축이 흐려놓아 못쓰게 된 샘을 만나면 썩어 문드러진 관습을 보는 것 못지않게 슬퍼진다. 그런 샘을 만나면 주변을 청소하고 손으로 바닥을 파낸 다음 샘가에 끈기 있게 앉아 더럽던 물이 소용돌이치는 수증기처럼 빠르게 사라지면서 맑고 차가운 물로 변하는 모습을 지켜보기도 한다. 때로는 언덕 중턱의 샘이 나오는 바위 틈새를 1미터 깊이까지 들여다보고 거기서 찬 샘물이 콸콸 솟구치는 모습을 목격하기도 한다. 더운 여름에는 이런 광경만큼 기운 나게 하는 것도 없다. 오늘 오후는 몹시 무더워서 산책길에서 사람을 만나지 못했다. 암소들이 배까지 잠기는 냇물에 서서 이따금 꼬리로 이쪽저쪽 옆구리를 내리친다.

7월 13일 월　　　우정의 가능성

무더운 날, 오후 산책을 나가기 전이다. 먹구름은 보이지 않으나 북서쪽 멀리서 희미하게 천둥 치는 소리가 들려온다. 농부들은 소나기가 퍼붓기 전에 꼴을 거둬들이느라 바쁘다. 비가 올 듯해도 산책을 나섰다. 그을린 노란색을 띤 길가 풀들이 먼지투성이였다. 이 모습이 무더운 공기, 바싹 마른 들판, 축 늘어진 주민과 더불어 이 계절의 한 특징이다.

요즈음 밤에 깨어나 우정과 우정의 가능성에 대해, 또는 여러 달 겪어보지 못한 새 생명과 계시에 대해 생각해보곤 한다. 한동안 나는 이런 순간에 우정을 떠올리곤 했으나, 그 생각에 대해 함께 이야기할 만한 사람을 찾지 못했다. 무분별하게 관심을 보이고 형식적인 선의를 드러내는 사람은 아무 매력 없는 하찮은 미끼밖에 던지지 못한다. 그들은 진지함이 모자라기에 성공에도 실패에도 이르지 못한다. 우정은 계절이 지나면서 맺히는 열매이자 꽃에 깃드는 향기다. 이 향기가 없다면 과일을 아무리 많이 거두더라도 값어치 없는 일이다.

7월 20일 월　　메인숲 여행

메인숲에 가기 위해 보스턴으로 향하다. 밤에 뱅거에 도착하다.

7월 30일 목　　하찮은 대상의 중요성

어찌 보면 철학자에게는 중요한 것도 없고, 하찮은 것도 없다. 나는 이른바 중요한 사물을 하찮은 사물과 견주는 것에 적잖은 반감을 느낀다. 비교에 의해서만 위엄을 갖출 수 있다는 생각이 큰 문제이다. 우리는 고대에 나랏일을 보던 훌륭한 인물들이 지금은 하찮고 친숙한 대상으로 알려진 것들을 깊이 인지했음을 떠올리면서, 그들 모두 늘 그런 태도를 지녔다는 사실에 놀라곤 한다.

8월 8일 토　　메인숲에서 돌아오다

7일 저녁에 보스턴행 배를 타고 건너와 오늘 오전 8시 30분경에 집에 이르다.

8월 10일 월　　딱하고 초라한 삶

우리는 대체로 얼마나 딱하고 초라한 삶을 사는가. 흔히 말하듯이 우리는 가까스로 파멸을 피하느라 바쁘다. 그러니 절망에 빠진 처지나 다를 바 없다. 하지만 누구나 부를 이뤄 독립하려 애쓰듯이, 정신과 상상력 면에서도 여분의 자본과 힘을 갖춰야 하고 자유롭게 움직일 여지가 있어야 한다. 우리가 삶을 즐기지 못하고 진정한 삶의 맛을 보지 못한다면, 정신적으로 영구히 빚을 진 채 갇혀 있다면 삶이 어떻게 은총이 될 수 있겠는가? 평소에도 숨 쉴 공기가 모자라 허덕이는 형편이다. 우리는 이런 가난에 매여 있다. 무엇보다 굳센 말처럼 활기가 넘쳐야 하고 자유롭고 모험심 가득한 마부여야 한다. 즉, 언제든 평소 한계를 넘어서서 전력으로 달릴 수 있어야 한다.

행상인이 하인에게 모조 장신구를 판다고 이웃들이 불평하곤 한다. 자신들은 진짜 장신구를 갖추기라도 했다는 듯이 말이다. 주인이 장신구를 위해 지불한 돈만큼 하인도 지불했다면 그 보석은 주인의 장신구 못지않은 진짜 장신구다. 주인에게 어울리듯이 말이다. 불행히도 팔찌를 차거나 반지를 끼는 사람은 그것이 얼마나 쓸모가 있느냐를 따지지 않고 지불되는 비용만을 따진다. 돈은 쓰면 쓸수록 좋고, 쓰면 쓸수록 더 잘 벌 수 있을지 모른다. 나는 행상인이 모조 장신구를 얼마나 많이 팔고 다니는지, 당신이 훔친 달걀이 얼마나 많이 상했는지 개의치 않는다. 진짜 보석이란 게 도대체 무엇인가? 늙어 살해된 병든 대합의 굳은 눈물 아닌가. 그런 게 과연 공명정대하단 말인가? 공명정대하지 않다면 그것은 보석이 아니다. 여주인은 보석 귀걸이를 걸고 하녀는 그것과 구별되지 않는 모조 보석 귀걸이를 건다. 모조 보석이라니! 그렇다면 진짜 보석을 어디에서 살 수 있는지 안다는 말인가? 나는 보석상을 만나면 늘 흘겨보는데, 그때마다 도대체 어느 교회가 그를 받아줄지 궁금해진다.

9월 24일 목 다람쥐의 열매 저장

오전에 애서벳강을 거슬러 올랐다.

요사이 내린 비로 강물이 꽤 높아지고 흐려졌다. 붉은 다람쥐 한 마리가 히커리 열매를 물고 강둑 캐나다솔송나무 밑으로 뛰어간다. 녀석은 솔송나무 아래 멈춰서더니 앞발로 구멍을 파고 열매를 떨어뜨린 뒤 흙으로 덮고 물러나서 솔송나무 줄기를 타고 반쯤 올라간다. 이 모든 동작이 순식간에 이뤄진다. 내가 강가로 다가가는 동안 녀석은 나무에서 쪼르르 내려와 열매 묻힌 곳을 잊지 않기 위해서인 듯 두어 가지 움직임을 보이고서 사라진다. 그 움직임에서 어떤 염려의 기색도 보이지 않는다. 거기 흙을 3~4센티쯤 파자 붉은 솔송나무 낙엽 아래 히커리 열매와 더불어 푸른 껍질로 싸인 호두나무 열매가 보인다. 숲이 시작되는 것도 이와 같은 이치에서일 터이다. 다람쥐는 히커리 열매를 적어도 백 미터 이상 떨어진 곳에서 물어와 여기 3~4센티 깊이의 땅속에 묻었다. 이 다람쥐가 느닷없이 죽거나 열매 묻힌 이곳을 소홀히 한다면 여기에서 히커리나무가 움트리라.

9월 25일 금 한 그루의 나무

강가 여기저기서 꽃단풍이 꽤 붉어지기 시작했다. 배럿 씨의 제재소 뒤 수로 가장자리에서도 꽃단풍 한 그루가 햇빛을 받으며 온통 붉게 타올랐다. 이렇게 가장 앞서 바뀐 나무는 여전히 초록인 다른 나무들과 견주어지면서 큰 관심을 불러일으킨다. 단 한 그루로 초원 계곡이 더없이 아름답게 돋보인다. 그러면서 멀리 지나가는 여행자의 주의를 끈다. 한 해의 11시라 할 이 계절에, 저 멀리 계곡에 조용히 선 수수한 나무 한 그루가 대로변에 우뚝 선 나무 못지않게 자신의 모습을 세상에 널리 알리면서, 우리의 생각을 먼지 많은 길에서 저 용감한 고독들이 거주하는 숲으로 이끌고 있다.

9월 27일 일　　　단풍나무의 미덕

어제 갑자기 무더워지면서 복숭아 열매가 하룻밤 사이에 익어 시들더니, 그저께 비 내린 뒤보다 더 많이 떨어졌다. 서서히 익어 갔으면 좋았을 텐데.

오후에 걸어서 리의 절벽에 갔다.

작고 붉은 단풍나무 한 그루가 멀리 떨어진 습기 많은 언덕 중턱에서 자란다. 큰길에서 1.5킬로가량 떨어진, 보는 이 없는 곳에서 단풍나무는 여름내 또 겨우내 착실히 할 일을 해낸다. 부지런히 일하고 아껴 쓰면서 여름 내내 꾸준히 성장해 단풍나무의 미덕인 키를 자라게 한다. 주변 일에는 무심한 채 봄보다 하늘에 더 가까이 다가간다. 그리고 여행의 달인 지금 9월에 사람들은 바닷가로, 산으로, 호수로 떠난다고 분주하지만 이 겸손한 단풍나무는 한 치도 움직이지 않은 채 씨앗을 여물게 한다. 그리고 언덕 중턱에 붉은 기를 올려 다른 나무들에게 여름 일이 끝났음을 알리며 경쟁에서 물러난다. 단풍나무가 가장 부지런히 일할 때에는 우리가 아무리 꼼꼼히 살펴봐도 알아차릴 수 없었던 수수한 값어치가 이제 성숙의 색, 즉 홍조 덕분에 멀리서 무심코 지나가는 사람의 눈에도 분명히 드러난다. 단풍나무는 자신의 존재를 기뻐한다. 단풍나무가 하는 생각은 늘 순수하다. 오늘은 사색의 추수감사절이다. 마침내 한 해의 노동이 완성에 이르고 모든 잎이 최고로 성숙한다. 아무리 무심한 사람의 눈에도 똑똑히 비친다. 단풍의 빛깔에는 어떤 후회도 한탄도 없다. 단풍잎은 가끔 부모에게 "우리는 언제 붉어지나요?" 하고 가만히 묻곤 했다. 단풍나무는 충실하게 수액을 아끼면서 아무런 말없이 하늘로 점점 가까이 다가간다. 벌써 오래전 단풍나무는 씨앗을 바람에 내맡겼다. 혈통을 이을 단정하고 믿음직한 작은 단풍나무 수천 그루가 어딘가에 자리를 잡고 하늘에 다다르고 있으리라 확신하며 만족해한다. 그러니 이 단풍나무는 단풍나무 왕국의 시조로 인정받아 마땅하다. 지나가는 새에게 휴식처를 마련해준다. 그 가을 빛깔은 어떻게 여름을 보냈는지 보여주는 단풍나무의 미덕이다.

9월 28일 월　　　자연학대죄

E. 우드 씨가 소 떼에게 더 많은 풀을 먹이기 위해 도끼와 덤불 베는 낫을 든 아일랜드인 두어 명을 시켜 노박덩굴과 포도나무 그리고 붉나무로 이루어진 울타리를 베어 없앴다. 울타리는 이 언덕위 농장 방벽을 따라 자연적으로 생겨난 것이었다. 이들은 우리 마을에서는 거의 찾아보기 어려운 희귀한 팽나무 두어 그루도 베어 쓰러뜨렸다. 주여, 이 야만스러운 땅주인들로부터 우리를 구하소

서! 식물학자와 자연 애호가는 농가 방벽에서 이를 장식하고 축복하기 위해 돋아난 희귀종 나무를 발견했을 터이다. 그 나무는 이 땅에서 자기 종족의 유일한 대표자였다. 누군가 멀리서 씨앗이나 어린 잔가지를 보내온 것이리라. 그러나 그 누군가는 다시 이곳을 지나가면서 농장주가 이 나라에 막 도착하여 이곳에 한번도 발 디딘 적 없는(확신컨대 이들은 결코 이 현장에서 벗어나지 못하리라) 풋내기 아일랜드인을 일꾼으로 내보냈음을 알게 된다. 농장주는 자신이 도끼와 큰 낫으로 유퍼스나무* 또는 '지식의 나무'를 쳐서 몰살시켰음을 알지 못했고, 앞으로도 영원히 알지 못할 것이다. 침략이란 무엇인가? 이 헤스인Hessian**은 뭍에 닿은 다음 날 35킬로 떨어진 내륙으로 쳐들어와서 우리가 아끼는 울타리에 도끼와 낫을 들이대고 야만의 행위를 한 것이다. 어린아이를 학대하면 아동학대죄로 기소당하듯이 자기 책임 아래 있는 자연을 학대하는 자는 자연학대죄로 기소당해야 마땅하다.

10월 4일 일　　월든 숲에 살 때의 기억

오전에 보트를 타고 코난텀에 갔다.

강물 수위가 다시 낮아졌다. 이제 꽤 많은 포도알이 서리로 오

---

* 인도네시아, 미얀마, 중국 등지에서 최대 약 40미터 높이까지 자라는 나무로, 즙에 맹독을 품고 있다. 유퍼스(Upas)는 인도네시아 자바섬 언어로 독을 뜻한다. 주로 동남아시아와 중국에서 이 즙을 이용해 독화살을 만들었다. 맹독을 가진 특이한 성질 때문에 문학 작품 등에서 종종 언급되어왔다.

** 미국 독립전쟁 때 영국이 고용한 독일인 용병을 지칭한다.

그라들었고, 포도나무 잎도 대부분 졌다. 백버들 노란 잎이 보트 바닥에 두툼하게 깔렸다. 세팔란투스는 이제 거의 노란 연두색이고, 그 위로 솟은 흑버들은 빳빳한 황갈색이다. 강가는 대체로 환한 빛깔은 사라진 채 침착하게 익어가는 수수한 황갈색을 띠고 있다. 폰테데리아마저 짙은 갈색으로 시들었으니, 강가에 남은 초록은 도꼬마리, 마디풀, 울그래스 정도다.

나는 예전에 숲에 살면서 마을 여기저기를 떠돌며 이런저런 일을 했다. 담장을 쌓고, 칠을 하고, 정원을 가꾸고, 목공 일을 했다. 하루는 어떤 사람이 마을 동쪽 끝 동네에서 나를 찾아와, 벽돌 벽로 설치를 비롯해 몇 가지 일을 하려는데 도와줄 의향이 있냐고 물었다. 나는 돌장이가 아니라고 대꾸했지만 그는 내가 순전히 혼자 힘으로 집을 지었음을 알고 있었다. 그래서 부탁을 거절하지 못하고 따라나섰다.

그곳은 내 오두막에서 4.5킬로가량 떨어져 있었다. 나는 날마다 출퇴근을 했다. 그곳에 살기라도 할 양 아침 일찍 도착해서 늦게까지 일을 했다. 그는 회반죽용으로 쓸 모래를 외양간에서 파서 쌓아두었을 뿐, 대체로 집 밖에 나가 있었다. 나는 벽로를 만들고 방에 도배를 했다. 내가 주로 한 일은 천장을 회반죽으로 희게 바르는 일이었다. 천장이 몹시 지저분해서 몇 번씩 발라도 더러움이 잘 가려지지 않았다. 나는 부엌에 있는 누런 세척제로 몸을 씻었다. 그리고 내 고용주와(물론 그가 집에 있을 때이다) 또 한 명의 일꾼과 더불어 부엌에 쪼그려 앉아 식사를 했다. 그 집 수채가 얼마나 끔찍하게 더러웠는지도 기억난다. 하루는 그 수채에서 세수를 하고 수건을 집으려다가 수건이 너무 더러워 밖으로 나가 바람에 얼굴과 손을 말렸다. 그다음부터는 세수할 때 양수기를 썼다. 거기서 하루 품값으로 1달러를 받으며 사흘간 열심히 일했다.

10월 5일 화　　10월의 오후

따스하고 밝은 10월 오후이다. 맑은 공기 속에서 강 수면이 여기저기 번쩍인다. 땅 위 모든 것들이 여느 때처럼, 아니 그 이상으로 언제나 봄인 양 밝게 빛난다. 얼마쯤 빛바랜 헐벗은 들판, 목초지, 그루터기 따위가 특히 눈부시다. 이제 땅은 익어가기 위해 더 이상 빛을 빨아들일 필요가 없을 정도로 무르익어 빛을 되쏘는 것처럼 보인다.

여름에 산책을 나가면 이런저런 일들이 연이어지며 혼란을 일으키지만 지금은 꽃이나 새, 벌레, 열매 따위가 드물기에 좀 더 단순하면서 의미 있는 일들이 마음에 가까이 다가온다. 까마귀와 어치가 운다. 단풍잎이 얼마쯤 떨어지면서 비켜준 덕분에 까마귀의 외침이 좀 더 자유롭고 가지런하게 들려온다. 어치의 외침 또한 단풍잎 떨어진 빈 공간을 뚫고 울려 퍼진다.

10월 6일 화　　한 달 새 바뀐 풍경

어제보다 더 따스하고 맑은 아름다운 오후이다. 옛 공동묘지 터에서 언덕을 따라 올라가다가 미노의 집 쪽으로 내려갔다. 열매나 잎, 불그스름한 은빛을 띤 깃털 같은 풀을 비롯한 온갖 것이, 심지어 돌과 그루터기 겉면까지도 이 공기에 한껏 무르익는다. 그러니 내 생각 또한 익어가지 않을 수 없다. 이곳에서 자라나 무리를 이룬 나무 중 지금 눈길을 끌 만큼 단풍이 잘 든 나무는 꽃단풍, 전성기인 흰자작나무, 수목 재배지에서 자라는 젊은 참나무들(특히 진홍참나무)과 하얀 아메리카물푸레나무, 스트로브잣나무, 느릅나무, 버즘나무, 호두나무 등이다.

한 달간 눈치채지 못하는 사이에 풍경이 얼마나 많이 바뀌었는지 생각해보자. 한 달 전만 해도 땅의 색조가 초록이었다. 이제 1~2킬로가량 떨어진 저지대에서 나무들이 진홍빛으로 찬란하게 반짝이고 노랗게 타오른다. 또한 1킬로쯤 이어지는 늪지에서는 온갖 나무가 무리 지어 서로 겨루면서 영광의 불꽃을 이글거린다. 지금은 위대한 화가가 일하는 중이다. 들판에서 노랗게 익어가는 호박들 또한 이 경치의 특색이다. 이 호박들은 이곳에서 아마 천 년 이상 이렇게 빛났으리라.

지금 막 러스킨*이 쓴 『현대 화가들Modern Painters』을 읽었다. 실내에서나 읽기 적당한 책이라는 데 실망했다. 사실 소문은 그렇지 않았는데. 나는 제목에서 어떤 책인지 눈치챘어야 했다. 러스킨은 자연을 자연으로 묘사하지 않았다. 그의 자연은 터너의 그림에 나오는 자연과 비슷하다. 이 책에서 러스킨은 자연을 아주 세밀히 보고

---

* 존 러스킨(John Ruskin, 1819~1900). 영국의 저명한 미술 평론가, 사회사상가. 미술·문학·경제 등 분야를 가리지 않고 다양한 주제로 글을 썼다. 1843~1860년에 걸쳐 『현대 화가들』 다섯 권을 펴냈다.

있긴 하지만 그의 자연은 예술가 내지 비평가의 틀에서 벗어나지 못했다. 얼마나 많은 이가 화가가 자연을 그리는 방식으로 자연에 관한 글을 남겼는가. 있는 그대로 자연을 다룬 글은 또 얼마나 보기 드문가! 다시 말해 산문은 무척 많지만, 시는 찾아보기 어렵다.

10월 7일 수　　말 탄 이의 산책

오후에 클리프스를 거쳐 월든 호수에 갔다.

마을의 10호 반장과 원로들이 어떤 해로운 일이라도 일어날까 두려운지, 밖으로 나와 나무가 고귀한 빛깔과 무성한 정신으로 무엇을 말하는지 알려고 하지 않아 의아할 뿐이다. 나는 단풍나무가 주홍으로 타오르는 계절에 청교도들이 무슨 일을 했는지 알지 못한다. 분명 숲에서 예배를 드리지는 않았을 것이다. 예배당을 세우고 마구간으로 죽 둘러싼 까닭이 아마 여기에 있을지 모른다.

오래 걸을 수 없는 사람을 어떻게 즐겁게 해줄 수 있을지 모르겠다. 우선 생각나는 것은 말에 태워 끌고 가는 것이다. 그렇게 하려면 일단 마구간지기를 만나고 지저분한 마구를 만지지 않을 수 없다. 승마가 즐겁다고 생각한 것은 아주 오래전 일이다. 내 시간을 그들에게 맞춰 아침나절을 보내면 공기의 부드러움과 그날의 약속으로 나도 약간 기분이 좋아진다. 하지만 그들은 오후가 되면 삶은 고기만두처럼 축 늘어진다. 걷지 못하면 차라리 낮잠이나 자고 나를 놔주면 좋을 것을. 하지만 그들은 앉아 있겠다는 의도를 분명히 내비치며 내게 2시쯤 다시 오라고 말한다. 봄날같이 화창

하고 찬란한 오후에 그들은 햇빛을 등지고 앉아 의자를 부서뜨리고 집을 닳게 만들며 시간이 지나가는 것은 내 알 바 아니라는 태도를 취한다.

10월 9일 금　　　느릅나무의 변모

느릅나무의 변모가 막바지에 다다른 계절이다. 느릅나무가 황갈색 옷으로 곱게 갈아입고 거리에 죽 늘어선 광경을 바라보면 노랗게 익어갈 곡식이 떠오른다. 마을에도 추수철이 다가와 드디어 주민들의 생각에서도 어떤 성숙함과 운치를 찾을 수 있지 않을까 하는 기대감을 갖게 한다. 금방이라도 산책하는 사람 머리 위로 떨어져 내릴 것만 같은, 가볍게 바스락거리는 노랑 잎사귀 아래에서 어떻게 거칠고 설된 생각이나 행동을 할 수 있겠는가. 거리는 거대한 수확 창고다. 느릅나무들은 그저 이런 가을날의 쓸모를 위해서라도 거리에 세워둘 가치가 충분하다. 수 킬로에 걸쳐 우리 머리와 집을 덮은 이 거대한 노란색 차양과 파라솔을 생각해보라. 만가닥버섯처럼 마을을 온통 하나로 만들고 있잖은가. 느릅나무는 언제든 원하기만 하면 햇빛을 받아들이려고 자신의 짐을 떨어뜨린다. 얼마나 부드럽고 천천히 잎을 떨구는지, 지붕이나 거리로 떨어질 때 아무런 소리도 들리지 않는다.

여행자가 자신이 거둔 수확물을 가지고 느릅나무 지붕 그늘을 빠져나와 마치 곡물 창고나 헛간 마당으로 들어가듯이 마을로 들어선다. 나도 그 지붕 밑으로 가서 잘 마르고 여문 생각을 탈곡하고 싶은 유혹을 느낀다. 그러나 내 생각은 알맹이가 거의 없는 껍데기뿐이라서 그저 돼지 여물에나 알맞을 뿐임을 직감한다. 사실 떠들썩한 대화나 예절이라는 거창한 꼬투리 안에 무슨 생각이 들었겠는가. 설교 꼬투리, 강연 꼬투리, 책 꼬투리 따위가 있고, 이런 것들은 모조리 발 매트와 발판을 만들기에나 좋을 뿐이다.

어쩌다가 예술을 아끼는 일과 자연을 사랑하는 일이 전혀 다른 일이 되어버렸다. 그렇지만 진정한 예술은 자연에 대한 사랑을 나타내는 일과 다르지 않다. 숲의 나무에는 거의 관심이 없는 이들이 코린트식 기둥에는 온갖 관심을 기울인다. 요즘은 이런 일이 너무나도 흔하다.

10월 10일 토　　　눈부신 날

한 해 중 가장 좋았다고 할 정도로 날씨가 눈부셨던 나날의 여섯째 날이 저물어간다. 이렇게 한 해 중 가장 온화하고 맑은 날들을 맞이하게 되는 까닭은 서리 내린 아침과 관련이 있지 않을까 싶다. 여름철 이슬 맺힌 아침이 바짝 마르고 무덥고 늘쩍지근한 아침과 견주어지듯, 이 계절에는 서리 내린 아침이 그저 건조한 아침이나 안개 낀 아침과 견주어진다. 요즘에는 서리로 한 해가 과일처럼 익어간다고 해도 좋을 정도이다. 한 해가 무르익어 열은 빛깔로 눈부시게 반짝인다. 마르고 시들어가는 11월과는 다르다. 들판에 무더기로 쌓인 사과와 호박, 옥수숫대와 알곡 더미를 보라. 지금 계절이 그러하다.

10월 14일 수 　　황금의 가을날

오후에 화이트 호수에 갔다.

기억할 만큼 날씨가 좋은 열 번째 날이다. 지난 이삼일은 밤에 얼마쯤 안개가 꼈고, 오늘 오전에는 복날처럼 안개가 잘 흩어지지 않다가 오후가 되자 어제보다 더 따스해졌다. 허버드숲 그늘의 서늘함이 상쾌하다. 그야말로 황금의 가을날이다. 이 열흘간의 날씨는 후손들이 잊지 않도록 콩코드 역사에 남겨둘 만하다. 올해는 온갖 종류의 미숙함이 익어갈 기회를 가졌다. 그렇지만 상업의 세계에서는 전에 겪어보지 못한 궁핍과 공황의 시기였다. 온 나라에서 상인과 은행bank이 지불을 중단하고 파산했다. 그러나 블랙베리 넝쿨로 핏빛 얼룩이 진 저 굳고 따스한 모랫둑bank은 지불 중지되지 않았고, 파산하지도 않았다. 누구든지 원한다면 귀뚜라미처럼 저 위를 힘껏 달려볼 수 있다. 귀뚜라미들은 저 모랫둑 안에 계정을 갖고 있기에 저 은행의 주주들이다. 저들이 귀뚜르르, 귀뚜르르 노래하는 소리가 들린다. 좀 더 따스한 시간이었으면 저들이 거래소에 나온 모습을 볼 수 있었을 것이다. 나 또한 저런 은행에 내 건강과 기쁨을 예치해두었다. 나와 귀뚜라미의 번영과 행복은 뉴욕 은행들이 지불을 중지하느냐, 마느냐에 달려 있지 않다. 우리는 서포크Suffolk 은행의 얇은 종이돈과 같은 그런 어설픈 증권에 기대지 않는다. 그런 은행에 신탁하는 것은 질식suffocation을 당하자고 덤비는 일과 같다. 나는 이 시골 은행에 투자하라고 말하겠다. 단순함과 만족이 내 자본이 되게 하라.

저 무너진 둑이 그렇듯 미역취는 시들었어도 전혀 실패가 아니다. 미역취가 가장 황금처럼 빛나는 철에도 아무도 미역취를 위조하지 않는다. 자연은 위조지폐 감별사가 필요치 않다. 나는 이 비참한 경제 상황을 불쌍히 여기지도, 동정하지도 않는다. 주랑 현관과 철제 금고를 갖추고 그리스와 로마풍을 좇아 화강암으로 지은 은행들은 영속하지 않으므로 거기에 자본을 투자한다고 안전이 보장되는 것은 아니다. 그렇지만 나는 지금 초원에서 메말라가는 저 조팝나무 우듬지의 지급 능력에 대해서는 조금도 의심하지 않는다. 저들의 은행장이 누구이고 회계원이 누구인지 알고 있으니까 말이다.

요즘 사방 여기저기를 거니는 내게는 추수철이 아닌 때가 없다. 숲과 들과 강과 호수에는 거둬들일 수확물이 널렸다. 어느 누구도 나를 가로막거나 훼방하지 않는다. 나의 수확물은 남들의 수확물과는 다르다. 나는 콩, 도토리 따위를 모으지 않는다. 어떤 이들은 이런 열매 말고도 다른 열매가 있다고 생각하지 않는 것 같다. 나는 이삭 줍는 사람이 아니라 거두는 사람이다.

10월 15일 목　　　계절을 마감하는 비

마침내 눈부셨던 날들을 마감하는 비가 내린다. 샘과 강의 수위가 무척 낮아졌다. 비 내리는 축축한 날씨 탓에 간밤에 나뭇잎이 수없이 많이 졌다. 느릅나무, 버즘나무 따위의 황갈색 잎들이 거리에 두툼하게 깔렸다. 그렇지만 거리의 사탕단풍은 지금 전성기에 이르러 뜻밖에도 미묘하게 엷은 밝은 색조로 반짝인다.

적어도 지난 열흘간은 정말 인디언서머 못지않게 화창했다. 날씨가 놀라울 정도로 쾌적하고 따스했다. 처음 닷새 동안은 잠깐 불을 피우긴 했으나 그다음 닷새 동안은 창문을 열고 앉아 잠들곤 했다. 이런 따스한 날들이 한동안 이어지더니 어느덧 두툼한 옷을 입고 화롯가에 앉아 있어야 하는 날로 바뀌었다.

10월 16일 금　　　솔잎이 지다

오후에 애서벳강을 거슬러 올랐다.

오전에는 날이 흐렸으나 정오경 하늘이 구름 한 점 없이 맑아지면서 전처럼 따스해졌다. 체니 강가에 잠시 멈춰 서서 잎이 떨어지는 단풍나무에 어린 황금방울새들이 떼로 모여 재잘재잘 지저귀는 소리를 들었다. 어린 새들은 이런 재잘거림을 억누르기 어렵다. 이들이 우리를 떠나지만 않는다면 훗날 인디언서머가 돌아올 때 이 재잘거림을 노래로 활짝 꽃피울 것이다.

이제 솔잎들이 우수수 떨어진다. 여기 소나무 밑에 깔린 옅은 갈색 카펫을 보라. 솔잎들은 얼마나 가볍게 풀밭, 커다란 바위, 담장에 몸을 눕혀 꼭대기와 시렁을 두툼하게 덮고 덤불과 잔 나뭇가지에 매달리는가. 아직은 납작하지도 붉지도 않다. 미묘하게 창백한 갈색을 띤 채 삐죽삐죽한 막대들이 떨어져 있듯이 가볍게 누워 땅을 거의 가리다시피 한다. 이들은 해마다 즐거이 흙에 이바지하면서 얼마나 아름답게 죽는가. 솔잎들은 다시 일어서기 위해 떨어진다. 소나무가 자라는 이 땅을 기름지게 하는 것이 올해의 퇴적물

만이 아님을 아는 것 같다. 솔잎들은 흙을 비옥하게 하고 토양의 부피를 늘리면서, 자신을 거름으로 하여 생겨난 흙과 숲에서 산다.

미묘하게 창백한 청동갈색 송장개구리가 나타났다. 현재 수많은 식물의 잎이 그러하듯, 송장개구리가 이렇게 노래졌다가 붉어졌다가 하면서 빛깔을 바꾸는 것도 같은 까닭에서인 것만 같다.

10월 17일 토　　　민병대 행진곡

간밤에 집이 흔들릴 정도로 바람이 세차게 불고 비가 내리면서 나뭇잎이 수없이 많이 졌다. 지금은 전날보다 훨씬 많은 물푸레나무와 느릅나무가 벌거벗었다. 갖가지 붉고 노란 빛깔을 띤 숲 한가운데서 내다보이는 저 먼 곳의 푸른 강은 얼마나 아름다운가. 평소와 달리 이상향의 빛처럼 보인다.

민병대원들이 악단을 앞장세우고 거리로 나왔다. 나는 민병대에 들지는 않았으나 덕분에 좋은 경험을 했다. 언덕을 사이에 두고 나와 대원들이 나란히 걸었다. 오늘 오후 걷는 길에 얼마간 들을 가치가 있어 보였다. 그렇지만 여전히 꺼려지기도 했다. 때때로 나는 음악이 아무 이득 없는 사치에 불과하지 않을까 돌이켜보곤 한다. 그러나 평소 알코올에 취하는 이는 너무 많은 데 비해 음악에 취하는 이는 턱없이 적다는 것이 놀랍다. 나는 음악이 감각을 부추겨 전에는 아무도 보지 못한 영광을 드러낼 것이라 믿기에 무릅쓰고 음악에 취해보려고 한다. 마을 주민들이 1년에 한 번씩 밝은 옷을 입고 가락에 맞춰 행진하는 모습은 주목할 만하다. 자연 또한 지금 밝은 색조를 입었으니 저 언덕 사이에서도 어떤 미묘한 가락이 흘러나오고 있지 않을까? 붉은 줄무늬 바지를 입고 뒤를 졸졸 따라가는 애브너는 행진곡을 들으면서 전에 놓쳤거나 알아차리지 못했던 어떤 숭고한 이상을 떠올리게 될 것이다. 음악은 이렇게 혁명적인데도, 우리의 제도가 음악을 앞설 수 있다는 점이 놀랍다.

10월 20일 화　　　브룩스 클라크 씨

막 구舊도로인 칼리슬가로 접어들었을 때 눈에 띄는 이가 있었다. 여든 살가량 된, 몸이 활처럼 굽은 브룩스 클라크 씨가 도끼를 손에 들고, 늘 그렇듯 맨발로 종종걸음으로 길을 가고 있었다. 맨발인 데다가 바람이 차서 서둘렀을 터이다. 가까이 다가왔을 때 한 손에는 도끼를, 다른 손에는 신발을 들었음을 알 수 있었다. 신발 안에는 우둘투둘한 사과 몇 알과 죽은 울새 한 마리가 들어 있었다. 그는 걸음을 멈추고 나와 잠시 이야기를 나누었다. 그는 우리가 아주 멋진 가을을 맞고 있으며 올겨울은 추울 것 같다고 말했다. 죽은 울새를 어디에서 얻었느냐고 묻자, 죽은 게 아니라 날개가 부러진 걸 보고 자신이 죽였다고 답했다. 덧붙여서 숲에서 사과 몇 알을 찾았는데 적당한 그릇이 없어서 신발에 담아 오는 중이라 했다. 그의 신발은 과일을 나르는 기묘한 모양의 쟁반이 된 셈이다. 신발 안에 얼마나 많은 사과가 들었는지는 알 수 없었다. 그의 주머니도 불룩 튀어나왔다. 낡고 헤진 프록코트는 맨발 근처까지 너덜너덜 늘어졌다. 그는 이처럼 바람이 거센 오후에는 무언가

얻을 수 있음을 알고 밖으로 나온 것 같았다. 어린아이들처럼 말이다. 나는 몸이 거의 반쯤 굽은 채 연약한 삶을 이어가는 이 쾌활한 노인을 만나면 늘 즐겁다. 그는 이런 식으로 남은 날의 황혼을 즐긴다. 나는 10월 저녁에 숲이나 들에서 무언가를 찾아내 겨울 창고에 덧보탤 노획품인 양 집으로 가져가는 그의 어린애 같은 기쁨을 탐욕이나 궁핍이라 부르고 싶은 마음은 조금도 없다. 아니, 탐욕이나 궁핍이기는커녕 그는 아직도 자연의 연금 수령자로서 새처럼 생계를 땅에서 주워 꾸려가는 행복한 생활을 하고 있는 셈이다. 그에게는 울새가 칠면조 고기보다 더 훌륭한 영양식이다. 큰 통에 가득 찬 사과보다 신발에 가득 찬 사과가 더 좋다. 그의 사과가 더 달 것이고 더 재미있는 이야기를 담고 있을 테니까. 그는 그것들을 어떻게 얻었는지 이야기해줄 것이고 우리는 그의 이야기에 귀 기울일 것이다. 그의 집에는 함께 나누어 먹으며 그 열매를 어떻게 얻었는지 귀 기울여 들어줄 늙은 아내가 있다. 도토리를 주워 천천히 굴로 가져가는 늙은 다람쥐와도 같다. 내게는 짐을 가득 실은 짐마차가 훨씬 더 마음에 꺼림칙하다. 보다 많은 탐욕과 정신의 궁핍을 떠올리게 하는 것이다.

이 노인의 쾌활함은 교회 성례전과 죽음에 대한 경고 예식 천여 차례에 맞먹는 값어치가 있다. 쾌활함이 엄숙한 기도보다 낫다. 그것은 노년기도 유년기만큼이나 참을 만하고 행복한 것임을 증명해준다. 나는 오늘 오후에 그가 일을 했던 것이 아니라 나와 같은 방식으로 삶을 살고 있었다고 짐작할 만한 실마리를 얻게 되어 기뻤다(비록 그의 도끼는 설명할 수 없었지만 말이다). 그는 자연이 자신을 위해 무엇을 남겨두었는지 알아보려고 집 밖으로 나왔고, 이제는 그의 늙은 발을 따스하게 녹여줄 은신처로 서둘러 향하는 중이었다. 그가 젊은이였다면 오늘 나를 만났을 때 부끄러워서 사과를 내던지고 신발을 다시 신었을지 모른다. 하지만 노년기는 청년기보다 씩씩한 시기다. 그는 살아가는 법을 배워 익혔고, 젊은 이들과 달리 좀처럼 변명하지 않는다. 그래서 아주 씩씩한 사내로 보인다. 내가 알기로는 맨발로 다니며 혼자서 지난 몇 년간 돌담을 쌓고 있다. 나는 계속 칼리슬 구도로를 따라 걸었다. 나뭇잎 대부분이 떨어진 탓에 시골 경치가 적적해 보였다. 그대는 집에서 멀어진 느낌이 들수록 더 외로워질 것이다.

10월 21일 수　　시인의 일기

오후에 애서벳강을 거슬러 올랐다.

바람 세찬 쌀쌀한 날이다. 얼마 동안 땔감 모으기에 골몰하다가 북서풍이 불기 전 서둘러 집을 향해 노를 젓는다. 해 지기 직전의 쌀쌀하고 우중충한 저녁, 특이한 노란 햇빛이 동쪽을 비춘다. 서쪽 하늘을 거의 덮은 어두운 청회색 차가운 구름 밑에서 나온 그 빛은 내가 지나가는 그늘진 언덕 너머를 비스듬히 비추며 동쪽 나무와 언덕으로 떨어진다. 이 빛을 보면서 어쩐지 이제는 야외보다 화롯가가 좀 더 안락한 곳이 되리라는 생각이 든다. 집에 이르기 전에 해가 지고 서쪽에서 또 다른 차가운 백색광이 내리비친다.

시인이 스스로 전기를 써야 할 의무라도 있을까. 훌륭한 일기면 충분하지 않겠는가. 우리는 그의 상상의 영웅에 대해 알고 싶은 것이 아니라 날마다 어떻게 삶을 실제적으로 영웅으로 살았는지 알고 싶은 것이다.

늪지에 엎어진 저 커다란 백참나무 줄기는 내 보트보다 길다. 윗면 전체가 털깃털이끼로 덮여 푸르고, 아랫면 일부가 균류에 덮여 하얗다. 내가 나무를 쪼개자 푸른 껍질들이 엉겨 붙었다. 다시 삶을 시작하는 불멸의 나무 아닌가! 사람들은 때 이르게 죽은 불쌍한 나무들을 불태운다. 이 오래된 그루터기들은 지상의 옷을 벗은 은자나 요가 행자처럼 꼿꼿이 서서 시간이 지날수록 더욱 거룩해지며 다른 세상으로 옮겨갈 태세를 갖춘다. 그러면 불에 몸을 사를 때가 다가온다. 나는 이 마지막 성례전과 정화 의식을 집전한다.

10월 22일 목　　　화살촉 문자

오전 6시에 나쇼턱 언덕에 갔다.

땅이 서리에 덮여 하얗다. 서리 맞아 뻣뻣해진 풀이 침울해 보인다. 강가를 따라 좁은 띠처럼 얼음이 꼈다. 얼음에 갇힌 부엽 또한 우유를 엎지르고 우는 아이처럼 침울한 모습이다. 이제 여름은 영영 가버렸다.

오후에 플린트 호수를 둘러보았다.

이곳에 널찍한 모래땅은 아주 드물다. 하지만 사라진 종족의 돌화살촉을 찾을 수 있을지 모른다. 돌화살촉은 인간이 활과 뾰족한 돌로 무장했던 먼 옛 시대에 기원을 두었다. 이곳에는 먼 과거의 흔적이 아직도 무수히 남아 있다. 고운 모래알들이 바람에 불려 날아가면 화살촉의 뾰족한 끝이 솟아나온다. 이 화살촉을 쓰던 종족은 모래가 바람에 휩쓸려가듯 그렇게 이곳에서 사라졌다. 우리의 고대 유물이 바로 이런 것들이다. 이것들이 우리보다 앞서 있던 것들이다. 우리는 왜 인디언들을 무시하면서 로마나 그리스에 대해서는 이다지도 야단법석을 떠는가. 상상 속 소년들과 더불어 엉뚱한 길에 들어 후안페르난데스 제도까지 가서 그곳 모래사장에 찍힌 발자국에 감탄할 필요가 있을까. 여기 우리 문간에 더 의미심장한 흔적이 남아 있다. 우리보다 앞서 살았던 종족의 흔적은 자연이 우리에게 전해주는 작은 상징이다. 그렇다, 이 화살촉 문자는 어느 문자보다도 오래되었는지 모른다. 내 생각에 이 문자는 아직 풀이되지 않았다. 그리스나 로마를 생각하여 글을 쓰려는 사람은 뉴질랜드로 갈 필요가 없고, 뉴잉글랜드로 갈 필요는 더더욱 없을 것이다. 새 땅, 새 주제가 우리를 기다린다. 에덴 동산을 찬양하지 말고 나 자신의 동산을 찬양하자.

밤나무들이 거의 헐벗었다. 지금은 밤을 딸 시기다. 밤알들은 얼마나 완벽한 금고에 담겨 있는가. 자연은 밤알들을 가장 고귀한 열매인 양 이토록 소중히 간직하지만 다이아몬드는 스스로 돌보도록 내버려둔다.

10월 24일 토　　　밤알을 줍다

오후에 스미스 씨의 밤나무 숲에 갔다.

오후 내내 다른 할 일은 모두 잊고 땅에 떨어진 밤나무 잎을 손으로 쓸어내면서 밤알을 줍는 단순한 노동에 몰두하면 이득이 있다. 내 눈이 밤알과 같이 땅에 떨어진 것을 찾아내는 일에 길들여진다. 하늘을 보기보다 땅을 보는 편이 어쩌면 건강에 더 좋을지 모른다. 한 시간가량 웅크리고 앉아 맨손으로 땅에 쌓인 밤나무 잎을 치우면서, 밤알만 생각하는 것이 아니라 뜻깊은 어떤 생각을 웅얼거리게 된다. 이 일은 다시 시작할 수 있게 해주는, 넓은 의미의 휴식과 기회를 가져다준다. 새로운 책장을 넘길 수 있게끔 말이다.

10월 26일 월　　　사계절

해마다 찾아오는 사계절이 마침내 솔직하고 단순한 내 삶의 한 단계이자 현상이 되었다. 물론 처음부터 그랬지만 말이다. 사계절 모든 변화가 내 안에 있다. 죽은 뱀장어나 물에 떠 있는 뱀이나 갈매기가 내 눈에 보이는 것은 아니다. 그렇지만 내 삶 주위를 돌면서 내 시의 시구나 악센트로 나타난다. 내가 여기 없다면, 콩코드 강물 수위가 높아져 강이 넘쳐흐르는 일은 다시는 없으리라 거의 믿는다. 조금 지나자 나와 사계절의 기분은 어떠한지 알게 된다. 나로서는 줄여야 할 것도, 덧붙여야 할 것도 없다. 내 기분은 이렇게 되풀이된다. 나의 1년 중 똑같은 날은 전혀 없다. 인간이 자연 속에서 마음 편히 지낼 정도로 자연과 인간의 조화가 완전하다.

저 참새들 또한 내가 하는 생각이다. 참새들이 오고간다. 참새는 희미하게 짹짹 울고 휙 지나간다. 참새가 정확히 어디로, 왜 가는지 나는 알지 못한다. 꼼꼼히 살펴볼 수 있을 만큼 참새가 나뭇가지에 오래 머물러 있지 않는다. 이 잡목 숲 전체가 내 방황하는 생각이 머무는 장소이다. 나는 그 엄청난 숫자에 당황한다. 그러나 머지않아 참새들은 깃털 하나 남기지 않은 채 모두 사라져버릴 것이다. 나의 가장 고결한 생각은 갑자기 내 시야에 들어온 독수리와 같다. 보는 이를 전율하게 만들 만큼 뜻깊은 무언가를 암시한다. 이쪽에 나를 위한 어떤 메시지와 함께 묶여 있는 것만 같다. 그렇지만 가까이 다가오지는 않고 빙빙 돌다가 하늘로 치솟아 점점 흐릿해지더니 결국 벼랑이나 구름 뒤로 사라져 나를 실망시킨다.

10월 27일 화　　　시인의 삶

오후에 강을 거슬러 올랐다.

연사흘 북동풍이 불고 비가 내린다. 해마다 불어오는 이 거센 북동풍과 더불어 가을이 막바지에 이른다. 이렇게 하여 여름이 한 해의 셈을 마감한다. 겨울 땔감이 거래되고 운반된다. 사람들은 이 세찬 비바람 속에서 겨울을 날 생각에 빠져든다. 농부가 올해 해야 할 들녘 일도 거의 마무리에 와 있다.

시인의 실제 삶이 그의 어떤 작품보다 더 값어치가 있을지 모른다. 셰익스피어는 우리에게 그의 심미안과 상상력을 남겨주었으나, 그가 어떤 삶을 살았는지 세월이 갈수록 관심이 없어지기에 이에 대해서는 거의 아무것도 모른다. 작가는 알려지나 생활인은 전혀 알려지지 않는다. 조각상을 놓을 주춧돌이 필요하듯이 우리의 셰익스피어를 완성하기 위한 기초 사실, 즉 실제 삶의 토대를 원한다.

10월 29일 목 존재의 정상

내가 꿈을 꾸었는지, 아니면 실제로 일어난 일인지 곧바로 판단하기 어려울 때가 있다. 그 일들이 내 세계에서 기반을 확립했거나 잃은 듯이 말이다. 이런 일은 달빛이나 별빛이나 어둠이 낮과 햇빛으로 바뀌듯 몽롱한 꿈에서 멀쩡한 정신으로, 즉 허깨비에서 실제로 옮겨가는 이른 아침에 주로 일어난다. 달빛별빛이 몽롱한 빛이라 일컬어져도 실제이듯, 꿈 또한 실제로 존재한다. 내가 이야기하는 이런 이른 아침의 생각이 꿈과 멀쩡한 정신 사이에서 분란을 일으킨다. 내 마음에서는 이런 이른 아침의 생각이 말하자면 영원한 꿈이다. 우리는 누운 자세에서 꼿꼿이 선 자세로 바꾸고 그날 할 일을 깨닫고 행하기 전까지는 실제로 무엇을 겪었고, 무엇을 꿈꾸었는지 말하기 어렵다.

예를 들어, 오늘 아침 나는 마을 동쪽에 있는 산을 한 스무 번쯤 생각해보았다. 전에 한두 번 올라본 적 있고, 그 뒤로도 자주 내 생각이 홀로 올라가보았던 산이다. 내 마음속에서 오랫동안 때때로 떠올려온 익숙한 생각인데, 어제 이를 다시 상기할 수 있었는지, 혹은 대낮에 한번이라도 기억해낸 적이 있는지는 의심스럽다. 이제 나는 오늘 아침 생각한 광경에 내가 오래전에, 그리고 어제 잊었던 생각들을 보충하겠다.

그 산을 오르는 길은 산기슭의 인적 드문 어두운 숲을 지나 뻗어 있다. 너무 오래전 일이라서 처음에 어떤 까닭 때문에 그 산을 오르게 되었는지는 말하기 어렵고, 그저 앞으로 나아가면서 오싹함을 느꼈다는 것만은 분명하다(홀로 야외에서 밤을 보냈던 일이 어렴풋이 기억난다). 그러고 나서 나무가 드문드문 자라고 맹수가 나타났다 사라지는 바위 많은 산등성이를 꾸준히 올라가다가 상층의 공기와 구름 속에서 완전히 길을 잃었다. 돌과 흙을 그저 쌓아 올린 것 같은 언덕과 산 사이를 가르는 상상의 선을 지나 초월적인 웅장함과 장엄함 속으로 들어선 느낌이었다. 지상의 선 위로 자리한 그 꼭대기는 순수하고, 엄숙하고, 장려하기 짝이 없었다. 결코 익숙해질 수 없는 모습이어서 거기에 다다르는 순간 길을 잃는다. 어디로 가야 할지 알지 못한 채 전율 속에서 공기와 구름이 응고된 것 같은, 길이 아닌 헐벗은 바위를 타고 넘으면서 헤맬 뿐이다. 구름에 숨은, 안개 낀 그 바위산 꼭대기는 화염을 토하는 분화구보다 훨씬 더 오싹하게 무섭고 장엄했다.

이런 경험은 우리가 일부만 이해할 수 있다. 이미 산의 완벽한 절경은 철저히 정화되어 있다. 그 경험은 그대가 중력의 법칙에 굴복해 저도 모르게, 그러나 어쩔 수 없이, 경외감을 느끼면서 불쑥 나타난 신의 얼굴을 밟고 간 것과 같다. 그대가 생각하기에도 콩코드를, 그리고 모든 세상을 내려다볼 수 있는 이런 산은 어디에도 없지 않은가? 꿈속의 나는 때때로 이 절경을 보고 친구에게 함께 올라가보자고 청하기도 하나 내가 한번도 실제로 올라간 적은 없다고 믿곤 한다. 이제 생각해보건대 그 산은 우연히도 내 마음속에서 베링힐Burying Hill*이 놓인 곳에 솟아 있었다. 그대는 그 문을 거쳐 무덤일지 모르는 어두운 숲으로 들어갈 수도 있으나, 언덕과 무덤들은 그 무서운 산에 철저히 가려지고 지워져서 나는 언덕과 무덤들이 그 산 밑에 놓여 있다는 생각을 단 한번도 해본 적이 없다. 의인들 묘지도 늘 평지가 내려다보이는 언덕에 있지는 않을 터이다.

그러나 내려가는 길은 달랐다. 사실상 내가 한번도 올라본 적 없는, 위로 향하는 또 다른 길이었다. 산을 내려가면서 숨쉬기 편해졌다. 숲을 나와 친숙한 목초지로 들어서서 어느 담장을 따라 내려갔다.

내가 이 목초지 낮은 쪽을 따라 걸을 때면 생각이 자주 산으로 가서 정상에 오른다. 내 생각은 점차 그 얼마 안 되는 숲(조용한 자연)과 희박한 공기 속으로 다시 들어가고, 자욱한 안개에 가려 희미해진다.

따라서 저 산을 오르는 두 가지 길이 있다. 하나는 어두운 숲으로 통하고, 다른 하나는 양지바른 목초지를 거친다. 즉 나는 어두운 숲을 통해서만 그 산에 올랐지만 정상에서 안개 사이로 바라보면, 놀랍게도 그 산이 나의 고향 들과 가깝게 붙어 있음을, 아니 바로 그 위로 치솟아 있으며 양지바른 목초지를 통해서도 오를 수 있음을 알게 된다. 인간은 왜 살아가면서 양지바른 목초지보다 어두운 숲에 대한 이야기를 더 많이 듣게 되는 것일까?

숨이 이마 근처에 걸려 쉬고 있는 인상이 험악한 신.

---

* 콩코드에서 가장 오래된 묘지. 힐베링그라운드(Hill Burying Ground)라고도 한다.

그 산을 오르는 즐거움에는 주로 두려움이 뒤섞여 있지만, 그로 인해 내 생각이 정화되고 숭고해지기에 마치 내가 하늘에 오른 듯이 느껴진다.

인간은 동료 인간에 대해서는 대체로 예의 바르고 공손할지 모르나, 하느님에 대해서는 회의적임을 깨닫는다.

내 꿈과 아침의 생각 속에서
늘 산 하나가 동쪽에 솟아 있다.
환한 햇살의 도움을 받아
산의 단단한 테두리를 찾으려면 완전히 녹아 사라진다.
목초지는 너무 가파르기에
숲이 그 길로 가는 문이다.
하지만 동료에게 순례자의 지팡이와 컵을 내 달라 하면
행방도 없이 사라진다.
내 생각이 소처럼 풀을 뜯고 있을
고결한 땅에 어울릴 신발을 신지 못한 모양,
매듭을 풀지 못하고, 한낮을 밝힐 기름도 없으니
달리 어찌 해야 한단 말인가?
이 산은 아직 들어가보지 못한 약속의 땅.
첫발조차 떼지 못했다.
신에게 바친 손으로는 아직
기틀을 놓는 법도 배우지 못했다.
낮이면 산이 가라앉는다, 낮에 고상한 생각이 가라앉듯이 까닭은 내가 고결하지 못하기 때문.
이 혹 같은 언덕들 너머를 늘 생각할 수만 있다면
눈이 멀었더라도 그 산을 볼 수 있을 텐데.
순례자의 영혼에 든 나사꼴 길이
이 산꼭대기에 이르는 길.
순례자는 화롯가에서 출발하여 이 목적지를 향해 오른다,
언제 어떻게 가야 하는지 아무것도 모르는 채로.

우리는 사람들이 무지에 의해서이건 탐욕에 의해서이건, 부를 얻기 위해 너무 열심히 일하다가 기계 같은 인간이 되거나, 부를 이어받거나 우연한 사건으로 부를 얻는 모습을 보게 된다. 또 사람들이 지나치게 노동을 한 뒤 쉬기 위해서이건 그저 끝없는 권태에서 벗어나기 위해서이건, 삶의 즐거움을 북돋우기는커녕 떨어뜨리는 경우가 더 많은 놀이에 빠지는 모습을 보기도 한다. 사람은 대체로 오락에 대해 잘못 생각한다. 짐승보다 높은 존재로 여겨질 만한 사람이라면 누구나 삶의 목표를 진지하게 생각해볼 것이고, 그 목표에 따라 행동할 것으로 기대된다. 이것이 고귀한 인간의 일이자 최고의 기쁨이다. 기분 전환, 휴식, 상상, 교육, 체력 단련을 위해 생계 꾸리기라는, 결코 실패하지 않는 오락이 제공된다. 내 말은, 적당히 하면 실패하지 않는 오락이라는 뜻이다. 나는 이것만큼 모든 면에서 유익하고 이로운 오락을 알지 못한다. 하루에 한두 시간씩 겨울 양식이 될 만한 감 같은 과일을 줍는다든지, 강에 나가 연료로 쓸 유목을 모은다든지, 먹고 싶은 콩이나 감자를 약간 재배

한다든지. 한 철 푹 빠지게 하는 연극과 오페라는 이 일의 재미에 견주면 아무것도 아니다. 모든 진실한 삶의 기술은 다 이와 같다. 농사일과 건축일과 제조일과 뱃일이 지금까지 발명된 오락 중에서 가장 뛰어나고 유익한 오락이다. 나는 농부와 기술자들이 이미 알고 있으리라 믿는다. 그렇지만 너무 과도하게 일을 한 탓에 기쁨이어야 할 노동이 고된 노동으로 바뀌었을 뿐이다. 도박, 경마, 빈둥거림, 난폭한 놀이 따위는 대체로 소수만 유혹할 뿐이고, 대중은 농사일과 같은 오락에 매혹을 느끼게 마련이다. 숲에 가서 물과일을 따며 오후 한 시간을 보내는 일은 내가 생각해낼 수 있는 어떤 오락보다 더 위대하고 유익하다. 이런 갖가지 일을 하면서 신기하게도 인간의 경험이 완성되고 성숙해진다. 이 신묘함과 의미심장함은 주목할 만하다. 우리는 이러한 길을 통해 우리 존재의 정상으로 올라간다. 이런 단순한 일이 낳은 시를 예술에 관해 쓴 따분하고 두툼한 책과 비교해보라.

가장 유익한 동료란 어떤 동료인가? 크랜베리를 따거나 도끼로 나무를 쪼개는 사람인가, 아니면 하루 종일 오페라 관람을 하는 사람인가? 나는 울타리를 세우거나 농장을 측량하거나 약초 따는 일을 할 때 진정한 자각과 기쁨으로 나아가는 중이라고 생각한다. 내 존재가 보다 새롭게 땅에 튼튼히 뿌리를 내린 듯이 느껴진다. 행복의 견과를 깨 먹는 진실한 방법이다. 어떤 지역을 탐험하길 원한다면 시인이나 박물학자처럼 그곳에 가서 살아라. 거기서 생계를 꾸려라. 그곳 시내에서 고기를 잡고, 그곳 삼림에서 사냥을 하고, 그곳 강과 숲에서 땔감을 모으고, 그곳 땅을 경작하고, 그곳 야생 열매를 따라. 이것이 그대가 바라는 자각에 이르는 가장 확실하고 빠른 길이다. 농사일보다 더 오래 즐길 수 있는 오락은 없다. 농사일은 킨키나투스* 시대와 다를 바 없이 오늘날에도 사람들을 유혹한다. 지나침 없이 알맞게 하는 농사일은 허클베리를 따는 일과 그리 다를 바 없다. 농사일이 허클베리를 따는 일보다 우월해 보인다면 문제가 있는 것이다.

나는 삶의 열매를 남김없이 따려고 가장 정직한 삶의 기술을 차례차례 실험해보고 싶었고, 또 실제로 행하기도 했다. 하지만 정직한 삶의 기술이라 하더라도 절제하지 않는다면, 즉 필요한 양 이상으로 곡식을 거둬들이기 위해 땀을 흘린다면 아주 많은 양의 밀을 추수하더라도 적은 양의 왕겨를 추수한 것과 다를 바 없다.

일단 우리가 정직히 생계를 꾸려갈 수만 있다면 그다음에는 다른 오락을 생각해낼 시간도 갖게 되리라.

러스킨의 자연 사랑을 다룬 글을 읽고 이런 생각이 들었다. '깊이 들이마셔라. 그렇지 않으면 피에리아Pieria**의 샘물 맛을 알지 못한다.' 놀랍게도 러스킨은 자기 시대와 사람들에게 식상한 불신을 내보이고 있다. 러스킨도 속으로는 자연을 따르지 않았다. 그렇다면 러스킨은 자연을 무엇으로 바꾸려고 했을까? 영국성공회 말

---

* 루키우스 퀸크티우스 킨키나투스(Lucius Quinctius Cincinnatus, BC 519?~430?). 로마의 집정관으로 은퇴하고 작은 농장을 꾸렸다. 이후 로마가 침략 위기에 처했을 때 부름을 받아 다시 집정관이 되었다. 로마를 위기에서 구해낸 뒤에는 곧바로 농부로 돌아가, 겸손하고 유능한 정치인의 상징이 되었다. 미국 초대 대통령 조지 워싱턴이 존경한 인물이다.

** 그리스의 마케도니아 지방에 위치한 곳으로, 신화 속 뮤즈들의 탄생지로 알려져 있다. 남쪽에 올림포스산이 있다.

고는 나도 모르겠다. 아무튼 자연과의 관계에 그렇게 큰 값어치가 있느냐고 묻고 있다! 자연이 신 포도라고! 그는 네 다리로 거침없이 뛰어다니는 여우의 상태에 대해서는 아무 얘기도 하지 않는다. 자연을 사랑하고 자연이 인간에게 보여주는 계시를 온전히 깨닫는 일은 성경의 특별 계시*—러스킨이 좋아하는—에 대한 믿음과 양립하지 못한다.

10월 31일 토 　　앉은부채의 새싹

올가을 우울병을 앓고 있다면 늪지로 가서 새해를 겨누고 하늘을 향해 나온 앉은부채의 놀라운 싹을 보라. 이 새싹들은 아직 석돌을 주문하지 않았다. 이들에게 교회 묘지 관리인이 무슨 쓸모가 있겠는가. 겨울이 불평의 계절이 될 수 있겠는가. 앉은부채가 자기 왕국을 단념하고 죽을 채비를 하는 것으로 보이는가. '올라가라.' '보다 높은 곳을 목표로.' '성취하라.' 이런 것이 앉은부채의 모토이다. 죽을 운명의 인간은 한 해 중 올가을 같은 시기에 약간의 휴식을 취해야 한다. 정신이 쇠약해졌기에 자기 운명에 의문을 던지고, 겁쟁이처럼 "지친 자를 쉬게 하는" 곳으로 갈 생각부터 한다. 그러나 앉은부채는 그렇지 않다. 앉은부채의 새싹이 시들어 떨어진 잎을 뚫고 나온다. 겨울과 죽음을 깔보는 생명의 순환이 이루어

* 성경에서 자연과 역사, 인간의 양심 등에서 드러나는 하느님의 뜻이 일반 계시이고, 하느님이 직접 들려주거나 예수를 통해 전해지는 것이 특별 계시다. 초월주의 운동은 어떤 면에서 보자면 특별 계시는 거부하고 일반 계시를 통해 하느님에게 다가가자는 운동이었다.

진다. 앉은부채들이 거짓 예언을 하는 것일까? 싹을 밀어 죽은 잎을 들어 올리는 앉은부채 아래의 그 생명이 거짓이고 허풍일 수 있을까? 앉은부채는 싹을 내며 쉰다. 다시 말해, 앉은부채는 싹을 틔우기 위해 쉰다.

11월 1일 일　　고귀한 진실

오후에 클리프스를 거쳐 페어헤이븐 호수에 갔다.

우리는 뚜렷이 드러난 하찮은 진실에 감동하는 것이 아니라 그저 희미한 암시에 불과할지라도 고귀한 진실에 감동한다.

11월 2일 월　　미역고사리의 초록 잎

지금은 거의 모든 식물이 시들어서 갈색으로 빛이 바랜 잎만 온 땅에 흩어져 있다. 이럴 때 바위 많은 언덕 중턱 숲에서 미역고사리를 만나니 대단히 기쁘고 즐겁다. 이런 계절에 미역고사리가 서리에도 굴하지 않고 바스락거리는 마른 잎들 한가운데에서 원기 찬 싱그러운 초록을 띠며 서 있다. 여름에는 거의 눈에 띄지 않던 이 단순한 초록이 지금은 단연 흥미를 끈다. 큰봉의꼬리, 사르사, 고비, 둥굴레, 개불알꽃 따위는 벌써 오래전 시들어 지고 말았다. 지금 숲 바닥에는 축축한 갈색 잎이 두툼하게 깔렸다. 하지만 바위들을 뒤덮으며 삐죽삐죽 튀어나온 저 봄의 신록 같은 푸름은 무엇인가. 바로 우리의 기운을 북돋우는 미역고사리 아닌가. 이 땅의 조각가들은 창문 장식으로 그리스 아칸서스의 잎이 아니라 이 모습을 새겨야 할 터이다. 시들지 않는 저 초록 잎이 지난 가을날의 붉은 잎 못지않게 나를 감동시킨다.

11월 4일 수　　서늘한 저녁의 풍경

해가 지는 서늘한 저녁에 파인힐에 오른다. 잎사귀가 아직 살아 빛나는 굵고 튼튼한 참나무에 기대앉으니 월든 호수가 내 아래쪽에서 세로로 길쭉하게 누워 있다. 수면에 잔물결이 일렁이면서 나무 물그림자가 8백 미터가량 호수를 가로질러 어스레하게 뻗어 있다. 해는 지평선에 살짝 떠 있고, 북쪽 산악지대가 진홍으로 빛나며 우람하게 서 있다. 하지만 자세히 살피니, 꼭대기는 어두운 푸른빛인 반면 아랫부분에는 진한 공기의 색인 희끄무레한 안개빛이 어렸다. 10여 킬로 떨어진 어두워지는 북서쪽 숲에서 집은 보이지 않는데 창문 하나가 빛을 반짝인다. 잔물결 이는 호수 수면처럼 끊임없이 빛을 낸다. 이는 아마도 공기의 물결 탓이리라. 완전히 해가 진 지금, 산악지대의 꼭대기부터 기슭까지 온통 짙푸른 빛이다. 여느 때처럼 작은 구름 하나가 해를 하루의 문까지 배웅하며 그 빛을 우리에게 되비쳐준다. 이제 해가 가버렸다. 이 당당하고 눈부신 산악이 여기에 있음을 날마다 떠올리면서 그에 걸맞게 살아가기란 얼마나 어려운 일인가. 산은 우리가 가야 할 길을 가리키는 한편 끊임없이 그 길을 잊지 않게 해준다.

11월 5일 목   부라는 자랑거리

부가 스스로를 풍요롭게 해주는 양 부를 자랑하는 사람은, 금이 든 등짐을 지고 "나는 수십만 달러에 상당하는 큰 재산을 갖고 있다"고 외치면서 바다에서 허우적거리는 사람만큼이나 가소롭다. 그의 버둥거림이 얼마나 쓸모없는 짓인지 누구나 알 수 있다. 그의 자랑거리가 바로 그를 가라앉히고 마는 것이다.

11월 7일 금   미노

어떤 자연물이든 미노의 손이 닿으면 밝게 빛난다. 어느 길로 걷든 미노가 걸으면 땅의 형상이 모습을 바꾼다. 보통 사람이 월든 호수에 대해 말하면 그림자나 독특한 빛깔이 없는 얕고 흐릿한 수역이 떠오를 뿐이지만, 미노가 얘기하면 그 즉시 푸른 물과 그 물에 비친 산그림자가 생각난다. 그가 거기에 있었기 때문이다. 그가 지나가는 숲에서는 잎이 바스락거리는 소리가 들린다.

11월 8일 토   기러기 떼

비가 올 듯 하늘에 구름이 가득한 따스한 아침이다.

오전 10시경, 길게 열을 지은 기러기 떼가 해안선이나 산맥줄기와 나란히 북동쪽에서 남서쪽으로 날아온다. 낭랑하게 울리는 기러기 소리는 오늘 흐린 공기의 소리다. 하늘과 우리 사이에서 직접 퍼져나온 대기의 소리다. 무거우면서도 또랑또랑하고 맑다. 육중한 공기 속에서 철커덩 하고 끌고 가는 쇠사슬 소리 같다. 인간이 신체의 고통을 누그러뜨리기 위해 신음하듯, 이 소리는 기러기 떼가 마을을 넘어가면서 고통스러운 두려움을 누그러뜨리기 위한, 말하자면 용기를 북돋우는 소리, 혹은 마음을 달래는 소리다. 우리 내륙 사람들은 봄가을마다 기러기 떼가 날아가는 모습에서 해안선이 어느 방향으로 놓여 있는지 떠올리게 된다.

대기가 자욱하고 하늘이 흐린 날에는 멀리까지 나갈 필요가 없다. 그다지 주의를 잃지 않은 채 가까이 있는 것들에 관심을 기울일 수 있기 때문이다. 나는 이런 날을 틈타 평소엔 그저 지나치던 집 근처 숲을 살피러 나가곤 한다.

아, 친구들이여, 너희 생각과 달리 나는 너희를 잘 안다. 너희 생각과 달리 나는 너희를 더 많이 사랑한다. 우리에게는 설명이 필요 없다. 그런 날은 결코 오지 않을 것이다.

11월 13일 금　　삶의 묘약

할 수만 있다면 매일매일 해가 뜨고 지는 광경을 바라보자. 이 일을 삶의 묘약으로 삼자. 이제 밤은 얼마나 빠르게 다가오는가. 미처 깨닫기도 전에 벌써 이 오후의 빛에는 어스레함이 서렸다. 암소 떼가 이동하길 기다리며 빗장 주위로 모여든다. 곧이어 멀리서 어느 집 창문에 촛불이 켜지면 오늘 산책은 끝이 난다. 이제는 집으로 돌아갈 일만 남았다. 피로에 지친 이는 누구인가. 우리는 왜 일을 멈추고 자러 가야 하는가. 누가 인간에게 밤과 낮을 이렇게 보내라고 가르쳤을까? 나는 현명하고 독립적인 이는 이웃과 더불어 규칙적으로 같은 시간에 자고 일어난다는 것을 깨닫고 놀랐다.

11월 15일 일　　늦가을의 산책길

나뭇잎이 우수수 지는 계절은 대략 11월 1일쯤 끝이 난다. 그리고 그날로부터, 아니면 길어야 그 며칠 뒤부터 나무가 서서히 잎을 떨어뜨리면서 봄이 올 때까지 겨울용 얼굴을 뒤집어쓴다.

오후에 홀든 늪지와 C. 마일스 늪지에 갔다.

허버드숲에 조그맣게 펼쳐진 시냇물은 얼지 않았으나 맑고 차가웠고, 생명은 거의 남김없이 가버렸다. 수면에서 어떤 수생곤충도 보이지 않았다. 커다란 개미탑에서는 개미 한 마리 눈에 띄지 않았다. 지금 야외에는 작은 벌레들의 삶이 있을 뿐이다. 못 위의 온갖 수생곤충이 이 차가운 돌풍에 쓸려가버렸다. 들과 숲에서 개미가 모조리 사라지면서 작은 언덕이 버려진 흙무덤처럼 되고 말았다. 이제 산책길이 더욱 외로워졌다. 개미들도 겨울잠을 잔다.

11월 18일 수　　건강의 증거

이 계절 바래가는 들판의 담갈색 풀잎에 떨어지는 햇살은 붉은빛이 조금도 섞이지 않은 엷고 또렷한 노란빛이다. 이것이 11월 햇살이다. 꽤나 차갑게 느껴지는 어두운 청회색 구름, 공중에 뜬 거미줄처럼 햇빛을 향해 반짝이는 잎 진 잔가지들, 낡은 잎이 지고

난 뒤 소나무의 맑은 푸름, 언덕 중턱에서 부스럭거리는 적갈색 또는 황갈색 참나무들, 들판에서 엷디엷은 갈색으로 바래다가 서리를 맞아 비슷하게 거의 하얘진 잔풀과 건초, 그리고 그런 잔풀 위로 떨어지는 노란 햇빛 알갱이들. 이런 것들이 11월이다. 서리로 시들고 죽어 거의 은빛이 될 정도로 하얘지는 이 잔풀들이 오랫동안 들을 덮는다.

우리는 이런저런 방식으로 맥박을 짚어볼 수 있다. 건강한 상태에서는 지속적으로 겪는 경험이 즐거운 감각이나 감정으로 이어진다. 예를 들어, 이런 상태에서는 자연과 온전히 이어졌음을 깨닫고, 어떤 자연을 대하더라도 그 지각, 또는 기억까지도 즐겁고 부드러운 흥분을 일으킨다. 대개 어떤 빛도 아름답게 느껴지고, 어떤 소리도 음악처럼 들린다. 하지만 아프면 모든 일이 엉망이 된다. 어제 나는 등살이 아프고 온몸이 으슬으슬했다. 으레 그렇듯 결국 아무 일도 하지 못하게 되었다. 나는 한동안 자연과의 친밀한 관계, 즉 조화를 잃어버렸다. 자연에 공감할 수 있다는 것이 건강하다는 증거이다. 마음이 평온하지 않으면 아름다움이 느껴지지 않는다. 우리가 누리는 즐거움은 값이 쌀수록 안전하고 건전하다. 극장이나 오페라 따위에 큰 값어치를 두는 사람은 제정신이 아니다. 우리 각자가 반드시 가야 할 길이 있다. 풀밭을 기어가는 딱정벌레의 길처럼 아무도 눈여겨보지 않는 평범한 길에 불과할지라도 나 자신이 가장 깊은 기쁨을 누릴 수 있는 길이다. 두더지나 버섯류하고만 친하게 지내는 통에 주위 사람의 눈살을 찌푸리게 할지라도 자신의 부싯돌에 알맞은 쇠가 무엇인지 안다면 그런 것은 아무런 문제가 되지 않는다.

11월 20일 금　　삶의 경험이 간직된 책

간밤에 집이 약간 흔들릴 만큼 북서풍이 거셌다. 오전 9시 30분 경, 하늘에 아주 작은 구름들만 떠 있는데도 꽤 얼얼한 공기 속에서 몇 송이 눈이 비스듬히 흩날리며 땅으로 떨어진다. 10시경, 눈발이 약간 더 많이 휘날린다. 옆집 뜰에 나와 놀던 아이들이 환호한다. 그러더니 땅에 남은 눈이 없나 여기저기를 살핀다.

수많은 책 중에서 많은 사람의 심금을 울리고 가장 큰 흥미를 불러일으키는 책은 대체로 개인의 삶의 경험이 소중히 간직되어 있는 책이다. 지구 끝까지 여행해본 사람이 아니라, 고향 땅에서 가장 깊은 삶을 산 사람이 감동을 준다. 피라미드를 볼 때의 느낌과 고향의 친숙한 광경을 볼 때의 느낌이 같다면 굳이 피라미드를 보러 갈 필요가 없다. 평범한 언어를 쓰는 편이 좋다. 좀 더 단순하기 때문이다. 글의 저자는 행인이 아니라 관찰한 대상에 깊이 뿌리내린 사람이어야 한다. 그런 이는 관찰 대상이 아무리 눈에 익다 해도 그냥 지나치는 법이 없다. 어떤 사람이 자신에게나 타인에게나 가치가 가장 클 때는 가장 만족스럽고 편한 곳에 있을 때이다. 거기에서 그의 삶이 가장 강렬해지고, 순간들을 놓치는 경우가 가장 적어진다. 주변 친숙한 대상들이 자기 삶의 최고의 상징이자 예증이다. 심오한 일을 겪은 사람이 여행기에 그것을 서술하고자 한다면 그는 보편적 언어 대신 유랑민의 언어를 써야 할 것이다. 시인은 누구보다 고향 땅에 깊이 뿌리내린 사람으로, 옮겨 심기 가장 어려운 사람이다. 현재 자신이 있는 곳이 아닌 다른 곳에 있기 바라는 이는 스스로를 파문시키는 것과 다를 바 없다. 부유하고 강해지기 쉬운 곳이 바로 고향 땅이다. 나는 고향 땅에서 40년 동안 산천의 언어를 배워왔기에 나를 잘 표현할 수 있었다. 대평원으로 간다면 대평원의 언어를 이해하기 힘들 터이고, 지나온 삶이 대평원의 산천을 서술하기에 알맞지 않을 것이다. 내가 캘리포니아에 가더라도 이곳에서 자라는 수많은 잡풀이 캘리포니아 거목보다 내 삶에 더 큰 가치를 지닌다. 우리에게 필요한 여행은 우리 지성에 약간의 바깥바람을 쐬게 하는 정도의 여행이다. 『인구론』을 쓴 맬서스를 비롯한 여러 저자의 주장과 달리 이 세상에는 아직 충분한 여유 공간이 있다. 그러므로 사람들은 저마다 자기 일에 온 힘을 기울여야 한다. 나는 여태껏 행성끼리 충돌했다는 이야기는 들어보지 못했다.

오후에 타벨의 집 아래쪽으로 난 길을 통해 미니스터리얼 습지로 들어섰다. 여기저기 차가운 못에 올챙이들이 옹기종기 모였다. 토미 휠러 씨의 넓은 밭에서 미나리아재비가 활짝 꽃을 피웠다. 검은자작나무 밑에서 애서벳강이 또다시 부드럽게 철썩이는 소리가 들려온다. 이제 갈색머리참새, 노래참새는 가버린 반면에 검질긴 나무참새가 그 자리를 차지했다. 이 희미한 노랫소리가 또다시 봄이 올 때까지 우리의 정신을 끊임없이 북돋울 것이다.

11월 24일 화　　　젊은 날의 충동

추수감사절 주간이다. 쌀쌀한 날씨가 다시 이어지면서 여기저기 물웅덩이에 살얼음이 꼈다.

어떤 시인들은 시를 쓴다는 건 오로지 젊은이들을 위한 행위라고 말하지만, 내 생각은 그렇지 않다. 열정에 사로잡혀 격해지기 쉬운 시기에는 앞날의 경력을 향해 나아가려는 충동만 들기 십상이다. 우리는 정한 목표를 이루지 못하고 좌절하는 삶을 충분히 살고 난 뒤에야 무엇이 이상이었는지 뚜렷이 알게 된다. 꿈을 꾸는 것과 꿈을 이루려고 꾸준히 노력하는 것은 전혀 다르다. 길이 산꼭대기로 이어지든 어둑어둑한 골짝을 통과하든, 절실한 마음으로 꾸준히 약속의 땅으로 나아가지 않는다면 그 땅을 열심히 바라보고 있어도 헛될 것이다. 가장 부드러운 봄날에 속하는 젊은 시절에는 적당한 방향으로 나아가려는 충동만 있다. 이를 삶 내내 그 충동에 충실히 복종하며 나아가는 것과 같다고 여긴다면 터무니없다. 머물러 살고 싶을지도 모르는 매력적인 경치들이 우리 앞에 나타나지만, 우리는 무엇을 봐왔는지조차 설명하지 못한다.

11월 25일 수　　　마음이 초조해지는 달

오후에 허버드숲을 거쳐 구스 호수와 파인힐에 갔다.

담갈색, 담황색 풀들이 얼마쯤 남아 얼어붙은 휑한 땅을 덮었고, 하늘은 구름 한 점 없이 맑다. 귀가 얼얼할 정도로 북서풍이 세차게 부는, 11월 날씨 중에서도 꽤나 험악한 날씨다. 이번 달은 다른 어느 달에 견주더라도 산책하기가 힘에 부친다. 11월인데도 벌써 겨울숙소로 들어갈 궁리를 하게 된다. 이 계절 집 밖에 몸을 녹일 어떤 불길이 있다면 그것은 자신의 불길뿐이고, 거기에 의지하게 될지도 모른다. 이즈음의 오후는 밤이 오기 전 짧은 한때일 뿐이어서 아무도 산책을 나오지 않는다. 미적거리다가 오후 3시경 산책을 나온다면 마을에서 멀리 벗어나 모험을 제대로 즐길 여유를 갖기 어렵다. 이 11월을 마음이 초조해지는 달이라고 해두자. 손가락이 얼어 제 할 일을 못할 뿐 아니라 정신 능력마저 거의 마비될 때가 드물지 않다. 이렇게 모든 것이 단단히 갇히고 얼어붙어 들과 숲에 볼만한 것이 거의 남지 않은 시기에는 웬만큼 용기를 내지 않고서는 산책을 나서기 어렵다. 내 머리 위 나뭇가지를 스치는 바람 소리가 바람이 느끼는 추위만큼 춥게 들린다.

파인힐에서 한동안 으스스 떨면서 해가 지기를 기다린다. 요사이 4시만 지나도 이내 공기가 어스레해지는 것 같다. 다른 어느 계절보다 경치가 어두워 보인다.

요즈음은 놀라울 정도로 글쓰기가 형식에 치우쳐 있다. 이는 글쓰기를 업적처럼 여기는 관습 탓이다. 표현이 인습에 크게 물들어 내용이나 위트를 찾기 어렵다. 삶이 전혀 들어 있지 않은데도 약간의 생명이라도 불어넣으려는 시도에서 장광설이 이어진다.

12월 8일 화　　스테이플스 씨

스테이플스 씨*가 약 24년 전 달랑 1달러 3센트밖에 없는 가난한 소년으로 이곳 콩코드에 와서 비글로 씨의 선술집에서 3센트를 주고 음료를 사 마시던 일을 떠올리며, 이제 자신은 '빚 없이 2천 달러'의 재산을 모았다고 이야기했다. 스테이플스 씨는 적잖은 유산을 물려받고도 여전히 자신에게 품을 파는 많은 주민을 떠올렸다. 나는 금전적인 면에서 그가 나보다 훨씬 낫다고 말해주었다. 나는 근근이 생계를 이어나가고 있기 때문이다. 스테이플스 씨는 "하지만 돈을 모은 게 내가 한 일의 전부지요. 고작해야 당신보다 한결 나은 옷을 입었다는 것 정도지요"라고 대답했다. 숲에 살았을 때 내 옷차림은 아주 형편없었다. 모자, 바지, 부츠, 고무신, 장갑을 몽땅 내다 팔아도 4페니조차 받을 수 없었다. 나는 스테이플스 씨에게 이렇게 말해주었다. 내 코르덴 양복바지 끝이 너덜너덜한 것처럼 모든 사람이 바지에 술 장식을 달 만한 여유를 가질 수는 없을 것이라고.

스테이플스 씨는 좋아하는 것이 하나 있다고 했다. "무엇인데요?" "정직한 사람." 스테이플스 씨는 누군가에게 돈을 빌려준 뒤 기한이 찼을 때 그가 와서 아직 갚지 못하니 조금 더 시간을 달라

---

* 새뮤얼 스테이플스(Samuel Staples, 1813~1895). 샘이라고 불렸다. 당시 세금징수원이자 경찰이자 간수로, 인두세 납세 거부 운동을 펼쳐온 소로를 몇 년간 내버려두었다고 전해진다. 하지만 1846년에 소로가 미국이 멕시코를 상대로 벌인 전쟁을 비난하며 세간의 관심을 끌자, 스테이플스는 그해 7월 소로에게 세금을 내라고 요청했다. 심지어 소로를 대신해 자신이 세금을 내주겠다고 했지만 소로가 거부해 그를 옥에 가두었다. 이후에도 소로는 스테이플스와 좋은 관계를 이어가면서 가끔씩 측량 작업 때 보조로 쓰기도 했다.

고 요청하면 너그러이 봐주지만, 다시 기한이 다가와서 찾아갔는데 똑같은 변명을 한다면 그다음부터는 그를 전혀 믿지 않는다.

12월 13일 일 허탈감과 무기력증

병들고 기력이 없을 적에는 삶이 결딴이 나서 막바지에 이르렀다고 믿는 용기를 내야 한다. 그러면 손실이 없어지는 듯하다. 잃어야 할 것들을 제때 잃어야 다시 힘을 모아 되찾을 수 있기 때문이다. 기묘하게도 우리는 2주쯤 허송하고 난 뒤 방에 조용히 앉아 있다가, 혹은 숲속을 걷다가 느닷없이 허탈감과 무기력증에서 벗어나기도 한다.

옮긴이의 말

단순함으로 더욱 단단해지는 삶

—간소하게, 간소하게 살라

1906년 휴턴미플린 출판사가 펴낸 14권의 일기에서 1855년부터 1857년까지의 글 중 일부를 뽑아 '청년편', '전성기편'에 이어 '영원한 여름편'으로 내보낸다.

이 기간은 소로가 후일 사망 원인이 된 폐결핵의 전조 증상으로 여겨지는 질병에 간헐적으로 시달리던 시기이기도 했다. 예를 들면, 1855년 5월부터 넉 달 가까이 까닭 모를 병과 무기력에 시달렸다. 무릎을 제대로 쓰기 어렵더니 급기야 걸음도 거의 뗄 수 없는 지경까지 이르렀다. 이런 병마에 시달린 소로는 기력을 회복하고자 애썼다. 그러면서 가장 일상적인 활동과 현실적인 필요에 집중하면서 봄과 여름의 책이었던 『월든』과 달리 가을과 겨울의 기운이 물씬 깃든 일기들을 써내려가기 시작했다.

사실 어찌 보면 이 기간은 글쓰기의 관점에서 원숙기에 이른 시기이기도 했다. 『케이프코드』, 『메인의 숲』 일부와 에세이 〈산책, 혹은 야생〉, 〈원칙 없이 사는 삶〉 등을 썼고 무엇보다도 일정 시간이 흐른 뒤 몇 번이고 고쳐야 했던 일기마저 그냥 술술 써내려가면 거의 완성되는 경지에 이르러 있었기 때문이다.

또한 이 기간은 근대산업이 뉴잉글랜드를 휩쓸고 지나가고, 노예제를 놓고 남북 간의 치열한 다툼이 본격화하면서 소로의 세계가 무너지고 변해가던 시기이기도 했다. 마을의 쓸 만한 숲은 거의 잘려나가고, 캔자스와 미국 곳곳의 노예제 지지자와 반대자 사이에서 피투성이 싸움이 벌어졌다. 소로는 1854년 7월 4일 사우스 프레이밍햄에서 열린 유명한 노예제 반대 집회에서 '매사추세츠의 노예제'라는 제목으로 열렬한 연설을 하여 당시 이미 노예제 반대 진영에 가담해 있었지만, 1856년 1월 24일자 일기를 보면 이때까지만 해도 어떤 평화로운 해결책을 꿈꾸고 있었던 것 같다.

> 느릅나무 숲은 정치적으로 독립한 마을 몇 개의 값어치가 있다. (…) 이 숲의 그늘 아래서 파견된 저 인간 정파의 어설픈 대표들은 이들의 존귀함, 진실함, 고결함, 넓은 시야, 건장함, 독립성, 그리고 평정함을 10분의 1도 보여주지 못한다. (…) 이들은 동서남북 가리지 않고 보수적인 캔자스와 캐롤라이나로 뿌리를 뻗어나간다. (…) 이들은 꾸준히 자신의 원칙에 투표한다. 언제나 같은 중심에서 더 넓고 깊게 뿌리를 뻗어나가고, 자신의 자리에서 죽는다. (…) 이들은 어떤 전당대회에도 참석하지 않고, 어떤 타협도 하지 않으며, 어떤 정책도 펼치지 않는다. 원칙은 단 하나, 자라는 것이다. 이들은 진실한 급진주의와 진실한 보수주의를 하나로 이어놓는다. 이들의 급진주의는 뿌리를 잘라버리는 것이 아니라 어떤 제도 밑에서든 자신을 끊임없이 증식하고 불려가는 것이다. (…) 이들의

보수주의는 죽었으나 튼튼한 심재여서 온갖 성장을 떠받치는 중심 이자 굳건한 기둥이다. 스스로는 어떤 것도 취하지 않으면서 급진적 영역이 넓어지도록 도와주는 버팀목으로 남는다. 이들의 보수주의는 그 알맹이가 죽고 반세기가 지난 후에도 급진적 개혁 덕분에 간직되어 남는다. (…) 옛 땅이 쇠락해가는 동안 새로운 나라와 영토를 차지하여 곰과 올빼미와 애벌레가 깃들 집이 되어준다.

이즈음 소로는 대체로 보아 이런 인간 욕망에 바탕을 둔 다툼에 휘말려들기보다는 더욱더 단순하게 살림을 이어가면서 자기 내면과 삶을 단단하게 여미기를 바랐다. 소로는 1837년 8월 30일 하버드 대학 졸업식 때 '상업 정신'을 주제로 한 발표회에서 이렇게 말했다. "상업은 인간을 물질 재화에 얽어맴으로써 인간을 자유롭게 하기는커녕 짐승처럼 욕망에 매이게 만든다. 따라서 우리는 이 물질의 욕망을 벗어던지고 이상향을 향해 자유롭게 걸어가야 한다." 그는 이미 20년 전에 했던 주장을 늘 삶 속에서 구체화하고자 애썼다. 이런 마음은 이 시기 일기 곳곳에서도 무수히 찾아볼 수 있다. 그중 일부를 예로 들어본다.

와인과 브랜디의 맛 때문에 물맛을 잃게 된다면 그 사람은 얼마나 불행한가.

나무장수와 껄끄러운 흥정을 해가며 나무 한 단을 사기보다 얼마나 좋은 일인가. 땔감을 사올 경우 앞뜰에 부려놓은 장작더미를 보면서 잠깐 만족을 느낄 따름이나, 나는 지금 강에서 가져온 나무토막 하나하나를 보면서 특별한 기쁨을 느낀다.

가난할수록 부자가 된다는 사실을 나는 진리로서 굳게 믿는다. 사람들이 나의 약점으로 여기는 것이 내게는 강점이다.

단순하게 살고 번거로움을 피하는 것이 단단해지는 비결이다. 가난은 힘과 기운과 흥을 끌어온다.

언뜻 현실과 동떨어진 주장처럼 보이는 이런 역설을 통해 소로는 우리의 삶이 진정 단단해지는 비결이 무엇인지 가르쳐준다. 하지만 무엇보다도 소로의 글이 독자들을 가장 즐겁게 하는 순간은 식물과 동물 그리고 경치에 대한 묘사가 이어질 때이다. 자연 묘사에서 소로를 능가할 작가는 거의 찾아보기 어려울 것이다. 아울러 소로가 자신의 이웃들에게 보내는 따뜻한 시선도 주목할 만한 읽을거리다. 독자들도 이 일기를 통해 삶이 단단해지는 비결을 체득하고 자연의 아름다운 풍광을 풍성히 즐기기를 바란다.

끝으로 출판계의 어려운 상황에도 불구하고 이 책을 출간한 갈라파고스와 편집부의 노고에 머리 숙여 감사의 인사를 전한다.